The Real
Pirate of the Caribbean
Black Barty

カリブの大海賊
バーソロミュー・
ロバーツ

オーブリー・バール
Aubrey Burl
大森洋子 訳

原書房

カリブの大海賊
バーソロミュー・ロバーツ

目次

「まっとうな仕事じゃ、食い物はとぼしく、給料は低く、仕事はきつい。こっちじゃ、飽きるほど食って、楽しく、気楽で、自由で、力がある。それに、こっちじゃ、とりっぱぐれがない。運にまかせてやって失敗したって、せいぜい、しかめっ面されるだけ。そう、楽しく短い人生、それがおれの主義だ。手綱《たづな》つけられて生きるやつなんぞ、くそっくらえだ」

バーソロミュー・ロバーツ

イントロダクション

これは一七一八年から二三年まで、アフリカ海岸や西インド諸島、アメリカ植民地の沿岸海域を恐怖に陥《おとしい》れた海賊一味の実話であり、原典資料に基づいたものである。物語はニュープロヴィデンス島の海賊基地制圧から始まって、ニューファンドランド島の寒々しい海岸近くで終わる。

この年月のあいだに海賊たちは四人の船長を持った。ハウエル・デイヴィス――想像力豊かなウェールズ人。トマス・アンスティス――脱船者。ジョン・フィリップス――殺人鬼。しかし、本書の主役は四番目の船長である。彼はこの時代のもっとも偉大な海賊であり、驚くほど勇猛果敢なお茶好きの襲撃者だった。彼の名はバーソロミュー・ロバーツ。

彼は海賊の黄金時代に生きた。犯罪の一時代である。登場する海賊たちの名前はよく知られている。キャプテン・キッド――私掠船乗り《プライベーティア》から海賊《パイレーツ》になり、一七〇一年、テムズ河岸の海賊処刑場で絞首刑にされた。悪名高き黒髭《ブラック・ビアード》。通称はエドワード・ティーチ――彼は一七一八年に殺され、この年に、この物語は始まる。女海賊アン・ボニーとメアリー・リード――二人は一七二〇年に裁判を受け、そこで「おなかに赤ん坊がいると申し立てて」、海賊の妊娠など想像だにしなかった法廷を混乱に陥れた。ジャック・シェパード――スリの錠前師。ニューゲート監獄で難しい南京錠を次々とはずし、分厚い壁を次々と抜けて脱獄したその天才的手腕で尊敬されている。彼は一七二四年、タイバーン処刑場で絞首刑にされた。

一七三九年にはディック・ターピンが理由もなく地主の闘鶏を射殺して、逮捕された。彼は勇敢にも絞首台の階段から飛びおりて首の骨を折り、ゆっくりと首を絞められて徐々に死に向かっていくのを避けたのだった。他の海賊たちもおなじぐらい有名である。ジョナサン・ワイルド――盗賊の捕り手。クロード・デュヴァル――礼儀正しい追いはぎ。しかし、こうした海賊のだれよりもバーソロミュー・ロバーツはその大胆さ、傍若無人さ、成功をおさめたことにおいて突出している。

海賊は彼らの持っている歴史的背景に照らして見なければならない。イギリスの法律やアメリカの植民地の状態、イギリス海軍の利己的な艦長たち、船乗りの失業、こうしたことすべてが海賊行為を生みだす原因になっていた。イギリス人の大多数はロバーツを非難したが、彼らもまたロバーツという海賊を作りだすのに加担したのだ。

海賊《パイレーツ》はバッカニアやプライベーティア、コルセイアと混同してはならない。後者はすべて、多かれ少なかれ堅気の人間だった。バッカニア、つまり大西洋沿岸の略奪者集団は、当初、貿易制限をしているスペインに反撃して利益を得ているだけだった。私掠船乗りと呼ばれるプライベーティアとコルセイアは、政府から国家の敵を攻撃してよしという許可を受けた民間海軍のようなものだった。略奪は愛国心を鼓舞するための付加的な動機付けだったのだ。

海賊は海を渡る者すべての敵だった。略奪が彼らの唯一の目的で、威嚇は彼らのいちばんの武器、腐敗した陸《おか》の官吏や貿易禁止令は彼らの密《ひそ》かな味方だった。彼らの職業は押し入り強盗や追いはぎ、泥棒などと同様に、弁護すべきものではない。しかし、本書で謝罪する必要もない。海賊個人の伝記はほとんどない。一般的な海賊行為の本は書かれており、たいていはその非道を楽しんでいる。しかし、最近まで大半の本はそれ以前に書かれた作品の剽窃《ひょうせつ》で、そうした本のなかで海賊は傀儡《かいらい》にされている。海賊という犯罪を際だたせている要因は海だが、海についてはほとんど触れられていないし、船や船内の状況も無視されている。死体に次ぐ死体を書くことで満足するなら、こうした本は海賊黒髭《ひげ》と同様に、妻殺しの青髭も題材にできただろうに。

こうした批判に当たらない賞賛すべき例外は、元グリニッジ国立海洋博物館の職員だったデイヴィッド・コーディングリーの著作物である。彼の『海賊たちの生活』は、事実を歴史的に概観したものに海賊と呼ばれる悪党やならず者のイメージをフィクションとして添えた傑作である。

わたしの本は海賊がいかに生きたかを描いている。わたしは一人の人物について書くことにした。彼の人生には海賊たちが知っている惨めさや誘惑、恐怖、勝利、どんちゃん騒ぎが含まれているからだ。それに、彼は勇敢で、野心家で、成功者でもあるから。

ほとんどの海賊本は、一七二四年に初版が出版されたキャプテン・チャールズ・ジョンスンの古典『もっとも悪名高き海賊たちの略奪と殺人の全史』を潤色したものである。その詳細や情報はどんな新たな本にとっても礎石となっている。また、この本が実に読みやすいのも驚くべきことではない。なぜなら、「キャプテン・ジョンスン」はたぶん、ダニエル・デフォーだからである。彼はすでに海賊小説を二冊書いていた。一七一九年に『海賊の王』を、一七二〇年には『シングルトン船長』を。キャプテン・ジョンスンの『海賊全史』はおおむね正確であるが、同時代の裁判の資料や記録を見ると、それらで詳述されたり訂正されたりしている部分に、『ジョンスン本』では誤りや抜けている箇所がある。

『ジョンスン本』では、他の海賊たちよりバーソロミュー・ロバーツに関する記述のほうに信頼がおけるし、ロバーツの履歴のなかでは最初よりも最後のほうがよく描かれている。というのは、キャプテン・ジョンスンが最終裁判に出席した海軍士官たちと直《じか》に話したからである。彼の情報源の一人は軍艦スワロー号の軍医、ジョン・アトキンズで、アトキンズはケープコースト城砦《じょうさい》での出来事について記録していたのだ。

本書に書いてある攻撃や略奪、暴力は実際にあったことだ。もっと小さな事件がたぶん十数件はあっただろう。それらはあったと推測はされるが、確証はされていない。海賊たちが語った言葉そのものを引用した箇所があるが、出典は『ジョンスン本』であり、従ってフィクションであるが、当時の語彙《ごい》や構文を教えてくれる。抜けているにちがいないと思われるのは、ウェールズ地方やスコットランド南東部低地地方などの方言や、ロンドン英語、また、はっきりと教区に分けられていた時代の多様な発音である。

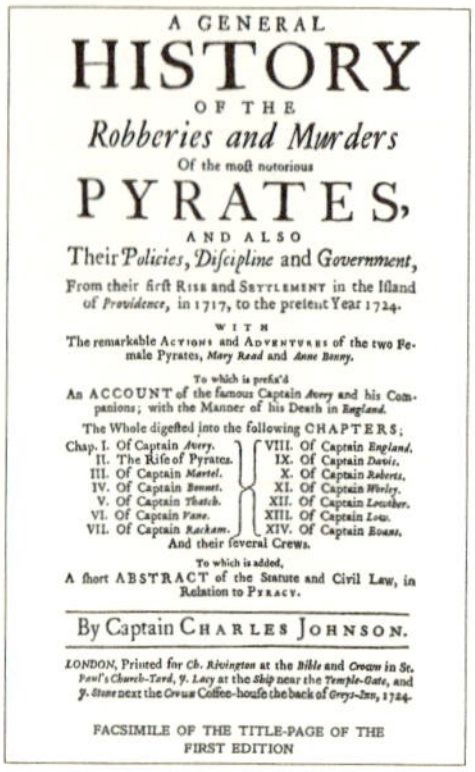
A GENERAL
HISTORY
OF THE
Robberies and Murders
Of the most notorious
PYRATES,
AND ALSO
Their *Policies*, *Discipline* and *Government*,
From their first RISE and SETTLEMENT in the Island of *Providence*, in 1717, to the present Year 1724.
WITH
The remarkable ACTIONS and ADVENTURES of the two Female Pyrates, *Mary Read* and *Anne Bonny*.
To which is prefix'd
An ACCOUNT of the famous Captain *Avery* and his Companions; with the Manner of his Death in *England*.
The Whole digested into the following CHAPTERS;
Chap. I. Of Captain *Avery*.
II. The Rise of Pyrates.
III. Of Captain *Martel*.
IV. Of Captain *Bonnet*.
V. Of Captain *Thatch*.
VI. Of Captain *Vane*.
VII. Of Captain *Rackam*.
VIII. Of Captain *England*.
IX. Of Captain *Davis*.
X. Of Captain *Roberts*.
XI. Of Captain *Worley*.
XII. Of Captain *Lowther*.
XIII. Of Captain *Low*.
XIV. Of Captain *Evans*.
And their several Crews.
To which is added,
A short ABSTRACT of the Statute and Civil Law, in Relation to PYRACY.
By Captain CHARLES JOHNSON.
LONDON, Printed for *Ch. Rivington* at the *Bible* and *Crown* in St. *Paul's Church-Yard*, *J. Lacy* at the *Ship* near the *Temple-Gate*, and *J. Stone* next the *Crown* Coffee-house the back of *Greys-Inn*, 1724.
FACSIMILE OF THE TITLE-PAGE OF THE FIRST EDITION

『海賊全史』表紙

事件の多くは公文書館の手書き資料で検証してある。植民地総督からの手紙や、政府関係文書一覧（植民地編）、あるいは裁判所における海賊たちの証言記録などである。残虐な行為に関する恐ろしい記述は、『ジ・オリジナル・ジャーナル』のようなブロードシーツ版新聞や、大英博物館図書閲覧室のバーニーコレクションにある新聞の複写版に掲載されていたものである。こうした新聞記事が遠い場所で短期間に起こった事件の唯一の情報源である場合が多い。記者たちは、海賊行為に遭って帰国した船長や船乗りたちからネタを得たのだ。

偶然に一致したことがある。運命が二人の人間を結びつけたのだ。二人はたまたま、本書に出てくる事件に関係した。一回目は最初で、もう一回は最後で。一七一九年にダニエル・デフォーは『ロビンソン・クルーソー』を書いた。無人島に置き去りにされたアレグザンダー・セルカークの話をもとにした小説である。セルカークは一七〇九年にウッズ・ロジャーズ船長に救出され、のちに海軍軍艦ウェイマス号に乗り組んだ。バーソロミュー・ロバーツを攻撃するために出撃準備したときである。

以下の各氏、各施設に謝辞を捧《ささ》げる。パトリック・プリングル氏へ。彼の血湧《ちわ》き肉躍る本『海賊旗《ジョリー・ロジャー》』はわたしの海賊に対する興味を掻《か》きたててくれた。また彼の励ましに対して。リトル・ニューカースルの教区牧師、W・ルイス師へ。P・N・ファーバンク教授へ、ダニエル・デフォーの著作物に関する助言に対して。ロンドンの科学博物館のスタッフへ。十八世紀の船の設計にかかわる専門事項に関して助言をいただいたことに対して。公文書館へ。大英博物館図書閲覧館へ。オックスフォード大学のボドレー図書館へ。グリニッジの国立海洋博物館海賊室へ。ロンドン市立図書館へ。国立スコットランド図書館へ。国立ウェールズ図書館へ。ハル・カレッジの諸図書館へ。バーミンガム図書館へ。ロンドン骨董《こっとう》協会へ。

ポート・タルボット市のアン・ブックス社、サリー・ジョーンズ氏に心から感謝申し上げる。たとえバーソロミュー・ロバーツがウェールズ人で成功者ではあっても、たった一人の海賊の物語を出版することに対し、いのいちばんに賛同してくださったことに。同様に、ストラウド市のサットン・パブリッシング社、サラ・フライト氏の熱意に謝意を捧げる。その熱意は、安息日を守り、美しく着飾るお茶飲み悪党をふたたびこの世によみがえらせてくれた。

最後に、多くの友人と知人たちへ。彼らの助けと関心が、本書を血に飢えた夢のかなたへ消えてしまうことから救ってくれた。

第一部　**海賊の夜明け**

一章　ハウエル・デイヴィス船長　一七一八年七月―一七一九年二月

「アフリカ・ギニア海岸沖にて、海賊団は二十万四千ポンド相当の金品を強奪した」
一七二〇年四月九日付け『ザ・ウィークリー・ジャーナル』、『ブリティッシュ・ガゼッティア』

一七〇九年一月初め、この年、イギリスの冬はおそろしく寒くて、テムズ川は凍ってしまった。そこで、『ガリバー旅行記』の著者であるジョナサン・スウィフト大主教は、凍った川の上に並んだ屋台でショウガ入りクッキーを食べた。このわずか数週間後のことだが、八千マイルも離れたところでロビンソン・クルーソーが救出された。

〝クルーソー〟というのは実名ではない。彼の救出劇から十年後、パンフレット作家として四十年も貧乏生活を送っていたダニエル・デフォーが最初の小説を書いて創りだした名前である。〝ロビンソン・クルーソー〟とはアレグザンダー・セルカークのことで、彼を救出したのはウッズ・ロジャーズ船長。

船長は、イギリスの敵スペインのアメリカ領地を襲うことで有名な私掠船乗りである。海賊が海を支配する黄金時代の到来を目の当たりにしたのがロジャーズ船長で、その終焉《しゅうえん》を見ることになったのがセルカークだったとは、歴史の小さな皮肉である。セルカークは海賊バーソロミュー・ロバーツを追跡する軍艦の上で死に、そのわずか二か月後に終焉は訪れたのだった。

デフォーは一七一二年に出版されたロジャーズ船長の私掠船航海報告書『世界周航記』を読んだ。『ガリバー旅行記』とこの報告書は相通じるものがあるとして……。

経験豊富な船乗りであり航海士であるウッズ・ロジャーズは、ブリストルの貿易商人たちの依頼を受け、スペインによるイギリス商船への際限ない略奪行為に対する報復として、大西洋のスペイン領を攻撃し略奪するために出航した。航海中、叛乱《はんらん》が起こったり、飢えかけたり、海上戦では二度も負傷したが、一七一一年にロジャーズ船長は帰還した、十七万ポンド余りにも相当する豪勢な積荷を持って。戦いで障害者になった陸軍兵士たちの年金が年十八ポンドなのにくらべると、膨大な額だ。このとき、ロジャーズ船長はセルカークも連れ帰った。セルカークは一七〇四年、耐航性のない船で航海するのを拒んで、マサティエラ島に置き去りにされ、それから四年以上もその島にいたのだ。マサティエラ島は、チリ沖にあるファン・フェルナンデス諸島のなかの最大の島で、いまは改名されてロビンソン・クルーソー島と呼ばれている。セルカークは、ロジャーズ船長が清水を採ろうと、たまたまボートを島へ送ったおかげで発見されたのだった。

ロジャーズ船長は大成功をおさめ、イギリスに帰った。大金持ちになっていたので、西インド諸島バハマの島々を借りあげることができた。バハマ総督に任命され、以後二十一年間、その任を務めた。しかし、問題が一つあった。そこは海賊の天国だったのだ。海賊たちにとっては黄金時代だった。商船の積荷は豊富だし、武装装備はお寒いし、海軍の護衛はとぼしい。捕まる心配などほとんどなかった。アメリカ海岸だろうが、西インド諸島だろうが、アフリカ沖だろうが、交易のあるところかならず海賊が潜んでいた。

スペインとの戦争は公式には一七一三年に終わったが、小競り合いは続き、イギリス海軍は地中海に釘付けになっていたため、よその任務に艦艇をまわすことはほとんどできなかった。しかし、交易は拡大していく。特許会社や東インド会社、ハドソン湾会社、王室アフリカ会社など、たくさんの会社が処女地で繁栄した。新しい土地が獲得され、新しい入植地が開拓された。スループ型の交易帆船や、凪《なぎ》に備えて補助オールを装備した帆走ガレー船がイギリスから長い三角ルートを航海した。アフリカへは織物や金属製品、武器を積んでいき、アフリカからは大西洋を渡って奴隷がアメリカへ運ばれた。アメリカからイギリスへは、香料やラム酒、茶、とりわけ黄金が持ち帰られた。海軍の護衛なしで雇用主へ富を運ぶ商船船長たちは、海賊から自分を守ってくれるものとして海の広大さを頼みにした。武器はとぼしく、乗組員はやる気がない、こうした船で彼らは無防備だった。海賊たちはいともたやすく略奪し、肥え太った。植民地や交易事業が増えるにつれて、海賊行為も増えていった。「交易は旗に続く」という言葉に付け加えることができる、「海賊は交易に続く」と。

植民地では、防衛はしばしば民間の土地所有者にまかされた。彼らには海賊に抵抗する動機がなかった。抵抗するどころか、海賊と交易するほうが簡単で、安全で、利益も大きい。生活は厳しく、収入は低く、海賊の持ってくる品々は安い。この時代は金持ちや商人のものであって、貧乏人のものではなかったのだ。

イギリス本国では富と贅沢《ぜいたく》がはびこった。一七一八年には最初のイギリス銀行券が発行された。ロンドンのどの通りにもヨーロッパ一すばらしい店々が並び、あらゆるところに入念に彫刻され、派手に彩色された看板が下げられた。一六六六年のロンドン大火のあと、シティの中心部は再建が進んだ。キャバンディッシュやグローヴナー、ハノーヴァーといった優雅な高級住宅街《スクエア》が出現した。セント・メアリー・レ・ストランド教会は一七一七年に完成。貴族たちは流行の髪粉を振ったカツラをかぶり、レースの襟飾りに絹のチョッキと半ズボンで着飾って、運試しに決闘をした。商人たちはいい香りのあふれるコーヒーハウスで商談をする。南海会社はじきに、すばやい利益還元を約束して投資者を集めることだろう。

しかし、この時代は不安定だった。ドイツから来た英語を話せない国王、ジョージ一世が玉座についたのはまだ一七一四年のことだ。翌年には、フランスに亡命したジェームズ王を支持するジャコバイトが興《おこ》り、元王がまた攻めてくるのではないかという恐怖が絶えずあった。

金のない者たちにとって、恐怖はもっと大きかった。ロンドンでは貧しい者たちがささやかな幸せのなかで暮らしていたが、それも生涯、奪われてしまった。失業は飢えをもたらすが、海戦が終わって乗る艦《ふね》のない軍艦乗りたちが何千人と出ていた。法律は厳しく、牢獄《ろうごく》は堕落と熱病の地獄と化し、どの町のそばにも絞首台がそびえ立っている。仕事がないことは悲惨な労役所送りを意味する。もっと悪くすると、流刑だ。どの植民地でも労働力を必要としているので、多くの無一文の男や女、子供たちに対して奴隷同然で働かされる大農園《プランテーション》行きの判決が下された。

貧乏は落ちぶれることを意味した、死さえも。危険があるにもかかわらず、多くの船乗りが海賊稼業の楽しさに惹《ひ》かれた。海賊をやれば、いとも簡単に金が手に入る。過酷な労働の代わりに、酒と懶《らん》惰《だ》と富と女といった海の女神の贈り物がある。ウッズ・ロジャーズは、バハマでは何百人という海賊を目にするかもしれない、そう警告された。
一七一八年四月、彼はデリーシャ号でイギリスを出帆した。デリーシャ号は大砲三十門を搭載した四百六十トンの商船で、先のマダガスカル行きに使った船だ。今回、同行しているのは、砲二十門搭載のウィリアム・マインド号と、船長二十メートルの貿易スループ船バック号とサミュエル号である。二隻とも二本マストの縦帆船で、上甲板に砲六門を備え、大きさは百トンだ。また、強力ではあるが臨時の護衛艦ミルフォード号がついている。三十二門搭載の五等級艦だ。さらに、商船ペアよりも大型で重武装の海軍スループ艦ペアもいる。ローズ号とシャーク号である。恩赦を受けいれるという海賊たちのために、ロジャーズは恩赦状を携えていた。

……しかして、一七一八年九月五日当日、あるいはそれ以前に、グレート・ブリテンもしくはアイルランドの国務大臣、あるいは海外植民地の総督および総督代理に対して当該海賊が降伏した場合に関し、以下のとおり誓約し、宣言するものである——降伏した海賊および海賊団は前記のごとく、一七一八年一月五日までに犯した海賊行為に対して、寛大なる恩赦を与えられるものとす。

海賊捕獲に対する報奨
船長　百ポンド
士官、航海長、掌帆長、船匠、掌砲長　四十ポンド
下級士官　三十ポンド

水夫　二十ポンド
仲間に対する反逆者となって海賊を捕獲、あるいは捕獲に導いた海賊には二百ポンドを与える。
以上の規定に従って、大蔵大臣、もしくは大蔵省監督官が支払うものとする。
一七一七年九月五日
ハンプトン・コート

七月初め、ロジャーズ船隊はニュープロヴィデンス島の港に到着した。そこには六百人以上の海賊が巣くっていて、ロジャーズが到着したことになんの関心も示さなかった。彼らは自分たちの生活に満足しており、金は存分にあり、放蕩《ほうとう》のかぎりをつくしていた。一度など、すばらしい紋織物を積んだ商船を拿捕《だほ》すると、そのすばらしい布を惜しげもなく切り裂いてはリボンにし、羊の角に結んで、ほかの開拓地の家畜と区別したのだった。彼らは新総督ロジャーズのことなど、脅威とは感じていないようだった。彼らはすでに前の恩赦提案を無視しており、ロジャーズはこんどの提案に対しても海賊たちから良い返事を期待することはできないと見てとった。彼の思ったとおりだった。
ロジャーズの小船隊は丸一日、港のなかにいた。入口には二つの進入路が造ってあって、封鎖はしにくいようにしてある。やがて、ごたまぜの海賊団を乗せたランチが陸岸から漕《こ》ぎだしてきた。彼らのシルクの衣服は荒れた手や不潔な体でこすれて台無しだった。彼らは海賊のなかでもいちばんの悪党、チャールズ・ヴェインのメッセージを運んできた。

ニュープロヴィデンス総督閣下へ

閣下はお喜びになるであろうが、われらは国王陛下のもっとも寛大なる恩赦を次の条件により、喜んで受けいれる所存である。すなわち——

われらが領地にあるわれらが所有物の処分を、すべてわれらにまかせること。同様に、国王陛下の恩赦法に明記してあるとおり、われらに属するすべての物品に対して、われらがふさわしいと思うとおりに対処させること。

もしも総督閣下がこの条件に従うならば、われらはすべての準備をしたうえで、恩赦を受けいれる。もしも従わなければ、われらは防備につかざるをえない。そういう結論に達した。

敬具

チャールズ・ヴェインと仲間一同

追伸。速やかなる回答を待つ

この無礼に対して、ロジャーズは軍艦ローズ号とミルフォード号に港の封鎖を命じた。ローズ号の艦長ホィットニーは、海賊ヴェインとの誠意ある面談を要求する旗をボートに掲げさせて、海尉を一人、送った。海尉の報告によると、海賊たちは泥酔していて、降伏するぐらいなら、ロジャーズを殺し、艦船を全滅させると脅したそうだ。封鎖をする以外にできることはほとんどなかった。

次の夜、ロジャーズ船隊の目をさまさせたのは、炎上する船からあがったカノン砲の轟《とどろ》きだった。船は暗闇《くらやみ》の底から火炎を噴きあげ、砲列はまるでぶつぶつ言う手榴弾《しゅりゅうだん》のようにめちゃくちゃに弾丸を放って、ローズ号の索具を切った。二隻の軍艦は錨索を切断し、四方八方からあざ笑うように飛ん

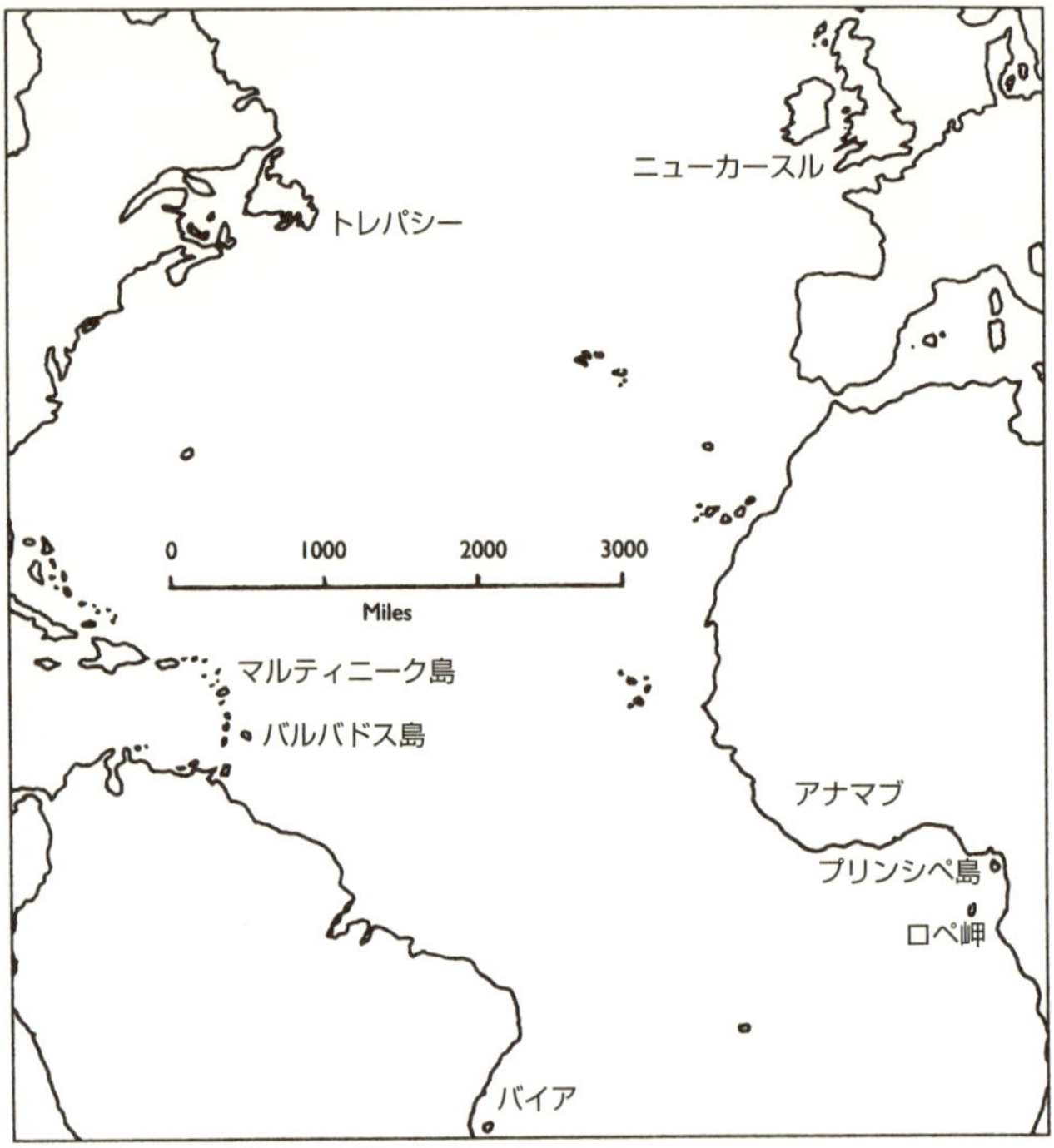

バーソロミュー・ロバーツの世界。勝利と厄災

でくる砲弾に追われて、外洋へ逃げていった。ロジャーズはなすすべなく見守った。火炎は港を明るく照らした。その明かりで海賊ヴェインの船が見えた。ミズン・マストに黒旗をひるがえして、東水道の危険な隘路《あいろ》を通りぬけてゆく。そのときだった、焼き討ち船の炎が火薬庫まで達し、その瞬間、爆発して、ニュープロヴィデンス全体が赤々と輝いた。ロジャーズのデリーシャ号は錨地でただ横に揺れ、縦に持ちあげられるばかりだった。

海賊ヴェインは総督に反抗する仲間たちを伴って逃げた。そのなかには〝キャリコ・ジャック〟ラカムもいた。彼はのちにヴェインを首領の座から追うことになる男だ。焼き討ち船は消え、あとにはただ煙が漂っているだけだった。ロジャーズは貿易スループ船、バック号とサミュエル号にヴェインを追わせたが、ヴェインは二隻の船をまいて逃げた。しかし、結局、のちに難破して、助けられ、正体がばれて、一七一九年、ジャマイカで絞首刑を宣告された。キャプテン・ジョンスンは著書のなかで記している――ヴェインは「絞首台でその臆病《おくびょう》ぶりをさらけだし、悪行にふさわしい苦しみのなかで息絶えた」と。

ヴェインが去ると、ロジャーズは断固たる行動に出た。彼は恩赦状の写しを陸《おか》へ送った。救いようのない犯罪者たちはすべてヴェインといっしょに去ったものと期待していた。翌日、上陸してみると、期待どおりのようだった。彼は、恩赦を受けいれるという男たちと会った。彼らの大半はピストルか反りかえった斬りこみ刀《カトラス》を手にしており、みんな汚れて不潔きわまりなかった。彼らの背後にあるナッソーの町は粗雑な丸太小屋やテント、居酒屋がひしめいていて、魅力のある町どころではない。水辺では動物の生皮が腐って異臭を放っていた。船乗りたちの話では、沖合いで風が吹くと、ニュープロヴィデンスが見えるまえに臭いがするそうだ。ロジャーズは恩赦状を読みあげると、建物を見てまわり、大きくて比較的汚れていない一軒を司令部に選んだ。

五等級艦ミルフォード号は北アメリカ海岸での任務につくために出港した。スループ艦ローズ号のホィットニー艦長も出発したくてじりじりしている。シャーク号もだった。だが、ロジャーズとしては、最悪の問題が解決するまでは二隻を手放すわけにはいかない。島での法律を制定し、海賊たちが戻ってきた場合に備えて、要塞《ようさい》を堅固にしなければならないのだ。海賊ヴェインはいぜんとして自由の身なのだが、ホィットニー艦長は彼を追跡することを拒んだ。金を稼げる外地では海軍艦長たちの不正行為が横行し、なかでもホィットニーは悪名高くなっていく。ほんの数か月後の一七一九年一月に、ロジャーズは友人で劇作家であり、日刊紙『スペクテーター』の発行人であるサー・リチャード・スティールに手紙を書いて、ホィットニー艦長について不満を並べることになる。

「イギリス海軍ローズ号はわたしをここに連れてきた三隻の軍艦のうちの一隻だが、その海尉艦長であるホィットニーは、以前わたしを大変危険な目に遭わせた男である。また彼は、きみの知遇を得ているように装っている。ほかにもロンドンの数人の友人たちのこともだ。しかし、彼のやっていることは実に悪辣《あくらつ》なため、わたしはできるだけ彼のことは思い出すまいとしている。もしも彼がきみの知人であって、わたしより先にロンドンできみに会うことがあれば、ここから送ったわたしの数通の報告書やほかから与えられる情報によって、彼が己自身を知り、また、彼の友人たちが本国での彼とここでの彼とは別人であると納得してほしいと願うものである」

ホィットニーはいぜんとして、彼自身の利益を追いつづけた。

ロジャーズの三番目の問題はいちばんの難問だった。彼のまわりはスペイン領地に取りまかれている。スペインはどの国に対しても自国の植民地との交易を許さない。密貿易を防ぐために、沿岸警備艇隊がいる。コスタガルダスだ。彼らの疑う目は厳しく、取り締まり方は不快なものだった。逆にそれが海賊行為を助長させる。独占権を持ったスペイン商船は価格を高く吊りあげる。植民地の人びとにとって、盗品を安く売る海賊は歓迎すべき客なのだ。海賊とコスタガルダスは激しく戦うが、どちらもイギリスやフランス、ドイツのまっとうな貿易船にとっては脅威だ。

九月になったころには、ロジャーズは困窮を極めた。食料はとぼしくなり、金はもっと少なくなったのだ。貿易航海に出るしか補給品を手に入れる方法はないが、最寄りの島であるイスパニョーラ島はスペイン領だ。選択の余地はなかった。船を二隻、送りださなければならない。もしもスペインの沿岸警備艇と出会ったら、戦うしかないだろう。ロジャーズに忠誠な部下は少なかったので、元海賊だった男たちもバック号とサミュエル号に乗り組ませた。船艙《せんそう》には交換品を満載して、この賭《か》けが成功するように祈った。バック号のブリスク船長は悲観的だった。船は耐航性がいいし、元海賊たちに抵抗して法を守る乗組員がほとんどいないとあっては、叛乱が引き起こされるだろうと予言した。

しかし、ニュープロヴィデンス島を出帆して、南のイスパニョーラ島へ針路を定めると、不安なことはなに一つ起こらなかった。風は穏やかで空は晴れわたっている。この平和な海にいると、海へ出てきたのはすばらしいことに思えた。小さな島々を通りすぎてゆく。たいていは丘陵に岩が転がる不毛の地だが、緑に輝いているところもあった。鬱蒼《うっそう》としたジャングルの下に漂白したように真っ白な海岸があって、ジャングルを縁取っている。船首から吹きつける風を受けて水夫たちが忙しく働くうちに、二隻の船は無事にイスパニョーラ島に着き、沖合いに錨を入れた。彼らは荷を降ろし、木々の下に品物を隠し、そこへ住民たちがこっそりやってくるのを待った。水夫が数人、砂浜の向こうへ樽《たる》や包みを急いで運んでいるあいだ、ほかの者たちは樽に水を満たしているふりをした、日暮れ前には現われるかもしれない沿岸警備艇をだますために。ところが、この計画をおじゃんにしたのは、スペイン人ではなかった。

ハウエル・デイヴィスに率いられたウォルター・ケネディとウィリアム・マグネス、クリストファー・ムーディの元海賊一味はブリスク船長と乗組員たちが寝入るまで待ち、それから彼らを制圧した。戦いもない、殺しもない、ただ指揮権が交代しただけで、叛乱者側には二隻のスループ船がころがりこんだ。殺すぞ、とブリスク船長を脅したあと、海賊たちは落ちついてふたたび手に入れた自由を楽しんだ。

大半がイギリス人かウェールズ人だった。海賊にはイギリス人やフランス人、スペイン人もいたが、オランダ人はいなかった。というのも、イギリスでは男たちが施しを乞《こ》うていたのに対して、オランダは漁業を行ない、失業者はそこで働くことができたからだと言われている。海賊たちがオランダ船を襲撃したがらなかったというのは事実だ。オランダ人は獰猛《どうもう》で、あくまでも抵抗しつづけるという噂《うわさ》だったからだ。

翌日、二隻のスループ船は島沿いに進んでいって、陸岸に近づくと、入江へ入っていった。そこには、船が一隻、錨を降ろしていた。船の形からして、フランス商船だった。海賊たちが砲弾を撃ちながら接近していくと、フランス船の乗組員たちは雑用艇へ転がりこんで、狂ったようにオールを漕ぎ、浜辺へと逃れていった。これには助かった。わずか六門の軽砲では大型商船と戦うことなどできないが、このフランス船はいともたやすく捕まえることができて、理想的な捕獲劇だった。すぐに操船班が乗りこむと、三隻の船は行き脚をつけて、北の海岸へと近づいていった。

イスパニョーラ島では人が住んでいるのは南側だけだ。北側は人を寄せつけないジャングルと野生動物がいる以外にはなにもなく、海賊たちにとっては人のいない最高の海岸線だ。すぐそばにはキューバ島を隔てるウィンドワード海峡が走っている。船舶は卓越風を利用してこの海峡を抜け、ジャマイカ島へ行く。帰りはおなじ道を通って逆風と戦いながら、アメリカ植民地やイギリス本国へと向かう。海賊は待ち伏せしていて、選んだ船を狙い撃ちできる。彼らを阻むのはスペインの沿岸警備艇がくる危険だけだ。

ハウル・デイヴィス船長

三隻は私掠船湾へ入っていった。曲がりくねった水路は丘陵のかげに隠れた停泊地へ続いていて、停泊地は海からはほとんど見えず、海賊たちにとってはむかしからの隠れ場所だ。私掠船湾という名前はそこから来ている。その守られた場所で、叛乱者たちは拿捕船から金品を略奪した。そこで、捕虜たちに見張りをたてると、酒瓶やだるま瓶を手に甲板で飲んだくれた。船長を選ぶときだ。

彼らは、海賊言葉で言うと、拳銃の弾丸《たま》をも通さず、カノン砲の砲口を見ても恐れない男を望んだ。海を知り抜き、うぬぼれも自慢もせず、約束は守る男を。そして、なによりも大事なのはその男が幸運に恵まれていることだった。ハウエル・デイヴィス、黒髪で短軀《たんく》のウェールズ人、彼らはこの男のなかに自分たちの船長を見ていた。むかしからデイヴィスの勇気と老獪《ろうかい》さは彼らの尊敬の的だった。なんの意見の衝突もなく、ハウエル・デイヴィスは彼らの首領であると宣言された。

バック号のブリスク船長と二人の航海士、掌帆長、それに体調不良の二人の水夫がポーター船長のサミュエル号に移された。ポーターは改心した元海賊のようで、彼も解放された。しかし、三十六人の乗組員のなかで解放されたのは、ニュープロヴィデンス島に家族のいる十七人だけだった。残りの者たちは無理やり船に残された。二隻を操船する人手が必要だったのだ。そのなかにアーチボールド・マーリーという若い医者がいた。

いつでも医者は必要とされていた。そうした医者が訓練を受けた正規の医者であることはめったにないが、彼らは骨を繋《つな》ぎ、傷の止血をし、弾丸を取りだし、性病の治療をすることはできる。彼らは実に貴重な存在なので、略奪品の分配率は大きい。なかには実際に毎航海、給料を受けている者もいた。

サミュエル号は出帆していった。海賊船に残された乗組員たちは、ブリスク船長が自分の名前を頭に刻んで、この男は強制的に海賊にされたとおぼえておいてくれるように願うしかなかった。もしも逮捕された場合、船長の証言だけが自分の命を救ってくれるのだ。裁判にかけられた海賊はだれしも、自分は強制されたのであって志願したのではないと宣誓する。冷笑する判事たちはその証拠を求めるのだ。

ハウエル・デイヴィス船長はイスパニョーラ島へ戻るまえにキューバ島へ針路をとり、そこでフィラデルフィアから来た船を一隻捕まえると、フランバーウェイ岬のまわりをうろうろした。いつもならたくさんの貿易船が通るところだ。今回は、数隻捕まえただけだった。その一隻からリチャード・ジョーンズという船乗りがバック号へ連れてこられた。彼は堅気の生活をやめるのを嫌がった。何度も拒否するのに嫌気がさした掌砲長は、ジョーンズの脚へ斬《つ》りこみ刀を振りおろした。それから腰にロープが縛りつけられると、ジョーンズは海のなかへ吊りおろされ、嘲笑《ちょうしょう》する海賊たちによって、また船内へ吊りあげられた。

捕まえた獲物が少ないので、日ごとに不満が高まっていき、デイヴィスはアフリカ海岸に自分の運を賭けることにした。運のない船長は選ばれたときと同様に、すぐさま解任させられかねない。現にチャールズ・ヴェイン船長は、自分の操舵《そうだ》長だった〝キャリコ・ジャック〟ラカムに取って代わられた。船長として思慮のある判断をくだして、重武装したフランスの軍艦を攻撃するのを拒んだためだ。翌三月、ヴェインは逮捕されて、ジャマイカのポート・ロイヤルで絞首刑にされた。ハウエル・デイヴィスにはもっと運が必要だった。

大西洋を渡るまえに、デイヴィスは船を傾けて、船底から海の生物を取りのぞかせた。この暖かい海域では、フナクイムシが船材のなかに穴を掘って入りこむ。この軟体動物は無数の卵を産み、卵は成長して、体長六インチ（十五センチ）の食欲旺盛《おうせい》な成虫となる。定期的に対処しなければ、外板は穴だらけになり、腐って水漏れする。竜骨《キール》に海藻がついてたなびき、貝が重なって付着していくにつれて、船足は落ちてゆく。傾船修理はふつうは単純で楽しい作業だが、今回は、船体の整備に責任を持つ熟練した技術者である船匠《だいく》がいないので、だれもが歓迎しない仕事になった。

ある湾を見つけた。そこは樹木が水際まで生えていたので、木々の幹にロープを掛け、マストへまわして引くと、船を横倒しにすることができた。喫水線の下には貝がびっしりと分厚く付き、油っぽい海草類がもつれ合い、フナクイムシの穴があばた模様になっていた。ジョーンズとほかにも強制的に海賊にさせられた男たちが、付着物を掻《か》き落《お》としにかかった。ほかの者たちは船底を硫黄でぬぐってフナクイムシを殺し、防腐用の獣脂を塗りつけた。それから船は反対側へ倒された。船内にはとうに悪臭がこもっていて、どうしても消えない。悪臭から逃れるために、浜辺に木の葉で屋根を葺《ふ》いた避難小屋が何軒か建てられた。バック号は定員十五名なのに、いまは六十人以上も乗せているのだ。

長い航海に備えて、食料が準備された。野生動物の生肉が帯状に切り裂かれて、焚《た》き火の上に据えた木枠にぶら下げられた。やがて、肉は革のように固くなったが、保存にはいい。土着のカリブ人から教わったもので、彼らはこの木枠を〝ボウカン〟と呼んでいた。ここから〝ボウカニア〟という言葉が生まれ、この保存食はヨーロッパの船乗りたちに伝えられた。彼らはスペインと戦っていたので、新鮮な食料を手に入れるために港へ近づくことは敢《あ》えてしなかったのだ。

夕方になると、海賊たちは船の悪臭や硫黄の臭いから逃れて、粗末な小屋のかげに陣取り、くつろいでトカゲ競争をしたり、歌ったり、海での出来事を話したりした。眠気のさす夜になってもまだ飲んで、際限なく食べた。「おれたちの食べるざまはまったく乱雑で、人間というより犬の群れのようだった。たがいに食べ物を奪い合い、つかみ合う……。食べることはおれたちのいちばんの気晴らしで、まるで戦争のようだった、と、彼ら自身が言った」のだった。

とうとう彼らは出帆した。獲物と沿岸警備艇を見つけるために見張りをたて、ウィンドワード海峡を間切りながらさかのぼると、フロリダ海岸沿いに走った。ついにバミューダの緯度に達すると、東へ船首を向けた。それは長く、退屈な航海だった。夜になると、海賊たちは船長の部屋に話しにきて、計画について議論し、肥えた獲物を夢見た。ハウエル・デイヴィスには〝閣下《ロード》〟と呼ばれる幹部たちがいた。勇敢で、意志の固い男たちだ。操舵長《コーターマスター》のジョン・テイラー。残虐で自尊心は強いが楽天家のウォルター・ケネディ、それに、短気だが優秀な掌砲長《ガンナー》ヘンリー・デニス。彼らには海賊として長い経験があり、その勇気と傲慢《ごうまん》さは恐れられていた。また、特権が与えられていて、たとえば、船尾甲板に上がることも、好きなときに上陸できる自由も許されている。西アフリカの沖合いにあるカーポベルデ諸島へ向かうと決めたのもこの男たちだった。カーポベルデはポルトガル領で、のんきな住民たちはすべての船を歓迎した。

彼らはサンニコラウ島に投錨《とうびょう》した。西側の島々の一つだ。島には大砲十二門を備えた荒れ果てた小さな砦があり、その上のほうに町がある。原住民の小さな小屋や家で新鮮な食料と水が手に入ると海賊たちは知っていた。デイヴィスは護衛として数人の部下を連れて、総督を訪ねることにした。薄汚れたスループ船からボートを漕ぎだした。なかにすわっているデイヴィスはえび茶色のベルベットの上着にレースの襟飾り、銀のバックルのついた靴、という出で立ちだった。同行者たちの衣服は彼よりはみすぼらしいが、布も裁断も上等だ。ボートいっぱいの伊達男《だておとこ》たちは強烈な印象を与えたが、彼らの衣装はみな、十数隻の船から奪ったものだった。

総督は、デイヴィスの部下たちが食料を手に入れ、交易するために上陸することを許可した。島には製布工場があり、青白縞模様《しまもよう》の布を生産している。これはギニアの原住民にたいへん人気があるが、海賊たちは関心を示さなかった。海上では、欲しい布はすべて手に入るからだ。

リチャード・ジョーンズは脚の傷がもう治っていて、逃亡しようとした。水を採りに陸《おか》へ送られると、彼はココナッツの森のなかへ逃げこんだ。どこに行こうというあてもなかったが、バック号が出帆するまで隠れていられればいいと願っていた。不運なことに、〝閣下《ロード》〟の一人、テイラーに見つかってしまった。航海長としてのテイラーの役目は、船長と乗組員のあいだの仲介者になることだ。

下草やヤシの木が生い茂っているにもかかわらず、テイラーはジョーンズを見失いはしなかった。彼はポルトガル語を少し話せるので、逃亡者がどこに消えようと、原住民やムラート（白人と黒人の混血者）から逃げた方向を聞きだした。ジョーンズは何時間か死に物狂いで逃げたあげくに捕まり、両手を背中で縛られて、船に連れもどされた。

総督の役人の一人が二人を目にした。それはジョーンズの救いにはならなかった。デイヴィス船長は総督に対して、自分たちは海賊を探索中の軍艦だと嘘《うそ》をついていた。テイラーはなぜ逮捕者の両手が縛られているか、その理由を役人に言葉巧みに説明した。この恥知らずはギニアへ連れていかれる陸軍兵士の一人で、そこの要塞に勤務することになっているが、逃亡したのだと。いまやジョーンズは船へ連れもどされる運命だが、ポルトガル語を話せない彼にはどうしようもない。処罰は予想がついた。海賊は裏切り者に容赦はしない。ジョーンズはマストに縛りつけられ、シャツを脱がされ、むきだしになった背中へ乗組員全員からムチをくらった。

食料を補給すると、海賊たちはすぐさま出帆した。デイヴィスは、メイ島のそばに船がたくさんいると教えられたのだ。彼はたっぷりと儲《もう》かる獲物を手に入れたいと願っていた。

いまでは彼らは、相手が小型船なら、その船長も乗組員も敢えて自分たちに抵抗はしないと見ていた。メイ島で最初に捕まえた船の船長はちがった。一七一九年二月初め、半リーグ向こうにロイヤル・マーチャント号が見えた。海賊船は錨を降ろしていたが、すぐさま商船の船首へ迫った。マストのてっぺんから黒旗をひるがえし、脅し文句を怒鳴りながら、鎖付き弾《チェーン・ショット》を撃ちこんで索具や帆を切断し、乗組員たちを負傷させ、船を航行不能にさせた。船長はバック号へ来るように命じられた。ケネディが船長に船の耐航性能について訊《き》いた。バック号はこれほど大勢の人間を乗せるにはあまりにも小さすぎて、スピードが落ちているのだ。もっといい船が必要だった。

愚かにも船長は答えるのを拒んだ。彼はロイヤル・マーチャント号に引きずりもどされた。肩と太ももは切られて血が流れ、顔は殴られて腫《は》れ、左手の指は黒く血まみれだった。〝閣下《ロード》〟のケネディがやったのだ。そこで、船長は海賊たちが知りたがっていることをぜんぶ教えた。すると、彼らは船長の銀時計を奪った。海賊たちにとってはこれで充分ではなかった。船中をあさって金や衣類、商品を奪うと、彼らは気絶しかけている船長のところに戻ってきた。輪にしたロープを船長の首に掛けると、そのロープの片端を帆桁《ヤード》の先端にとった。船長は引きあげれて足が甲板を離れ、ぶら下がったまま絞首刑踊りをおどった。指先が力なく喉《のど》を掻《か》くうちに、屈辱的なことにロープが放たれて、ドサッと彼は甲板に落ちた。

こんな残虐なことをしても、まだ海賊たちは満足しなかった。ケネディやデニスのような男たちは自分に逆らった者に一片の情けもかけない。船長の額に細いロープが巻かれ、ロープがきつく、さらにきつく締められた。船長の悲鳴に海賊たちは大笑いし、とうとう船長が気絶すると、バック号へ放りこんだ。意識を回復したら、彼はバック号で無理やり働かされることになるのだ。

つづくひと月のあいだに、彼らはさらに数隻の船を拿捕した。その一隻には、箱入りの火器や、菰《こも》入りのインド製品、歓迎すべきラム酒の樽もあった。船乗りお好みの酒だ。重砲八門もあったが、バック号はすでに荷を積みすぎていた。デイヴィスはそれらをぜんぶバック号に積みこんだ。別の船に乗り換えるつもりだったのだ。たまたまリヴァプールから来た船に遭遇した。カノン砲二十六門を積むには充分な大きさだった。可動性のある二本のマストを持つブリガンティン型帆船で、風に合わせて縦帆と横帆を使い分けられる。相手には汚くよごれたバック号が代わりに与えられた。

デイヴィスは安堵《あんど》した。メイン・デッキ沿いに船首から第一斜檣《バウスプリット》まで彼は目を走らせた。第一斜檣は縦に揺れ、高々とそそりたってアフリカ海岸をめざしてゆく。船はロイヤル・ジェームズ号と名付けられた。

二月二十三日には彼らはガンビアに来て、ある港の沖合いにいた。その港はガラッセという名前からバサルストに変わり、現在はバンジュールと呼ばれている。二つの低い砂洲《さす》の上に不安定に築かれた港で、毎年、洪水に見舞われるため、「自分自身の排泄物《はいせつぶつ》の海に浮かぶ水浸しのスポンジ」と表現すべきような港だった。デイヴィスはすでに自分が成功者であると証明していた。ガラッセ港は海賊黄金時代の幕開けの場となり、それは四年間、続くことになる。

王室アフリカ会社の城砦にいる貿易船をだますために、彼らはマストのてっぺんに商船旗を掲げて、ガンビア川をさかのぼっていった。川岸に沿って、王室アフリカ会社の城砦がたくさんある。堅牢《けんろう》なのもいくつかあるが、ほかは荒れ果てていて、一発の砲弾で破壊できそうだった。会社はアフリカ貿易の勅許状を受けているが、フランスやポルトガルとの競争が厳しいため、防衛のために多数の城砦を築いた。しかし、結局は、近視眼的で強欲な株主たちの愚かさに苦しめられることになった。彼らは、城砦を維持するために充分な資金を出そうとしなかったのだ。城砦の維持には年間二万ポンドかかるが、七パーセントの配当を受けている株主の大半が、自分たちの利益の一ペニーたりとも出そうとしない。城砦は放っておかれた。失策は高くつく。しかし、ガラッセには城砦を修理させようという積極的な代理人がいた。城砦を修理しているあいだ、彼と部下たちは船上で商売をやった。ロイヤル・アン号だ。そのそばにはもう一隻いた。

デイヴィスはその代理人、オーフェアーに会いにいき、自分は貿易商人で、嵐に遭ったため、いま薪と水を求めて入ってきたのだと自己紹介した。オーフェアーはほとんど口をきかずに、デイヴィスのきらびやかな衣装を見つめ、ふつうの商船の船長がどうしてジェントルマン階級のように着飾ることができるのだろうかといぶかった。デイヴィスのほうは自分のまわりを見まわして、ロイヤル・アン号の軍備や乗組員、そばの城砦の状態などを見てとった。

その夜、海賊たちは準備にかかった。甲板の下では掌砲長と部下たちがピストルを点検し、短剣や斬りこみ刀の切れ具合を試し、城砦の上に並んだ大きな大砲を見てとった。ボートが次々と静かに降ろされた。

オーフェアーは奇襲は許さなかった。彼は軍艦に勤務していたことがあるので、攻撃に対してとるべき備えは心得ていた。海賊たちが近づいていくと、オーフェアー側は暗くした砲門からいっせいに撃った。しばらく砲撃は続いたが、デイヴィス率いる六十人の勢力とカノン砲からの片舷斉射の威力はあまりにも大きすぎた。オーフェアーは降伏した。彼の仲間たちのなかには川の上流で交易している者たちもいたが、代理人が撃たれて倒れると、武器を捨てた。

朝には城砦は炎上し、ロイヤル・アン号は略奪され、もう一隻は拿捕された。海賊側の損失は二人が負傷しただけだった。略奪品はロイヤル・ジェームズ号へ運ばれた。それから二晩、海賊たちは焼け残った城砦のなかで飲んで騒いで、喜び、祝った。

ある朝、スループ船が一隻、川をのぼってきた。霧のかかった川面をゆっくりとロイヤル・ジェームズ号のほうへ近づいてくる。またもやおとなしい獲物が約束された。海賊たちには武器が余るほどある。あのリチャード・ジョーンズでさえ、斬りこみ刀を手にしていた。城砦を焼き落としたあと、彼も略奪に加わり、いまでは自ら海賊の一員となっている。

スループ船はどんどん、どんどん近づいてくる。奇妙なことにマストには旗も長旗もない。デイヴィスは掌砲長に命じて、スループ船へ一発お見舞いするように準備させた。ところが、とつぜん、スループ船は撃ってきて、黒旗を掲げた。デイヴィスはびっくりして、自分たちの黒旗を揚げさせた。不気味な骸骨《がいこつ》のついた海賊旗を見ると、スループ船から喝采《かっさい》があがった。スループ船はフランスの海賊、オリヴィエ・ラ・ヴァズールが指揮する船だった。彼はル・ブシェとか、ラ・ビュズとかいう名で知られている。〝猛禽《もうきん》〟という意味である。大声をあげて笑って彼は謝った。二隻はいっしょに一週間以上も川をうろつきまわったが、船は一隻も来なかった。引きあげ時だった。

王室アフリカ会社の社員は全員が全員、ロイヤル・アン号で寝たきりになっているオーフェアーに忠誠だったわけではない。十四人の社員のうち半分が自ら海賊になった。異常なことではない。会社は〝社員〟を奴隷のように扱い、彼らに与える家はみすぼらしく、食料は乏しく、給料は安い。大半は、雇用期間が終わるずっとまえに、栄養不良や熱帯の病気で死んだ。海賊生活には危険が伴い、処刑されることもあるかもしれないが、海賊にならなかったら一生知ることはなかったような金や贅沢、楽しみももたらされるのだ。

三月七日、海賊たちは商船船長に水先案内させて、川をくだり、水路から水路を抜けていった。後ろからは海賊たちが乗り組んだ船長自身の船がついてくる。海賊ル・ブシェのスループ船もだ。

翌朝、河口には靄《もや》がかかっていた。ル・ブシェと出会った経験を警告にして、厳しい見張りが続けられていたので、黒旗を掲げてブリッグ船が入ってきたとき、動揺は起こらなかった。ブリッグ船はエドワード・イングランドの船だった。彼は数か月間、西アフリカの海岸を荒らしまわっていた海賊で、のちに屋根なしボートでマダガスカルまで過酷な航海をやり遂げ、それで有名になる。ル・ブシェとちがって、イングランドは仲間を作ることを拒み、走り去った。あまりにも多く仲間がいると、一人頭の分け前が少なくなるのだ。しかし、一年後、ル・ブシェはイングランドと手を組むことになる。

それはあとの話だ。いまは、このフランス人海賊はもっといい船を欲しがった。拿捕された商船は大きくて堅牢だったが、船足は遅く、動きは鈍い。海賊が持つべき船は、狭いところでも巧みにすり抜けることのできる小さくて快速のやつか、ロイヤル・ジェームズ号のような威風堂々たる船だ。大砲や旋回砲、臼砲を装備した強力な船で、その船を目にしたら、まともな船長は怖気《おぞけ》を震うような船である。ル・ブシェのスループ船は快速だったが、いまは動きが鈍くて、水漏れがしている。

海賊たちは商船と船長を解放したが、副長と船匠、掌帆長と五人の水夫は奪った。そのなかには捕まえられたことを喜んだ者たちがいたが、怒った者たちもいる。二人は脱走を企てた。森のなかに隠れていれば、最終的には城砦へ戻ることができて、入ってきた船が故国へ連れ帰ってくれると信じたのだ。彼らは野生動物の危険も、野蛮な原住民の危険も理解していなかった。それに、次に入ってくる船がエドワード・イングランドの海賊船であることも知らなかった。

しかし、そんな危険は彼らにとって問題にはならなかった。操舵長のジョン・テイラーが現地の黒人たちに賄賂《わいろ》を渡して、逃亡者たちを見つけださせたのだ。見つかった二人はむごい扱いを受け、テイラーに切りつけられ、殴られ、ロイヤル・ジェームズ号に連れもどされると、あざ笑う海賊たちにムチ打たれて、悪臭漂う船艙《せんそう》の真っ暗闇のなかに閉じこめられた。充分に働けるようになるまでずっと……。この事件とほぼおなじころ、大西洋の向こう側では一人の海賊が死んだ。そして、イギリスでは、〝ロビンソン・クルーソー〟が海軍に入った。

一七一八年十一月二十二日、北アメリカでエドワード・ティーチ、つまり、ブリストル生まれの、本名はたぶんエドワード・ドラモンドというのだろうが、その男が殺された。屈強の体つき、長い顎《あご》鬚《ひげ》は編んで垂らし、容貌《ようぼう》は躁鬱《そううつ》気質をうかがわせる。悪名高き黒 髭《ブラック・ビアード》である。ノース・カロライナのオクラコウク湾で戦ったすえのことだ。彼の死を証明するために、首はヴァージニアに持ち帰られた。それから何世紀もたった一九四九年、銀で裏張りされた頭蓋骨《ずがいこつ》が個人入札者に売られた。

この〝勇敢なる大悪党〟は彼の埋蔵財宝伝説でもっともよく知られている。ボストンの北のショールズ諸島のどこかに隠されていると言われている。「その在処《ありか》はおれと悪魔以外のだれも知らん。いっとう長い肝臓がぜんぶのみこんじまったはずだ」。そう彼は吹聴した。しかし、海賊たちは捕らえた者に板の上を歩かせると言われているが、それが人気のある誤解であるのと同様に、〝財宝〟というのもおそらくはただの黄銅鉱にすぎないだろう。

ロバート・ルイス・スティーヴンソンの『宝島』のなかに次の詩が出てくるが、黒髭はまた、その詩の出所でもあると考えられている。

「死人の箱の上におるのは、十五人、
ヨー・ホー・ホー、それに、ラム酒が一本！
あとの連中をやったのは、酒と悪魔よ、
ヨー・ホー・ホー、それに、ラム酒が一本！」

黒髭は乗組員のなかに謀反を起こそうとしている連中がいるのに気づくと、ヴァージン諸島のトルトラ島へ行き、沖合いにある荒涼とした小さな岩島に彼らを置き去りにした。そこはまったく不毛の島で、トカゲや蚊、ヘビがうじゃうじゃいたため、〝死人の箱〟として知られていた。彼は男たちに斬りこみ刀とラム酒を一本ずつ渡した。たがいに殺し合えばいいと思ったからだが、翌月に戻ってみると、十五人はまだ生きていた。

彼の人生は狂気と暴虐に満ち、がむしゃらなものだった。「そういう日々、ラム酒がすべてだった」そう彼は日記に書いている。「仲間のなかにはちょっとは素面《しらふ》なやつもいた。おれたちのあいだには混乱もあった。ならず者どもが徒党を組んで……だから、おれは死に物狂いで獲物を探した」。彼は恐れを知らない男だったが、残虐で、性的にも異常だった。若い女と結婚したが、それは十四番目の妻で、キャプテン・ジョンスンは著書にこう書いている。「黒髭はひと晩中、彼女とふけったあと、獰猛な仲間のうちから五、六人を上陸させて、招待し、妻に無理やり売春させたのだ、彼ら全員と。一人また一人と、自分の目の前で。それが彼の習慣だった」。ジョンスン船長は、「こうした彼の行動は常軌を逸している」と見る。

黒髭（ブラック・ビアード）

一九九九年、水中考古学は黒髭の船クイーン・アンズ・リヴェンジ号の残骸《ざんがい》の眠る場所を突きとめた。この船はもとはフランスの奴隷輸送船コンコルド号で、大砲を四十門搭載した恐るべき船だった。この船を拿捕した黒髭は、一七一八年六月十日、ノース・カロライナのビューフォート島の入口で浅い砂洲に乗りあげてしまった。ロープや小錨を使ってなんとかもう一度船を水に浮かそうとしたが、失敗し、野菜類を降ろしてリヴェンジ号より小さな船に積み替え、砂洲を離れたのだった。

ほぼ三世紀後、調査隊は数年に渡る挫折《ざせつ》を味わったあと、広範囲な海底捜査を行なったすえ、残骸を発見した。作業はのろのろと時間のかかるものだった。度重なるハリケーンで砂の層がすべてを覆い尽くしていたのだ。いったん掻き乱すと、泥砂が視界を閉ざした。

それにもかかわらず、調査は成功した。発見されたすべての物品が一七一八年近くのもので、それ以後の物は一つもないと年代が特定できた。十八世紀初期のピューターの大皿。性病治療用の水銀をそそぐ鉛の注射器。一七〇九年のスペイン製の鐘。ほぼ一七一二年製と思われるワインの瓶。少量の金の粒。コンコルド号が積んでいた二百一ポンドの砂金。

なによりもいちばんの証拠は備砲だった。大きさも威力もちがうさまざまなカノン砲、いろいろな船から略奪したものだ。一つの砲にはＩＥＣの文字が刻印されていた、十七世紀後半のスウェーデンの大砲だという印である。軽カルバリン砲の砲耳には一七一三年の数字があった。すべて黒髭のクイーン・アンズ・リヴェンジ号の物だった。

数日後に発掘が終わると、悪名高き〝大西洋の墓場〟を四度目のハリケーンが襲い、怒号とともに海上を吹き渡っていった。まるで海賊の秘密をあばこうとするいかなる企てにも海が抵抗しようというように……。

黒髭の手下であろうとハウエル・デイヴィスの手下であろうと、海賊たちにはロマンチックなところも魅力的なところもほとんどなかった。一七二二年にフィリップ・アシュトンという船乗りが海賊エドワード・ロウに捕まった。海賊たちの荒々しい態度にアシュトンは胸が悪くなり、「こんな悪党どもといっしょに暮らさなければならないと思うと、吐き気がした。彼らにとって、悪事を働くことはスポーツなのだ。酒をがぶ飲みし、大声で怒鳴りちらし、悪態をつき、神を冒瀆《ぼうとく》するおぞましい言葉を吐き、あからさまに天に逆らい、地獄を侮る、それが日常茶飯なのだ、眠くて怒鳴《どな》ることもがぶ飲みすることもできない場合を除いては」

黒髭の悪行放蕩《ほうとう》からはるか離れたところで、またハウエル・デイヴィスからもはるか遠いところで、アレグザンダー・セルカークはイギリス海軍エンタープライズ号で働いていた。一七一一年にウッズ・ロジャーズ船長とともにイギリスに戻ってきたとき、彼は拿捕賞金のかなりな分け前を与えられたが、置き去りにされた島で一人暮らした楽しさが懐かしくなっていた。「自分はいま、八百ポンドの財産持ちですが、一文の財産もなかったときほど幸せではないでしょう」。そう彼は『スペクテーター』発行人、サー・リチャード・スティールに言った。

彼は不満だらけで、すぐに腹をたてた。一七一三年、彼はブリストルで船大工を襲って告訴された。一七一四年にはファイフシャー州ラーゴの家族のもとへ戻ったが、その家でも引きこもり生活で、庭の隅に仮ごしらえした〝洞穴〟に住むことにしたのだった。兄弟とも喧嘩《けんか》した。そこで、土地の娘ソフィア・ブルースとロンドンへ駆け落ちした。一七一七年には彼女に全財産を譲る遺言書を作った。ところが、ほとんどすぐに彼女を捨てて、海軍に入った。一七一八年、彼はソフィアのもとに戻ったが、結局、また彼女を捨てた。英仏海峡沿いの港へ海軍物資を運ぶ単調な海の仕事のほうが好きだっ

黒髭

たのだ。『ロビンソン・クルーソー』が出版された年には有名人となるはずの男にとって、それはロマンあふれる仕事ではなかった。しかし、海軍での退屈な平和は長くは続かないことになる。一七一八年十二月七日、イギリスはスペインに対してその世紀二度目の宣戦布告をしたのだ。地中海で軍艦が必要になるだろう。

そんなことを海賊ハウエル・デイヴィスはいっさい知らなかった。彼は南へ針路をとり、シエラレオネにある王室アフリカ会社の城砦をめざして五百マイルの航海を続けていた。運がよければ、その富のあふれる繁栄した港にはたくさんの船がいることだろう。そこで略奪して金銀財宝を集める。山のような豪華なダイヤモンド、黄金、トレド鋼で作った短剣、砂金、レース刺繡《ししゅう》をした胴着、繊細な衣服、ありとあらゆる貴重な品々、そうしたものを分配したら、それぞれ自分の衣類箱に入れて鍵《かぎ》をし、持ち主といっしょに出発する。箱をながめてはほくそ笑み、行きついた楽園で博打《ばくち》をやって、湯水のように使い、楽しむ。

デイヴィスは自分のこの新たな欲望のために、また、船の複雑な艤装《ぎそう》を熟知している適任者として、あのリチャード・ジョーンズを掌帆長に選んだのだった。

二章　シエラレオネ急襲　一七一九年三月

「アフリカのこの地が絶好の落ち合い場所になる、そう海賊たちは認めるに至った。陸《おか》にはたくさんの悪党がいて、ボートやカヌーで自分たちの荷を陸《おか》に運ぶ手伝いをしてくれるからだ」
アフリカからの手紙、一七一四―一七一九（公文書館T70／6）

一七一九年三月。シエラレオネの〝ライオン山〟はひと目でわかった。居住地の背後に樹木の茂る高地があり、そこにほかの木々よりはるかに大きな木が一本そびえていたからだ。広い河口は両岸が小川や入江で途切れたり、ぎざぎざになったりしていた。木々に覆われた渓谷で滝《たき》の轟《とどろ》く音が聞こえた。ここがシエラレオネと呼ばれているのは、町の向こうでライオンがうずくまっているように見えるからだ、とだれかが言った。水の轟く音がジャングルの王の遠吠えのようだからさ、と言う者たちもいる。そんなことより海賊たちの頭を占めているのは暑さと略奪のことだった。

男たちはさっきまで日向《ひなた》の甲板を半裸でうろついていたが、いまは武器の手入れをしている。砲列のそばに陣取って、斬りこみ刀を磨き、ピストルを掃除する。ル・ブシェ船長のスループ船が横に並んでいた。略奪はたやすい仕事に思えた。荷を満載した貿易船たちが奴隷と象牙《ぞうげ》を手に入れようとここへやってくる。一つしかない城砦は小さくて、防備は手薄だ。

おもしろくないことに、すでに別の海賊船がいて、二隻の拿捕船を従えていた。マストのてっぺんから黒旗をひるがえしている。ガレー船ムールーン号で、船長はトマス・コックリン。かつてル・ブシェとおなじ船に乗っていた男だ。彼はル・ブシェといっしょにいるのがハウエル・デイヴィスだとわかると、すぐに二人を自分の船に招いた。デイヴィスが船に着くか着かないかのうちに、一人の商船員が彼へ駆けよってきて、ウィリアム・ホールが殺されたように、罪もない男たちが殺される、助けてくれ、と泣きついた。

ホールというのはエドワード・アンド・スティード号の乗組員で、船は前日、コックリンに襲撃されたのだった。略奪が終わると、商船船長は海賊の掌帆長《ボースン》から水夫をひとり横静索《シュラウド》へあげて、フォア・トップスルの帆足綱《シート》をほどかせるようにと、命じられた。その帆は船首楼のはるか上にあった。生まれながら動作の遅いホールは海賊の好みからすると、あまりにも時間がかかりすぎた。掌帆長は傲慢《ごうまん》なやつだと思って、カービン銃でホールを撃った。弾丸は当たったが、ホールは死ななかった。すると、掌帆長は横静索をのぼっていって、怪我した男に追いついた。助けるためではなく、斬りこみ刀で彼を切り殺し、死体を海へ落とすためだった。そのときから、エドワード・アンド・スティード号の乗組員たちは、またたれか虐殺されるかもしれないと恐れおののいていたのだ。

デイヴィスはののしった。コックリン船長を愚か者だと批判し、おれたち二人のまわりにみんな集まれ、と部下たちへ怒鳴った。コックリンの部下たちはそばに立って、武器をいじくった。拿捕された商船乗りたちも見守っている。なかには期待顔もあったが、大半は冷ややかな表情だった。海賊のどっちが勝とうと、自分たちが解放される望みはないからだ。いずれにしても、彼らは捕虜のままなのだ。

降伏しない連中を罰するのと抵抗せずに降伏した者たちを罰するのは別のことだ、そうデイヴィスは厳しくコックリンに言いふくめた。彼とその部下たちを愚か者の臆病者《おくびょうもの》とあまりにも手厳しく責めたので、もしもル・ブシェ船長が割って入らなかったら、戦いになっていたことだろう。ル・ブシエはほがらかにしゃべりかけて、二人の肩に両腕をまわし、コックリンの部屋へと二人を導いた。すぐに三人とも声をたてて笑っていた。彼らは川の上流の城砦を攻撃することに意見が一致した。そこにはコックリンの手から逃れた商船が半ダースもいるのだ。

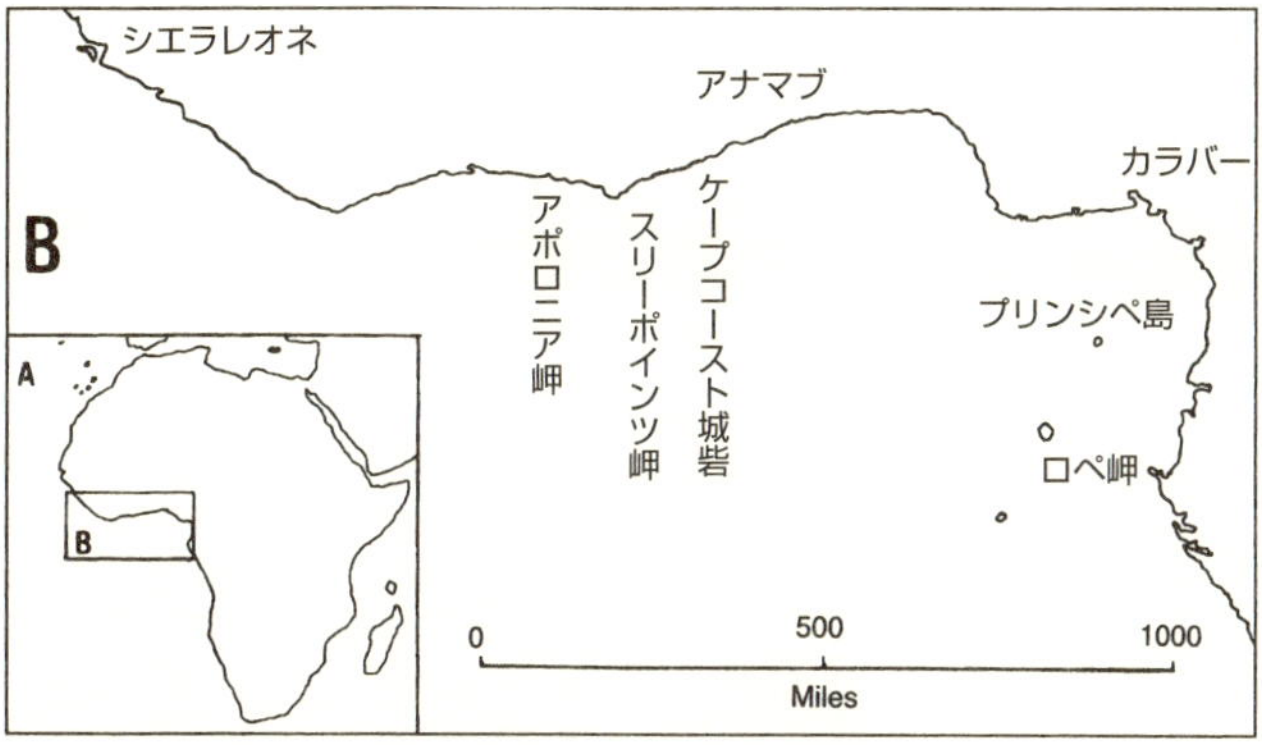

西アフリカのギニア海岸周辺

ル・ブシェとコックリンは以前、海賊クリストファー・ムーディの指揮する船に乗っていた。ムーディの旗は赤く、黒旗《ジョリー・ロジャー》ならぬ赤旗《ジョリー・ルージュ》で、旗には砂時計と斬りこみ刀を振りまわす手、交差した骨の上にのった髑髏《どくろ》が描かれていた。ムーディ船長はコックリンの見境のない残虐さにうんざりした。自分を船長の座から追おうとしていると疑って、彼はコックリンと不満分子たちを水漏れのするガレー船ライジング・サン号に乗せた。転覆するものと予想して。コックリンは船名をムールーン号と変え、その船でこのシエラレオネに着いたのだ。一方、ムーディ船長のもとに残った乗組員たちはムーディが分け前をごまかしていると知るや、彼を陸《おか》に置き去りにして、ル・ブシェを首領に選んだのだった。結局、置き去りにされたムーディはニュープロヴィデンス島にたどり着き、ハウエル・デイヴィスがバック号でロジャーズ総督に対して起こした叛乱に加わった。いま、コックリンとル・ブシェ、ムーディの三人は再会した。疑心暗鬼の仲間再結成、海賊同士の強大な連合体だ。

　コックリンはデイヴィスとル・ブシェに、城砦のそばにいる貿易船の群を封鎖すべきだと提案した。そのあいだに自分はもう一隻の拿捕船トゥ・フレンズ号を海へ持ちだして、いまの持ち船より帆走性能がいいかどうか確かめると言った。城砦には六隻の商船がかたまって錨を降ろしていたが、海賊船を見ると、錨索を捨てて逃げようとした。デイヴィスは追跡しようとしなかった。川幅は広いが、数マイルも上流へ行くと急に狭くなるのだ。どんな船でも遠くまではのぼっていけない。彼は城砦の砲列の射程から出て、静かにコックリンの帰りを待った。ドドーンと、とつぜん二門のカノン砲が轟《とどろ》いた。

手下の一人がほっとして笑い声をたてた。〝攻撃者〟はジョン・レッドスタインという老人で、〝かんしゃく玉〟として知られる男だった。彼は民間貿易商人で、海賊たちが安い品物を持って入ってきたと知ると、礼砲を鳴らすのだ。陸《おか》からほかの貿易商人たちが手を振っている。重苦しい暑熱のなかで、商船の船長たちはなすすべなく見つめていた。男たちが帆を畳むにつれて、ヤードの端がきしんだ。風が索具をとらえるたびに、ガタガタと木製の滑車がいっせいに音をたてる。甲板からはタールの臭いが立ちのぼってきた。太陽はほぼ真上に来ている。

ここは敵意に満ちたところだった。町はみすぼらしく、上空からは掃除屋の鳥たちが汚物の山めがけて急降下してきた。林立するマストのまわりでは、緋色《ひいろ》の小さな鳥たちが陽炎《かげろう》の揺れるなかで旋回しては、ほかの鳥たちと滑空している。その長い尾は体に対して重すぎるように見えた。水中には、明るい色のコバンザメに先導されて、サメの群れがいた。肉食性のカスザメはカニや貝類を探してちらちら泳ぎまわる。上流のマングローブが生い茂る湿地には、体長が人間の二倍もあるワニが群れていた。岩だらけの海岸の向こうには地面はほとんどなく、ヤシの木と葉のぎざぎざした綿の木が密生して、森を作っていた。さらに内陸には小高くなったジャングルが続き、湿気でもやっている。生命力あふれる風景だ。町、森、鳥、暑気で白くなった空、そして、〝かんしゃく玉〟老人が陸《おか》から手招きしている、磨きたてた大砲から空中へ硝煙をたなびかせて。

川の中流のベンス島に砦はあった。王室アフリカ会社が海岸地帯に持っているいわゆる〝城砦〟とおなじく堅牢ではあるが、ひどいありさまだった。会社は苦闘していた。エリザベス時代の到来以降、勅許状を受けたほかの会社とちがって、まったく沈滞してしまった。ほかの会社は利潤を求めて民間商人たちに交易をさせていた。それに対して、王室アフリカ会社はすべての荷に十パーセントという法外な税を要求され、やる気をくじかれてしまったのだ。税は一度など四十パーセントまで跳ねあがり、ついに西インド諸島の植民者たちが猛烈な抵抗をした。というのも、奴隷貿易商人たちが特別経費を直接、彼らに課したからだ。

王室アフリカ会社には、西アフリカ海岸の端から端まで城砦や〝商館〟と呼ばれる交易所が点々とある。そのあいだには、ポルトガルやフランス、デンマークに属する要塞もある。原住民たちは象牙や染料の木、奴隷や黄金を商館へ持ってくる。それらは莫大《ばくだい》な利益を生む商品で、それを求めてたくさんの船がやってくる。海賊たちにとっては、おおいに報いられる海岸だ。シエラレオネでは土地の貿易商人たちは、略奪品の値段交渉ができるようになるまで待つのだった。

ベンス島の城砦にいる会社の代理人プランケットは堅気の人間だ。給料は安く、怠惰な生活を送ってはいるが、勇敢な男で、攻撃されたら断固として抵抗すると有名だった。こうした王室アフリカ会社の社員は〝白い黒人〟として知られていた。彼らは、東にあるケープコースト城砦の総督に完全に支配されている。口汚いことを言ったというような些細《ささい》なことで投獄やムチ打ち、なけなしの給料から罰金を払うといった懲罰を受けることもあった。プランケットのようにケープコースト城砦から遠く離れた城砦に住んでいる者たちは、個人的な交易で小銭を稼ぐこともできるかもしれない。もっと近くに住む社員たちは汚い貸間を与えられ、食料は足りず、給料はこの土地でしか使えない会社の通貨で支払われた。その金は民間の貿易商や商人には受けとってもらえない。彼らはひどく貧しいうえに、厳しい罰金システムもあって、しばしば借金に走った。この借金が清算されるまで、彼らは会社勤めに縛られる。海と通りぬけることのできないジャングルにはさまれて孤立した彼らは、暮らしているのではない、ただ生きているだけだった。安いラム酒におぼれ、劣悪な食料や病気で大半が若死にした。彼らには選択の余地がない。アフリカでの奴隷同然の暮らしは、彼らが見つけることのできる唯一のまっとうな生活だからだ。

民間貿易商人たちの暮らしはもっとよかった。海軍軍医ジョン・アトキンズの記録によると、「彼らはみな、給仕や黒人の召使いを雇っている……家事をする女たちもだが、彼女らは主人の命令するいかなる売春行為にも従った」のだった。貿易商人たちはみな、涼しい木陰に小屋を持っていた。〝かんしゃく玉〟老人の小屋は二門のカノン砲があるので、たやすく見つかった。ほかの小屋と同様に、彼の小屋も頑強な木の檻がいくつも並ぶなかにあった。この檻は奴隷たちを収容するためのものだ。彼らは黒人の誘拐団に捕まって、三、四人ずつ数珠繋《じゅずつな》がりにされてここに連れてこられる。歴史の変遷の皮肉であるが、この奴隷交易所は、一七八七年にイギリスの奴隷制度廃止論者が解放奴隷をここに送って定住させたため、フリータウンという名で知られるようになった。しかし、一七一九年のアフリカは戦争と奴隷、強欲な王室アフリカ会社、低賃金の社員たち、人間という荷を運ぶ商船、そうしたものの渦巻く過酷で残虐な土地だった。海賊たちにとっては楽園だ。

翌朝、まだコックリン船長が戻ってこないうちに、フランス人船長ル・ブシェはしびれを切らして城砦を攻撃すると決断を下した。デイヴィスはだめだと言った。コックリンがいなければ、何隻もの商船と城砦を相手にするには戦力不足なのだ。気がせくフランス人のスループ船は大胆にも単独で商船群へ向かっていった。そのメインスルを砲弾が引き裂いた。二発目は船首のすぐ手前に落ち、あわてて船首をそらした船の甲板に三発目が水しぶきを吹き送った。デイヴィスの手下たちは拍手喝采《はくしゅかっさい》してあざ笑った。

ようやくコックリン船長が現われたとき、トゥ・フレンズ号一隻だけでなく、もう一隻つれていた。以前、デイヴィスがガンビアで捕まえた船だった。自分があらいざらい略奪したとわかっていたので、どうしてコックリンがわざわざその船を連れてきたのか、デイヴィスは首をひねった。どうしてかって、倉庫兼病院船が欲しいからだよ、自慢げにコックリンが答えた。

三隻の海賊船は進みだした。ル・ブシェがいまやガレー船ムールーン号と巨大なロイヤル・ジェームズ号を伴っているのを見ると、商船船長たちはすぐさま自分の船を捨てて、城砦へと大急ぎで逃げだした。コックリンのムールーン号のマストには骸骨のついた黒旗がひるがえっている。裏側には髑髏と、二本交差して砂時計に立てかけた骨が描かれていた。船首にはもう一枚、黒旗が掲げられ、表には短剣を持った腕が、裏には髑髏がついている。これでも威力は足りないとでもいうように、戦闘旗は聖ジョージ十字旗で、その四半分には四つの弾丸が描かれていた。ロイヤル・ジェームズ号とル・ブシェのスループ船もまた、黒旗をひるがえしている。

こうした旗の意匠は相手を威嚇するためのものだ。彼らのメッセージは死。多くの海賊たちは旗に骸骨や髑髏、枯れ骨を描かせた。ひっくり返された砂時計は、抵抗しようと思っている船乗りたちに人生ははかないものだということを思い出させた。武器という意匠でおなじ警告を発した者たちもいる。大西洋の向こうのジャマイカ島沿岸をうろつきながら略奪を続けた〝キャリコ・ジャック〟ラカ

アン・ボニーとメアリー・リード

ム、彼は派手な色の綿の衣類を好んだので、そう呼ばれたのだが、彼の黒旗は髑髏の下に二本の上向けた斬りこみ刀が交差していた。

海賊チャールズ・ヴェインはロジャーズ総督に叛乱を起こして逃げたし、重装備のブリガンティン船を持ってはいたが、やる気のある船長ではなかった。酒好きで楽に生きるのが好きだったので、野心は小さい。彼を注目すべき人物にしたのは、乗組員のなかにいた二人の若い女だった。二十七歳のメアリー・リードと、ラカムの愛人で十九歳の娘アン・ボニーである。二人とも男に劣らず残忍で、情け容赦ない戦士だった。武器を手にして人を殺す二人は、相手に怖気を震わせた。ラカムに襲われた船乗りたちは、二人の女海賊をよくおぼえていた。

「船上で二人は実に積極的で、なんでも進んでやった。アン・ボニーは……男たちに火薬を手渡した。船が見えて、追跡や攻撃をするときは、二人とも男の服を着た。ほかのときは女の服だった。海賊船にいるのは、あるいは引きとめられているのは、力ずくではなく、二人の自由意志であり、同意のうえのことだったようだ」。また、拿捕されたマリー・アンド・サラ号から彼女らを目撃した者はこう言う。「アン・ボニーは……手にピストルを持っていた。女たちはどっちもひどく放埒《ほうらつ》で、毒づき、悪態を吐いていた。船上ではなんでも進んでやったよ」

抵抗する者たちへこんな女戦士たちが金切り声を張りあげて、一ヤードもある長い斬りこみ刀や骨をも砕く重いマリン・スパイキを叩きつけ、切りおろし、殴りつける。海賊たちの大砲は鳴りどよもし、黒旗は死ぬぞと脅す。こんな光景を見たら、抵抗しようという気持ちなどたちまちしぼんでしまう。シエラレオネでもおなじだった。ひるがえる黒旗の群れ、海賊たちの雄叫び、逃げだすボートへ狙いをつけたカノン砲の轟き、どんな忠誠心のある船乗りでも威嚇するにはこれで充分だった。商船に行きつくと、どの船ももぬけの殻だった。

すばらしい獲物だった。コックリンはすでに川の下流に拿捕船を二隻持っていた。これにさらに加わった——アンティグア島から来たブリッグ型のロバート・アンド・ジェーン号、船長はベネット。ブリストルから来たスノー型のパーネル号、船長はモリス。おなじくブリストルから来たナイチンゲール号。クレイトン船長のクイーン・エリザベス号と、トンプソン船長のヤコブ・アンド・ヤエル号、どちらもロンドンから来た。収穫は象牙に布、食料にラム酒、ワインに酒。掌帆長たちは無傷の索具やセイルをすべてはずし、獣脂やピッチなど航海に必要な物を集めた。掌砲長たちは火薬や火打ち石、火器を奪った。操舵長たちは商船員に分配されていた貴重品をあさった。まだ見つけていないのは、現金だ。

商船船長たちは楽観的にも黄金と現金を身につけていたが、海賊側はそれぞれの船の身代金を要求して、すぐに黄金も現金も取りあげてしまった。この交換取り引きに四人の船長が応じた。トンプソンとベネットの両船長は拒絶した。

コックリンとデイヴィス、ル・ブシェの海賊三船長は、躊躇《ちゅうちょ》などしなかった。城砦は制圧しなければならない。なかにはおそらく、会社の金がたくさんあるはずだ。海賊たちは、まだ持ち主に返されていない二隻の船に乗りこんだ。舷側に穴を開け、タールやピッチ、硫黄を塗ったヤシの葉を各甲板に放りこんだ。船艙には火薬樽を運びこんだ。火薬を積まれた二隻の船に海賊たちはボートから火のついた松明《たいまつ》を投げこんだ。すぐさま二隻とも燃えあがった。一隻は爆発して横転し、沈没した。もう一隻はくすぶりつづけて、やがて夜になった。

夜の帳《とばり》が降りると、攻撃が始まった。火打ち石式銃やカービン銃、斬りこみ刀で武装した海賊たちはボートに分乗すると、そっとオールを漕《こ》いで、城砦へ向かった。夜が明けると、彼らは荒れ果てた城壁へ接近して、銃撃を開始した。島をまわりこんでいた三隻の海賊船は城砦へ砲弾を撃ちこんだ。城砦からはまばらに反撃してきたが、大きな砲は湿っぽい気候のなかで錆《さ》びついたものが多くて撃つことができず、使い物にならない。午前の中頃までには城壁の一つが叩き落とされた。デイヴィスは使者に、金と火薬と球形砲弾をこちらにまわせるかどうかと尋ねるあつかましい書状を持たせて、送りだした。アイルランド人のプランケット代理人は、まわせる金はないが、デイヴィスが取りにくるのであれば、火薬と砲弾は充分にあると返事してきた。

さらに攻撃は続き、とうとう煙と炎で城砦はほとんど隠れてしまった。一発の砲弾も飛んでこない。プランケットは弾薬をぜんぶ使いきってしまった。もう抵抗できないと悟ると、彼は部下たちをボートに乗せ、島の裏側の水路を通って、別の小島へ行こうとした。彼らは見つかって、捕らえられた。コックリンは怒り狂ってプランケット代理人に怒鳴りちらし、脅し、その頭へピストルを振り向け

アン・ボニー

た。プランケットが敢えて自分に抵抗したからだ。アイルランド人は傲慢だとコックリンはプランケットをどやしつけた。ところが、プランケットはコックリンよりも口汚い言葉で怒鳴りかえし、コックリンを悪党の人殺しとののしった。さらに、おまえのお袋はいまでもおまえの父親がだれか知りたくて、スラム街の裏通りを探しまわっているさ、と言った。

罵倒《ばとう》に悪口、侮辱に反駁《はんばく》はますます大声になり、激しくなったので、コックリン当人でさえ笑いだした。海賊たちはみんなご機嫌になった。商船群と城砦は自分たちのものだ。三人の操舵長の指示のもと、倉庫がくまなく探され、コックリンの倉庫船に保管してあるものもすべて調べられた。略奪班はあとで来ることになっている。プランケット代理人の社員たちは、海賊になれという一方的な誘いを受けいれた。一方的というのは、もしも断ったら強制的に海賊にさせられて、そのあとは、ほかの者たちよりひどい仕事につかされ、武器も持たされず、監督つきでなければ自由に上陸することも許されない境遇に落とされるからだ。

〝かんしゃく玉〟老人と商売仲間たちが取り引きしにやってきた。しかし、海賊側からこう告げられた――操舵長たちが品物の値踏みを終えるまでは取り引きはいっさいできない。ただ、夜には祝宴をするので、貿易商人たちも参加してほしい、と。貿易商人たちはこんなのんきな相手とならぜひ商売したいと思って、酒盛りのためになんでもできるかぎりの物を提供すると約束した。

戦いの痕《あと》が残るなかで、海賊たちはカメに銛《もり》を打ちこんだ。魚にも。焚き火にするため、木を引きずってくる者たちもいた。手漕ぎボートでラム酒やリンゴ酒、ブランディ樽にワインの大樽も陸《おか》へ運ばれた。〝かんしゃく玉〟老人は痩《や》せこけた家畜や骨と皮だけの雌鳥を持ってきた。土地の黒人たちが見つめている。男は腰巻きをし、女たちは上半身裸で、腰から太ももの中程まではゆったりした布を垂らしている。海賊たちは期待の目を向けた。

焚き火が燃えあがった。そのまわりにいくつも小さい炉が作られて、その上にボールが置かれ、ワインにミルク、ライムジュース、砂糖、スパイスが混ぜられて、煮立てられた。カメは自分の殻のなかで汁にぶちこまれて煮こまれた。すると、海賊たちがぞくぞくと上陸してきた。きらびやかに着飾って――イヤリングや盗んだ上等のシルクの上下、銀のバックルに宝石、ブローチ、きらめく鎖。これはまっとうな船乗りたちの知らない暮らしだった。

つづく数日間にさらに三隻の船が川に入ってきた。その一隻、サラ号をコックリンが欲しがったが、ほかにはもう船が入ってくることはほとんど期待できなかった。いまや十一隻もの商船がシエラレオネで拿捕され、それらの船が消えたことはほかの船にここへ近づかないように警戒させていることだろう。怪しまずにやってくるのは、イギリスやアメリカから直接ここへ向かっている船だけだ。貿易商人たちは略奪品の値付けを続けていた。プランケット代理人は破壊された城砦へ戻ることを許された。ガレー船ムールーン号で強制的に海賊にさせられた男が友人といっしょに森へ逃げた。

一日中、海賊たちは二人を捜した。逃亡者たちはあまりにも海賊たちのことを知りすぎているので、逃がすわけにはいかなかった。しかし、見つからない。デイヴィスは心配などしなかった。やつらの運命にまかせればいいんだ、そう言った。下草は密生しているうえに鋭く尖《とが》っているので、叩き切って道を作らないかぎり、二、三歩も進めない。まったくの未開の地で、動物や未開人がたくさんいるから、次の交易所にたどり着くことなどできやしない。それに生き抜くこともできない。野獣に食われるか、黒人に殺されるか、飢えて死ぬかするだろう。

デイヴィスの言ったとおりだった。三日後に、ヘンリー・シックストンは戻ってきた。なにも食べていないので意識朦朧《いしきもうろう》とし、衣服はずたずただった。とげとげした下草のなかに隠れていたのだ。友人は死んだ。デイヴィスは彼をロイヤル・ジェームズ号に連れてきた。コックリンなら殺しただろうが、優秀な船匠であるシックストンは貴重な存在で、処刑することはできなかった。

イギリスではアレグザンダー・セルカークが相変わらず軍艦エンタープライズ号に乗り組んで、一七一八年から二〇年まで、海軍工廠《こうしょう》から海軍工廠へと退屈しながらも真っ正直に行き来していた。シアネスからポーツマスへ、ウリッジからプリマスへと。本物のロビンソン・クルーソーだという評判は、彼になんの恩恵ももたらしはしなかった。

三章　スネルグレイヴ船長の拿捕　一七一九年三月―六月

「ケープコースト城砦から来た十月十七日付けの書状により、現在、当海岸にいる海賊団は新たな一団であるとの助言を受けた」

一七二〇年四月十六日付け『ウィークリー・ジャーナル』『ブリティッシュ・ガゼッティア』

海賊たちはシエラレオネを去る準備を始めた。コックリン船長は壊れかかったムールーン号からサラ号に乗り換えるべきだと決めて、デイヴィスとル・ブシェ両船長の許可を得ると、サラ号の再装備に取りかかった。しかし、略奪品はまだ彼の倉庫船に保管してあり、分配しなければならなかった。

出帆までそのままにしておくことはできない。いったん海に出たら、コックリンは宵闇《よいやみ》にまぎれて逃げてしまうかもしれないのだ。

するとロンドン船籍の重武装のガレー船バード号が入ってきた。遠くにいるバード号を見張りが見つけると、海賊たちは長い追跡になりそうだと見て、見つからないように上流へ引きあげた。急いでいたので、彼らは焚き火を消すのを忘れてしまった。

日が暮れてから、バード号は夕闇《ゆうやみ》のなかで錨を降ろした。船長のスネルグレイヴはボートを陸《おか》へ送って、煙の原因を調べさせた。しかし、南国の夜の帳は降りるのが早く、調査隊は戻ってきて、暗闇のなかではなにがどうなっているのか調べるのは無理だと報告した。スネルグレイヴ船長は満足はしなかったものの、調べることはできないので、自室へ戻って夕食をとった。まだ食べ終わらないうちに、当直士官がやってきて、オールの音が聞こえると報告した。

二隻のボートに分乗したコックリン船長の部下たち総勢十二人は、バード号へ近づいていった。たとえピストルや斬りこみ刀、手榴弾で武装していても、そんな少人数ではバード号のように防備した船を乗っ取れる見込みはほとんどない。海賊たちは簡単に拿捕することに慣れっこになっていたので、抵抗されることなど予想もしていなかった。

商船員に戦う気がないのは、ただ報復を恐れているからだけではなかった。彼らの生活は過酷だった。しばしば人間以下の扱いをされ、食べ物は吐き気をもよおすような代物で、居住区は家畜でも住むようなところではない。商船では分け前はない。給料は少ない。戦時を除いて、一七〇〇年から五〇年まで水夫の給料はほとんど上がらないままだった。商船船長が受けとるのが月に五ポンドから六ポンド。副長や船医、専門技術者は三ポンドから四ポンド。掌帆長や船匠、料理長は約二ポンド。二等水夫はわずか一・五〇ポンド以下だ。それも投錨中はしばしば支払いが停止された。港に長く停泊していると、給料を払ってもらえない乗組員たちが叛乱を起こすことにもなった。

バーソロミュー・ロバーツはのちに皮肉っぽくこう言った——無理やり海賊仲間にされたとき、〝空涙〟を流したが、すぐに気持ちが変わった、と。「まっとうな仕事じゃ、食い物はとぼしく、給料は低く、仕事はきつい。こっちじゃ、飽きるほど食って、楽しく、気楽で、自由で、力がある。それに、こっちじゃ、とりっぱぐれがない。運にまかせてやって失敗したって、せいぜい、しかめっ面されるだけ。そう、楽しく短い人生、それがおれの主義だ」。まっとうな船では奴隷同然だった海賊たちの多くは、いまやこれを自分の哲学としていた。

商船の乗組員たちは惨めったらしい待遇で暑熱や嵐のなかを何か月も、何千マイルも航海して、収入はほんのわずかだというのに、彼らの運んでいる荷は船主を大金持ちにした。彼らには怪我や死を招く危険など進んで冒す理由はなにもない。海賊と戦うには人数は足りないし、火力も足りない。十六人の抵抗する気のない乗組員とわずか六門のちっぽけなカノン砲しかない船長だったら、大勢の残忍な攻撃者を阻むことなど望むべくもない。しかも海賊のスループ船には二十門以上の重砲だけでなく、速射できる旋回砲をはじめとして、石や釘、鉄片を装塡《そうてん》した恐ろしいパテッロエやペドレロスがあるのだ。報奨金を出すと約束しても、まっとうな乗組員に抵抗する気など起こさせはしない。

バード号の十六門のカノン砲を無視して、コックリンはムールーン号を下流へと移しにかかった。そのあいだに、ボート隊の彼の手下たちは商船を制圧しようというのだ。三十分ほど、しーんと静まりかえっていた。パパーン、とバード号からピストルの音が数発した。川の中流からムールーン号の砲声が轟いた。そこでまた、静まりかえった。

海賊を警戒して錨を入れていたスネルグレイヴ船長は、満載した積荷を危険にさらしたくなかった。奇襲されないかぎり、大砲はたくさんあるし、乗組員は四十五人もいるので、攻撃など跳ねかえせる。オールの音がするという報告で、彼は甲板に上がった。水夫といっしょに彼は船のランタンに次々と火をつけ、航海士には、寝ている乗組員を起こして、武器を支給し、二十人は船尾甲板の自分のところへ送るようにと命じた。

いまや横付けしようとしている二隻のボートに彼は大声をかけて、どうしてこんな夜遅くにそんなに近づいてくるのかと尋ねた。声が返って、自分たちは、バルバドスのエリオット船長の船トゥ・フレンズ号の者だと答えた。スネルグレイヴの防御班はまだ来ない。そのとき、なんの警告もなく銃弾が彼へ放たれた。彼は部下たちへ、船尾舷窓から撃て、と怒鳴った。なにも起こらない。士官が駆けあがってきた。水夫たちは武装するのを拒んだのだ。

スネルグレイヴは下へ駆けこんだ。彼が駆けこんだのと同時に、海賊たちが乗りこんできた。スネルグレイヴが自分に従った二、三人の水夫を引き連れて甲板に出るか出ないかのうちに、海賊側がまた撃って、一人が殺された。スネルグレイヴが退却しようとしたとき、船首楼で手榴弾が爆発した。脅えた乗組員たちが彼に降伏するように頼んだ。選択の余地はない。火器はないし、海賊たちは近づいてくる。甲板はランタンが明るく照らしているので、隠れる場所もない。海賊側の操舵長がスネルグレイヴにどうして部下に抵抗するように命じたのか、と訊いた。

彼は船主に対する義務だ、と答えた。ピストルを押しのけようとした瞬間に、海賊が撃った。銃弾がスネルグレイヴの腕をかすめた。くるりと彼は回れ右して逃げだしたが、ピストルの床尾で頭を殴りつけられて、血がほとばしった。目がくらんで、がくりと彼は甲板に両膝をつき、船尾甲板のほうへ這《は》いずっていったが、海賊側の掌帆長の声があがって、その場に止まった。「自分の船を守ろうとする船長にゃあ、一片の情けもかけられねえのさ」。そう言いざま、掌帆長は斬りこみ刀でスネルグレイヴに切りつけた。かろうじて頭をそれて、刀は甲板の手すりに激しく食いこみ、刀身が折れた。スネルグレイヴの乗組員の一人が集まった海賊たちを押し分けて、船長の命を助けてくれと泣きついた。「後生だ、おれたちの船長を殺さないでくれ」。そう彼は懇願した。「おれたちいままで、こんないい船長に恵まれたことなかったんだ」。ほかの者たちも加わって嘆願し、それがあまりにもしつこかったので、掌帆長とその部下たちが怒りだし、残忍に斬りこみ刀とピストルを振るった。もしも海賊側の操舵長が船艙から現われて、彼らが気をそらされなかったら、死人が出ていたことだろう。操舵長は船艙で積荷を調べていたのだ。彼は水夫たちを縛るように命じると、下には宝の蔵があるぞ、と怒鳴った。武器に衣服、皿に鉢、銅棒に食料、ラム酒に酒、ワイン。それに、金《かね》。攻撃に加わった海賊はだれも衣服を着替えていいし、バード号を発見した見張りはピストルを二挺、自分で選べる。

そんな神の恵みに喜んで、カービン銃が空中へ放たれた。ムールーン号でコックリン船長はこの銃声にバード号が反撃したのだと思って、右舷全砲を撃つように命じた。砲弾は唸《うな》りを上げてバード号の平甲板を飛びすぎ、マストを倒し、帆を引き裂いた。海賊も商船乗りも一人も負傷しなかったのはただ神の恵みでしかなかった。

スネルグレイヴ船長はムールーン号へ連れていかれた。コックリン海賊船長はたとえ自分にはすでにサラ号が与えられていたとしても、バード号の性能について尋ねた。スネルグレイヴ船長の曖昧で挑発的な答えは、もしも操舵長が二通の書類を持って部屋に入ってこなければ、もっと暴力を誘ったことだっただろう。一通は恩赦状で、七月一日以前に降伏した海賊全員に大赦が与えられるというものだった。コックリンはせせら笑った。もう一通は、イギリスとフランス、オランダ、オーストリアによってスペインに宣戦布告がなされたという報告書だった。スペインは最近イタリアで失った領土を奪回すべく、シチリア島に侵攻したのだ。この知らせに、多くの海賊は——そのなかにはハウエル・デイヴィスの手下たちも含まれたが——まっとうな船乗りでいればよかったと思わないでもなかった。愛国心からではなくて、合法的な私掠船乗りなら海賊より安全だし、収入も大きいからだ。イギリス本国では、アレグザンダー・セルカークのような軍艦乗りたちが数か月におよぶ単調な平和のあとの、戦争になりそうな気配を歓迎していた。

バード号は海賊船隊に編入された。また貿易商人たちがやってきて、バード号の略奪品を買った。その一人はホッグビンと言い、彼は衣服や商品をボートに積むと、荷を満載したボートを漕いで家へ帰っていった。残りの積荷は倉庫船へ移された。これから船隊中で分配されるのだ。海賊たちがなによりも嫌うのは、船から投げ荷をして、水樽や箱や菰が渦を巻いて浮き沈みしながら、外洋へ流されていくのを笑って見送ることだ。

その間に、デイヴィスとル・ブシェ両船長がムールーン号へやってきていて、自分たちにこんな財産をもたらしてくれた商船船長と会った。あまりまっとうとは言えない貿易商人の一人、ヘンリー・グリンが海賊側についていた。彼はスネルグレイヴ船長の古い友人だったが、友人の扱われ方を見たとき、恐怖に駆られてしまったのだ。

しかし、斬りこみの報奨が与えられるべきときだった。コックリン船長の操舵長が厳しく監督するなかで、積荷が分配された。慣習に従って、略奪品は共通財産と見なされる。攻撃に参加した者以外の者たちは、船長だろうと、操舵長、二等水夫だろうと、報奨はなにも受けとることはできない。斬りこみ隊の者は全員、衣服をひと揃《そろ》い取った。バード号を発見した見張りはピストルを二挺、選んだ。そのほかの物はすべて、三人の操舵長がいっしょに値をつけるまで、触ることはできない。

これは伝統だった。そのおかげで、ごまかしているのではないかという疑いが起こるのを防ぐことができた。正統な分け前より多く金や宝石を隠し持つことをできなくしたからだ。もしも盗みが見つかったら、当人は仲間たちから裁判にかけられ、正当と思われるいかなる罰をも受けることになる。

コックリン船長の手下たちは非情だった。デイヴィス船長の乗組員の一人が衣類箱をこじ開けようとした。コックリンの操舵長がなにをしているのだと訊いた。十八歳の若者は生意気にも、おれたちはみんな海賊、おなじ穴のむじなだ、と答えた。操舵長は若者に段平《だんびら》を振りおろした。それた。脅えた泥棒は大キャビンへ逃げこんだ。そこではデイヴィスがコックリンと酒を飲んでいた。操舵長は若者を追って駆けこんだ。狭い室内で、彼は若者に切りつけた。若者の親指を切ったが、同時にデイヴィス船長の手も傷つけた。

デイヴィスはハンカチを血まみれにして、復讐《ふくしゅう》を誓いながら部屋を飛びだした。たとえ自分の手下が悪かったとしても、それは最初に自分に知らされるべきで、ほかの人間はだれも自分の船の乗組員を罰する権利はない。デイヴィスがコックリンから受けた侮辱はこれが初めてではなかった。いまこそ、ムールーン号は臆病娘のようにおれの援護のかげに隠れているのではなく、本物の海賊船の力を味わうべきだ。デイヴィスはロイヤル・ジェームズ号に戻ると、大砲を押しださせた。バード号からあわてふためいてボートが一艘《そう》、漕ぎだしてきた。コックリンとしては、和平は死よりもましだと判断したのだ。問題の操舵長は這いつくばってデイヴィスに謝った。

喧嘩がおさまると、三人の船長はこの先のことを話し合った。シエラレオネを去るまえに、コックリンとル・ブシェは自分の船を替えたがった。ル・ブシェのスループ船はフナクイムシにやられて、ぼろぼろだった。それに小さい。西インド諸島では小川や入江が多いので、喫水《きっすい》が浅くて小回りのきく船が理想的だが、アフリカ沖では、もっと耐航性のいい船のほうが適している。コックリンのムールーン号は維持補修を怠ったため、水漏れがしていた。拿捕船のなかから二隻が選ばれることになった。コックリンはサラ号を割り当てられ、ル・ブシェはバード号を選んだ。どちらも、海戦には充分に適したガレー船だ。

このようなガレー船は、バルバリー海賊が奴隷にオールを漕《こ》がせる地中海のガレー船とはちがう。大西洋は、オールを頼りにするような船には荒すぎる。バード号もサラ号も砲門のあいだにオール用の穴が開けてあるが、小型商船用の帆も持っている。堅牢な造りで、船幅は広く、もっと力のあるブリガンティン型のロイヤル・ジェームズ号のように、船首から船尾まで平甲板《フラッシュ・デッキ》になっている。

コックリンとル・ブシェは船匠に作業にかからせた。船室や船底の船艙を仕切っている隔壁をはずして、端から端まで見通せるようにした。視界を妨げるのはただ直立した柱だけになった。船にとっては見通しのいいことが肝心だ。狭い舷側通路《ギャングウェイ》や艙口《ハッチ》は人の動きを邪魔する。海賊船は定員過剰で、ときには三倍も乗ることがあるから、余分な空間も必要だった。

下の甲板は広々として、恐ろしい光景になった。左右の舷側にはさらに砲門が穿《うが》たれて、放棄する商船たちの大砲がずらりと移されていた。サラ号はスピークウェル号と改名され、ロイヤル・ジェームズ号に比肩する三十門搭載となった。ル・ブシェ船長のバード号はウィンダム・ガレー号と命名され、カノン砲と旋回砲《スィーベルガン》合わせて二十四門の装備となった。どちらの船も、ふつうの商船が相手なら、見るも恐しいほど重武装の軍艦に変身したのだ。

各船とも再艤装はほぼ終わった。竜骨《キール》は付着物が掻き落とされて、きれいにされた。船匠たちとしては、銃弾を防ぐために舷縁《ガンネル》を胸の高さまであげ、邪魔になる甲板室《デッキハウス》と艙口蓋《ハッチ・カバー》を低くするだけで仕事はすんだ。こうして三人の船長は、自分の船を海賊稼業に適しているように快速で、防備も固く、重武装の船に仕立てあげた。積荷を略奪された商船はそれぞれぶつくさ文句を言う船長を乗せたまま、がらんどうになって浮かんでいた。城砦は砲煙まみれになって廃墟《はいきょ》と化している。戦利品を分配する時が来た。ぜんぶコインだったら、問題は簡単だっただろうに……。しかし、食料に衣服、火器、宝石だ。だれもが満足いくように分配するのは操舵長たちの仕事だ。

みんなが海賊の船長に抱いているロマンチックなイメージはこうだ——手下たちに命令する絶大な権力を持ち、壁には贅沢なタペストリーがかかった船長室ですごす。床にはペルシャやインドのやわらかい絨毯《じゅうたん》が敷きつめられ、私室には黄金の燭台《しょくだい》が並んで、繊細なヴェネチアングラスの食器を輝かせ、稀少《きしょう》なワインの満ちたデカンターや宝石箱をきらめかせる。宝石箱のなかではルビーやダイヤモンド、エメラルドが光を放ち、部屋には暴君のために金銀財宝があふれている。こういう船長は自分の気分次第で人を撃ち殺し、無人島に置き去りにする。真実はちがう。

海賊の船長は侵すべからざる存在ではなかった。船長のハウエル・デイヴィスは獲物を追跡中とか、次に襲撃する場所を決めるときだけ、権力がある。実際には、彼の地位は操舵長とほとんど変わらない。というのも、海賊船の乗組員たちは、商船船長や軍艦艦長の独裁のもとで苦しんできた船乗りだからだ。彼らは人から威張りちらされるのは二度とご免だった。海賊船の船長は乗組員の多数が望まなければ、もはや指揮権を持っていることはできない。

略奪品を分配するのはデイヴィス船長でもコックリン船長でもル・ブシェ船長でもなく、各船の操舵長《コーターマスター》だった。船長の支配から乗組員を守るのは操舵長だ。ささいな反抗に対しては操舵長が懲罰を決める。戦闘中以外は操舵長が船を指揮する。決闘も監督する。拿捕船にまっ先に斬りこむのは操舵長だし、どんな命がけの任務も操舵長は行なう。

いったん拿捕した船に乗りこんだら、なにを奪うかは操舵長が決める。操舵長は、掌帆長に必要な備品や帆や索具を訊く。掌砲長には武器を選ぶことを許可する。だが、最後の決定をくだすのは操舵長だ。彼だけである。操舵長はなにを奪うか取捨選択する。金や銀、宝石、コインはかならず持ちだす。ほかの物はすべて、操舵長の判断にゆだねられる。彼は略奪品の分配も監督する。

コックリン船長の倉庫船が満杯だとわかると、三人の操舵長はすべての略奪品をウィンダム・ガレー号に運ぶように命じ、きれいに片づけられたばかりの上甲板に置かせた。そこで、彼らは略奪品をおなじ価値になるように丹念に三つの山に分けさせた。どれが自分の物になるか、わからないからだ。最後の品が山に加えられると、どの山を受けとるか、クジを引いた。

ジョン・テイラー操舵長に与えられた分配品がロイヤル・ジェームズ号に運ばれた。すでに不平不満が沸き起こっていた。三つの山はおなじ大きさだが、デイヴィス船長の乗組員の数はあとの二人の船長の乗組員よりもはるかに多い。だから、百五十人の乗組員は一人分の分け前がほかの海賊たちより少なくなるのだ。コックリン船長の船が川に現われたときに心配したとおりのことになった。

莫大な略奪品の山を目にすると、不平は静まった。海賊は習慣として、少人数のグループに分かれて友人たちといっしょに暮らし、自分たちで食事を作り、おなじところで寝る。ロイヤル・ジェームズ号の操舵長テイラーは、略奪品の分配をこの食卓仲間《メス》に託すのがいちばん簡単だと考えた。だれがなにを取るかは、各食卓仲間にまかせるのだ。一人一人の手に分け前がまわるまでに、略奪品は三回、分けられた。一度目は操舵長がそれぞれの船に対して。二度目は、テイラーが食卓仲間に対して。最後は食卓仲間が自分たちに対して。船長であるデイヴィスの取り分は二人分、テイラーは一・五人分。ほかの士官は一人分と四分の一だった。

男たちはわいわいしゃべりながら、贈り物の品定めをした。手には指輪が輝き、大カップやメダルはぴかぴかに磨かれた。繊細な打ち出し模様を施した剣は象牙の握りのピストルや、釣り合いのいいナイフと比べっこされた。甲板にはサテンやシルク、タフタの巻物や上着に燭台、時計にチョッキなど、何百もの品々が散乱して、まるでハリケーンに襲われた商店の床のようだった。なめらかなスペイン材で作った梨型《なし》のシターンを一人が取りあげると、仲間たちが歌いだした。ほかの男たちは早くもダイス遊びを始めて、戦利品をなくしている。

デイヴィスとテイラーは掌砲長のデニスと火薬の補給について話し合った。いまや出発するころあいだ。これまでのところスネルグレイヴ船長のバード号が川に入ってきた唯一の船だったし、船長が抵抗してすぐさま面倒を引きおこしたため、コックリン船長の部下たちがいつもの方法でスネルグレイヴの無礼に報復をしていた。彼の首にロープをかけて、ヤードの端から引っぱったり降ろしたりしたのだ。フランス人のル・ブシェ船長は同胞であるスネルグレイヴの苦しみを見ると、ひどく憤慨した。そこで、コックリンは、スネルグレイヴ船長と彼のバード号をル・ブシェに渡してなだめざるをえなかったのだった。

それからほぼ二週間がたっていた。スネルグレイヴ船長から聞いたところによると、海賊エドワード・イングランドはいぜんとしてガンビアで略奪を続けているそうだった。その知らせはアフリカ沿岸をすばやく駆けめぐった。解放された犠牲者が海賊は立ち去ったと知らせないかぎり、商船は一隻たりともシエラレオネにもガンビアにも近づこうとしないだろう。

　続けざまに起こった事件が退屈を破った。コックリンの操舵長が熱病にかかって倒れ、悔い改めの言葉と神を冒瀆する言葉を吐き、「見るも衝撃的なありさまで創造主に毒づきながら」死んだ。次に、デイヴィスとコックリン、ル・ブシェの三船長は陸《おか》の女たちを訪ねることにし、船長として、できるかぎりいちばんすばらしい服を見つけて着ていくことにした。そこで、乗組員たちの許可を受けずに、スネルグレイヴ船長から刺繡を施した上着を三枚、受けとった。この図々しさに乗組員たちは怒った。三人から上着が引きはがされて、競売にかけられた。ル・ブシェの操舵長ウィリアムズはスネルグレイヴ船長を責めた。もしもこのときスネルグレイヴ船長が彼に謝って、お世辞たらたら彼を〝船長〟と呼ばなかったら、殺されていたことだろう。船長と呼ばれてウィリアムズはひどく喜び、スネルグレイヴにワインの小樽を与えたのだった。

　ロイヤル・ジェームズ号で最後のパーティが開かれた。海賊、貿易商人、スネルグレイヴ船長、すべての人びとが招かれた。ウィンダム・ガレー号から持ちこまれた鉄の大鍋《おおなべ》に食べ物がごったに投げこまれた――七面鳥にアヒル、頭を落とし消化できない羽の毛だけをむしったチキン。木でいぶしたビャクシン・ハム。大きな皮付きブタ。音楽が奏でられるなか、船長たちは大キャビンで食事をとった。彼らにとっては食卓があり、皿にワイングラスがある大晩餐会《だいばんさんかい》だった。乗組員たちにとっては、酔っぱらい祝賀会だ。あまりにも泥酔して、危うくあの世行きになるところだった。

　海賊たちは船艙からもっとラム酒を持ってこようと、ふらつく足で下へ降りていき、ランプを落とした。燃えあがった油から藁《わら》や木に火がつき、炎が噴きだして、船を丸ごと焼きそうだ。黒人が金切り声をあげて知らせたが、危険を察知する素面はほとんど一人もいなかった。運良く、スネルグレイヴ船長と掌砲手のゴウルディングがなんとか消火班を組織して、ポンプをつかせ、千鳥足のバケツリレー班を船艙まで繋げた。ようやく火が消し止められたとき、ロイヤル・ジェームズ号には十八トン以上もの火薬があることがわかった。

皮肉なことに、このときのスネルグレイヴの決断力が危うく彼の自由を奪うところだった。彼の能力に海賊たちはひどく感心して、自分たちの仲間になるように要求したのだ。ある男の話では、スネルグレイヴは腕のいい水先人ということだった。仲間たちの果てしない議論にデイヴィスはうんざりして、スネルグレイヴ船長を棍棒《こんぼう》で突っついて船尾甲板へ行かせ、自分たちに水先人は必要ないと告げた。その代わり、スネルグレイヴには帰国できるように、ル・ブシェ船長のスループ船を贈り、それを〝報奨〟とした。デイヴィスはさらに、海岸沿いに売っていけるようにと、略奪品の残り物も差しだした。スネルグレイヴは拒絶した。

ハウエル・デイヴィスは三隻の海賊船隊の司令官に選ばれた。コックリンの倉庫船と拿捕したギニア・ヘン号もいっしょに連れていくことになった。船隊が出発するまえに、別の拿捕された商船の士官がデイヴィスに食料を置いていくように頼んだ。自分には金がないので、食料がないと乗組員たちは飢え死にしてしまうと訴えた。デイヴィスは食料を与える代わりに、寛大にも、ロイヤル・ジェームズ号に彼のポストを提供した。士官は警戒しながら、自分には妻がいるので、勝手に海賊になることはできないと答えた。ハウエル・デイヴィスは紳士なので、強制することはないと彼は信じたのだ。デイヴィスは信じられないといった顔で、無理強いされた人間など仲間にはいらない、と答えると、士官に食料を与えたのだった。

一七一九年四月下旬、海賊船隊はシエラレオネをあとにした。安定した潮流と穏やかな風に乗り、常に海岸から数マイルの距離をとって、樹木の密生した低い海岸線が見えるようにしながら南へ向かった。海岸線に湾や入江はほとんどなく、ただ寄せ波が砕け散っているだけで、ボートを上陸させることはほとんど不可能だった。しかし、ふたたび海に出たのは快適だった。帆かげには陸《おか》よりも新鮮な空気があふれ、涼しい風が吹きわたっている。

すぐにコックリン船長はギニア・ヘン号を解放した。ほかの船よりも遅かったからだ。ギニア・ヘン号の船長はこれ幸いとばかりに西へ変針し、翌朝までには見えなくなった。海賊船隊は走りつづけた。船は一隻も見えない。パルマス岬をかわし、象牙海岸に沿って進み、さらに黄金海岸へ向かい、王室アフリカ会社の城砦をめざした。ディックスコヴ、クイーン・アンズ岬、ケープコースト城砦、そしてアナマブ城砦だ。そこには貿易船が奴隷を買いに金《かね》を運んでくるのだ。

暑熱のなかで飲料水はたちまち底をついた。デイヴィスは上陸して樽に水を満たすように部下たちに命じたが、砕け波と大きなうねりがあまりにも危険だったため、土地の漁民に力を貸してもらおうと待つことにした。住民たちは裏切ることで悪名高い。生まれつき残忍で疑り深く、奴隷貿易船を襲う白人に憎しみを抱いているのだ。だが、なかには金で買える者たちもいて、デイヴィスは数艘のカヌーに礼として小さな道具類や古い火器を渡し、部下たちを水場へ連れていってもらった。何時間もたった。

日の光が消えるころ、カヌーが次々と海岸から出てきた。どのカヌーにも海賊は一人もいなかった、黒人ばかりだった。べちゃべちゃと、彼らのリーダーがテイラー操舵長にわけのわからないことを言った。森に着いたとたんに、白人たちは逃げだしたというのだ。信じられないことだった。一人はバック号で叛乱を起こして以来、デイヴィスと寝食をともにしてきた男だ。彼が脱走しようと思うなど、ありえない。それに、最寄りの交易所があるのは道もないジャングルを通って何マイルも先で、そんな恐ろしいところに逃げようとするほど彼が狂っていなかったことは確かだ。もっと可能性のあるのは、彼と仲間たちは、持っていた武器を狙《ねら》われて殺されたということだ。だが、それでも水は必要だ。土地の者しか水を持ってくることはできない。

テイラーに通訳させて、デイヴィスは現地人のリーダーに、自分は次の班を陸《おか》へ送りたいと伝えた。それから、英語でテイラーへ、黒人たちを力ずくでもロイヤル・ジェームズ号へ連れもどすように、水汲《みずく》み班はかならず完全武装させるように、と言った。

黒人と押し問答が起こった。海は危険だから、もっと贈り物がなければだめだと言う。デイヴィスは了解した。われわれは水がないと死ぬ、そうデイヴィスは言った。

水汲《く》み班は掌砲長のところへ行って、小火器を受けとった。樽が次々とカヌーのなかへ降ろされた。黒人の漕ぎ手たちはカヌーを安定させた。押しよせてきた波が砕けて、カヌーを浜辺へ押しあげた。海賊たちはまっ先にカヌーから飛びおりると、降りだした黒人たちへ銃を突きつけた。一人が先頭に立たされて、海賊たちを小川へ案内し、そこで樽に水が満たされた。ロイヤル・ジェームズ号へ戻ると、黒人たちはまた行方不明の男たちになにが起こったのか、問いただされた。彼らは答えない。

テイラーは黒人たちに手かせ足かせを掛けさせた。朝になって、黒人たちは船艙から引きだされ、行方不明の男たちの居場所を教えろと詰問された。みんな、逃げた、そうリーダーは言い張る。だれも彼の言うことを信じなかった。人殺しはムチ打ち刑だ、そう叫び声があがった。吊せ、とほかの者たちが怒鳴る。しかし、テイラーは、射撃練習のほうがもっとおもしろいだろうな、と言った。

二人の黒人が甲板に四つん這いに押さえつけられた。鎖がはずされて、両足首に長いロープが縛りつけられた。海賊たちがロープの端を持って、メイン・マストの横静索《シュラウド》を駆けのぼっていき、ヤードの先端にロープを掛けて、下の甲板へ落とした。待ちかまえていた海賊たちがロープを引いた。有罪判決を受けた黒人がマストの両側で一人ずつ、空中へ吊りあげられた。逆さまにぶら下がって、デッキのはるか上で両腕をばたばたさせている。テイラーが狙いを定めた。揺れながらもがく標的に彼が最初に撃つと、海賊たちは二班に分かれて、それぞれの標的に撃つことになっているのだ。いちばん早く殺した班にラム酒がふるまわれる。テイラーが撃った。ぐいっと黒人は体を引きつらせて、悲鳴をあげた。それが邪悪な時間の始まりだった。海賊たちは成功するごとに自慢し、最後の犠牲者が撃たれて海に捨てられるまで続いた。

デイヴィス船長は黙っていた。彼はテイラー操舵長が自分に反旗をひるがえす気ではないかと怪しんだ。海賊の船長はすぐに解任できる。デイヴィスが肥えた獲物を捕まえなければならないことは確かだった。彼はついていなかった。現地人の虐殺から二日後、彼は船を捕まえたが、積荷は貧弱なので、三隻の海賊船で分けるだけ価値のあるものではなかった。デイヴィスはだめな首領だ、と不満分子が主張した。テイラーが首領のほうがうまくいく、と。数分のうちにテイラー操舵長が船長に選ばれ、皮肉なことにデイヴィスは彼の後釜《あとがま》になった。

ロイヤル・ジェームズ号は幸運な船ではなかった。テイラーはコックリン船長によく似ていた。デイヴィス船長は威張りはしないが、規律が求められるときは、断固たる態度をとった。テイラー船長は、不満を静めるためにはロープの先端を信じ、海軍の一等級艦の艦長のように船尾楼甲板から命令を怒鳴った。二、三日のうちに、乗組員の大多数が彼にうんざりした。また会合が開かれて、デイヴィスが船長に再選された。テイラーはこんな即席の民主主義の結果を受けいれるのを拒否して、コックリン船長の船へ移った。何人かが彼といっしょに行った。残った者たちはウォルター・ケネディを操舵長に選び、デイヴィス船長に忠誠を尽くすように見えた。

海賊船隊は航海を続けた。ル・ブシェ船長は自分のガレー船の名前を、大内乱の際の陸軍司令官に敬意を払って、デューク・オブ・オーモンド号と変えた。船名をそう気軽に変えるのは不運を招くことで、迷信深い海賊たちはそんな不運な船には絶対に乗らないと誓った。

まもなく、一隻がいなくなった。コックリン船長の倉庫船トゥ・フレンズ号だ。ある晩、ほかの船たちから少し距離をとったときに、走り去ってしまったのだ。

五月の終わりごろ、不満だらけの三隻は商船を一隻捕まえた。その船から帆や黒人や金、宝石を奪い、数人の乗組員を捕まえて商船より海賊船暮らしのほうが快適だと説得した。

それは三人の海賊船長がいっしょに拿捕した最後の船となった。ロイヤル・ジェームズ号での会議で、船長たちは合意に達することができなかった。デイヴィスは海岸線をくだってギニア湾のプリンシペ島へ行きたいと言ったが、コックリンとル・ブシェはそんなに東まで行きたくないと言う。ワインと短気が重なって言い争いになったが、デイヴィスは充分に自分を抑えて、「いいか、聞け、コックリン、ル・ブシェ」と切り出した。「あんたらを強くすることで、おれはあんたらの手におれを打つムチを持たせてしまった。しかし、あんたらなどまだ一ひねりできる。だがな、おれたちは友愛のもとに出会ったんだから、友愛のもとに別れよう。というのも、三人の同業者は決して合意することはできないからだ」。コックリンとル・ブシェは船室を出ていった。二人のあとにテイラーが続いた。

三年後、ル・ブシェ船長とテイラーはまだいっしょにいたが、アフリカの対岸へ行き、マダガスカル島の周辺で略奪を続けていた。ル・ブシェに関する報告書がいくつかある。彼は難破し、その後、海賊稼業を再開して、荒稼ぎをして富を貯え、引退した。セイシェル諸島のマヘー島の近くのヘロンブルという小島に定住して、そこで安全に暮らせるものと思っていた。ところが、逮捕され、一七三〇年七月十七日、マヘー島で絞首刑にされた。テイラーはいぜんとして、「もっとも野蛮な性格の男」で、海賊エドワード・イングランド船長のもとで航海していたが、自分自身の船を持ち、最後にはスペイン海軍といっしょという信じられないような仕事をした。そのあと、キューバで安らかに死んだそうだ。コックリン船長は歴史から消えてしまった。

ハウエル・デイヴィスは一人、航海を続けた。敵が去ったあと、彼は三十門搭載の強力な船で海岸線にとどまった。そこには獲物が約束されていた。彼は毎日、清潔な服をまとった。真っ白いシャツを半ズボンのなかにたくしこみ、腰には緋色のサッシュを巻いた。部下たちはケネディ操舵長に忙しく働かされた。彼は二十歳を少しすぎた年だが、乱暴者という評判を獲得していた。

スリーポインツ岬沖にオランダのオステンドから来た船が錨を降ろしていた。マルキス・デル・カンポ号という名前で、人員を充分に乗せ、砲三十門を搭載した大型船だった。オランダ船はたとえ積荷が少なくても防御すると言われている。オランダ船員は海賊になる者はほとんどいない。海賊に対しては戦うし、戦える。デイヴィスは、もしも少し前に船長から解任された経験がなければ、通りすぎていたことだろう。いま、彼は敢えて、臆病者と思われる危険を避けた。

デイヴィスの船が横付けしたとたんに、オランダ船は片舷全砲を放った。五、六発が海賊船の砲列甲板に命中した。ロイヤル・ジェームズ号はカノン砲を轟然《ごうぜん》と撃ちかえした。五月下旬のうだる暑さの昼間で、無理やり海賊にさせられた者たちのなかには初めての戦いという者もいた。若いウィリアム・ミンティは戦えと命令されて、ピストルを渡されたが、拒絶し、銃の使い方なんて知らないと叫んで、斬りこみ刀の吊りひもを受けとった。もう一人、グリーンも火打ち石銃を受けとるのを拒んで、あとでマストに縛られてムチ打ち刑をくらった。戦いは夕方まで続いた。

デニス掌砲長と彼の助手、ゴウルディングは長いカルバリン砲のあいだを走り、装薬とパッキングが砲身の奥まで突きこまれて、火門の下にちゃんと届いており、十八ポンドの砲弾がしっかりと押しこまれていることを点検した。火回りの遅い火縄で点火薬に火がつけられた。砲員たちは飛びのいた。三トンの大砲が後退して、甲板を荒々しく走り、太い駐帯索《ブリーチング・ロープ》に抑えられた。船は大きく揺れ返り、爆発で空中は真っ黒になった。優秀な掌砲長は一分強で大砲を撃てるが、砲身が焼けるように熱くなった戦いの中盤では、そんな速度は保てない。デイヴィスは大声で命令を出した。ケネディ操舵長がピストルを持った男たちへ、索具を登って、敵の露天甲板へ撃ちこむように命じた。口の広がった旋回砲、別名〝殺し屋〟がマルキス号へ小さな銃弾や錆《さ》び釘、ガラス片を噴射した。舷縁から吹き飛ばされたぎざぎざの木片は石のように重く、槍《やり》のように殺傷する。そんな木片がオランダ船の甲板を薙《な》ぎはらった。地獄だった。悪臭を放つ硫黄、硝煙、絶え間ない衝撃、悲鳴絶叫、赤くなった大砲から噴きだす炎、暗闇、ときたま間《ま》、そしてまた砲撃。戦いは続いて朝になり、剣のこすれ合う音と遠い叫び声から、海賊たちが四つ爪鉤をマルキス号に掛けて、乗りこんだと知れた。マルキス号の疲れはてて負傷した乗組員たちは降伏した。完全勝利ではなかった。商船の最初の片舷斉射で海賊側は九人が死んでいた。それ以後、倒れた者たちがいるので、死者はもっと増えるだろう。

ハウエル・デイヴィスはアーサー王の騎士道精神にあふれたロマンチストのウェールズ人だったので、勇敢な敵を辱めたり傷つけたりは決してしないと心に誓っていた。それに、海賊たちはあまりにも疲労困憊《ひろうこんぱい》していたし、安堵もしていたので、商船乗りを拷問にかける余力はなかった。オランダ人は一人も傷つけられはしなかった。海賊たちはマルキス号の指揮をとり、近くの湾で再艤装した。同号は、ロイヤル・ジェームズ号より設計がよかった。三本の高いマスト、横帆艤装、猛禽《もうきん》の上向いた嘴《くちばし》のような船首。中部甲板《ウエスト》からは五段の昇降はしごで船尾楼甲板に上がれる。その下にはすばらしい船長室があり、船尾はみごとに彫刻が施されていた。備砲は三十二門の大砲と、二十七門の旋回砲。マルキス号は海軍のフリゲート艦に負けないほど強い船だった。デイヴィスはマルキス号をロイヤル・ローヴァー号と改名した。同船の乗組員たちは、別の船に移せるようになるまで、船艙に監禁した。負傷者たちの多くは回復の望みはなく、海岸に当座しのぎに掛けた日除けの下に避難させられ、若い船医のアーチボルド・マーリーが治療に当たった。最後に死んだ者が埋葬されると、二隻の大きな船は海へと出た。

海賊船は、レンガ造りの分厚い城壁で囲まれたケープコースト城砦を通過するとき、その強力な大砲の射程から充分に距離をとった。デイヴィスの部下たちはいまや自分を老練な海の男、何事にも耐えられる正真正銘の海賊だと感じていた。強制されて海賊になった者たちも以前は脅えて泣き言を言っていたが、いまは仁王立ちになっている。ハウエル・デイヴィスは自分が勇猛果敢な船長であると証明してみせたのだ。

ケープコースト城砦とアクラのあいだにあるのがアナマブ城砦で、ここは錆びついた九門の大砲があるだけのごく小さな砦だ。建物は修理もされず、ただ外壁が立っているだけのようなありさまだった。王室アフリカ会社の貿易の中心であるケープコースト城砦からわずか十五マイルしか離れていないので、この居留地はさほど重要なものではない。ただその役目は、アフリカ海岸を離れるまえにもっと商品と奴隷が欲しい民間貿易船のために、そうした高値のつく商品を貯えておくということだった。必死になった船長たちはアナマブ城砦で屈強の男子奴隷一人に対して二十八ポンド、ときには三十二ポンドも払う。ふつうの値段よりはるかに高い。

西インド諸島では莫大な数の奴隷が必要とされていた。サトウキビ農園の広大な土地を開墾するのは過酷な重労働で、屈強の黒人奴隷の労働生命は十年以下だからだ。イギリス領西インド諸島だけで大農園所有者は毎年、労働力の十パーセントを新しくしなければならないと見られた。奴隷は、バルバドス島に四千人、リーワード諸島に六千人、ジャマイカに一万人いた。しかも、奴隷は高価だった。

一七二一年にある商船の船長が〝かんしゃく玉〟老人のような商人たちから買った奴隷の勘定書は、男子一人に対して、大砲八門とヤナギ細工瓶一本、酒二ケース、敷布二十八枚だった。女子一人では、ブランディ九ガロンと鉄棒六本、ピストル二挺、火薬一袋、ビーズ二連。そして、少年には、大ヤカン七個と、綿布一巻き、鉄棒一本、青と白の布地が五巻きだった。奴隷を王室アフリカ会社から買えば、男は一人約十五ポンド、女は約十二ポンドだった。奴隷船で運ばれる途中で二十五パーセントが死ぬと予測されていたので、西インド諸島での価格は四倍にもなった。一八二〇年まで売買の詳細な計算書があるが、それによると、利益はほとんど信じられないほど膨大だった。「ギニア海岸で三十ポンド（あるいは、貿易商人がもっと運がよければ、バンダナ一本か数個のビーズ）で買った捕獲黒人は、アメリカでは最高七百ポンドで売れた。アメリカ人船長はひと航海で百万ドル儲《もう》けたと言われている」。十八世紀初めでも、需要は非常に大きく、供給は非常に不足し、王室アフリカ会社は毎年、一万八千人しか輸出しなかったので、民間貿易船は七万五千人を輸出して、奴隷一人四十ポンドか五十ポンドで売ることができた。だから、最後の頼みの綱アナマブでは、市場価格は鰻登《うなぎのぼ》りになったのだった。

放置された城砦など、海賊たちは恐れはしなかった。港には三隻の船が錨を降ろしていた。モリス号にロイヤル・ハインド号、プリンセス・オブ・ロンドン号だ。彼らは一発も撃ちはしなかった。三船長とも陸《おか》で奴隷の物々交換に忙しく、乗組員たちは海賊のこんな砲列と戦う気など毛頭ない。モリス号の舷側からカヌーが数艘、急いで岸壁へ逃げていった。一七一九年六月六日のことだった。

城砦から数発、撃ってきたが、距離が離れていて、小さい火器では届かなかった。デイヴィスは黒旗を掲げて応射した。城砦からはなんの反応もない。ロイヤル・ハインド号がプリンセス・オブ・ロンドン号に横付けした。すると、プリンセス号のスティーヴンソンという二等航海士が、海賊船へ望みはなんだと訊いた。船長のプラムと副長は留守だった。デイヴィスはスティーヴンソンと仲間たちにこっちの船へ来るように言った。二等航海士は陽気な小男のジョン・イーストウェル船匠と、ほかに六人を連れてきた。ジェームズ・ブラッドショーに掌砲長のウィリアム・ギッティウス、ジョン・ジェサップ、ジョン・オーエン、トマス・ロジャーズ。そして、最後の六番目の男は背が高く、いちばんの年長者で、三十代後半だった。肩幅が広くて、頭髪は黒く、長年の海上生活で顔は褐色に潮焼けし、表情は厳しい。

男の名前はバーソロミュー・ロバーツ。

第二部　海賊の黄金時代

四章　バーソロミュー・ロバーツ船長　一七一九年六月―八月

「ロバーツの物語はほかのどの海賊の話よりも長く続く……彼がほかの海賊たちより長く海を荒らしまわり……ほかのだれよりも世間を騒がせたからである」

チャールズ・ジョンスン『海賊全史』

「彼はほかの者たちとそこに立っていた。なにも言わずに待っている。背が高く、色黒で、四十近い」キャプテン・ジョンスンの『海賊全史』によると、ロバーツはウェールズ人で、リトル・ニューカースルにあるペンブロークシャー（現ダヴェッド）村で生まれた。プレセリス川の西岸の村で、フィッシュガード湾からわずか六マイルのところだ。ロバーツのもともとの名前はジョン・ロバートというらしい。名前をどうやって、なぜ変えたかは不明である。だが、一六七〇年のペンブロークシャー暖炉税帳簿には、彼の父親と思われる人物の名前がジョージ・ロバートとして記録されている。

教区の記録は一八一三年より古いものはなく、海賊ロバーツの生地を直接証明するものは皆無である。しかし、ロバーツの部下たちが裁判にかけられたとき、ジョン・アトキンズ海軍軍医は当人たちと会っており、キャプテン・ジョンスンはそのアトキンズ軍医と話しているのだ。部下たちはロバーツがウェールズの出身だと知っていた。一七二〇年にある船が二隻の海賊船に捕獲されたという記録がある。その記録では、「どちらの海賊船も指揮していたのはトマス・ロバーツ船長で……このロバーツ船長はサマセット州ブリッジウォーターの生まれである」と記されている。しかし、これはただ、海賊船の犠牲になった商船員がトマス・アンスティスとバーソロミュー・ロバーツをいっしょくたにしたため、記録者が誤解しただけのことだ。トマス・アンスティスというのは、ニュープロヴィデンス島からバック号でハウエル・デイヴィス船長といっしょに逃げた〝閣下《ロード》〟と呼ばれる幹部海賊の一人である。

バーソロミュー・ロバーツが海賊になれと強制されたとき、彼はすでに熟練した船乗りで、人生の絶頂期にあった。気まぐれな海にも馴染《なじ》み、命令をくだすことにも慣れた独創性豊かで、勇猛果敢な精神の持ち主だった。

海賊船から解放されたプリンセス・オブ・ロンドン号の七人の商船員たちは黙ってオールを漕いで、船へ戻っていった。海賊船長ハウエル・デイヴィスからは、もしも海賊志願者の数が足りない場合には、数人を強制的に海賊にすると警告されていた。船匠のイーストウェルだけが喜んで鞍替《くらが》えした。ほかの男たちは二隻の海賊船のマストにひるがえる黒旗を暗澹《あんたん》たる思いで見つめた。プリンセス号の上に略奪班の姿が見えた。一艘のボートが三人の商船船長を乗せて、アナマブ城砦の上陸場へ向かって急いで離れていくのも見えた。

バーソロミュー・ロバーツ

プラムとホール、フェンの三船長は、海賊たちのやりたい放題の略奪に恐れをなして、彼らにしたいようにさせる道を選んだのだ。もしも抵抗したら、乗組員が全員、海賊にさせられて、船長には船を動かす人員が一人もいなくなってしまう。そうなったら、故国に帰るのを助けてくれる船乗りに対してどんな者であろうと法外な手当を払わざるをえなくなるのだ。逆に、抵抗して船を焼き払われたら、乗組員たちにはイギリス本国へ帰る手段がなくなってしまう。絶望した船乗りは、故国に連れ帰ってもらうためには無報酬で働く、それは周知のことだった。

「ギニアの海岸線では海賊たちが略奪したり、船舶を破壊したり、多くの悪事を働いていたので、王室アフリカ会社の城砦はどこも、イギリス本国へ帰れるのなら無報酬で喜んで船に乗るという船乗りであふれていた――以上のような報告書がある」のだ。

海賊コックリンやテイラー、ル・ブシェたちの略奪行為は責められるべきである。彼らはエドワード・イングランド船長と手を組み、ケープコースト城砦近くで船を何隻か捕まえると、西へ約百マイル、つまり、三十数リーグのところにあるクーダのポルトガル城砦へ向かった。そこでイギリスの商船へロイン号と、フランス船二隻、ポルトガル船二隻を拿捕した。そして、その年のうちに、彼らの三隻の海賊船はマダガスカルめざして出発したのだった。

プラム船長がプリンセス号に戻ったころには、海賊たちの略奪はあらかた終わっていた。海賊船の操舵長ケネディが見落とした物を船匠のイーストウェルが見つけた。この小男の船匠は熊《くま》に噛《か》みつく犬のように猛然と海賊行為に走って、隠し場所と思われるところを必死で探した。彼はスティーヴンソン二等航海士の帽子を二つ盗み、一つにはリボンの束を詰めこみ、タンスからは金を奪った。プラム船長の部屋に残っていた物は手当たり次第に探しだし、航海士に対して、もしも四十オンスの砂金の隠し場所を教えなかったら、撃ち殺すと脅した。彼は海賊商売が性分に合っている新たな一人だった。

ロイヤル・ハインド号とモリス号の船長はしぶしぶ従ったので、船は丸裸にされ、黒人も数人、連れ去られた。黒人が奪われるのはいつものことだ。黒人は略奪品の分け前はもらえず、白人の海賊たちにはあまりにもきつくて卑しい仕事だと思われることをやらされるのだ。

夕方までにすべては終わった。祝宴が始まり、海賊船の甲板にはワインや酒がこぼれた。らんちき騒ぎのすきをついて、プリンセス号の二人の乗組員、トマス・ロジャーズとジョン・オーエンが陸岸へ船を走らせて城砦の砲列の保護下に逃げこもうと、帆をあげようとした。失敗すると決まっている冒険だった。海賊側は城砦を砲撃して瓦礫《がれき》にすることもできたのだが、その必要はなかった。二人は見つかって、デイヴィス船長の前に連れてこられた。彼は二人の率先した行動に惚《ほ》れこんで、有無を言わさずその場で二人を海賊仲間に加えた。

翌朝、略奪品を収容すると、デイヴィスは乗組員名簿を調べた。二隻の大型船を連れていくにはもっと大勢の乗組員が必要だが、小男イーストウェル以外はだれも海賊に志願していない。デイヴィスは商船の船長たちを呼んだ。諸君の態度はよかったからして、必要な人数だけをもらう、と彼は告げた。モリス号のフェン船長が抗議した。

コックリン船長だったら、彼を殺していただろう。デイヴィスはちがった。彼は真のウェールズ人魂を貫くことには厳しい男で、フェン船長に、乗組員数人ではなく全員をもらう、と短く、だがきっぱりと告げて罰した。ただ、足の悪い一人だけは除いた。それから、ロイヤル・ローヴァー号に監禁されていたオランダ船マルキス・デル・カンポ号の三十人の乗組員を解放し、彼らにフェン船長のモリス号を与えた。三十人のなかの一人、スコットランド人のジョン・ステュワートだけはイギリス国籍ということで海賊船に残した。

海賊船に強制的に残された例外的な人物は彼一人だけではなかった。おなじ年のこと、西インド諸島のニュープロヴィデンス島沖で、〝キャリコ・ジャック〟ラカムは一隻のオランダ商船を拿捕し、乗組員のなかで唯一のイギリス人を捕まえた。この〝若くてハンサムな男〟をラカムの女房アン・ボニーは猛烈に好きになってしまった。彼女の求愛があまりにも執拗《しつよう》だったので、アンの言う〝わが恋人〟はとうとう正真正銘の女の胸をさらけだした。相手はメアリー・リードという女性だったのだ。

二十代半ばのメアリーは、ブレダでフランドル人の夫と〈三つの蹄鉄亭《ていてつ》〉という居酒屋をやっていたが、夫が死んでしまい、それで新しい生活をしようと、そのオランダ船で西インド諸島へ行く途中だった。船に乗るまえに、彼女は男装したのだった。「貞操観念に従って、自分の慎み深さを守るために」、彼女は猛々しい海賊となり、アン・ボニーとともに——二人はおなじように悪名高かったが——こんな戯れ歌が作られるまでになったのだった。

「ピッチとタールにまみれ、メアリーの手はごつごつさ
むかしはつるつるだったのによ、ベルベットみたいにさ
錨も揚げれば、測鉛も曳《ひ》く、
マストの上にも登るのさ、恐れを知らず大胆によ」

ハウエル・デイヴィスがモリス号とロイヤル・ハインド号から強制連行した乗組員のなかには女は

“キャリコ・ジャック”ラカム

一人もいなかった。彼らのなかでいちばん海賊になるのを嫌がったのは、ジェームズ・セイルという男で、彼はこっそりと元の自分の船に戻ったが、見つかってしまい、ロイヤル・ジェームズ号に連れもどされた。決断のつかない彼はなんとかプリンセス・オブ・ロンドン号へ逃げこんだ。おなじように海賊になるのを嫌がる男たちといっしょに彼も狩り出され、海賊船のマストに縛りつけられて、ムチをくらった。最後の抵抗集団はプリンセス号の者たちだった。そのなかには、掌砲長のブラッドショーやスティーヴンソン二等航海士、ジェサップもいた。彼らはひどく落胆して、海賊になりたくないと大声で叫んで抵抗した。バーソロミュー・ロバーツもそのなかにいた。

海賊船はロイヤル・ハインド号とモリス号を引き連れて出帆した。二、三日すると、オランダのガレー船を捕まえた。相手はさすがオランダ船らしく抵抗し、長い追跡劇のあと、ようやく降伏した。もしもこの船に一万五千ポンド相当の金と物品が積まれていなかったら、乗組員たちはもっとひどい目に遭わされたことだろう。この戦利品にデイヴィスはたいそう喜んで、ロイヤル・ハインド号にフェン船長を乗せて解放した。モリス号にはアクラへ行くことを許し、デイヴィスは自分には不要な物をすべて持っていかせた。新聞報道とは逆に、プリンセス号のプラム船長は吊されはしなかった。吊されずに彼は、フェン船長のロイヤル・ハインド号でいっしょにケープコースト城砦にたどり着き、五十人の奴隷を物々交換した。そして、アナマブ城砦へ行ったことを後悔したのだった。

デイヴィスはアナマブ城砦から六百マイル東南東にあるポルトガルの島、プリンシペ島へ行きたいと思っていた。噂では、その島には莫大な富があるというのだ。彼は航海術についてバーソロミュー・ロバーツから専門的な助言を求めた。ロバーツは意気消沈していたが、船乗りの運命主義に従って新しい生活を受けいれ、帆装やこの海岸沿いで取るべき最適の針路について、進んでアドバイスした。

これに対して憤慨する海賊はほとんどいなかった。ロバーツは大多数の海賊たちより海上生活が長く、イギリス本国からアフリカ、そして西インド諸島や北アメリカへ行く三角ルートを長年航海し、高価な金品を本国に持ち帰っているので、アフリカやアメリカの現場の知識を貯えていたからだ。

こうした航海には船乗り技量《シーマンシップ》が要求される。嵐――西インド諸島のハリケーンの前触れや北緯四十度線の強烈な西風は、来るまえに感知しなければならない。船が赤道無風帯《ドルドラムス》の単調な無風のなかで動けなくなるまえに、卓越する貿易風を捕らえなければならない。ロバーツはこうした嵐と何度となく戦って、海と風を知っていた。彼の学び方は科学的ではない。まだ経度線を決めることもできなかった当時、航海術は予測と経験をおおいに頼みとすることがよくあった。そういう資質をロバーツは持っていたのだ。

ロイヤル・ローヴァー号とロイヤル・ジェームズ号は海岸線を南へくだっていった。両船とも人員は充分だし、船艙には略奪品があふれ、マストのてっぺんには見張りがついて、水平線を見まわし、獲物を探している。しかし、何日も海は空っぽで、ただ太陽が降りそそぎ、森林で覆われた海岸線が遠く見えるだけだった。すると、ある朝、曙光《しょこう》が射すと、ロイヤル・ジェームズ号が一マイル近く後ろでのろのろしているのが見えた。デイヴィスはケネディ操舵長が乗組員をそそのかして、略奪品を持って自分から逃げようとしているのではないかと恐れた。

裏切りではなかった。ロイヤル・ローヴァー号が帆を減らして、ケネディの船が追いつけるようにすると、船は傾いていて、乗組員たちがポンプを突いて排水していた。ひどい水漏れが発見されたのだ。腐った船材にフナクイムシが入りこんでいる。すぐに傾船修理しなければならない。カメルーン湾がいい、とバーソロミュー・ロバーツが提案した。そこなら、修理中に、材木と水を手に入れられる。

二隻がアフリカ本土に着いたのは正午だった。目の前の海面から密林に覆われた山々がそそりたち、その影が陸岸とフェルナンド・ポ島のあいだの水路のなかほどまで暗くのびていた。海賊たちは、ロイヤル・ジェームズ号が修理されるあいだ、ほんの二、三日だけここにいるものと思った。しかし、竜骨《キール》が丸見えになったとき、砂浜より造船所が必要な様相だった。船底も船側も、ムシに食われたというより破壊されていた。木部よりも穴のほうが多い。ロイヤル・ジェームズ号は放棄せざるをえない。

船内から積荷と人員と状態のいい大砲が降ろされた。イーストウェルとほかの船匠たちが頑丈な索具と滑車類を取りはずした。それらを積むと、ロイヤル・ローヴァー号は南へ変針して、プリンシペ島へ向かった。船の後ろの波間で大きな魚が二頭、はしゃいでいた。航跡のなかでカーブしたり、飛びこんだり、てらてらと輝いている。プリンシペ島を視認すると、上のほうの岩から鳥の群れが飛びたっていった。デイヴィスはイギリス海軍旗を掲げさせた。

ケネディとジョーンズは、策略はどんなものでも軽蔑《けいべつ》して、真っ向から砦を攻撃するのが好きだったが、この土地を知っているバーソロミュー・ロバーツは、砦には十二門の大砲があって、港の長い入口を守っているとデイヴィスに告げた。たとえ砲列に怪しまれずに無事に港へ入れたとしても、いったん非常警報が鳴らされたら、ここから逃れることはできなくなるのだ。

小さなスループ船が出てきて、ポルトガル人士官が用向きを問いただした。ハウエル・デイヴィス船長はこう答えた——本艦は、この数か月ギニア海岸を荒らしまわっている海賊を探索中の軍艦である、と。海賊船はここに来たかどうか、と彼は訊いた。いや、と士官は答えてから——だが、三隻の海賊船がシエラレオネを略奪したと最近ある商船から報告があった、と言った。

デイヴィスは、港内に入ることを許可されるかどうかと尋ねた。自分の部下たちは長いあいだ海上にいたし、食料が必要だ、と。許可がおりた。ロイヤル・ローヴァー号はスループ船のあとについてちょっと進んでいった。やがて、危険なほど水深が浅くなった。手漕ぎの大型ボート《ピンネース》が降ろされた。デイヴィスは栗色の最上の上着をまとってボートへ降りていき、そのあとには白いリネンシャツに黒い半ズボンできちんと身なりを整えた九人の男たちが従った。上陸場に着くと、マスケット銃隊が一列、気をつけの姿勢で待っていて、デイヴィスを総督のもとへと護衛していった。

華麗な出で立ちのおかげで、デイヴィスはなんの疑いも引きおこしはしなかった。総督はプリンシペ島にあるすべての施設と有用な物の提供を申し出た。そこでデイヴィスは、かかった費用はすべてジョージ国王が返済すると確約した。総督は自分が外国の権力者の債権者になると思うと、あまり喜びはしなかったが、異論は一つも出さなかった。

ロイヤル・ローヴァー号は港口近くに碇泊《ていはく》したままだった。港口の水路がふさがれているのを見てうろうろしているフランス船に、ケネディの指揮する三艘のボート隊がピストルを突きつけて乗りこんだ。略奪品はたいしてなかった。ただの小さい船だったが、海賊たちには役にたちそうな船だった。あのフランス船は海賊どもと交易していたので、国王陛下のために捕獲した、そうデイヴィスは総督に説明した。総督は、彼と士官たちの勤勉ぶりを褒めたたえた。二週間がだらだらとすぎていった。デイヴィスは、総督と士官たちを罠《わな》に誘いこむ計画を立てた。忍耐が必要だった。陸《おか》に使えそうな女たちがいるという噂を耳にすると、〝閣下《ロード》〟たちは調べることにした。

「数日後、ミスタ・デイヴィスと十四人の男たちは密かに上陸して、町を抜け、ある村へ向かった。

そこに総督とこの島の首長たちは妻を住まわせていた。推測するに、デイヴィスたちは彼女らの夫の代わりをするつもりだったのだろう。だが、女たちが隣りの森のなかに逃げてしまったとわかると、彼らは砦乗っ取り計画に支障を来さないように、船に戻った。このことはちょっとした騒ぎを引きおこしたが、デイヴィスたちのことはだれも知らなかったので、見すごされた」

デイヴィスは時機到来と判断して、総督をロイヤル・ローヴァー号へ昼食に招いた。客を人質にして、血を流さずに防護の固い砦を乗っ取るつもりだったのだ。総督は喜んで招待を受けた。デイヴィスは客たちの出迎えのためにボート隊を送らなければならなかった。すると、急峻《きゅうしゅん》な丘の上にある砦で総督とワインを一杯やるようにと要請された。デイヴィスは受けた。総督は彼らが砦を自由に見学できるように準備しているのだった。

デイヴィスはケネディと九人の男たちを海軍士官として同行した。ロバーツは上陸場に残って、一番ボートを指揮した。ジョーンズが二番ボート。彼らは上陸場で、デイヴィス船長が総督と海賊一行を連れて戻ってくるのを待った。波止場には、黒人が一人立っている。総督は砦だ。黒人は総督たちがやってきたら、走って教えることになっている。

デイヴィスたち一行は木立のなかの細い道をにぎやかに登っていった。丘の中腹まで行ったとき、待ち伏せされていた。藪《やぶ》のなかから銃が撃たれた。デイヴィスは倒れた。腹に命中していた。気を失いかけながら、彼は立ちあがると、両手に一挺ずつ握ったピストルで息も絶え絶えに撃った。まるで闘鶏が末期の一撃をくらわせるように。彼は復讐せずには倒れないのだ。

吹き矢を持った黒人たちが現われて、うろたえる海賊たちへ毒矢を放った。ケネディは回れ右すると、来た道を一目散に駆けおりて、待っているボート隊へ向かった。もう一人は藪のなかに飛びこんで、崖《がけ》のてっぺんへ走り、そこから海へ飛びこんだ。なんとも幸運なことに、ロイヤル・ローヴァー号のロングボートが魚釣りから帰ってきたところで、彼を拾いあげた。もしそうでなかったら、死んでいただろう。この海域にはサメがうじゃうじゃいるのだ。自信たっぷりだった上陸班のなかで生き残ったのはその男とケネディだけだった。総督は自分の妻がレイプされそうになったと知って、策略を巡らせたのだ。

海賊たちは二つに分裂した。一方はここを離れたいと言い、もう一方は自分たちの船長の敵を討ちたいと言う。選択の余地はない、そうバーソロミュー・ロバーツは言った。砦の砲列はいまも港の出口を守っている。だが、港そのものは狙っていない。ここからロイヤル・ローヴァー号は反撃されることなく砦を砲撃できる。総督はわれわれが逃げだすものと見ているのだ。砦の砲列は装薬がこめられ、弾丸が装塡されて、港外泊地へ狙いを定める。その攻撃体制を再編成するには長い時間がかかり、そのころには砦は瓦礫と化していることだろう。

ロイヤル・ローヴァー号は片舷全砲が正確に目標へ向くように、ぐるりと旋回した。掌砲長のデニスが距離と仰角を計算した。シエラレオネの防御者たちとちがって、ポルトガルの兵士は戦いはしなかった。海賊船を沈没させようと思っていたのに、攻撃されて驚いたのか、臆病なのか、海賊船のカノン砲が最初の砲弾をぶちこむと、兵士たちは砦から逃げだして、森のなかへ駆けこんだ。ケネディと三十人の志願者たちは砲撃に掩護《えんご》されて上陸し、砦に火をつけ、港の大砲を一門ずつ押して、砲車ごと海へ落とした。

海賊たちは町を破壊したかったが、港内の浅瀬はロイヤル・ローヴァー号が入っていくには水深が充分ではなかった。そこで、代わりにフランスのスループ船から九ポンド砲一門と、四ポンド砲二門、旋回砲二門を除いて、あとすべての物が取り払われた。スループ船は岩礁や水路を縫って進められ、海岸から数百メートルのところで砂堆に乗りあげられた。九ポンドカノン砲は家並みに狙いが定められた。カノン砲とそれより小さい旋回砲から弾幕が居住地に降りそそいだ。乾燥したわらぶき屋根に火がつき、木造の壁は倒れ、もっと頑丈な石造りの家並みでも二軒が崩壊した。

ロイヤル・ローヴァー号がプリンシペ島を離れたとき、同号のあとには破壊の跡があるばかりだった。瓦礫と化した砦、炎上する町、浅瀬で燃えるフランスのスループ船。入港してきたポルトガル船二隻は略奪されたうえ、沈められた。それはハウエル・デイヴィス船長の敵討ちだった。

ロペ岬へ向かって走っていたその夜、全員が甲板に集まった。新しい船長が必要だった。メイン・マストのところに、強いパンチの入った湯気の立つ鍋《なべ》が運ばれた。いちばんそばにすわっているのは“閣下《ロード》”たちだ――アンスティス、アッシュプラント、デニス、ケネディ、ムーディ、フィリップス、サットン。船長にいちばんの適任者はだれか、推薦するのは彼らだ。決定するのは乗組員たちである。

ケネディが推薦された。ヘンリー・デニスかトマス・アンスティスの名前をあげた者たちもいる。すると、デニス自身が話しだした。船長という称号を偉そうにだれが持っているかなんてことは重要じゃねえ。おれたちの利益にみあうように、投票で船長に任命したりクビにしたりする最終的な権限は、おれたちにあるんだからな。

「その権限を持つのはおれたちだ。もしも船長が掟を無視するほど傲慢だったら、ああ、そいつを引きずり降ろすんだ！　死んだ船長のあとを継ぐやつには警告になる、傲慢な振る舞いはどんなものだろうと、致命的な結果をもたらすってな。だがな、これはおれのアドバイスだが、さあ、素面のうちに、勇敢で航海術に長《た》けた男を選ぼうじゃねえか。この海賊共和国を守り、危険や不安定な自然界の嵐、無秩序のもたらす命取りの結果からおれたちを守ってくれるのは船長の勇気と分別だ。そういう男としておれはロバーツを推す。仲間たちよ！　どんな点から考えても、彼はおまえらの敬意と支持に値する男だ、おれはそう思う」

ウォーッと、賛同の声が沸き起こった。プリンシペ砦の攻撃に関してロバーツがいろいろアドバイスしたことを、デニス自身がロバーツにしばしば意見を求めたことを、海賊たちは忘れはしなかった。船長になる野心を持っているサットンだけが異議を唱えた。自分はだれが船長になろうとかまわん――むっつりと彼は唸るように言った――カトリックじゃないかぎりはな。一六八五年にプロテスタントのモンマス公がカトリックの新王に叛乱を起こしたが、その前にサットンの父親はカトリックの小作農たちの手で殺され、それ以来、彼はカトリックを憎んでいるのだ。

サットンはののしりながら、ふらふらと出ていった。バーソロミュー・ロバーツはそのあとに腰を降ろした。海賊の仲間になってまだ六週間にしかならないが、いまやロバーツは彼らの船長だ。彼の演説は外交的に見てそれほどうまくはなかった。「彼はこの名誉を受けて、こう言った――『おれは泥水に手を突っこんでしまった、海賊になるしかないなら、平《ひら》より指揮官のほうがいい』」。一七一九年七月第二週のことだった。

ロペ岬付近やその海岸線はずっと入江と岬が続いていて、海面へ光と影を投げ、きれいな陰影模様を作っていた。海賊たちは休んではまた人員と船を再編成し、その間、ロバーツは自分の取るべき最良の行動について熟慮を重ねた。ロペ岬で再艤装を終えた。なにも事件は起こらなかったが、ただ、強制的に海賊にさせられたロジャーズが逃げようとして捕まり、数日間、手かせ足かせをはめられた。最後にはムチ打たれ、射殺すると脅かされた。彼らは出帆し、ほとんどすぐに――七月二十七日に

——ロバーツが最初の獲物を捕まえた。エックスペリメント号という商船が、岬から二マイルのところに現われたのだ。偶然だったかもしれないが、その捕獲は海賊たちをやる気にさせた。たいていの船乗りと同様に、彼らも縁起をかつぐし、意図しなくても肥えた獲物に出くわすような幸運な船長を持っていることは、略奪者にとってなによりも大事なことだった。

ロバーツは上手まわしして、半マイルほどエックスペリメント号の風上へのぼったが、商船の船首越しに二発、砲弾を撃ちこむと、商船はこちらへ船首をまわした。声が届くところまで商船が来るとすぐに、黒旗が揚げられ、ケネディ操舵長が商船船長にこっちへ来いと怒鳴った。オールが二、三本ついた雑用艇《ヨール》が、航海長のトマス・グラントを海賊船へ連れてきた。

ケネディのほうは、雑用艇の漕ぎ手が遅すぎるからか、自分が船長に選ばれなかったことにまだ腹をたてているのか、ロバーツ船長に自分の操舵長としての腕前を見せつけるためか、どうしてかはわからないが、グラント航海長が甲板に上がってくるまで不機嫌だった。グラントが自分のまえに来るやいなや、ケネディは彼を怒鳴りつけて、金の在処《ありか》を教えろと迫った。

グラントはびっくりして、金目の物はぜんぶまだエックスペリメント号にあり、コーネット船長が引き渡すだろうと答えた。海賊の一人が雑用艇で商船へ行き、そのあいだにほかの海賊たちは——かつては海賊になるのを嫌がったブラッドショーも——自分たちのランチで商船へ渡っていった。雑用艇は、ただ悪意と愚かな破壊主義しか理由はないが、沈められた。

ケネディはロイヤル・ローヴァー号に戻ると、グラント航海長を大キャビンへ連れていった。「くそったれ」と、彼はののしった。「おれはきさまを知っているぞ。血祭りにしてくれる」。バシッと、彼はグラントの口を殴った。グラントは倒れ、唇からは血がしたたり落ちた。ケネディに殺される、と彼は震えあがった。もしもほかの海賊たちがケネディを抑えこんで、グラントに出ていけと言わなかったら、荒れ狂ったケネディは殺していたかもしれない。ケネディと彼の部下たちは徹底的に略奪しなければ満足できなくて、翌日、商船へ行った。船には一般の物品のほかに、五十オンスの黄金と財布いっぱいのモイドール・ポルトガル金貨、それに十ギニーがあった。ロバーツはエックスペリメント号を倉庫船としてとっておく価値があるかどうか見るために、船を調べさせた。だが、ケネディはそれに反対して、船に火をかけさせた。乗組員はグラント航海長も含めて、ロイヤル・ローヴァー号に乗せられた。それから六か月間、グラントは逃げることができなかった。

海賊船長ロバーツのツキは落ちない。翌日、彼らは少量の荷を積んだポルトガルの貿易船を拿捕し、二日後、西へ走って、テンパランス号を制圧した。そのイギリス船が積んでいたポットや平鍋《ひらなべ》など金属製品はほとんど無傷の状態だった。シャーマン船長はそれら金属製品と見合うだけの数の奴隷と交換するのに失敗したのだ。ロバーツはテンパランス号を自分の元に置き、シャーマン船長には拿捕したポルトガル船を代わりに与えた。

ロバーツは幹部たちを集めて、次の動きについて議論した。エドワード・イングランドやほかの海賊たちがまだアフリカ沿岸にいると思われたので、獲物争いは熾烈《しれつ》になるだろう。ほかの場所のほうがいいかもしれない。マダガスカルがいいと言う者たちがいたが、ロバーツはブラジルへ行くほうがいいと見た。そこでポルトガルの貿易船を捕らえるのはたやすいことなのだ。八月の遅くに彼らはセント・チューメ島へ行き、長い航海に備えて食料と新鮮な水を積みこんだ。彼らはすでに古くなっている新世界へと針路をとった――軋《きし》みをあげている用心深いスペインの植民地へと、西インド諸島の錆びついた掟無き島々へと、そして、短期間のことではあったが、歴史の片隅に残る血にまみれた事件へと……。

五章　バイアの財宝船　一七一九年八月―十二月

「西インド諸島からの手紙によると、海賊たちは当地にまだ大量におり、自分たちの眼前にやってきた船はどこの国の船であろうと無差別に拿捕、略奪、破壊して、貿易に信じがたいほどの損害を与えている」

一七二〇年一月二日付け『ウィークリー・ジャーナル』

ロイヤル・ローヴァー号の船首から向こうの空がこちらへ垂れさがってくるのが見えた。北から雲が渦巻き、かたまって、走ってくる。風は嵐となり、それに向かって彼らは骨折って上手まわしし、できるだけ風上へ切りあがっていった。そこで下手まわしして、陸岸へ向かって長い走りで進んでいき、また上手まわしを何度も繰りかえして、容赦なく荒れる空へ常に向かっていった。どっと突風が船を捕らえては、滑車や索具を頑丈なマストに叩きつけ、こすりつける。船のまわりでは波がよじれて海面が崩れ、波山が巻き上がってそそりたつたびに、いっそう白くなっていく。バリ、バリバリと雷が鳴った。稲光が幾筋もまばゆく走って、霧のように立ちこめる波しぶきを照らし、そのなかへと彼らは進んでいった。

バーソロミュー・ロバーツには嵐の来ることはわかっていた。三角ルートを航行してきた者はだれも、秋のアフリカ海岸沖でとつぜんトルネードが起こることは予想している。ときには一日に二回も起こって、海にムチを振るい、何時間ものあいだ、怒り狂う破壊の場としてしまう。トルネードは数時間も続いたあと、おさまって、あとには暑熱と凪が残される。船がどんなに堅牢でも、この天候のなかでは北側の貿易風帯に行きつける見込みはない、そう彼はわかっていた。行きつこうとしようものなら、陸岸に向かって間切って進んでいるあいだに、長々と吹きすさぶ暴風に捕らえられて、座礁し、なすすべなく巨大な波に叩かれて、修理不能なほど破壊されてしまうだろう。回れ右しなければならない。

まもなくハリケーンは船までやってくる。空はすでに真っ黒で、雷鳴はさらに頻繁に轟いている。よろめく船のなかで、男たちは揺れて跳ねかえる甲板を動きまわっていた。空中へ高くさらされた舵板へ波が次々とぶつかって舵棒が激しく揺れると、男が二人、舵棒に飛びついた。どんどん振れ弧を大きくしていくマストや索具で男たちが懸命に帆を引っぱるうちに、ロイヤル・ローヴァー号はぎくしゃくと旋回していき、押しよせてきてそそりたち砕ける大波に右舷がさらされた。波しぶきが露天甲板を薙ぎはらった。まだ畳まれていなかった帆がふくれあがって張りきった。次の瞬間、最後に一度ぐらっときたと思うと、追い波が船尾を襲い、金切り声を上げる風に船は押され、落とされ、疾走した。骸骨のようになった船は嵐に吹きたてられてギニア湾を南へと走っていく。キューピッドとイルカの彫刻の飾られた高い船尾へ波が叩きつけるので、海水が入らないように昇降口にも艙口にも当て木が打ちつけられて密閉された。

長い外洋航海になるだろう。木造船なので、長い航海は悲惨だ。凪いでいるときでも、海水が張り板のあいだからしみこんでくる。木造船はいつでも湿っているのだ。時化《しけ》た海では水浸しになる。船が縦に横に揺れるたびに、波は甲板を洗って艙口蓋《ハッチ・カバー》の下に洩《も》れ、居住区へしたたり落ちる。舷側は絶えず海水に洗われて、塩でべとべとになる。あか水は悪臭を放つ。

こんな状況が日常となる。衣類や毛布はいっときとして乾くことがない。下の甲板で灯されるのは、獣脂カンテラの黄色くほの暗い明かりだけだ。事故はしょっちゅう起こる。脂で汚れた甲板で滑る。高い索具にいた者が濡《ぬ》れたヤードの端やロープで手掛かりを失って落ちる。酔っぱらったあげくの喧嘩は超満員の退屈な船内では避けられないことだが、ほかの怪我を生じさせる。火事はもっとも危険だ。喫煙はパイプにキャップが付いていないかぎり、下の甲板では厳禁だ。火除けなしでロウソクを灯したら、ムチ打ちものだ。

清潔にする努力はされる。甲板は酢と塩水で磨かれる。船艙は硫黄をいぶして、燻蒸《くんじょう》消毒される。それでもいつもカブトムシやゴキブリ、ネズミがいるし、いつでも腐った固パンや悪臭のする肉にはウジ虫がいる。大きな船は上甲板のいちばん小さい公共区画に便所がある。それがない船では、船首の下にある投錨台の上に不安定にしゃがみ込んで大小の用を足す。そこが〝便所《ヘッド》〟なのだ。

好天は怠惰と単調さと議論をもたらす。悪天は危険と疲労をもたらす。長い航海の埋め合わせをしてくれるのはただ、陸《おか》でのお楽しみ、ワインと女だ。「四十六週は奴隷、六週は王様」そう言われる。

ロバーツは空を見た。トルネードは二、三時間以上続くことはめったにない。赤道無風帯の罠にかかったら、この針路ではもっと恐ろしいことになる。赤道付近のじっと動かない空気のなかで身動きならず数日間、いや数週間も浮かんでいることになるのだ。飲み水は少なくなり、食料はぼろぼろに砕けて食べられなくなり、乾いて焼けつく甲板に寝ころぶ男たちは疲れはて、弱って、風のあるところまでボートを漕いで船を引っぱっていくことなどできなくなる。

初めて雨粒が落ちてきた。黒い空は分かれて、黒くふくれあがった雲になった。青空がのぞいた。まもなく、快適な風が船を南半球の貿易風帯へと運んでいった。彼らをブラジルまで連れていってくれる風だ。幸運だった。風はもちこたえ、ちょうど一週間を越えたところで、彼らは西へ変針した。熱帯の暖かさのなかで、男たちはのんびりとすごした。感傷的な歌がうたわれ、海賊キッドや黒髭のむかし話が繰りかえされ、マダガスカルの黄金色をした女たちや、もっと色黒のニュープロヴィデンス島の女たちの思い出話が持ちだされた。大キャビンでロバーツは〝閣下《ロード》〟たちとどこへ行くべきか、話し合った。ポルトガル領ブラジルか、西インド諸島のスペイン領か。ブラジルが選ばれた。

スペインはカリブ海の島々やメキシコ周辺のアメリカにたくさんの植民地を持っている。その土地には大量の鉱石が含まれていた。それをスペインは防衛しているのだ。彼らはその地に外国人が住むことを許さない。交易することもだ。スペインの財宝船隊は護送船団を組む。もぐり商人は厳しく罰する。イギリス人やフランス人、オランダ人はもっと北の領土、カロライナやメリーランドに住んでいる。カナダのようなはるか北にも。そしてときどき、防備の薄いスペイン領を侵略する。西インド諸島は本土から離れているので、とくに狙われやすい。

中央アメリカ周辺の海には常に緊張があった。スペインとしては人員は足りないが、すべての領土を断固死守する覚悟だった。イギリスとフランスは共通の敵であるスペインに対して危ういパートナー関係を結んでおり、これにときにはオランダが加わることもあった。

紛争は二百年にもおよんだ。最初、西インド諸島の狩人だったバッカニアがスペイン人によって情け容赦なく追いはらわれた。次には彼らがスペイン船に復讐し、略奪した。バッカニアの後継者たちはさらに野心まんまんだったので、為政者側は彼らのような給料を払わずにすむ集団がどれほど有用か気づいて、ときに彼らを利用した。サー・ヘンリー・モーガンのような男たちがカルタヘナやパナマのような豊かな要塞を襲撃した。彼らはスペインを弱体化させ、ジャマイカのような島々を占拠できるようにさせたが、イギリスとフランス両政府には費用はいっさいかからなかったのだ。一六七〇年になると、疲弊したスペインは、イギリスに一定の交易権を許す条約にサインした。ジャマイカ島ではイギリス軍部隊が到着すると、バッカニアたちはポート・ロイヤルの自分たちの基地を去って、ほかの島々へ移った。その島々で彼らはルイ十四世との戦争中、イギリス国王からフランス船を攻撃する私掠船としての委任状を受けていた。戦利品はイギリス植民地へ持っていき、そこの副海事裁判所によって評価を受けなければならなかった。これは中立国船からの不法な略奪品で深いポケットを満たしていた私掠船側からも現地の総督側からも激しい批判を受けたが、少なくとも言わば合法的なことだった。フランスにもおなじように、サリー・ローヴァ（海の追いはぎ）という呼び名で知られる私掠船乗りがいた。彼らはヨーロッパの海を荒らしまわった。しかし、いつも成功したわけではない。

「砲十二門を搭載したマリー・アンド・マーサー号がマラガから到着したと、ポーツマスから報告を受けた。マリー号は航行中に凪に遭った際に、三隻のサリー・ローヴァに襲われた。そのとき、マリー号の船長は自分のキャビンに火薬樽を数個運ぶように命じた。五十人にのぼるムーア人たちがキャビンに乗りこんでくるやいなや、船長は火薬を爆発させて半数を吹き飛ばした。その間に乗組員たちは実に勇敢に斬りこみ刀で残りの賊たちと戦い、ずたずたに切り裂いた。船長は自分の手で四人を殺した」

ルイ十四世との戦争が終わり、委任状は撤回された。私掠船乗りたちは自分の国の政府から拒絶され、待っているのはつらい重労働だと思うとぞっとした。数百人もの流刑囚や、なんの望みもなく奴隷同然で働いている大農園の年季奉公人たちが私掠船仲間に加わった。防御のうすい海岸線や軍隊の撤退した豊かな島々に魅せられて、私掠船乗りたちは海賊になった。すべての人間に、すべての船に、すべての政府に敵対する海賊に。

　海賊たちはニュープロヴィデンス島に基地を造った。なかには植民地に大っぴらに住む者さえいた、サウス・カロライナに住んだ黒髭のように。しかし、一七一八年にウッズ・ロジャーズがニュープロヴィデンス島の総督になり、おなじ年、サウス・カロライナは海賊狩りを始めた。バーソロミュー・ロバーツはくつろげる秘密の場所をどこかに見つけなければならなかった。

　ロイヤル・ローヴァー号は、来る日もくる日も間断なく海を渡ってくる西風に帆をいっぱいにふくらませて、着実にブラジルへ近づいていった。三週間で大西洋を渡りきり、ロバーツが予言したほぼそのとおりの位置に南アメリカの海岸が見えた。緯度はわかっていた。緯度なら、日中は直角器《クロススタッフ》を用いて、夜は星が見えているときに天体高度観測器《バックスタッフ》や四分儀《クオードロン》を使って、簡単に決定できるからだ。経度はちがう。この当時はまだ、経度を計算する方法は発見されていなかった。ロバーツは、スピードを測る測程索《ログライン》と一時間砂時計を使って走行した距離を推定し、それに船の針路を合わせて経度を出す方法に頼らなければならなかった。この方法は広く知られていたが、まだ大きな誤差が出やすかった。能力の劣る船長はどこか大きな陸へ向かい、それから目的地へ変針する方法を好んだ、たとえ走る距離は長くなろうともだ。こうした難しさを海賊たちは知っていた。彼らの大半は商船乗りとして航海してきたので、ロバーツの満足感を共に味わった。彼らはすでにバーソロミュー・ロバーツを幸運な船長と見ていた。そして、いまやその航海術のみごとさ故に、彼を尊敬した。

彼らはブラジルの海岸線からすぐ沖合いにあるフェルディナンド島で錨を降ろした。都合のいいことに住人はおらず、本土から見えもしない。補給品と装備を点検しているあいだに、船匠たちが船の喫水線修理をした。傾船修理のような作業だが、こっちのほうが早くできる。船内を完全に空にしてマストから取った滑車装置で船を傾ける代わりに、ただ浅瀬に船を停め、大砲や重い荷をぜんぶ片舷に移動して大きく傾けるだけでいいからだ。それだけの傾斜がつけば、船底の付着物はほとんど取りのぞくことができる。最上の状態にはならないとしても、均衡を保って航海できるという確信は充分に得られるのだ。

そこで大砲を押しだして、掃除し、弾薬を込め、磨きたてて、待った。数日がたった。一隻の船も現われない。一週間がすぎた。さらに一週間。二週間がすぎると、彼らは用心しながら、海へ出て見まわった。それでも見張りはなにも見つけなかった。くる週もくる週も一隻の船も見えないまま、彼らはだらだらと時間をすごした。失望のつぶやきが沸き起こり、退屈がそれに輪をかけた。もしも船艙に略奪品があふれて飲み物も食べ物もたっぷりある状態でなかったら、新しい船長を選べという要求がふくれあがったことだろう。

ポルトガルはアフリカとはほとんど交易しておらず、活動停止状態で、一年のこの時期は事実上まったく動いていない。それを彼らは知らなかったのだ。しかも、最近ここには別の海賊集団がいることも彼らは知らなかった。

「手紙の伝えるところによると……十四門搭載の海賊船と八門搭載のスループ船が協同して、ブラジルの海岸線で数々の悪事を働いていた。その真っ最中にポルトガルの軍艦が、すばらしい艦《ふね》だったが、やってきた。まさしく招かれざる客である。ポルトガル艦は二隻を追跡した。海賊船は逃げたが、スループ船はすぐそばまで追いつかれ、万事休すとなって海岸に乗りあげた。船には七十人がいた。十二人は殺され、残りは全員ポルトガルの捕虜となり、絞首刑にされた。三十八人がイギリス人、三人がオランダ人、二人がフランス人、そして一人は彼ら自身の同胞だった」

一七二〇年一月二日付け『ウィークリー・ジャーナル』

幸運はバーソロミュー・ロバーツを見放した、海賊たちにはそれだけはわかった。ラム酒樽が開けられた。男たちがあちこちにかたまって不平を言っているとき、ロバーツは〝閣下《ロード》〟たちを集めて、まだハリケーンシーズンにある西インド諸島で自分たちの運を試してみるかどうか話し合った。〝閣下《ロード》〟たちはブラジルを離れたがった。ロバーツはもう少しここにいるべきだと主張した。ここへ彼らを連れてきたのは自分の判断だ。空手で去ることにしたら、自分の過ちを認めることになってしまう。自分がまちがっていたとはプライドが言わせなかったが、状況は絶体絶命だった。もう九週間も無駄にぶらぶらしていた。十一月はほとんどすぎてしまった。西インド諸島では、貿易商人たちが船に荷を積みこんで、北アメリカの植民地へ寄ってからイギリス本国へ戻るいつもの航海の準備をしている最中だ。その船を捕らえるとすれば、いますぐ北へ出発しなければならない。自分の敗北に苛《いら》立《だ》ちながら、ロバーツはその場を離れた。

ある夜遅く、彼らはオール・セイント湾のバイア港に近づいていった。ポルトガル語で言うと、デ・トドス・サントス湾だ。暗がりのなかに船団の明かりが見えた。港内の泊地にきちんと列を成して並んでいる。船団のそばには二隻のポルトガル艦がついていた。七十門の砲を備えた軍艦で、上甲板の砲門は開けてある。この二隻はリスボンへ向かう商船隊の護衛艦なのだ。この一年間に集めた黄金や貴重品、砂糖やタバコを輸送する船隊の……。想像もつかないほどの富だ。だが、攻撃することはできない。港の防護壁ははるか向こうの海までのびていて、その先端には小さな砦があり、塁壁からはカノン砲が港全体を狙っている。湾の対岸には、まだ未完成のようだが、もう一つ砦があった。

宝物には手が届かない。夜闇が降りて艦船や武器を隠してしまうと、海賊たちはあきらめて出発しようとした。勝算はない。砦が二つ、軍艦が二隻、重武装した商船が三十二隻、五百門以上のカノン砲に千人以上もの人員。砲が二十門しかない一隻の海賊船などへでもない大軍だ。ロイヤル・ローヴァー号はこっそりと逃げださなければならない。

ロバーツは言った、攻撃する、と。

信じられない、と〝閣下《ロード》〟たちは目をみはった。うろたえ、あきれかえって彼らは首を横に振った。ロバーツは彼らに請け合った。彼はフランス人バッカニアの、ピエル・ル・グランの話をした。彼は〝偉大なる〟グランと呼ばれている。自分自身の船の十倍もある船を捕獲するという信じられない離れ業をやったからだ。十七世紀の初め、ル・グランはほとんど航海に耐えられないような小さなバーク型帆船でヒスパニオラ島――今日のドミニカとハイチ――の沖をこっそりうろついていたが、戦果はあげられなかった。一隻も拿捕できなかったのだ。二十八人の部下たちは食糧が不足し、渇きで弱り、叛乱を起こしかねない状態だった。そのとき、思いがけず、スペインの大財宝船団を発見した。船団のはるか後方で巨大なガレオン船が一隻、よろよろしている。ロバーツは事の顛末《てんまつ》を話しだした。

その夜、バッカニアたちは裸足でピストルと斬りこみ刀だけ持って、こっそりとスペイン船に乗りこんだ。操舵手《そうだしゅ》を殺し、抵抗する者は撃つか突き刺すかし、カードをしていた中将と士官たちを急襲し、暗がりのなかで宝物の積荷ごと船を出帆させた。皮肉なことに、まさしくその日にスペイン人船長は、遠くにいるのは海賊船かもしれないと警告されたのだが、相手にもならない小船だと笑い飛ばしていたのだ。ル・グランは戦利品の分け前を売り払い、大金持ちになってディエップの自宅に引退していたのだ。ちっぽけなフランスのクズ拾いがスペイン船にそんなことができたのだとしたら、おれたちがポルトガル船を制圧することなど、百パーセント確実だ、そうロバーツは言った。

彼は言わなかったことがある。ル・グランの部下たちは飢えて死にかけていたので、逃げだすような卑怯者《ひきょうもの》が一人も出ないように、彼は船に穴を開けるように命じていたのだ。彼の冒険は崖《がけ》っぷちから生まれたものだ。一方、バーソロミュー・ロバーツの決断は、ポルトガル人を意気地なしと見なして、計算しつくした大胆さから生まれたものだ。彼は計画を立てた。あとは部下たちがそれを実行することにかかっている。

月はなく、星は船の灯火が反射したようにわずかに輝いていた。船列と船列のあいだの広い通り道は宵闇に包まれて真っ暗だった。ロイヤル・ローヴァー号は明かりをつけずに、船舶のあいだを滑るように進んでいった。ローヴァー号のたてる水音は、錨を中心に振れまわるほかの船の水音と聞き分けられはしない。

ロバーツは船首に立った。操舵長のケネディは舵棒のそばについて、船列のあいだを通りすぎてゆく船の針路を安定させていた。掌砲長のデニスはカノン砲列を点検していく。各砲には突き棒係と火《ほ》口《くち》係、装薬運び係の三人がついている。彼らのそばには、すぐ手が届くところにピストルと手榴弾、ロープをコイルした引っかけ鉤が用意されていた。ほかの者たちはバケツとブラシを持って待機して

斬りこみ隊

いる。乾いた火薬が甲板の上に残らないように、絶えず甲板をふくのだ。船首楼の手すりの下には、さらに大勢の男たちがそれぞれピストルと斬りこみ刀を手にしゃがみこんでいた。物音一つたてない。

ロイヤル・ローヴァー号はごくゆっくりと、静かに町のほうへ向かっていく。港の砦ははるか後方になった。左右どちら側にいるのも商船だ。半マイルほど離れて軍艦の片方がいる。ロバーツは声をひそめて〝閣下《ロード》〟のアンスティスに命令した。

ロイヤル・ローヴァー号は大きな弧を描いてまわり、一隻の商船の横に並んだ。商船の向こうにバイアの町の灯が消えた。その船が右舷正横へ這いよってくるように見える。沸きたつ水音はほとんど聞こえない。とうとう二隻の船に挟まれた海面が消えた。ドーンと、商船の太いロープ製の防舷物にぶつかる鈍い音がした。衝撃をやわらげるように、舷側に垂らしてあったのだ。

一グループを率いたアンスティスが商船の甲板へよじ登っていくうちにも、ほかの者たちが引っかけ鉤を次々と投げた。鉤はポルトガル船に食いこむ瞬間、ぎくりとするような音をたてた。乱闘の音、抑えた怒鳴り声、またぶつかる音、斬りこみ刀の滑る音、錨がそうっと揚げられる音。

いくつか人影がロイヤル・ローヴァー号へよじ登ってきた。最初に現われたのはにんまり笑ったアンスティスの顔だった。彼のそばに商船の船長が恐ろしそうに突っ立っている。ロバーツは船隊のなかでどの船がいちばん財宝を積んでいるか尋ねた。船長はどもりながら、港口のそばにいるサグラダ・ファミリア号だと答えた。船長の背後では彼の部下たちが下へ引っ立てられていく。

サグラダ号は四十門搭載の大きな船だった。広い船尾は水面からロイヤル・ローヴァー号の上へ高くそそりたっている。ポルトガル人の捕虜が命じられて、船長を呼びだした。人影が現われて、こんな夜の時間に船長になんの用だと訊いた。タバコ船の船長から緊急の伝言です……。ぴりぴりしながら長いあいだ待った。すると、サグラダ・ファミリア号のなかで人が急いで動きまわるかすかな音がした。一瞬のためらいもなく、ロバーツはデニス掌砲長へ砲撃開始と怒鳴った。

ロイヤル・ローヴァー号の砲列が夜のなかで炸裂《さくれつ》して、港を揺るがした。たとえどの砲弾もサグラダ号の喫水線から高いところに当たったのだとしても、船は衝撃で傾いた。片舷斉射が生みだした悲鳴や怒号のなかで、海賊たちは引っかけ鉤を放り投げて、二隻を引き合わせた。

旋回砲が次々とポルトガル商船の露天甲板を掃射した。すぐさま海賊たちは商船に飛び移り、行く手に現われた者はだれだろうと叩き殺した。彼らの背後では、索具から飛びおりた仲間たちがなだれこんできて、わめき、怒鳴り、毒づきながら、昇降口を降りていって、抵抗する者を捜した。サグラダ号に曳航《えいこう》ロープが縛りつけられた。

軍艦に点々と明かりがついた。近くの船でも明かりがきらめいた。サグラダ・ファミリア号から投げやりな斉射が放たれて、抵抗は終わった。ロイヤル・ローヴァー号は前進しだした。サグラダ号からジョーンズが大声をあげて、まだ生きている商船乗りたちは下に監禁した、と叫んだ。いまや軍艦はこちらへ向かって進んできだしたが、まだ距離は離れている。

早々と夜が明けた。ロイヤル・ローヴァー号の帆が風をはらんだ。進んでいく海賊船は曳航ロープが張ると、左右に身を揺さぶった。彼らのまわりでは商船隊が軍艦への信号として、大砲を放ち、トゲルンスルを揚げた。ほかの帆は畳んだままの船上でその小さな帆は緊急事態を告げていた。

ポルトガル艦は海賊船のほんの数百メートルのところに近づいてきて、上と下の砲門からカノン砲を放った。どんどん迫ってくる。サグラダ号がロイヤル・ローヴァー号の足を引っぱっているのだ。帆をすべて広げていても、脚を深く入れた商船は曳航ロープに繋がれてぎくしゃくと揺れながら曳《ひ》かれてくる。軍艦の優勢な火器はすぐさま戦いに決着をつけるだろう。軍艦に一か八か対抗するか、拿捕船の曳航ロープを切って砲列の弾幕をかいくぐり、港外へ逃げるか、決断する時だ。

ロバーツは賭けはしなかった。彼は砲員たちに砲撃準備をするように命じると、ケネディ操舵長には海へ出る針路を保つように告げた。砲列がほとんどまっすぐに追跡者へ砲弾を撃ちこんだ。

メイン・マストのトップ台からイーストウェルが興奮して金切り声をあげた。彼は軍艦を指さした。ロバーツは目をみはった。巨大な軍艦は一時停船していた。びっくりして見つめるうちに、その理由がはっきりした。軍艦は僚艦を待っているのだ。その艦《ふね》ははるか遠い商船の列のあいだにいる。たった一回だけ火を噴いたロイヤル・ローヴァー号のカノン砲がポルトガル艦を怖気づかせたのだ。十五分後には、ロイヤル・ローヴァー号は砦を後方にしていた。富を満載したすばらしい獲物と共に。

一七二〇年二月六日付け『ウィークリー・ジャーナル』並びに『ブリティッシュ・ガゼッティア』より。

「ブラジルのオール・セインツ湾からリスボン船隊が到着した。しかし、三十六門搭載の商船一隻はある海賊船(元はイギリスのホッグ型帆船)に捕獲され、ほかにも二隻が略奪された」

一七二〇年二月十三日付け『ウィークリー・ジャーナル』の記事は傑作だ。

「ブラジル沖の海賊はその数、二千名ほどにのぼり、マダガスカルを基地にしようと企てている」

このニュースは東インド会社を震撼させはしなかったが、もし自分の手下の数と目的地がこう推測されているとロバーツ当人が知ったら、さぞかし喜んだことだろう。一七二〇年二月六日付け『デイリー・コーラント』の記事はもっとまじめなもので、ポルトガル商船隊によって運ばれた積荷の推定リストをあげている。

リスボン、一月二十七日。今月二十一日、ブラジル船隊が帰着。構成船舶三十二隻。護衛艦一隻、西インド諸島からの船舶三隻、フェルナンブコからの船舶三隻、バイアからの船舶二十五隻。

その積荷、

大型箱入り砂糖、七千七百九十四箱　　四分の一箱入り砂糖、九百五十七箱
固形砂糖　百二十八籠《かご》　　タバコ、一万一千二百三十八巻き
獣皮　二万一千七百五十一枚　　生皮、二百五枚
蜂蜜　九十二樽　　奴隷、百四人

ほかに大量の板材と、東インド諸島の産物があった。正金と砂金はまだ申告されていない。民間人のものは砂金が十三・五ガロン樽に七十五万九千百二十八樽、金貨が十六万四千百六十一モイダ。国王のものは金貨一万二百七十モイダ。

どんな推測をされようとも、ロバーツは海賊として名を成したのだった。

彼らは二千マイル、航海した。北へ向かってから北西へ変針し、常に陸岸から見えないようにしてアマゾン河口を通りすぎると、その向こうのスリナム河口沖にあるエル・ド・サーリュ諸島に着いた。そこで、島の一つイル・ド・ディアブル島の入江に錨を降ろした。後に犯罪者植民地、悪魔島として悪名高くなった島だ。祝いの時だった。

長い航海のあいだに、彼らは損得を計算していた。サグラダ・ファミリア号との戦いでは海賊は二人が死んだだけだったが、数名が負傷し、いまだにアーチボルド・マーリー船医の治療を受けて、回復に努めている。死んだポルトガル人は水葬に付された。生き残った者たちは下の甲板に監禁されている。

戦利品はすばらしいものだった。すでにハウエル・デイヴィス船長がプリンシペ島から奪っていた財宝や、ロバーツが襲撃した船舶からの略奪品があったうえに、いまは高く売れそうな何箱もの砂糖や、獣皮、生皮、タバコの巻き束、鎖、装身具、それに、モイドール金貨が四万枚もあった。モイドールというのは、モイダ・ドオウラ、つまり〝黄金の金《かね》〟、金貨のことだ。すべての金銀財宝のなかでとびきりすばらしかったのは、大きな黄金の十字架だ。美しいデザインで、ダイヤモンドがちりばめられている。ポルトガル人船長は国王のために作られたものだと言った。その言葉を信じない者はいなかった。

海賊船団は愉快に航海を続けてきた。ロバーツは楽器を演奏できる者を二人、乗せている。フィドル弾きと、ラッパ吹きだ。二人は一日中、演奏した。スリナムへ近づいてくる途中で、彼らはロード島のスループ船を捕獲した。船長のケインは海賊船団の武力を目にすると、なんの抵抗もしなかった。ロバーツは意気揚々として、バイアの勝利を祝ってそのスループ船をフォーチュン号、つまり、幸運号と改名した。音楽を奏で、すべての旗を掲げて、海賊船団は悪魔島に到着した。総督は黄金の十字架を贈られるとたいそう喜んで、こんな放蕩者集団を客として歓迎した。彼らの悪行の情報は西インド諸島にまで広がっていった。そこでは軍艦シーフォード号がパトロール中だった。そのことを海賊たちはまったく知らなかった。気にもしていない。お楽しみに夢中だった。何週間も彼らは飲んで騒いだ。金もワインもふんだんにある。海賊たちは群れを成して通りに押しよせ、居酒屋で浮かれ騒ぎ、リネンのシーツで寝た。なんの心配もなく、膨大な財産を湯水のごとく費やした。

それほどの財産のない小物の海賊〝キャリコ・ジャック〟ラカムは、南北・中央アメリカで漁船の略奪をだらだらと続けていた。女房のアン・ボニーはキューバで赤ん坊を産むと、ふたたび男たちに加わった。剣とピストルで武装した彼女はニュープロヴィデンス島で、小さいがたいそう快速で魅力的なスループ船の乗組員を二人、脅して、「もしも抵抗したり騒ぎたてたりしたら、その脳みそをぶっ飛ばしてくれる」と言って降伏させた。〝脳みそ〟という言葉を彼女は使ったのだ。総督はスループ船を強奪されたと知ると、ラカムの乗組員名簿を配布した。そのなかには〝二名の女、アン・フルフォード、通称ボニー、とメアリー・リード〟の名前もあった。ボニーの母親と言われているアン・フルフォードとボニー本人が混同されていたのだった。

ほかの所ではちがった点で、女はその場しのぎの快楽であり究極の厄災だった。男に病気を移された女はほかの男に移した。淋病《りんびょう》、梅毒などの性病は海賊のあいだに大きく広まり、彼らの船医は潰瘍《かいよう》を焼灼《しょうしゃく》する治療薬として水銀合成物を常にストックしておこうと骨折った。

かつて海賊黒髭は薬がどうしても欲しくて、チャールストンの有力者を人質にとった。とうとうチャールストンの提督が身代金代わりの薬の要求に合意し、二百ポンドから三百ポンドの価値のある薬箱が二つ、運ばれてきた。それなのに、箱はスコールで海に沈んでしまい、黒髭は薬なしで出帆したのだった。ほかの海賊たちはもっと幸運だった。一七二〇年、エドワード・イングランド船長はテイラーとル・ブシェ船長とともに、マダガスカルのコモロス島で血みどろの戦いをしたすえ、堅牢な造りのインド会社船カッサンドラ号を制圧した。その積荷は七万五千ポンドの価値があった。だが、海賊たちにとっては、「どの荷も、船医の医療箱ほどの価値はなかった。というのも、彼らは全員、重い梅毒にかかっていた」のだ。乱交にふけっていたロバーツの乗組員たちもたぶん、事情はおなじだっただろう。英国海軍スワロー号の軍医ジョン・アトキンズは、「ポケット判『海軍軍医』を書いた。価格は十五ペンス。その付録に加えたのは、『性病研究論文、その原因、症状、水銀による治療法』だった」。性病は船乗りの疫病神だったのだ。

祝宴が続いているあいだに、ロバーツはロイヤル・ローヴァー号を傾船修理のために近くの島へ送った。修理中に彼は、掌帆長といっしょに船舶用物資を点検した。もしも西インド諸島まで数百マイルも航海するとなると、食料と備品が必要だ。海賊たちが食料を手に入れるためにやむなく敵地に上陸して、逮捕されたことは知られていた。用心したおかげでそうした不運は回避された。船を数隻、捕獲すると、この問題は解決されたのだった。ロバーツは高台に見張りを立てて、また悪魔島のお楽しみに戻ろうとした。すると、フランス植民地の庇護《ひご》のもとに入ろうと部下たちが集団脱走を企てた、と告げられた。不満分子は強制的に海賊にさせられた者たちだった。そこでロバーツは、船匠や船医のようなどうしても欠かせない海の技術者でないかぎり、仲間入りを強制することは決してすまいと決意した。ふつうの船乗りは不満の温床以外の何者でもないからだ。

逃げたロングボートはすぐに連れもどされ、三十人の脱走者は尋問された。ジョン・イーストウェルとヒューズ、度し難い男トマス・ロジャーズが首謀者だった。船匠の小男イーストウェルは以前は海賊稼業にひどく熱心だったのだが、バイアにいたとき、海賊生活は必ずしもちょろい泥棒生活ではないし、戦いで死ぬこともあるのだと気づいたのだった。

〝閣下〟のアッシュプラントが、逃亡者たちは置き去りにしようと提案した。それがこの罪に対する掟で決められた罰だった。乗組員の大多数がムチ打ち刑に一票を投じた。しかし、首謀者三人はもっと重い刑にすべきだった。イーストウェルは銃殺刑を言いわたされたが、あとでこれはケネディの意見で、残酷なムチ打ち刑に代えられた。彼は半分死にかけたところで床に降ろされ、手かせ足かせをはめられて、水滴のしたたる真っ暗な船艙に監禁された。ヒューズとロジャーズは残虐なまでにムチ打たれた。あとの者たちもムチ打たれて監視がつけられた。三隻の船を持つロバーツは、人手不足になる危険を敢えて冒さなかったのだ。

祝いは続いた。欲望を満たすのにも飽きが生じてきた。喧嘩が始まった。スリナム河口の東にブリッグ船が一隻見えたという知らせをロバーツは歓迎し、信頼できる人間だけを連れてフォーチュン号で追跡することにした。操舵長のケネディは残って、ロイヤル・ローヴァー号とサグラダ号の指揮をとる。捕虜は全員しっかりと監禁した。

ロバーツに同行したのは最強部隊だった。デニスにムーディ、アッシュプラント、アンスティス、それに二十人の男たちが追跡に乗りだした。いま獲物のブリッグ船は、空を背景にかろうじて見えるだけだった。数時間たって、食料と水がほとんどないのにムーディが気づいた。フォーチュン号は拿捕して以来、再補給がされていなかったのだ。あるのはウジ虫が身をよじらせている固パンと、わずかな水樽だけ。樽は蓋《ふた》を開けると、悪臭を放った。

最初は心配など起こらなかった。彼らは夜までにはブリッグ船を拿捕できると予想していた。しかし、日が暮れても、獲物には近くならなかった。翌日、逆風と逆潮につかまった。無益な日が八日も続き、とうとう、自分たちの基地から百マイル近くも離れてしまった。命を維持する食料もなく、飢えで弱りきって……。ムーディがあらいざらいすべての食料を分配しても、あまりにも少なすぎた。不安に駆られながら、彼らはある島へ針路をとったが、入れる川はなかった。疲れきって、陸岸から四分の一マイルのところに錨を降ろした。

全員でスリナムに帰るだけの食料はない。クリストファー・ムーディと五人の男たちがフォーチュン号のボートで出発した。ロイヤル・ローヴァー号へ戻って、ケネディに助けにこさせようというのだ。ロバーツとほかの者たちは涼しい夜になるのを待って、オールを漕いで島へ向かった。清水と果物があるだろう。こんな苦しさのなかで飢えた男たちは仲間を食ったんだ、とアッシュプラントがぶつぶつ話した。ロバーツは舷縁から身を乗りだして、無限にある飲めない海水をのぞきこんだ。数フィート下でザーザー、ピシャピシャ音をたてている。とつぜん、デニスがののしり声をあげた。パニックになってケネディを呼びにいかせたが、部下たちもまたその唯一の生き残りのチャンスに賭けているのだ。ムーディはボートを持っていった。ほかにボートは一艘もない。

危機の時こそ船長というものは自分を立証する。ロバーツはイカダを造るように命じた。彼らは甲板の張り板をはがして、縛り合わせた。スループ船は幸い船べりが海面に近かったので、にわか造りのイカダは損傷を受けずに海面に降ろすことができた。慎重に櫂《かい》を漕いで彼らは島に到着し、イカダを海岸に乗りあげて、水を捜した。

三日後にムーディが水中に深く脚を入れたボートで戻ってきた。彼は悪い知らせを持ってきた。ロイヤル・ローヴァー号とサグラダ・ファミリア号は悪魔島にいなかった。ケネディは逃げてしまったのだった。

六章　ヴァージニア、エディンバラ、ロンドンにおける裁判　一七一九年十月―一七二一年七月

「エディンバラ　一月九日。海賊行為により有罪判決を受けたさらに四人がリースにおいて本月四日、処刑された。彼らは全員、非道の人生に引き入れられ、その道をやめるべく決意してイギリス本国に帰ってきたと認め、死に赴いた」

一七二一年一月九日付け『カレドニアン・マーキュリー』

バーソロミュー・ロバーツ一味のことは広く報告されるようになった。情報はしだいに多くなり、伝記作家にとっては有用な資料となっている。日付はさらに正確に引用され、事件や出来事はさらにたくさん書かれている。逮捕された海賊たちは自分の裁判で証言し、証言内容の多くは確認することができる。一七二〇年にヴァージニアとエディンバラの法廷で、また一七二一年にロンドンの法廷で記録された証言には、小さいエピソードの詳細がたくさん含まれている。

ムーディがフォーチュン号のボートで悪魔島に着いて、ロイヤル・ローヴァー号とサグラダ・ファミリア号がなんの伝言も残さずに立ち去ったことを知ったとき、ケネディが略奪品を満載した二隻の

海賊船で逃げたのだと考えるのは自然なことだった。ロバーツでもそう信じたことだろう。

しかし、ケネディは自分の船長を見捨てたのではなかった。ロバーツ船長がブリッグ船の追跡に出かけるのを見送りながら、彼としては、追跡は二、三日を越えはしないだろうと見た。翌日の夕方になると、彼は心配になった。若いのに、彼は大きな責任を負ってしまったのだ。まだ二十四そこそこだった。

二隻の船には、六、七隻の船から略奪した膨大な品々が満載されていた。下の甲板にはポルトガル人の捕虜たちがおり、ケネディは敢えて彼らを解放しなかった。叛乱を起こしたイーストウェルとその仲間たちは手かせ足かせをはめられて、ころがっている。そのほか、機会あらば逃げようと思っている気弱な海賊たちがムチ打ち刑を憎みながら、うろうろしていた。さらに悪いことに、ケネディはその傲慢な性格から、乗組員たちの中核である筋金入りの犯罪者たちと交わろうとしなかった。

何日もすぎた。フォーチュン号は影も形もない。バーソロミュー・ロバーツ船長は嵐に遭って行方不明になったのだ……。なんの知らせもないまま九日目になると、島を去ろうという男たちの要求はケネディにとって抑えられないほど大きなものになった。二日後、ロイヤル・ローヴァー号は西インド諸島へ向けて出帆した。ケネディは船長に選ばれた。彼は、情を排して生き残る望みを与えてくれる男だったからだ。しかし、あとの乗組員たちはおなじ階級のままで、不満が生じた。

海賊たちはサグラダ・ファミリア号を解放した。二隻を持っておくには人員があまりにも少なすぎたからだ。略奪品はロイヤル・ローヴァー号に移し、海賊たちは気前のいいことに、サグラダ・ファミリア号をケイン船長に与えた。いくら気前よくしたって一銭の費用もかからないし、ケイン船長自身のスループ船フォーチュン号は北大西洋の海底のどこかに横たわっていると思ったからだ。ケイン

ステッド・ボンネットの処刑

船長は出帆して、イギリス領アンティグア島へ行き、リーワード諸島総督ハミルトンにその船を差しだした。総督は、ロンドンの貿易および植民地省大臣の秘書官に手紙を出した。

ハミルトン総督よりミスタ・ポップルへ

一七二〇年二月十六日

「われわれは最近、このかなり広範な海域を数隻の海賊船がうろついているとの情報を得た。とくにそのうちの一隻、三十門搭載船はかなり長期にわたってギニア海岸におり、当地に多大な損害を与えた。その後、その海賊船はブラジル沿岸でポルトガル船を一隻、拿捕し、その船をスリナム沖にあるフランス領の島、カイヨン島へ持ちこんだ。そこで莫大な積荷を略奪した。大半はモイドール金貨だった。残りは（砂糖やタバコ、ブラジルの木材だったが）、それほど価値はないと見て、船ごと火をかけるところだった。ところが、海賊たちはロード島のスループ船に遭遇してこれを拿捕。このスループ船を使えるように再艤装すると、ポルトガル船のほうはスループ船の船長に与えた。船長は船内に残っていたポルトガル人を乗せて、そのポルトガル船をアンティグア島に持ちこんだ。そこでわたしは、船主、あるいは船主たちが使用できるように、その船と船内に残っていた物品の維持管理を船長に命じた」

ハミルトン総督は海賊バーソロミュー・ロバーツのことをあまり知らなかったが、この海賊が自分をわずらわすことはないと信じていた。軍艦シーフォード号が自分の海岸線沖をパトロールし、スループ艦ローズ号とシャーク号も見まわっていると知って、安心していたのだ。海賊の時代は終わる、そう彼は期待した。その目を彼はさまさせられることになる。

ケネディ船長の指揮するロイヤル・ローヴァー号は西インド諸島沖を航海していた。一七一九年十二月十五日、彼は最初の獲物であるスノー型帆船シー・ニンフ号を捕獲した。船長はブラッドワース。彼は十一月末にニューヨークを出帆して、バルバドス島へ向かっているところだった。目的地に近づいたところで、海賊に発見され、七時間も追跡されたあげく捕獲されたのだった。積荷はさほどすばらしい物ではなかった。海賊たちにとってほとんど価値はなく、また、スノー型帆船は二本マストの大きな船だったが、ロイヤル・ローヴァー号と交換して見合うものではなかった。海賊船は状態が良くはなかったのだが。

シー・ニンフ号は北へ連れていかれた。際限のない略奪が続いた。ブラッドワース船長の部下たちは海賊船に監禁され、そのあいだに船は略奪のかぎりを尽くされた。ケネディはミラーという別名を使って本名を隠そうとしたが無駄だった。八日後に、彼はブラックワース船長に数人の黒人と不要品を土産に持たせて、彼の船に帰した。

十六人がブラッドワース船長といっしょに行くことを許された。海賊たちが言うには、彼らは「強制的に海賊にさせられた者で、海賊から離れることを望んでいる」からだった。その一人は若い船医のアーチボールド・マーリーだった。彼は一七一八年、ウッズ・ロジャーズ総督のスループ船バック号がハウエル・デイヴィスの率いる反逆海賊たちに乗っ取られたとき、デイヴィスのもとに残るように強制されたのだった。一七一九年のクリスマスの日にブラッドワース船長はバルバドス島に到着し、強制的に海賊にされた者たちは厳しい尋問を受けたあと、解放された。その十一か月後、マーリー船医はエディンバラで海賊ケネディの部下たちの裁判で証言することになる。

ブラッドワース船長を解放したあと、目的もなく、ツキにも見放されたケネディはロイヤル・ローヴァー号をヴァージニアへ持っていった。なにも見つけることができず、西インド諸島へ戻った。そして、一七二〇年一月、ノット船長と遭遇した。おなじ月にロンドンでは、大きな経済破綻《はたん》が起こっていた。

一七一一年に南海会社が創設されて、アメリカのスペイン植民地へ奴隷を売っていた。その二年後、スペイン政府は南海会社に奴隷貿易独占権（アシエント）を与えた。三十年にわたって年四千八百人の奴隷を輸入し売却する特許だ。信じられないほどの利益が見込まれた。

一七二〇年一月まで、会社の経営陣は自社の利益はうなぎ登りにふくらむと信じて、ある貿易独占権を得る代償に、破綻を来しそうになっていた国債を引きうけると申し出た。国債の出資者たちは、自分の持ち分をより高い利益率を保証されている南海会社株に交換しようとした。さらに自社に有利に働かせようとして、会社はイギリス政府に七百五十万ポンドを支払うことにした。政府はこれを受けた。数人の大臣は気前よく賄賂をつかまされた。投機家たちは大胆な計画と、膨大な利益が確実に得られるということに魅了された。

そんなことはケネディもノット船長もまったく知らなかった。ノットは、たとえ自衛のためでもすべての暴力を否定するクエーカー教徒だった。彼はいっさいの武器を持っていなかった。ピストル一挺、斬りこみ刀一振りも。絶好の獲物だった。というのも、ロイヤル・ローヴァー号では、さらに大勢の海賊たちが足を洗いたがっていたのだ。ノット船長といっしょに逃げれば、船長は彼らを傷つけることはないだろうし、ヴァージニアまでの航海中、理想的な主人となるだろう。船長が共犯者となったことを二重に確実にするために、海賊たちは船長に砂糖十箱とタバコ十巻き、モイドール金貨三十枚、砂金少量を与えた。二百五十ポンドにのぼるちょっとした財産だ。貧乏な船乗りなら誘惑されて、賢明にも沈黙を守ることだろう。

反対もされずにこんなに何度も海賊船から逃げだした例はなく、このことはいかに海賊たちが無規律で、無気力で、自分たちの運命に無関心にさえなっていたかということを表わしている。ロイヤル・ローヴァー号は戦利品を分配して立ち去った。ノット船長は八人の楽観的な元海賊とともにヴァージニアへの旅を再開した。彼らの自由への期待は長くは続かなかった。

一七二〇年六月三十日付け『ウィークリー・ジャーナル』ならびに『ブリティッシュ・ガゼッティア』

フィラデルフィア　五月十七日

「先月、ロンドンから百五十トンの船でノット船長と十二人の男たちがヴァージニアの岬に到着した。船長の報告によると、岬から二十リーグ以内のところで彼は百四十八人のならず者の乗った海賊船に捕獲された。彼らは船長から食料を奪ったが、船と積荷は返した。海賊船長はノット船長に自分の部下八人を船に乗せることを強要し、彼らをロンドンからヴァージニアへ行く船客として乗せてきたことにさせた。海賊船長は部下たちにボートを一艘、与えた。彼らが船から降りたがったときには、ノット船長はこのボートを彼らに与えなければならなかった。海賊たちはまた、二人のポルトガル人捕虜もヴァージニアの海岸に上げるよう、船に乗せた（二人はブラジル沖で捕まえられたのだった）。船長の船が岬のあいだに入ったとき、風が東に変わり、彼は錨を入れた。すると、海賊たちのうち四人がボートを降ろすように要求し、船長はこれに従った。

この四人はボートで出発して、チェサピーク湾をさかのぼるつもりだったが、すぐに漕ぐのに疲れて、バック川に入った。彼らが上陸していちばんにしたいことは、居酒屋を見つけて、黄金の荷物を少し軽くすることだった。彼らはすぐに眼鏡にかなった店を見つけだした。しばらくのあいだ、仲間入りした者たち全員に気前よくおごった。そこで、売春宿にいくと、イギリス人女が数人いて、女たちは海賊たちをたいそう喜ばせたので、彼らは女たちを自由にし、彼女たちの年季奉公分として要求された三十ポンドを主人に払った。こんな法外なやり方に彼らがロンドンからの船客ではなく海賊だとすぐさま露呈した。そこで捕まって、引き渡された。

ほかの四人は仲間たちの運命を耳にしないまま、ジェームズ川のハンプトンに上陸した。そこでおなじ道をたどって、おなじように逮捕され、投獄された。

上陸させられた二人のポルトガル人はたまたま発見された。ポルトガル語を話せるイギリス人船長が二人に訊いたところ、二人はブラジルの海岸で海賊船に捕まった、いま牢獄にいる八人のうち何人かは自分たちを捕まえた海賊だと言った。船長はただちに二人を連れて総督に面会し、宣誓したうえで通訳を務めた。この情報に基づいて、八人の海賊は裁判にかけられて、死刑を宣告された。七人はイギリス人で、あとの一人はムラトー、つまり白人と黒人の混血児だった。すぐに二人が処刑され、六人が鎖につけられて絞首刑にされた。彼らが処刑場にやってきたとき、一人がワインのボトルを要求し、グラスにつがれたワインを飲んだ。「総督に破滅を、植民地に混乱を」それが最後の乾杯だった。

そして、と、別の書類は報告している——すぐに吊された」。

クエーカー教徒のノット船長は、自分への不法な贈り物をすべて当局へ引き渡した。

ロイヤル・ローヴァー号はあてもなく海上をさまよい、乗組員たちはたがいに相容れないグループに分かれた。ある者たちはまっとうな生活に戻りたいと望んだ。ほかの者たちは略奪品の残りを楽しみたいと願った。ほんの一握りの者たちが海賊稼業を続けたいと思った。もしもケネディがもっと性格のいい人間だったら、いずれかのグループから支持を勝ちとったかもしれない。しかし、彼はすべての者から憎まれていた。いくらか教育があり、もっとも悪いことにツキに見放された男で、他人に厳しく、独裁的で、偉ぶっていたからだ。もしも乗組員のなかに指揮権への野心を捨てきれずにいる男がいたら、ケネディは船長を解任されていただろう。

一七二〇年二月初め、彼らは、ニューヨークのマカンタッシュ船長指揮するスノー型帆船イーグル号を拿捕した。最初は海賊ハウエル・デイヴィス船長によって指揮され、ほんのいっときテイラーが引き継ぎ、そのあとバーソロミュー・ロバーツ船長によって率いられた海賊集団は、この船を拿捕したことによってとうとう分裂し、言い争い、裏切り、脱走することとなった。海賊をやめたい者たちは、いま恩赦法はないから、逮捕されれば吊されると冷ややかに言った。脱走希望者たちは、もしも逃げなければ、さらに海賊行為をやらされて、しまいには自分は無実だと証明できなくなると反論した。筋金入りの海賊たちは肩をすくめて、飲みふけった。

強制的に海賊にさせられた男たちは一か八か賭けて、死に物狂いでロイヤル・ローヴァー号のカノン砲に詰め物をし、火器はぜんぶ海に捨てて、イーグル号に移り、帆を揚げた。軍艦に出会ったらどこの国だろうと降伏するか、あるいは、イギリス本国のどこかにこっそり上陸して家へ戻る、そう決意を固めていた。

ケネディがこっそりイーグル号に乗っていたのを見つけたとき、彼らの反応はすさまじかった。数人がかりで彼を海へ放り投げようとした。ケネディはひどく自己中心的な男だから、逮捕されたら全員を裏切るだろう、と当然ながら恐れたのだ。自信満々で傲慢なケネディは、もしもあんたら四十七人でイギリス本国に行くつもりなら、自分が航海長として必要だろうと言ったのだった。

翌朝、ロイヤル・ローヴァー号はパニックになった。二十五人の海賊たちは全員が二日酔いだったが、自分たちの船長と大多数の乗組員、すべての戦利品、そして武器の大半が消えていたのだ。二十五人には船は大きすぎた。船の姿形は西インド諸島のすべての商船船長と海軍艦長に知られているし、図体が大きくて隠れることは難しい。ロイヤル・ローヴァー号は漂う危険物だ。セント・トマス島やサンバルテルミ島のような、喜んで受けいれてくれる外国の島へ持っていかなければならないだろう。悪魔島はあまりにも遠いのだ。

彼らはヴァージン諸島のデンマーク領セント・トマス島へ行き、砦の砲列の射程外に充分に距離をとって錨を入れた。海賊たちは不安に駆られながら、ボートを漕いで上陸した。どういうふうに迎えられるかわからなかった。イギリスと同盟を結んでいることが知られていないと、デンマーク人総督は国家に忠誠を示す行為として、自分たちを投獄するかもしれないのだ。総督は喜びもしなかったし、腹をたてもしなかった。彼の領地は貧しく、金持ち海賊を拒絶する余裕などなかった。彼らが文無しだったら、総督は関心を引かれなかっただろう。海賊たちはロイヤル・ローヴァー号をもっと小型のスループ船と交換するかたちで売りたいと申し出た。バーター取り引きは進められた。総督は急ぎはしなかった。海賊たちが居酒屋でモイドール金貨をちびちび使えば使うほど、取り引きを有利にできるのだ。

総督も海賊も見逃していたことがある。砦の砲列の向こうにロイヤル・ロヴァー号が碇泊しているということは、海からは丸見えだということだ。ネイヴィス島から航海中のリチャード・ホウムズ少佐とミスタ・トマス・オットリーはロイヤル・ローヴァー号を見て、高くされた舷縁や積荷のない甲板からこの船は海賊船に変えられたのだと推測した。

拿捕賞金はいつでも欲しいものだ。ロイヤル・ローヴァー号の上には骸骨のような海賊たちがいるだけなので、ホウムズ少佐とオットリーは海賊船を曳航していって、拿捕賞金を要求することにした。なんの抵抗も起こらなかった。一発の砲弾も放たれなかった。数少ない海賊たちは船を放棄した。ホウムズ少佐とオットリーが海賊船を乗っ取ってみると、その船は利益などもたらしそうもないことがわかった。カノン砲もその他の火器も略奪品もろくになく、船はほとんど廃船状態だった。長い航海でぼろぼろになり、バイアの戦いで破壊され、補修もされていない。とぼしい積荷は黒人が十五人に小麦粉が三樽、あとは笑ってしまうほど少量の砂糖にタバコ、鉄棒、鋼だけ。がらくたのごたまぜだった。

海に出てみると、船の走りはひどく悪く、南東へ二百マイルもあるネイヴィス島へ持っていける見込みはなかった。それを考えて、彼らは南へ四十マイルのセント・クロイ島へ曳航していった。そこから彼らはリーワード諸島ネイヴィス島の総督ハミルトンへ手紙を送り、ハミルトン総督は追伸を加えて、その手紙をロンドンの貿易および植民地省大臣秘書官のミスタ・ポップルへ送った。

ネイヴィス島　一七二〇年二月十六日

「この日曜の朝、シント・ユスタティウス島からセント・トマス島へ行く途中で、わたしは報告を受けた。セント・トマス島に海賊船が一隻いるというものだ。海賊の大半は上陸中だった。リチャード・ルーカス大佐の率いる連隊のリチャード・ホウムズ少佐とミスタ・トマス・オットリーが碇泊中の海賊船へ行った。船上には数枚の海賊旗が掲げられ、重武装されていた。少佐らはわたしの管轄下のどの有人島にも海賊船を持っていくことができなかったため、セント・クロイ島へ持ちこんだ。そこで彼らは海賊船を連隊将校たちの責任下にゆだねた。その結果、大佐がわたしに報告することができたという次第である。わたしはシーフォード号のジョン・ローズ艦長を送って、海賊船を連れもどさせることにした。艦長は二月十五日に出帆した」

その後の急送公文書では、ハミルトン総督の満足感は消えていた。三月二十八日付けの公文書で、総督はまだ海賊船ロイヤル・ローヴァー号を受けとっておらず、受けとれる見込みもないと不平をもらしている。ローズ艦長は海賊船を調べ、天候が穏やかなときに、セント・クリストファー島のバセテールへ持ちこんだ。ネヴィス島のチャールズタウンから十二マイル北西にある港だ。ローズ艦長自身がハミルトン総督にあてた報告書によると、海賊船には大砲三十門を搭載することができ、セント・トマス島では海賊二百人が乗っていたという。

ハミルトン総督はこう説明している——セント・トマス島はどの港にも悪党と放浪者のひしめく島として有名である……デンマーク人は害虫海賊どもをけし立てていると長いあいだ怪しまれてきた。自分はローズ艦長に海賊船をチャールズタウンへ持ってくるように要求した。だが、艦長がセント・クリストファー島へ行ってみると、オットリーとホウムズ少佐は、海賊船がいったんネイヴィス島に持っていかれたら、自分たちの拿捕賞金の分け前がなくなると恐れて、ひどくけんか腰だったという。

そんなことにならないようにと、彼らは海賊船の装備をはずして、航海できないようにしてしまったのだ。わたしはロイヤル・ローヴァー号をネイヴィス島へ持ち帰ることはあきらめた。バルバドス島沖で一隻のスループ船が略奪を働いているという報告を受けたため、ジョン・ローズ艦長の快諾を得て、彼をシーフォード号で追跡にいかせた……。

ロイヤル・ローヴァー号はネイヴィス島にはついに来なかった。バーソロミュー・ロバーツ船長の最初の持ち船の歴史は竜頭蛇尾な最後に終わったのだった。

海賊行為よりも重大な事件が起こって、一七二〇年は静かな年ではなかった。ヨーロッパではペストが大流行した。フランスでは、財政家ジャン・ローがフランス・ミシシッピー会社の利潤をあまりにも楽観的に予測したため、ニューオリンズに建設中の町を惨めな丸太小屋の集まりにすぎないものにしてしまい、フランスを国家破産に追いこんだ。そして、その年の半ばには、商業上の海賊行為がロンドンの陸地で横行した。

南海会社の株取り引きが狂ったほど増大した。会社の株価がどんどん上がり、株の発行数は制限されたので、百ポンド株券を手に入れるにはそれまでの投資家から買うしかなかった。株価は高騰した。貴重な株券に人びとが殺到した。百ポンド株券に二百ポンドが提示され、三百ポンドになり、配当が約束されているようにさらに上がった。分別ある人びとが貯金を使い、今日の五百ポンドが明日には八百ポンドになるだろうと信じて疑わなかった。狂乱の頂点では、千五十ポンドが支払われた。

熱のある体に吸いつくヒルのように、公認されていない不法な会社の悪辣な代表者たちが、詐欺まがいの計画を提示して、株を売った。だまされやすい人たちが、アイルランドの湿地を排水する計画に出資した。水銀を銀に変える計画にも。永久に回りつづける紬ぎ車を発明する計画にも。銅から銀を引きだす錬金術にも。「海賊に対抗する船を造る計画にも」。現金はなんの意味もなくなった。株券だけが富だった。しかし、海賊の略奪品を平等に分配するのとはちがって、ロンドンの株価は高騰しすぎた。九月になると、ケネディの乗るイーグル号が大西洋を渡っていたころ、南海会社の奴隷貿易は予想ほど利益を上げないという噂が広がった。株価の値上がりは遅くなり、下がり、百三十五ポンドまで暴落した。詩人のアレグザンダー・ポープや劇作家のジョン・グレイを含め大勢の人びとが破産した。十一月には南海の〝バブル〟ははじけてしまった。翌年三月、ジョン・エイズルビー大蔵大臣は詐欺取り引きの嫌疑でロンドン塔に送られた。

イーグル号で逃げた海賊たちは最後に一隻、船を襲って食料を略奪した。ケネディは約束とはちがって航海長の能力はなかったし、ほかの者たちも無能だった。アイルランドをすぎると、嵐に遭って、船はなすすべなく北へ、スコットランドのアーガイルへと押しやられ、キンタイア岬の危険な海岸に衝突して、ひどい穴があいた。

彼らはクレイグニシュ岬で二人の男を上陸させ、治安判事を捜させたが、この数マイル以内に法律関係の官吏は一人もいないと告げられた。ケネディと仲間たちはアイルランドへ行くことにした。アイルランド人のケネディにはそこに友人がいたのだ。そこから彼らはついにイギリス本国に帰りつくことができた。大多数の者が陸路、南へ行くほうを選んだ。ヴァージニアでの仲間たちと同様に、どの居酒屋も命取りの誘惑だった。

「海賊一味は行った町々でひどく酔っぱらって騒いだので、町の人たちは警戒して家に閉じこもった。ある町では、大勢の狂った男たちのいる場所へはみんな敢えて行かないようにした。ほかの村では彼らは村中の者におごって、湯水のごとく金を使った。まるでイソップ物語の登場人物のように、重荷を減らしたいと思ったのだ。こうした放蕩三昧の結果、酔っぱらって仲間からはぐれた者が二人、頭を殴られて、道ばたで死んでいるのが発見された。金は奪われていた。ほかの者は全員――十七人だったが――エディンバラの近くへ行ったところで、逮捕され、投獄された。なんの容疑かは本人たちにはわからなかったが。しかし、治安判事は正式な告発をして時間を浪費することはしなかった。一味の二人が自ら仲間たちに不利な証言をすることを申し出て、受理されたのだ。ほかの者たちは迅速な裁判にかけられた」

一七二〇年十一月八日付け『カレドニアン・マーキュリー』からの抜粋
　エディンバラ
「この金曜日、判事閣下の前に出頭した被告人」：ロジャー・ヒューズ／ジョン・クラーク／リチャード・ジョンズ／ジョン・イーストウエル／ウィリアム・フェントン／ヘイメン・サタリー／ウィリアム・ミンティ／ウィリアム・グリーン／ジョン・ジェレル／トマス・ドーデン／ジョン・スチュワート／ジェームズ・セイル／リチャード・ラントリー／トマス・ロジャーズ／ニコラス・カーニー／デニス・トッピング／ヘンリー・シックストン、以上、イーグル号と呼ばれたスノー型帆船の元乗組員。海賊行為により、告発を受けた者たちである。国王陛下の代弁人および国王陛下の訴訟事務弁護士、海軍本部高等法院代理検事が被告人たちの向かい側に出廷。九人の弁護士が被告人らのために弁護することを許された。弁護が終わると、検事・弁護人両者が海軍局へそれぞれの関係書類を渡すように命じられ、続く公判（告発証言）は今月十五日火曜日に持ち越された。海賊らに反論する証人はニコラス・シモンズ／ウィリアム・サヴェージ／ジョン・オーエン／ジェイムズ・ニューロー、以上、イーグル号と呼ばれたスノー型帆船の元乗組員。さらに、ジョン・ジョンズ（ボイル艦長指揮する軍艦オーシェスター号の元臨時士官候補生）。ダンカン・ドー（ボローストーネス港のダンカン・グラスフォード号の士官）。アーチボールド・マーリー（外科医、ドイチャーの故マーリーの息子）。ピーター・チープ（ロイヤリティ・オブ・グラスゴー号の船荷監督）。ジョン・ダニエル（同号の樽修理長）。トマス・ブリューワ（同号の掌帆長）。ストーンフィールドのジェームズ・キャンベル。

オーエンは、自分は強制されて海賊になったと述べた。法廷はこの供述を受けいれて、彼は無罪であり、船乗り仲間を告発する証言ができるものと同意した。長いあいだ海賊の船医だったマーリーもオーエンと同様だった。

国王陛下の代弁人ロバート・ダンダスは、被告人たちがウッズ・ロジャーズ総督の二隻の貿易船で叛乱を起こしたときのことから、最後にスコットランドに上陸したときのことまで並べたてた。いかに大まかな説明だろうと、そんなに広い範囲にわたる話は、被告人たちに対する告発をすべて妥当なものだと思わせた。被告側弁護人たちが反論を始めて、告発は略奪された船の名前を省略した非常に曖昧《あいまい》な内容であると述べ、一人の男が海賊によって無理やり船にとどまらせられた場合、その男がただ海賊行為の現場にいたからといって、それで海賊であるということにはならない、と反駁《はんばく》した。さらに、弁護人たちは、彼らが悪魔島を逃げだそうとしたことや、イーグル号で脱走したこと、スコットランドで治安判事を見つけようと努力したことなどを挙げた。

国王陛下の代弁人は次のように言って納得しなかった。強制的に海賊にさせられた者が絶えず抵抗しつづけたのではないかぎり、強制されたという弁明は充分な説得力を持つものではない。告発されている三人、ヒューズとクラーク、ジョンはニュープロヴィデンス島からずっと海賊たちといっしょにいた。三人の反論は法廷にとって妥当と認められるものではない。彼らがもしも海賊の掟にサインすることに同意していなければ、船に監禁されて、黒人といっしょに働かされていたことだろう。そうではなくて、彼らは次から次へと海賊行為を働いた。従って、彼らは掟にサインし、無実の可能性をすべて自分から捨てたことはまちがいない。

さらに、もし断固たる決意を持っていたら、どこかへ逃げられただろう。ほかの者たちは逃げたが、彼らは海賊船にとどまった。なかには海賊たちのなかで権力者の地位を得た者さえいる。彼らは投票し、略奪品の分け前を受け、酒場で略奪品を派手に使ったことから見て、有罪と運命は決まっている。イーグル号での〝逃亡〟すら、違法行為である。イーグル号を盗んだからである。バーソロミュー・ロバーツから離れたのは彼と合意の上のことであるのは明白である。

逮捕されたとき、彼らは元海賊であると認めず、ニューファンドランドから来た船乗りで難破したと偽った。彼らは官憲に身をゆだねようとはしなかった。そこで逮捕された。現に、ほかの数人は官憲からなんとか逃れて、現在、イギリス本国にいるにちがいないと思われる。とくにニコラス・カーニーはずっと病気で、海賊行為に加わることはできなかったというが、そんな反論は、信じることはできない。彼がイーグル号を拿捕する際に働いていたことは確かであるからだ……。

そこで、被告側弁護人は別のやり方を試みた。被告人の数人を最初に裁くように要求した。そうすれば、もし無罪になった場合には、ほかの者たちのために証言ができると見たのだ。国王陛下の代弁人は激怒した。そんな悪党どもはなんにでも宣誓するものだ。宣誓などなんの意味も持たない。しかも、最初に裁くように要求された者たちは最後になって海賊に加わった正真正銘の悪党である。そんな連中の証言はなんの価値もない。彼らは掟にサインしなかったと弁護人たちは主張したが、掟はずっと前に処分されていて、証拠として使うことはできないではないか。

被告人たちは被告席につかされた。弁護団代表は弁論の準備をしていたが、弁論する前に、自分もまっとうな人たちとおなじように海賊を嫌悪していると前置きした。それから、この告発では事件の日にち、名前、場所があまりにも特定されていないともう一度、念を押した。被告人たちへの疑惑はいっさい証明することができないのに対して、彼らはイギリス本国へ戻ってきた。それによって自分たちが潔白であることを証明したのである、これは立証済みの事実である。イーグル号を拿捕したことに関しては、同号はすでに正真正銘の海賊たちに捕まっていた。被告人たちがこれを逃亡に使ったのは褒められるべきことであって、犯罪ではない、こう述べた。

被告人たちは一人ずつ証言し、自分がいかに海賊稼業を憎悪しているか、どうやってみんなでいっしょに逃げる計画を立てたか、弁明した。しかし、続いて立った証人たちは、彼らの悪行をこの目で見た、被告人たちが襲撃に加わっていた、略奪品の分け前を受けとった、そう断言した。有罪判決は避けがたかった。すべての被告人たちに対して容疑は立証されたのだが、法廷は、強制されたとか、死の恐怖、病気といった弁明が七人の無罪を証明するものであると判断した。ドーデン、イーストウエル、ジェレル、カーニー、ロジャーズ、シックストン、そして、トッピングである。イーストウェルは飛びあがらんばかりに喜んだ。彼のやったすべてのことを見ると、有罪判決は確実だと見られていたのだ。

あとの海賊たちは全員、死刑を宣告された。ただ若いヘイメン・サタリーだけは希望が残された。「巡回裁判所は……ヘイメン・サタリーの年齢を考慮し、国王陛下の慈悲深き恩赦対象として、彼を推挙するように判事に望んだ。それに従って、判事は彼を国王陛下の恩赦対象として推薦した」。あとの者たちには執行猶予はなかった。

一七二〇年十二月十七日
「ロジャー・ヒューズとジョン・クラークは十二月の第二水曜日、つづく同月十四日、午後二時から四時までのあいだに満潮線のなかにあるリース砂洲へ連行され、そこの絞首台の上で首に縄がかけられて、死に至った」

さらに七人が彼らに続くことになった。一七二一年一月四日、ジェームズ・ドーガルがエディンバラから書いてきた。「リースで本日、四人の海賊が絞首刑にされた……誠に非情だった。陰鬱《いんうつ》な光景で、次の水曜日には三人が吊されることになっている」

七人のうちの一人は、リチャード・ラントリー、船匠だった。彼は無罪であると宣誓し、自分は逃亡を企てたために、〝孤島〟に置き去りにされ、神のご加護によってイーグル号に救助されたと述べた。「強制的に海賊にさせられた者たちは、自分の良心は不法だと思っていることを、武器の力で無理やりやらされたのだ」。そう彼は断言した。彼は優秀な船匠であり、海賊たちが必要としていた海上技術者だったから、おそらく彼の言ったことは真実だっただろう。しかし、実は結ばなかった。彼は一月十一日に絞首刑にされた。

ワッピング海賊処刑場（ケネディの処刑）

海賊たちは〝満潮線のなかで〟死んだ。というのも、海賊行為は海上での盗みで、従って、裁判権が干潮線までおよんでいる海軍本部に対して犯した罪だからだ。この法はイギリス中で施行されていた。ロンドンの追いはぎやその他の犯罪者は町の中心のタイバーン処刑場で絞首刑にされたが、海賊はテムズ川沿いのワッピング・オールド・ステイアズで処刑された。海賊キャプテン・キッドが一七〇一年に処刑されたのもここだった。

海軍本部の行なう処刑には見せしめ的な意味が伴った。死んだあと、死体は絞首台からはずされて、ポールに鎖で吊され、満潮時に三度、海水に洗われるようにした。それから、もっと下流へ運んで、鎖でさらし棒に吊し、朽ちるままにしたのだ。アフリカでもその規則は適用された。ケープコースト城砦で海賊たちは死刑判決を言いわたされると、〝満潮線のなか〟で絞首刑にされ、それから死体は近くの丘の上に運ばれて、そこの絞首台から鎖で吊される。無法に生きることに誘惑されているかもしれない人びとに対する恐ろしい警告として。

エディンバラの処刑地から遠く離れたところで、ケネディと仲間たちはやっとイングランド島に渡った。大方は、泥棒がひしめいているロンドンのスラム街へ行った。イースト・エンドの迷路のような路地裏なら、永久に隠れていることができるからだ。ケネディはドック界隈《かいわい》のデットフォード・ロードで売春宿を開いたと言われている。それがほんとうなら、無謀なことだった。売春宿を訪れるまっとうな船乗りはだれも、元海賊を思い出すかもしれないからだ。

ケネディは、ブラックヒースで旅人を襲う追いはぎになったという噂もあった。おなじように信《しん》憑性《ぴょうせい》のある話として、彼は一七二一年の初めに、自分の雇っている売春婦たちの一人から盗みを働いて逮捕されたという。ロザーハイスの治安判事のもとへ彼は護衛されていった。一行がある居酒屋のそばを通りかかったとき、なんの騒ぎかと一人の男が訊いた。盗みのかどで告訴された男が通っていくのだと言われて、彼は見にいった。ケネディを見ると、男は彼に付きそって、判事のところまで行き、そこで、海賊ケネディに対して不利な証言をした。男は疑いなど一片も持たなかった。その男は商船エックスペリメント号のトマス・グラントだった。ケネディがプリンシペ島を攻撃した直後に、エックスペリメント号から捕虜にして、脅しつけたあのグラントだったのだ。

ケネディはブライドウェル留置所に入れられ、それからニューゲート監獄に収監されて、オールドベイリー中央刑事裁判所での裁判を待った。彼は共犯者を告発する側の証人になって、十人の海賊仲間の名前をあげたので、自分は助かると希望を抱いていた。十人のうち五人はまだロンドンにいると彼は信じていた。逮捕されたのはそのうちの一人だけだった。逮捕されたブラッドショーは一七二一年三月十九日、ミドルセックスの治安判事によって起訴された。どちらの海賊も、七月三日、海軍本部の次の法廷開催時に裁判を受けることになった。

ケネディは、グラントの証言によって自分に有罪判決がくだされると悟ると、なにも否定せず、虚勢を張って海賊行為を認め、八月八日の『ロンドン・ガゼット』の記事によると、「まるで受けるに値しない慈悲を願っているかのように、彼は法廷で恥知らずな態度をとった」のだった。自分は立派な教育を受けている、そうケネディは言った。父親はワッピングで錨鍛冶屋をしていたが、自分はフランス戦争のあいだ海で戦い、ロンドンでつらい骨折り仕事をするよりも楽しい海賊稼業のほうがいいと決心して、その目的であつかましくもウッズ・ロジャーズ総督といっしょにニュープロヴィデンス島へ向かった、と続けた。プリンシペ島とバイアでの事件について、彼は一つもごまかそうとせずに話した。それから、彼が裏切った友人たちの名前が書記によって読みあげられた。

トマス・ランバーン――両親はサフォーク・レーンのロビン・フッド通りに在住。ジェームズ・ブラッドショー――、スピタルフィールズのコック通りで〈コック亭〉という宿屋に起居。彼はその宿屋の経営者である。ジョン・チェリー――スピタルフィールズのホィーラー通りで〈ホワイト・ライオン亭〉という宿屋に滞在。トマス・ジェンキンズ（本名フランシス・チャノック）――ヨークシャー・グレーの〈サイン亭〉あるいは、ロザーハイスの〈ゴールデン・ブル亭〉にいるという風評。チャールズ・ラッドフォード――ブルック通りの音楽家のところに間借り。トマス・バーナビー、ジョン・ウィリアムズ、ジョージ・カーライル、この三人の居所はケネディも知らなかった。

グラントの証言は有罪を立証するものだった。彼はエックスペリメント号が拿捕されたときのことや、ケネディが自分をどう扱ったかを話した。ケネディの職責を掌帆手とまちがえはしたが。さらに、ブラジルのバイアでポルトガル船団を攻撃したことや、悪魔島で逃げようとしたことを詳しく語った。強制されて海賊になったと訴えていたブラッドショーのこともグラントは容赦しなかった。この男は、海賊船で積極的に働き、少なくとも二回は略奪品の分け前を受けとった、そう彼は言った。そのとき、ブラッドショーを弁護する思いがけない証人が現われた。イーストウェルだった。無罪になった彼はスコットランドから大喜びで戻ってきて、ブラッドショーが強制されて海賊になったのは確かなことだと証言した。彼は自分から進んで海賊行為を働いたことは一度もなく、機会のあるごとに脱走しようとした、と。

グラントは反論した。むしろイーストウェルのほうがブラッドショーより悪辣な海賊である、と。イーストウェルは海賊船ロイヤル・ローヴァー号の船匠で、自分が捕虜にされたとき、彼は自分を無理にでも海賊にするように仲間に命じた。この男は野放図で、海賊稼業には積極的で、拿捕した獲物からはかならず略奪品の分け前を取った、と。

イーストウェルは満足そうに判事たちへ向かって、自分はもうスコットランドで裁判を受けて、そんな罪には問われなかったし、もう一度裁判をやることはできない、と告げた。怪しんだ法廷は、彼の無罪が証明されるまで、彼を収監した。ブラッドショーとケネディは有罪となり、ニューゲート監獄の管理者であるウィリアム・ピットの監督下に戻された。イーストウェルの無罪証明書は結局、届いて、彼の証言は採用できることとなり、ブラッドショーは本来ならありえないし、おそらく値しないだろうが、赦免が確定された。

一七二一年七月二十一日、ウォルター・ケネディは、海軍本部伝統の銀のオールを備えた死刑囚護送船でワッピング・オールド・ステイアズ船着場の海賊処刑場《エズゼキューション・ドック》へ連行された。到着して、絞首台を見ると、彼は気絶した。気がつくと、彼は飲み物を要求し、それから群衆に向かって演説した。「われわれにとっては、海で目の前に現われた莫大な金属製品や黄金を獲るのはあたりまえのことであるが、しかし、われわれのほとんどが、あるいは全員が、自分の身を養うための蓄財をしていなかったのは神の行なった正義である。いまご覧のように、死に赴くにあたって、われわれには自分を埋めるための棺を買う手段もないのだ」

ケネディは首にロープをかけられ、ゆっくりと窒息させられて、死に至った。バーソロミュー・ロバーツからイーグル号で戻った男たちがそれ以上、処刑されることはなかった。バーソロミュー・ロバーツから別れた男たちは死んだか、あるいは密かな自由のなかに身を潜めて生きのびた。

一七二一年七月二十九日、『ロンドン・ガゼット』にある記事が載った。「わが国の商人たちは、ブラジル船団に関して少なからぬ不安をおぼえている。悪名高き海賊バーソロミュー・ロバーツが西インド諸島において、昨今、多大な損害を与えていると懸念されるからである」

七章　海賊の掟　一七一九年十二月―一七二〇年二月

「バルバドス島から今週、到着した船がもたらした書状によると、海賊は本島の海岸線を襲撃しつづけ、これを逃れられた船はほとんどいないか、皆無である。略奪された船もあれば、連れ去られた船もある。どちらも交易にとっては信じがたいほどの損害である」

一七二〇年五月七日付け『デイリー・ポスト』

スループ船フォーチュン号はブラジルの海岸沖に碇泊していた。船上では船匠たちが甲板を修理している。そこの張り板をはがして、急ごしらえのイカダを造ったのだった。その作業をバーソロミュー・ロバーツは見つめていた。

ケネディがいなくなってから、ロバーツの態度は変わった。彼はもはやどんな問題も〝閣下《ロード》〟たちと話し合わなくなった。彼は正式の教育はほとんど受けていないが、知的な人間だったので、ほとんどの海賊は怠惰で自堕落で、考えなしの乱暴者で、彼らがこの稼業をやっているのは働かずして贅沢が得られるからだとわかっていた。体が不自由になったり殺されたり吊されたりする危険を彼らに冒させているのは悪魔のような蛮勇ではなく、そういう危険を考えるのを拒絶している愚かさだった。

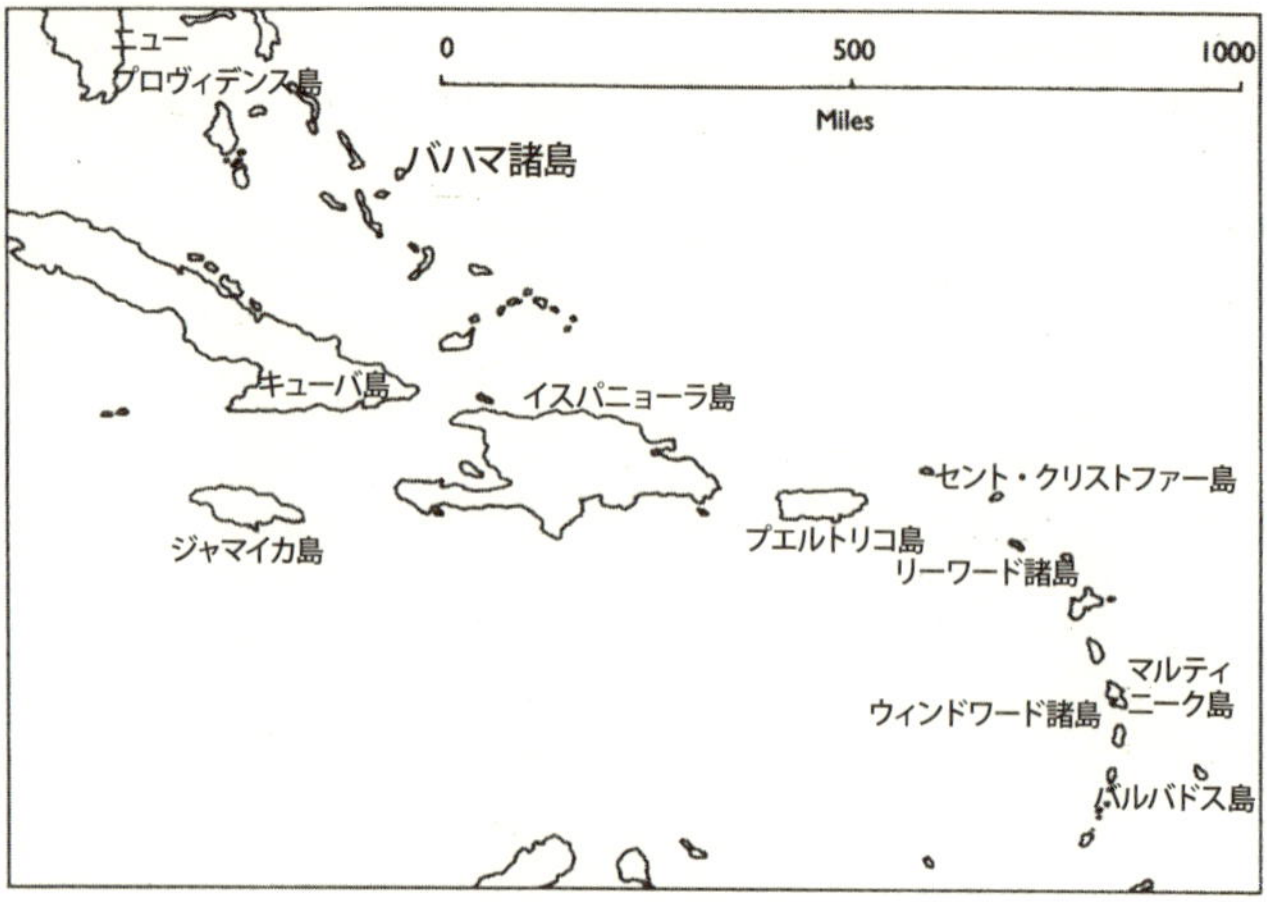

西インド諸島周辺

彼らは考えなどしないで楽しみにふける。安易に遊び暮らすことに満足している彼らは、堅気の船を侵略したとき、自分たちより多く所有している船員たちに苛立ち腹をたてて、しばしば激しく、サディスティックに暴力を加えることがあった。貧乏人から搾取する貴族や金持ち商人たちに苦しめられ、貧乏を犯罪と見なすイギリスの社会状況に傷つけられて、彼らの憎悪は裕福な人間ならだれにでも向けられた。海賊行為とは彼らの心のなかでは、不公平な世の中が自分たちに拒絶した富を得るための正当な手段だったのだ。

　ロバーツはこうしたことを理解し、自分の人生は部下たちの人生と一蓮托生《いちれんたくしょう》だと考えて、彼らを安全に守るための最良の方法を探った。置かれている状況は単純だった。彼は悪名を得ていたが、この悪名をもっと大きくする手段に欠けていた。船は小さくて、武器も充分ではない。乗組員は頑強で百戦錬磨の犯罪者だが、数が足りない。食料は少ないし、略奪品は一つもない。西インド諸島にもアメリカ、アフリカにも、貧乏海賊を歓迎してくれる基地は一つもない。武器はお寒く、悲惨なありさまの小さなスループ船で船を捕まえなければならない。こうした状況では、三十門搭載の強大なロイヤル・ローヴァー号に乗っていたときよりもっとはるかに大きな危険にさらされることになる。成功させるためには、筋金入りの海賊たちにもっと規則が必要だ。自分たち自身で望んで作った規則が。

新しい掟が必要だった。だれもが同意しなければならない行動規約が。そして、議論にかけることに対してロバーツにはたとえどんな保留権があろうと、この件に関しては〝閣下《ロード》〟全員の合意が必要なことは明らかだった。古い掟はロイヤル・ローヴァー号といっしょに消えてなくなった。新しい掟はもっとこと細いものになるだろう。

多くの海賊は読み書きができないのに、逮捕されたときに自分たちに不利に使われかねないこうした危険な書類がどうして必要なのか、そんな疑問が起こった。逆説的に言って、それこそその目的だった。強制的に海賊にさせられた商船乗りたちは、逮捕されたとき、自分の船長から与えられていた身分証明書を大事に所持し、自分が不本意ながら海賊に加わったことを証明する。そのように、新入りに掟にサインや印をつけさせて、海賊仲間にするのだ。死刑執行令状に自分の名前を書いたわけである。海賊稼業に自分を捧《ささ》げる者しか、そんなことはしないだろう。

掟はバッカニアによって、その後は私掠船《プライベーティア》乗りによって制定された。海賊は先人の伝統を引き継いだのだった。掟には単純な行動規範が記された。本質的にそれは規則で、かなりの数にのぼった。略奪品の各人の分け前が明記された。それぞれの違反に対する罰が箇条書きにされた。海賊たちは自分たちにふさわしい民主主義の形を創りあげたのだ。もしも掟も、それを制定する陪審もいなかったら、海賊たちは無法に陥り、仲間別れし、喧嘩し、弱体化して、容易に捕まってしまったことだろう。

ロバーツは自分の意見をなんども〝閣下《ロード》〟たちと話し合った。彼らが決めた掟はのちにキャプテン・ジョンスンによって彼の著書に引用された。「以下は、海賊たち自身から聞いた掟の要旨である」として。掟の各条項はローサーやフィリップスなど、ほかの海賊たちの掟とよく似ているので、正確なものと思われる。ロバーツの掟は十一条あり、予備陳述や報酬について定めている条項もあれば、違反に対する適切な処罰について規定している条項もある。ぎゅう詰めの船内では、だましたり喧嘩したり、盗んだりしたことによって起こる不協和音を許すような、寛大さはない。それに、戦いにおいて常に死と背中合わせのならず者集団では、臆病を受けいれる温情などありえない。

第一条

各人は重大問題に関し、一票を有する。また、略奪した新鮮な食料あるいは火酒に対してはいかなる場合も平等な権利を有し、随時、飲食することを許される。ただし、飲食料が欠乏し、全体のために節約が必要な場合はこれをのぞく。

評決に付されたとき、この条項はなんの問題もなく受けいれられた。ロバーツはすでに、強制されて海賊になった者はもう仲間に入れないことにしていた。殺人者やごろつきばかりの同類者集団はこの人気のある条項に満足した。秩序が必要なとき、秩序を保たせるために必要なのは、好きなときに好きなものを食べられる権利なのだ。それは自由で平等な権利ではあるが、無法を許す権利ではない。仲間同士は平等である。第二条は、各人を他の者の不正から守る条項である。

第二条
拿捕船斬りこみ者は、志願者名簿に従って順番に公正に選出される。こうした場合においては、（正当な分け前に加えて）衣服を取りかえることが許されるからである。しかし、食器類や宝石、あるいは現金を一ドル相当たりとも騙《だま》し取った場合には、無人島置き去り《マルーニング》がその懲罰となる。
仲間同士のあいだの盗みは、犯人の耳と鼻をそぎ落としたうえで、海岸に置き去りにする。ただし、無人島ではなく、かならずや艱難辛苦《かんなんしんく》に遭遇する場所とする。

この条項は飴《あめ》とムチである。勇気と大胆さに報いるためにプレゼントがある。だが、略奪品から盗みを働くのは憎悪すべきことだ。一ドルとか、〝ピース・オブ・エイト〟銀貨のような少額コインを盗んでも、顔を変形させるとか、樹木一本ない島に置き去りにするとか、残虐な罰が情け容赦なく加えられた。
デンマークのダカット金貨やフランスのドゥニエ貨、ルイ金貨、イギリスのギニー金貨、スペインのドブロン金貨、オンザ金貨、つまり、二ドブロン金貨、これらは当時の流通硬貨だったが、もっとも一般的なのはスペインの〝ピース・オブ・エイト〟銀貨だった。四ペセタあるいは、八レアールに相当し、片面に8の数字が、反対面にRの文字が刻印されているが、ふつうは8として書かれる。アメリカ合衆国の$の印はここから来ている。一七二〇年には、五千〝ピース・オブ・エイト〟銀貨はほぼ千ポンドに値し、一〝ピース・オブ・エイト〟銀貨は約四シリングだった。一般の船乗りの給料が一日わずか一シリングという時代に、そんなわずかな日給のたった四倍の金を仲間から盗んだら、情け容赦なく手足を切断され、たぶん死に至る結果になるのだった。これほど厳しく民主主義が守られたことはない。

バーソロミュー・ロバーツと同時代の海賊船長ジョージ・ローサーは、自分の第四条をいっそう独自なものにして、盗みに対し時間制限を明記した。「一〝ピース・オブ・エイト〟銀貨に相当する物品を見つけた者は、二十四時間以内にそれを操舵長に引き渡さなかった場合、船長はじめ大多数の者たちが妥当と見る懲罰を受ける」というのだ。

ローサー船長に関しては、勝ち誇る指揮官の豪華絢爛《ごうかけんらん》たる立ち姿を想像するとおもしろい。きれいに整えた口髭、三角帽からバックルの付いた靴まで優雅そのもの、流行の上着の上に締めたサッシュ、膝丈《ひざたけ》の半ズボン、シルクのストッキング、絵に描いたような贅沢さだ。ローサー船長がロンドンの洒落《しゃれ》男と唯一ちがうのは、カゴ型の柄のついた剣と長いマスケット銃、二挺の火打ち石式ピストルをベルトに差しているところだった。

彼の戦いの衣装はすばらしいものだったが、それは長くは続かなかった。ベネズエラ海岸の沖合いにある島で彼は罠にはめられ、荒涼たる荒野に逃げた。一人で、食料もなく。飢えて希望を失い、彼は自殺した。数日後、死体が発見された。脇腹《わきばら》にピストルが発射されていた。

ロバーツの第三条
金銭を賭けてカードやダイスをすることは御法度である。

ローサー船長の別の条項はゲームをした者、あるいは、ほかの者から一シリングでも騙し取った者は有罪であると宣言しているが、この第三条と実によく似ている。しかし、どちらの条項もたぶん従

ジョージ・ローサー船長

わせることはできなかっただろう。賭け事は興奮するもので、常習性がある。どんなに分別のある善意に満ちた条項だろうと、退屈してすぐに誘惑される船乗りが従う見込みはほとんどない。ロバーツ船長は次の条項を制定して、不幸が起こらないように望むしかなかったのだろう。

第四条

明かりやロウソクは、夜八時に消すこと。その時間をすぎても飲みたい者は露天甲板で飲むべし。

海上での火事はすべての船乗りにとって恐怖である。シエラレオネでロイヤル・ジェームズ号が爆発したとき、自分がすぐそばにいたのを思い出した海賊たちは、この条項に同意するのをためらいはしなかった。あまりにも多くの危険がある。長くて折れやすい陶器製パイプ、くすぶる吸いさし、ひっくり返った油カンテラ、ロウソク、すべては木造船にとって危険な物だ。日に照らされて乾燥した甲板や、燃えやすいピッチに獣脂、火薬、こうしたものによって船は点火を待っている巨大な浮かぶ松明となっているのだ。この条項を無視した者は、たとえ酔っぱらっていたとしてもムチ打ち刑となる。

第五条

大砲、ピストル、斬りこみ刀は常に掃除して、使用可能な状態にしておくこと。

この条項はほとんど必要ない。自分の武器に対する誇りと単純な自衛本能から、ほとんどの海賊は自分のピルトルや短剣、斬りこみ刀に細心の注意を払い、磨きたて、掃除し、とがらせ、剣術や射撃の練習をした。オークションでは一挺の火打ち石銃に三十ポンドか四十ポンドの値をつけるかもしれない。二挺、必要なのだ。獲物が見えたとたんに、装塡する。火薬を銃身のなかに詰めこみ、さらに火皿に点火薬を入れ、火皿蓋《ふた》を閉じ、そして、戦闘が近づいたら、撃鉄を起こして、引き金を引く準備をする。時間がかかるし、いったん戦闘が始まったら、そんな時間はない。敵船へ斬りこみながら、海賊は片方のピストルを撃ち、もう片手には装塡済みのもう一挺のピストルと、ナイフや斬りこみ刀を持っているのだ。

まっとうな船乗りは、海賊船から響く恐ろしいラッパや太鼓の音に混乱し、自分たちのほうへ押しよせてくる雄叫びや銃声や肉を切る音に怖じ気づいて、ほとんど抵抗しない。海賊たちは自分の武器がどんな効果をもっているか、よく知っていた。彼らは武器を大事にする。海賊船長ジョン・フィリップスが次の条項が必要だと考えたとは驚くべきことである。「自分の武器をきれいに保っていない者、使えるように用意していない者、自分の仕事を怠った者は分け前を減らされたうえ、船長および仲間が相当であると判断したその他の懲罰を受ける」。これはたぶん、強制的に海賊にさせられた者たちだけに向けられた規定だったのだろう。

海上での火事や臆病だけがロバーツのような海賊船長たちにとって問題だったのではない。セックスもまた問題だった。若さにあふれ、血の気に満ちた海賊たちは何週間も、いや何か月もだろうが、女に飢えていて、絶えず欲求不満をやわらげる方法を捜していた。欲望は危険だ。それをロバーツと〝閣下《ロード》〟たちは知っていた。

第六条
少年または女を仲間に入れることはいっさい禁じる。女をそそのかして男装させ、船に連れこんだ者は死刑に処する。

十八世紀の船上におけるホモセクシュアルについて統計的な証拠はまったくないが、男たちでぎゅう詰めの退屈な船のなかで蔓延《まんえん》していた可能性はある。推定によると、二人のうち一人はフェラチオや同性間の性行為をしていたと見られる。キャビンボーイや火薬運搬少年にとって、上司はその職責から一般の乗組員集団とは隔絶された特殊技能のある士官組だったが、少年たちはいつでもターゲットにされた。〝船匠付きボーイ〟や、〝料理長付きボーイ〟、〝フィドラー弾き付き小僧〟も。

少年は船では必要欠くべからざる人員だった。女はそうではない。〝キャリコ・ジャック〟ラカムとちがって、海賊船長の大多数は女が一人も船内にいないように最大の注意を払った。例外もあった。トマス・コバン船長は、プリマスの売春婦マリアを説得して自分と結婚させ、海へ連れていった。彼女は成功し、金持ちになって、ノルマンディに土地を買った。メアリー・アン・トールボットは自分の監督者であるエセックス・ボーエン船長に同行した。船長はメアリーに「水夫たちから彼女自身を守るためだ」と言って男の服を着させたが、船長自身がメアリーを性的に虐待した。メアリーは三十歳のときに怪我で死んだ。

コバン夫人やトールボット、アン・ボニーやメアリー・リード、ハーナ・スネルのような女たちは、大半の海賊船長たちにとって不要の存在だった。「黒髭は捕まえた女たちの首を絞め、死体を海へ放りこんだとして有名だ」ったのである。これは殺人ではあるが、彼の心のなかでは、叛乱を引きおこ

メアリー・リード

されるよりはましだったのだ。一人はみんなのために、みんなは一人のために、という平等精神の哲学を持つ海賊社会では、もしだれかが女を船内に連れこんだら、ほかの仲間たちが自分の公正な分け前を要求することはありうるのだ。

キャプテン・ジョンスンは著書にこう書いている。「女が自分たちの手中に落ちたとき、……海賊たちはすぐに女に見張りを立てて、諍《いさか》いや喧嘩のもとになる危険な存在から悪い結果が起こらないようにした。しかし、ここにも悪事は生じた。だれが見張りになるかで争ったのだ。たいていは一番の悪党がなり、その男は婦人の貞操を守るために、自分以外のだれとも女をいっしょにいさせなかった」

この記述は、以下のフィリップス船長の定めた条項と皮肉な対照を見せている。「思慮分別ある女性と出会い、彼女の同意なくしてみだらな行為におよんだ男は、いかなる場合でも死刑に処する」。一七一九年にウィリアム・ピーター船長が定めた条項は、同様にこう規定している。「拿捕船において、酔っぱらい、あるいは白人または黒人女に卑猥《ひわい》な行為をした男は、その違反の質に従って懲罰を科す」。逆に、インド洋で商船を拿捕したある海賊は、男を全員殺したが、見つけた女は守りもレイプもしなかった。海賊黒髭とおなじように、ただ女を海へ放り投げて、厄介な諍いを避けたのだった。

バーソロミュー・ロバーツは拿捕した船の女をどう扱ったか、それはあとの章に書いてある。

第七条

戦闘中に船あるいは、自分の部署から逃げた者は、死刑、あるいは無人島置き去りの刑に処す。

置き去りの刑は懲罰のなかでももっとも残酷なものだ。銃殺刑はそれにくらべると、慈悲深い。追放された男たちのなかでアレグザンダー・セルカークのような寛大な扱いをされた者はほとんどいない。彼は衣服や道具、武器を与えられ、置き去りにされた島には水と野菜があったのだ。臆病者にはなんの恩恵も与えられない。もしも幸運であれば、火薬ひと瓶と水ひと瓶、ピストル一挺、銃弾一発が与えられ、本土から遠く離れた生きのびる可能性のない島に棄てられる。もっとも幸運な者には、満潮時に砂洲が水没して、死がすぐに訪れてくれる。ほかの者たちにとってはもっと過酷で、飢えと渇きの苦しみが長く続き、苦しみはしだいに増していく。ときどき孤島で彼らの骸骨が見つかることがある。

第八条
船上での殴り合いはいっさい禁じる。喧嘩はすべて、陸《おか》で剣とピストルで決着をつけるべし。

フィリップス船長の条項が示している規則はもっとゆるいものだった。「この掟のもとにある人間を殴った者は、裸の背中に〝モーセの律法（四十回に一回欠けるムチ打ち）〟を受けるものとする」。とつぜん怒りに駆られて仲間を殴った者に対してはこれで充分に罰になるが、激しい喧嘩で生命が脅かされた場合には、決闘で決着がつけられる。キャプテン・ジョンスンはロバーツの掟に詳しい説明を加えている。

「両者がいかなる和解にも至らなかった場合は、船の操舵長が二人に付きそって上陸し、適当と思う介助をしたうえで、相当な歩数の距離を隔てて二人を背中合わせに立たせる。合図の言葉が発せられたらすぐに、二人は向き合って撃つ（さもないと、二人とも手からピストルを払い落とされる）。どちらも撃ち損じた場合は、斬りこみ刀を使い、最初に血を出させたほうが勝利を宣言する」。
こうした一対一の戦いをやったもっとも有名な海賊は女である、メアリー・リードだ。〝キャリコ・ジャック〟ラカムの手下だった彼女の恋人が別の手下と喧嘩し、当然の結果として決闘が準備された。そのとき、メアリーは恋人を失うのを恐れて、すぐさま相手を侮辱し、「剣とピストルで戦って、その場で相手を殺してしまった」のだ。叩いたり突いたり、ぶった切ったりのこの喧嘩を海賊仲間たちが見物し、楽しみ、賭けていたことはまちがいない。
次の条項を定めることによって、ロバーツと〝閣下〟たちは、二世紀以上も前に国民保険制度と社会福祉事業を先取りしていたことになる。

第九条
各人は、自分の分配金が千ポンドになるまでは、自分の生活手段から離脱してはならない。そのため、任務中に手足を一本失った者、すなわち肢体不自由になった者は八百ドルを、それより軽い障害の場合には相応の額を、共同基金から支給するものとする。

体が不自由になったり障害を持ったりする危険を強く感じていた海賊のあいだでは、こうした保護制度はふつうのものだった。ローサー船長は手足を一本失った者に対して、百五十ポンドの支払いを約束し、障害者となった者は希望するかぎりいつまでも仲間のもとにとどまることができると記している。負傷した商船の乗組員は、あるかどうかわからない船主の温情に頼るしかなかった時代に、海賊たちは仲間のことをはるかに慮《おもんぱか》っていたのだ。

十七世紀の後半にバッカニアはそれぞれの手足の実際上の価値について、もっとすばらしい区別をしていた。単位は〝ピース・オブ・エイト〟銀貨である。

損失	腕	脚	目または指
右	六百	五百	百
左	五百	四百	

バーソロミュー・ロバーツと〝閣下《ロード》〟たちは、各人に分配されるべき略奪品の割合を記している。

第十章
略奪品の分け前は、船長および操舵長は二人分、航海長および掌帆長、掌砲長は一人半分、そのほかの士官は一・二五人分を受けとるものとす。

海賊世界では比率に応じた額を受けとっていたのだ。掟にサインすることは、〝取り引き成立〟として知られていた。海賊には給料はない。勤務期間が計算に入れられることもない。掟にサインしたら、略奪品はほかの仲間とおなじだけの分け前を受けとることができる。給料はなく配当だけがある株式会社に所属しているようなものだ。配当は、船が拿捕されたときに、略奪品の価値によって決定される。

第十一条
楽士は安息日は休みとする。他の六日間は特別の恩寵《おんちょう》がないかぎり、休みはないものとする。

この条項が入れられたのは、ロバーツが厳格な安息日厳守主義者だったからだと推測されるが、もっと単純に考えると、海賊はいつでもだれでも音楽を要求できたので、フィドル弾きやホーンパイプ吹きのために加えられたのだろう。楽士はたくさんいる。音域の高いダブルリードのオーボエの奏者、オカリーナ吹き、リコーダー奏者、リズムを打つ太鼓叩き。音楽は船乗りの生活の一部だ。労働歌、シー・シャンテ、卑猥な歌、ダンスにリール踊り。休みがないと、楽士は過労で死んでしまっただろう。音楽好きのロバーツは何か月ものあいだ、小さなオーケストラを集めて、当時流行の歌曲や音楽を演奏させたのだった。

掟は同意され、一人ずつサインをするか、バツ印を書いた。左手を聖書の上に置いて。フィリップス船長の手下たちは聖書がなかったので、斧《ハチェット》という信じられない代用品を使った。

フォーチュン号では分け前の比率をめぐって不安に駆られ、議論が起こったにちがいない。大半の者たちはこの比率を公正だと考えていたので、不満があったのではなく、西インド諸島に肥えた獲物がいる見込みについて不安を持ったのだろう。その海域にいる多くの商船は小型なのだ。海賊船長が危険な生き方をして、バイア港での恐ろしい襲撃を何度でも繰りかえす人間ではないかぎり、分配金が千ポンドになるには長い時間がかかるだろう。彼らが考えているのは短く楽しい人生だ、死ぬまで音楽付きの。あるいは、絞首台で太陽に焼かれて干からびていく。酒と女を夢見、サテンとシルクをまとい、堅気の船長を睥睨《へいげい》するほうがいいのだ、その船長の下で働いて、過酷な扱いをされるよりも。

海賊スループ船でのんびりと海に揺られる短くて楽しい人生。

しかし、もっと差し迫った問題があった。ケネディといっしょに前の士官たちが大勢、行ってしまったのだ。新しい士官が必要だった。操舵長にはトマス・アンスティスが投票された。掌帆長にはジョーンズが再選された。掌砲長にはヘンリー・デニスがとどまった。長いあいだ〝閣下《ロード》〟を務めてきたクリストファー・ムーディが航海長になった。たとえ彼が熟練船乗りではなくても、航海と操舵、総帆の責任を持つのだ。彼より熟練者が乗り組むまで、あるいは強制的に乗り組ませられるまで、彼は責任を持たなければならない。

フォーチュン号は修理がすんだ。掟は受けいれられた。いまや戦利品が必要だった。ロバーツは北へ向かって航海し、トリニダード島を通りすぎて、トバゴ島に着いた。この島は西インド諸島の海から点々とせりあがっている島群のなかにあるが、大きくはない。長さは三十マイル足らずで、海風が吹いているのにいつも暑い。一六八二年に土地の権利がロンドンの商人グループに委譲され、それからは人のあまり住んでいない海岸線で散発的に交易が続けられてきた。

ラクアリー泊地にスループ船フィリッパ号が錨泊していた。船長のダニエル・グレイヴズは痛風で伏せっており、彼の少人数の乗組員たちは年長の士官ジョン・ランスフォードから命令を受けていた。一七二〇年一月十日、夜が明けた直後に、彼は甲板に出た。そのとき目にした物が彼を下へ走らせた。撃つんだ、とグレイヴズ船長は叫んだ。船長は自分の船のまわりに悪党どもを寄せつけたくなかった。ピストルとその他の火器を取るために。カヌーが一艘、近づいてきます、と彼は船長に告げた。撃つ

ランスフォードは数人の乗組員といっしょに甲板に戻った。カヌーが近づいてくると、彼は発砲させ、漕ぎ手たちにそれ以上近づくなと怒鳴った。あざける大声が返ってきて、おれたちは船に斬りこ

む、もしまた撃ったら、情け容赦はしねえ、と言った。彼らはイギリスの海賊で、なんの抵抗も受けないものと思っていた。もしも抵抗したら、船にひどい結果をもたらすことになるだろう、小さな港の入口に重武装した海賊船がいるのだ。だれも逃げられない。

海賊たちは乗りこんだ。アンスティス操舵長がふんぞり返って、このスループ船を没収するとグレイヴズ船長に言った。錨が揚げられて、すぐに船はサンディ岬へ持っていかれ、フォーチュン号に横付けされた。おれの船より良くない、とロバーツは見てとった。物品を頂戴《ちょうだい》するしかない。デニス掌砲長は大砲を二門、取り外させた。いい台車がついていたのだ。ジョーンズ掌帆長は錨と錨索、滑車を数個、押収した。アンスティス操舵長はありふれた積荷から砂糖三百ポンドとパン、衣類、六十ガロン樽入りのラム酒一樽、マスケット銃とピストル数挺を没収した。グレイヴズ船長の船にはフランス船から連れてきたインド人と黒人がいたが、海賊たちは卑しく不快な仕事をさせるために六人の黒人を奪った。乗組員が三人、海賊入りに志願した。シンプソンは〝小ダビデ〟と呼ばれる大男だが、その後長く彼らといっしょにいることになる。

海賊にとって条件は完璧《かんぺき》に整っていた。北ではアメリカ植民地がスペインとの新たな戦争で混乱している。イギリス領ニュープロヴィデンス島のウッズ・ロジャーズ総督は、何千マイルもの海岸線をわずか数隻の軍艦でパトロールしているので、スペイン艦隊がいともたやすく侵略してくるのではないかと恐れていた。海賊が行くには絶好のときだった。

島々や植民地の総督たちは海賊の些細な行動などほとんど心配してはいなかった。植民地の多くは海賊の持ってくる安い商品を歓迎したのだ。責められるべきは、イギリスの航海条例である。とりわけ一六九六年の条例は、イギリスの貿易商人をオランダの競争相手から保護するために制定された。

イギリスの貿易商人たちが商品に低い値をつけられるのを心配して、この条例では、植民地はイギリス人もしくはイギリス植民地人に所属する船舶で運ばれてきた品物しか輸入してはならないと命じている。該当する船の乗組員は四分の三か、それ以上がイギリス人でなければならないのだ。

保護策として意図されたものが必然的に搾取するものとなった。競争相手のいないイギリス商人たちは、貪欲に値を吊りあげた。やはり必然的に、オランダのもぐり商人や海賊の安い品々は住民から好まれた。総督たちのなかには、自分の領地の有力な金持ち大農園主たちの希望に背こうとする者はほとんどいなかった。イギリス本国ははるか遠い。本国は大きな援助などしてくれない。戦時には遠い土地を守る人員も船舶も足りないと抗弁した。平時には金がないが言い訳だった。

貿易で勝つしか収入源はない、そう考えると、植民地人たちは海賊を撲滅しようと決意した。とりわけ四つの地域は精力的に活動した。ウォルター・ハミルトン総督のバルバドス島、サー・ニコラス・ロウズのジャマイカ島、オークニー伯爵のヴァージニア、ジョン・ハートのメリーランドである。最初の二つは砂糖を産し、ほかはタバコを作っている。産物が収益をもたらすためには輸出をしなければならない。ダニエル・グレイヴズ船長がバルバドス島に戻ってきて、海賊の知らせをもたらすと、警鐘が鳴らされた。輸出しなければ、商人は困窮する。スペインとの戦争が続いているので、海軍の支援は現在ある以外に期待できないし、海軍艦長たちが海賊狩りに不熱心なことは有名だ。

商人たちが最良の防衛策を議論しているとき、バーソロミュー・ロバーツは北へ向かって航海していた。これまでは収益のない航海だった。二隻のスループ船、わずかな商品、少量の黄金、なにもかもお手軽な結果で、やりがいのあることはなにもなかった。バーソロミュー・ロバーツは手下たちが自分に忠誠を尽くすかぎり、もっとよりよいことを求めて一か八か賭ける。

バルバドス島は西インド諸島のなかでいちばん健康的な島だろう。貿易風が絶えず島の上を穏やかに吹き渡っているからだ。サンゴが形成されるので、島は危険なサンゴ礁に取りかこまれていて、海へ三マイルも突きだしているところもある。船乗りにはただまだら模様の白い泡が危険を知らせてくれるだけだ。それでも、この島は船舶に人気の場所だった。貿易風はアフリカとヨーロッパからバルバドス島へと船舶を運んでくる。健康的な気候が仕事に熱心な大農園主たちを引きつけた。とりわけ、貿易商人が奴隷を運んでくる場合は。砂糖農園は屈強な男たちが必要なのだ。海岸線の沖合いをロバーツはうろうろしながら、略奪を重ねた。彼の海賊行為にハミルトン総督はイギリス軍艦シーフォード号をバルバドス島へ送って海賊を探索させた。ローズ艦長はロバーツを発見できなかった。

海賊行為を取り締まるイギリス海軍の行動記録はひどいものだ。そのいちばん明らかな理由は、長く延びている海岸線を取り締まるための艦艇が足りないことだった。アメリカでは海賊行為に対する不平不満は早くも一七一七年に恒常的なものとなったため、同地にいる軍艦を列挙した海軍本部リストが作製された。

ホワイトホール、一七一七年九月十五日

	基地	艦	砲数	居場所
1	ジャマイカ	アドヴェンチャー号	四十	基地
2	ジャマイカ	ダイヤモンド号	四十	八月に本国出帆
3	ジャマイカ	ラドロー・キャスル号	四十	自由パトロール中

4	ジャマイカ	スウィフト号スループ	八	基地
5	ジャマイカ	ウィンチェルシー号	二十	基地
6	バルバドス	スカボロ号	三十	基地
7	リーワード諸島	シーフォード号	？	基地
8	リーワード諸島	トライアル号スループ	？	基地
9	リーワード諸島	ライム号	二十	基地
10	ヴァージニア	ショアハム号	三十	本国へ向けて航海中
11	ヴァージニア	パール号	四十	八月に本国出帆
12	ニューヨーク	フェニックス号	三十	基地
13	ニューヨーク	スクワレル号	二十	基地
14	ニューヨーク	ローズ号	二十	本国へ向けて航海中

「ジャマイカ島およびバルバドス島、リーワード諸島にいる艦艇は海賊を討伐し、貿易の安全を守るため協同すること。ニュー・イングランドおよびヴァージニア、ニューヨークの艦艇も同様にすべし」

リストは表面的には壮観な印象を与えるが、実際には、乗組員の病気や脱艦のため動けず、港にとどまっている艦艇がおり、海に出ているのは六、七隻を上まわりはしなかっただろう。そんな数で百万平方マイルにわたる広大な三角海域を探索するのだ。北はニューファンドランド島から南はバルバドス島、そして西はメキシコ湾まで。海賊は一千もの島々の入江や小川のなかに隠れこむ。海賊が見つかる確率はせいぜい五百分の一だ。

しかし、それでも海賊逮捕にほぼ完全に失敗した理由の説明にはならない。もっと適切な説明は、海軍艦長たちが私利を追求したため、ということである。彼らは自分が金持ちになるほうに関心があったのだ。さらに関連する理由としては、乗組員の待遇がある。彼らの多くは強制徴募兵なので、脱艦を防ぐために港では艦内にとどめておき、厳しい規律に従わせた。給料は低く、ぎゅう詰めの居住区で寝起きしているので、病気が発生する。西インド諸島では数隻の軍艦が一年の四分の三は港にいた。多くの乗組員が死んだり逃亡したりして、人員が不足しているためだった。

一七一九年一月八日に海軍局から出された命令書は次のように述べている。「海軍本部会議各委員は以下について各員に厳重に下命し、要求するものなり——チャタムにいるイギリス海軍軍艦イプスウィッチ号、ポーツマス号、ヨーク号の各艦に所属し、現在、所属艦から離れている者は、ただちに艦上任務に戻るべし。これに反する者は給料没収ならびに命にかかわる懲罰を受けるものとす」。まるで効果はなかった。西インド諸島では条件はもっと悪いので、艦《ふね》から逃げる可能性はもっとはるかに大きかった。

これはよくあったことだが、強制徴募兵の場合、当人はすぐにどこかの艦の名簿に加えられるのではなく、無給の定員外として艦から艦へ移動させられ、そのうちに、どうしても人員が欲しい艦《ふね》に雇われる。そうなって初めて、彼は給料名簿に載せられる。名簿にサインすると、給料支給日の書かれた給料支払い伝票が渡される。伝票を紛失すると、自動的に給料の五分の一が没収される。伝票があったとしても、なんらかの金を受けとるのは数か月後、ときには一年かそれ以上先になる場合もある。

絶望した男たちは、ポーツマスやほかの海軍基地で貴重な伝票をわずかな金で金貸しに売ってしまう。彼らの窮地は政府を悩ませはしない。借金を清算させるか、給料で清算するか、大蔵省が選ばなければならないとき、無一文になるのは水兵たちだ。内閣の一員がこう述べている。「増大する給料は彼らを引きとめておく保証金だ。それは彼らが忘れない銀行であって、それがあるから、彼らは楽しく一つにまとまっているのだ」。それはあざやかな循環論法だ。彼らは給料が支払われないから、脱艦したがるが、自分に支払われるべき金が欲しいから、脱艦しない。

しかし、彼らは脱艦した。商船の船長はひどい乗組員不足で困っていることがあり、本国向けのひと航海に一人四十五ポンドも喜んで支払うことがあった。また、海軍の乗組員がわずか十ポンドと十ガロンのラム酒のために脱艦して貿易船に乗った例もある。艦の状況が劣悪だったからだ。

脱艦や、不潔で混み合った下の甲板で発生する病気のために、海軍の艦艇は人員が不足した。志願者がやってこないとき、答えは商船の乗組員を強制徴募することだった。イギリス本国から出ていく船舶の乗組員を対象にするのは禁じられていた。外国との貿易に支障をきたす可能性があるからだ。だが、貿易航海をほとんど終えたときなら、捕まえていい。西インド諸島には単純な目の子勘定がある。一般の商船船長は乗組員の五人に一人なら失っても大丈夫だ、あとの者たちは荒れる大西洋をわたる操船に必要なのだ。だが、奴隷船は三人に一人をとられてもいい、アフリカ行きの航海は大西洋より容易だからだ。こうした不当で不正な行為で海賊は得をした。海軍もそうだった。

危険な海域で商船の護衛にあたった軍艦が利益を得ていたことは、知られていないわけではない。ドレル艦長はターチューダ行きの塩船団を護衛した。海軍の艦長はしばしば、自分自身も荷を運んだ。かなりな高値で。これは海軍の規則や規定に反することだが、艦長たちは心配などしなかった。イギリス本国は遠いし、違法行為が通報される可能性はないし、ましてや調査されるおそれなどなかったからだ。

その結果、多くの艦長が大きな収入を直接もたらしはしない海賊探索に無関心になった。ウッズ・ロジャーズ総督はそんな慣習に不満を持って、ロンドンの友人サー・リチャード・スティールに書き送った。「わが国の軍艦の指揮官たちは、海賊の数が多くなると、それだけ自分たちの交易には有利になる。というのは、貿易商人たちは海賊に略奪されたという話をあちこちから聞いているので、いざとなった場合には荷を海に沈めざるをえなくなるからだ、そう艦長たちは公言しているが、海賊が略奪を行なうたびに、艦長たちはその意を強くしている」。こういう状況では、ローズ艦長がバーソロミュー・ロバーツと出会うことに失敗したのも驚くべきことではない。

一七二〇年二月十二日までにロバーツはさらに船舶を数隻、襲撃したが、価値のあるものは一隻もなかった。その日、彼はリヴァプールのベンジャミン号を拿捕した。若い船長はパニックに陥ってしまい、のちに裁判で、操舵長のアンスティスを海賊の船長だと証言し、ロバーツのことをトマス・ハンスと呼んだ。船上にはほとんどなにもなく、ただベーコンと乾物が少しあるだけだった。ベンジャミン号が島へ危険を知らせるのを防ぐために、三日間、拘束しておいたあと、ロバーツは同号を解放した。

同月十八日、彼らはなんの変哲もないスループ船ジョセフ号を拿捕した。なんの抵抗も起こらなかった。金目の積荷もなかった。この事件には一つだけ注目すべきことがあった。四年後に船長のボナヴェンチャー・ジェルフスが叛乱者マイクル・ムーアによって殺されたのだ。ムーアはあとで有罪判決を受けたが、オールドベイリー中央刑事裁判所で恩赦を受けた。海賊、スペインの沿岸警備隊、海軍、嵐、そして叛乱、船長というものは何者からも安全ではなかったのだ。

ロバーツは不満で、苛立《いらだ》った。島々を取りまく交易路にやってくる商船は雑魚《ざこ》ばかりで、貧弱な積荷からは財産らしい財産などたまらない。こうしたこそ泥的略奪は〝キャリコ・ジャック〟ラカムのような野心のない海賊には歓迎される。ときどき、二、三リーグほど海へ出ては、たいして武装していないブリッグ船を略奪し、基地に戻ってくると、一週間のらくらと祝宴に明け暮れる。しかし、なんの富ももたらしはしない。ロバーツはもっと欲しかった。

ジョセフ号を拿捕した一日か二日後、海賊モーンティニー・ラ・パリシーがロバーツたちの仲間に加わった。フォーチュン号は小さなスループ船を見つけると、黒旗を揚げた。だが、スループ船は逃げずに、海賊船のほうへ船首を向けた。そして、自分のマストにも黒旗を揚げたのだった。ラ・パリシーはロバーツが軽蔑するような類の海賊だった。戦利品の残りをかすめ取るようなやつだ。しかし、弱体なフォーチュン号一隻より二隻のほうがいい。そこでロバーツはこのフランス船をパートナーに受けいれることに同意した。しまいには、さらに多くの船を指揮下に置くことができるかもしれない、軍艦の火力にも対抗できる強大な船隊になるのだ。その前に、ロバーツはもっといい獲物を見つけるためにはどこへ行ったらいいか、決めなければならなかった。ラ・パリシーはこの島々のほとんどの小川から小川まで知り抜いていた。だが、マルティニーク島かセント・クリストファー島のほうがバルバドス島より儲《もう》けが多いとロバーツを説得することはできなかった。

なにかちがうことが必要だった、驚くようなことが起こる場所が。襲撃して、高価な略奪品が集められるところが。ロバーツは生来の攻撃者だった。先手を打ち、なにか起こるのを待ってなどいない。自分から行動を起こすのだ。

一方、ジャマイカ島のポート・ロイヤル海軍基地では、ホィットニー艦長がローズ号とシャーク号をリーワード諸島へ持っていって、ハミルトン総督を援助するように命じられた。彼はこう答えた――目下、自分の艦《ふね》の乗組員たちはひどい熱病にかかっているが、八日後にはアンティグア島へ向けて出港できるように願っている、と。

八章　海戦　一七二〇年二月二十六日―六月

「ニューハンプシャー、ポーツマス港からの知らせによると、二十二日、バルバドス島から同港にブリッグ船が入港した。その船の報告によると、ブリストルのガレー船およびスループ船の二隻が艤装を整えて、島の風上にいる十二門搭載の海賊スループ船を拿捕すべく出帆した。彼らは接近して、海賊船と戦ったが、海賊船には膨大な数の乗組員がおり、彼らは猛烈な反撃を受け、拿捕することなく、バルバドス島に戻らざるをえなかった。この戦闘で双方とも、多数の人員を損失した」

一七二〇年六月二十五日付け『ウィークリー・ジャーナル』

ホィットニー艦長がジャマイカ島で乗組員たちの病気回復を待っているあいだに、あるいは、ローズ艦長がリーワード諸島を巡ってバーソロミュー・ロバーツの探索をとりとめなくしているあいだに、また、ロバーツ自身がモンティニー・ラ・パリシーといっしょにバルバドス島の海岸沖で雑魚のスループ船を略奪しているあいだに、さらには、〝キャリコ・ジャック〟ラカムとそのごたまぜ乗組員が北方で略奪しているあいだに、そして、王室アフリカ会社の商人たちがギニア海岸で襲撃された船舶と交易所のリストを見て苦悶《くもん》しているあいだに、バルバドス島の貿易商人や市民たちは自分たちで厄介な海賊たちを駆除しなければならないと決断した。

彼らは海軍の援助を得ることは期待できなかったし、すでにローサー総督に支援を嘆願していたが、なんの結果も得られていなかった。海賊駆除に失敗して、自分たちが報復を受けることも覚悟しなければならない。一七二〇年二月十九日、彼らは総督に対して、二隻の強力な商船の防衛力をさらに強化する許可を求めるべく、申請をした。商船に防備が必要なことに関して、申請書はこう記している。「砲十二門を搭載し、人員七十名を乗せたある海賊スループ船が最近、本島の風上で数隻の船舶を捕獲し、いぜんとしてそこにとどまって、貿易を妨害しているのであります」

彼らは自分たちの費用で二隻の商船を武装すると申し出た。オウイン・ロジャーズ船長指揮下のガレー船サマセット号と、ダニエル・グレイヴズ船長指揮下のフィリッパ号を充分に武装させ、人員も増強して、「両船を軍艦仕様」にする、と。グレイヴズ船長はトバゴ島でロバーツに略奪されたあと、バルバドス島に戻ってきたことをいきりたって話し、自分は海賊を恐れはしない、と自称雇い主たちに信じさせたにちがいない。サマセット号は大砲十六門を装備し、百三十名の人員を乗せることになるし、フィリッパ号は大砲六門に人員六十名となる。海賊ロバーツがラ・パリシーと組んだことを知らない商人たちは、搭載砲合計二十二門、乗組員約二百名の二隻の船が、搭載砲十二門、乗組員七十名の小型スループ船一隻の海賊を相手にするのだから、勝ち目は我らにありと信じた。しかし、戦いは一か八かのチャンスではなく、勝つ可能性のもとに始めなければならない。

二隻の重武装した船を所有したため万が一、乗組員たちを海賊行為そのものに誘いこむことになってはいけないので、二人の船長は良識ある行動を保証するよう要求された。ロジャーズ船長はいかなる海賊とも戦ってよいが、国王陛下の同盟者はいかなる者も攻撃してはならないと命じられた。もしもフランスやオランダの船を略奪した場合には厄介なことになるのだ。拿捕した海賊船はいかなる船であろうと、港に持ち帰らなければならない。ロジャーズ船長は正しい航海記録をつけなければならない。総督の同意なしに島の人間を連行してはならない。出港前にバルバドス島事務官に対して乗組員名簿を提出しなければならない。すべての乗組員を連れ帰らなければならない、「死と海の危険に見舞われた場合のみ、このかぎりにあらず」

まわりにいるどんな貿易船よりも重武装した船でいったん海に出たら、ロジャーズ船長は誘惑に駆られるかもしれない、そう商人たちは気づき、それで船長はバルバドス島に出入りする船を攻撃してはならないと命じられたのだ。彼は、栄誉ある国王陛下の船であることを示す紋章入りの白い盾が中央についた旗以外、どんな旗も掲げてはならない。遭難した場合を除いては、トバゴ島以外の島に行ってはならない。帰投したときには、残っている武器や火薬、弾丸、補給品を返さなければならない。

ずる賢く不正直なローサー総督は、おそらく不本意だっただろうが、商人たちの請願を敢えて拒絶はしなかった。彼は海賊たちと密かに取り引きしているという噂があった。一七一四年には収賄罪でイギリス本国に呼びもどされた。一七一五年、総督に復帰したが、わずか四年後に賄賂を受けた罪に問われた。一七二〇年十月にはロンドンで裁判にかけられ、バルバドス島基金から二万八千ポンドを横領し、また、航海条例を無視してスペイン船に違法に交易を許したかどで有罪となった。さらに、海賊を追跡した二人の海軍艦長を投獄した罪でも告発された。

そういう評判があるので、総督には選択の余地はなかった。商人たちの請願は受理された。二月二十一日、日曜日、サマセット号とフィリッパ号は港を出て、船首から一マイル向こうにニーダム要塞の見えるところで錨を入れた。翌日、要塞に対して十一発の礼砲を放つと、二隻の船は広大な外洋へ乗りだした。すぐそばの水平線の向こうのどこかに、海賊のスループ船がいるのだ。二日間、彼らは走って、水曜にはマルティニーク島の沖合いに着いた。なにも見えなかった。

木曜の朝、海は波立ってきた。午後に、見張りが船を見つけた。その船を追った。船尾が細くて丸い小さなピンク型の帆船で、ミズン・マストが丸ごと、メイン・マストは三分の一が海賊の手で切り倒されていた。その船のフランス人船長がロジャーズに話したところによると、海賊スループ船は二隻いる。一隻は大砲十二門を搭載し、もう一隻はヴァージニアの船で、もっと小さい。

二月二十六日、金曜の朝、空は青く、風は強かった。ロジャーズはこの日、海賊を発見するにちがいないと予測した。グレイヴズ船長にそう告げたとき、同僚はなんの興奮も見せなかった。海賊船が二隻いると知ったときから、彼は黙りこんでいるのだ。ロジャーズは無視した。そこで、サマセット号に戦闘準備を整えさせた。船艙から移動式の舷側板《ブルワーク》を運ばせて、船尾甲板に立てさせた。エルム材でできているので、砲弾が貫通しても裂けずにただ小さな穴が開くだけで、その穴は徐々に縮まる。

各マストの上ではハンモックが繋ぎ合わされて、胸壁が作られた。射撃手はその後ろに隠れ、下の敵を撃つときはそれを防壁に使える。斬りこみ隊を防ぐために、各横静索《シュラウド》からはネットが吊された。海賊たちが重い斬りこみ斧《おの》でネットを叩ききって乗りこもうとしたときは、ネットを切り落とせばいい。フィリッパ号ではそんな準備をしている気配はまったくなかった。バルバドス島ではグレイヴズ船長は激しくいきりたっていた。いま彼はおとなしくしている。ロジャーズは彼に船の戦闘準備をし、海賊船が見えたときにはサマセット号に従うように命令した。なにも準備はされなかった。

午前の中ごろ、二隻のスループ船が視界に入ってきて、二隻の商船へ向けて変針した。グレイヴズ船長のフィリッパ号はロジャーズのサマセット号の左舷《さげん》船首へまわりこんで、接近してくるスループ船隊から離れた。フィリッパ号より脚の遅いサマセット号はまるで逃げようとするように、全帆を張りあげた。スループ船隊の大型のほうが二度、大砲を放ち、サマセット号の右舷側へ接近して、マスケット銃弾が届くところまで来た。横付けして、斬りこむつもりなのだ。もう一隻のスループ船から黒旗がひるがえった、中央に髑髏がついている。大型のスループ船のマストのてっぺんからは風に黒い長旗がたなびいた、やはり髑髏がついている。

ロジャーズはサマセット号の船首を右舷へまわした。たとえそんな操船をしたら、ゆっくりまわっていくサマセット号を海賊の砲列にさらすことになろうともだ。グレイヴズ船長は相変わらず、海賊船とフィリッパ号のあいだにはさまっているサマセット号からフィリッパ号を引き離していく。ロジャーズは、海賊の一斉射撃を浴びながら海賊船のそばを通りすぎようと決断した。自分がそうしているあいだに、グレイヴズ船長は海賊側が再装塡できないうちに、一斉射撃を浴びせられる位置に完全に行きつけるだろう。

最初の片舷斉射が命中したとたん、ロジャーズの部下たちは胸壁のかげにうずくまった。木片が吹き飛び、もぎ取られた木材が唸りをあげ、強い衝撃にサマセット号は身震いした。大きく傾いた瞬間に、海水がなだれこんできた。ピストルやマスケット銃が火を噴いている。銃弾が舷側板に当たって鈍い音をたてる。そのとき、ドン、と一つ、大型の海賊船フォーチュン号から不気味な太鼓の音がして、とつぜん静まりかえった。

郵便はがき

料金受取人払郵便

新宿局承認

5503

差出有効期間
2026年9月
30日まで

切手をはら
ずにお出し
下さい

160-8791

343

東京都新宿区
新宿一-二五-一三

株式会社 原書房

読者係 行

（受取人）

1608791343　　7

図書注文書（当社刊行物のご注文にご利用下さい）

書名	本体価格	申込数
		部
		部
		部

お名前　　　　注文日　　年　　月　　日

ご連絡先電話番号　□自宅　（　　　）
（必ずご記入ください）　□勤務先　（　　　）

ご指定書店（地区　　　）（お買つけの書店名をご記入下さい）

書店名　　　書店（　　　店）

帳合

7493

カリブの大海賊 バーソロミュー・ロバーツ

愛読者カード　オーブリー・バール 著

＊より良い出版の参考のために、以下のアンケートにご協力をお願いします。＊但し、今後あなたの個人情報(住所・氏名・電話・メールなど)を使って、原書房のご案内などを送って欲しくないという方は、右の□に×印を付けてください。　□

フリガナ
お名前　　男・女（　　歳）

ご住所　〒　　－

市　町
郡　村

TEL　（　　）
e-mail　＠

ご職業　1会社員　2自営業　3公務員　4教育関係
5学生　6主婦　7その他（　　）

お買い求めのポイント
1テーマに興味があった　2内容がおもしろそうだった
3タイトル　4表紙デザイン　5著者　6帯の文句
7広告を見て(新聞名･雑誌名　　)
8書評を読んで(新聞名･雑誌名　　)
9その他（　　）

お好きな本のジャンル
1ミステリー・エンターテインメント
2その他の小説・エッセイ　3ノンフィクション
4人文・歴史　その他（5天声人語　6軍事　7　　）

ご購読新聞雑誌

本書への感想、また読んでみたい作家、テーマなどございましたらお聞かせください。

ドドーンと、大砲が一門、発射して、砲弾がサマセット号に命中し、船は大きく揺れ返った。また静かになった。フランス人海賊ラ・パリシーのシー・キング号は一発撃ちおわるや、すぐさま全帆を張りあげて、南へ、安全なほうへ、と向かいだした。フォーチュン号は臆病な相棒には目もくれずに、旋回しながら少し進むと、サマセット号の船尾へ向かっていった。もう一度、攻撃するのだ。それは伝統的な戦術だった。数門をサマセット号へ向けることができる。ロバーツは少し待ち、船首が商船の船尾をすぎたら、手下たちが索具の上から燃えやすいタールや硫黄の詰まった爆弾を投げ、濃密な硝煙や喉の詰まる煙で商船を窒息させる。ヤードの端からはマスケット銃が撃たれ、旋回砲は商船の甲板に釘やガラス片、鉛をばらまく。その混乱に乗じて、手下たちは商船に斬りこみ、制圧する。グレイヴズ船長のフィリッパ号が動いた。臆病にも海賊船を攻撃するのではなく、サマセット号の横からはるか遠くへ避難していく。助かりはするが、無能者だ。

バーソロミュー・ロバーツはスループ船フォーチュン号をロジャーズのガレー船サマセット号のほうへ走らせていった。ドロドロと太鼓の音が大きくなるにつれて、二隻が接近し合う。グレイヴズ船長のフィリッパ号はどんどんサマセット号から後退していった。ロバーツはもうフィリッパ号を自船とサマセット号のあいだにはさんではいないが、サマセット号へ飛び移れる距離まで接近することができた。ロジャーズは斬りこみ刀がぎらつくのを見た瞬間、舷側板のかげに飛びこんだ。同時に、二回目の片舷斉射が船を襲った。乗組員たちは海賊の斬りこみ隊がなだれこんでくるのに備えたが、海賊ロバーツに思いとどまらせたのはネットやバリケードが見えたからか、それとも仲間のラ・パリシーが逃げたからか、彼は鋭く船首をまわして、離れていった。それでもまだ単調な太鼓の音が轟いていた。

フォーチュン号の船尾はサマセット号の二層の砲列に縦射されたが、目標はあまりにも小さかったので、大きな損傷は受けなかった。その船尾にはボートを一艘、曳いていた。乗っている男たちはサマセット号に乗りこむことになっていたのだ。ばらばらとピストルの音がはじけると、一人がボートを曳航しているロープをよじのぼろうとした。だが、ロープをつかんだ瞬間に撃たれて、海へ転がり落ちた。もう一人、落ちた。フォーチュン号では、船尾楼甲板室の上から鼓手が前へ倒れて、転がり、甲板からずり落ちた。

ロジャーズは優柔不断なグレイヴズ船長がまったく当てにできないと悟ると、海賊の新しい針路へ向けて回頭した。サマセット号はただ一隻で戦わなければならない。もう一度、連続砲撃すると、海賊船の喫水線下に損傷を与えた。その舷側へ数人の男たちが降りていき、修理をしたが、船がもう一度上手まわしをした拍子に、濡れた舷側で二人が足掛かりを失って、波に洗い流された。戦闘力の差の大きい戦いだった。たとえ優柔不断なグレイヴズ船長が自分を危険な目に遭わすまいとしていようと、小さなスループ船の海賊たちは人員やカノン砲、火器、すべての数で劣っていた。海上に砲声が轟いた。サマセット号は重ったるい動きで海賊船に横付けしようと近づいていった。グレイヴズ船長は射程内からずっと離れて隠れている。ロジャーズは彼など無視した。もう一度片舷斉射すれば、海賊船に斬りこめる。ところが、ロジャーズが斬りこめと命じたとたんに、グレイヴズ船長が彼と海賊船のあいだに割って入ってきた。一瞬、ロジャーズはグレイヴズ船長が自分で海賊船に斬りこむつもりだと思った。ところがグレイヴズはそうはせずに、その位置を保ったままで、海賊船の舷側にロジャーズがさらに砲弾を撃ちこむのを妨害している。

フォーチュン号では全帆が張りあげられ、船は二隻のバルバドス商船から逃れるべく、南東へ変針し、「大きな収納箱をたくさん」海へ投げ、重い舷檣《ガンネル》を切り倒して身を軽くした。バーソロミュー・ロバーツの持つ勇気や決断力は疑いようもない。しかし、こんな不利な戦いを続けたら、自殺することになる。

ロジャーズはなすすべなく見守った。鈍重な自分のガレー船では、海賊の快速スループ船に追いつける見込みはない。グレイヴズ船長にはなにか思いきった手に出るつもりなどないのは明らかだった。海賊バーソロミュー・ロバーツは逃げてしまった。夕方七時には、彼の船はほとんど見えなくなった。無数にある島々の小川や浅瀬に入りこんでしまったら、彼を見つける可能性はまったくなくなる。

グレイヴズ船長は少しばかり謝った。彼は自分の命令を誤解した操舵手を責めた。砲撃しなかったのは、搭載砲が充分ではないので、海賊船から破壊的な攻撃を受けたくなかったからだった。彼としては海賊船に斬りこむつもりだったが、操舵手が右へではなく、左へ旋回し、それがロジャーズの邪魔をするまちがいになったのだった。海賊船を追跡しなかったのは、必要な帆がなかったからだ。トップスルがない、スプリットスルがない、ジブの揚げ索《ハリヤード》すらなかった。嘆かわしいことだった。

はるか遠くでフォーチュン号は北西へ向かっていた。いまやもうスマートな船ではなく、砲撃の損傷で大きく傾いていた。船中がめちゃくちゃだった。マストからは木片がばらばらと落ち、切り落とされた舷檣が瓦礫のなかに倒れている。ロバーツの大キャビンのドアはずたずたになって、血にまみれていた。火災の起こった船首楼からは煙が漂っている。甲板には銃弾のえぐった線や跡が刻まれていた。マストの根方から砲弾が一つ跳ねかえって、甲板の張り板をもっと深くえぐり、引き裂き、ぎざぎざの跡をつけて、最後には下の甲板の舷側をぶち破って、穴を開けていた。帆が一枚、縛っていたロープから引きはがされて、ぼろぼろに垂れさがり、火薬で燃えたあとが黒くブチ模様になっている。いたるところから硝煙と燃えた木材の悪臭が立ちのぼり、船は敗北の跡にまみれ、満身創痍《まんしんそうい》だった。

夜が破壊の跡を大方、隠してくれた。最初に見つけた樹木の生い茂る島で修理はできるだろうし、避難場所も見つけられるだろう。だが、敗戦の判決が下された甲板には負傷者や瀕死《ひんし》の男たちが横たわって、仲間の介護を受けていた。そのうめき声や悲鳴は静まりかえった闇にいっそう大きく響いた。いたるところ血だらけだった。銃弾で砕かれた腕から流れでる血。飛んできた木片が肺に刺さって、口からあふれでる血。重い砲弾がすさまじいスピードで脚を奪い、その切断部から吹きでる血。水平撃ちされた旋回砲の散弾で引き裂かれた見るも恐ろしい体から飛びちる血。

その数二十人か三十人、乗組員のほぼ半数だ。なかには指や足を一本失った場合の補償について、冗談を言っている者たちもいた。あとは場数を踏んで慣れた手つきで友人の傷口を強く押さえて止血しながら、感情を失っていた。重傷者や瀕死の者たちもいる。彼らは船医に診てもらう恩恵を受けられない。船医のアーチボルド・マーリーは逃亡したケネディといっしょに行ってしまったからだ。幸運な者はラム酒で感覚が麻痺《まひ》してぐったりと横たわっていた。ほかの者たちは苦痛に身をよじって、壊疽《えそ》で死にかけている患部に包帯を巻こうとするのを妨げた。

二百マイルほど走ると、人の住んでいるセント・ルシア島とマルティニーク島を通りすぎて、やがて両島は見えなくなった。彼らは敢えて上陸しなかった。船の破孔に当て物をし、伝統にのっとってマスケット銃を一斉射撃しながら、遺体を海へ送った。死に至る伝染病や熱病が広がるのを見つめる男たちは、だれ一人として笑う者はいない。もしもすぐに上陸する島が見つからない場合には、熱病は全乗組員に広まるおそれがあるのだ。

ドミニカ島に錨を降ろすまでに二十人が死んだ。もっと死ぬだろう。ほかの船舶に出会うのを避けなければならない手負いの船で速く走るのは無理だった。自分たちをこんな状態におとしめたバルバドスの住民にロバーツは復讐を誓った。いまや彼は、役立たずの船に乗る敗北者だった。すべてのアイルランド人に、ケネディのようなアイルランド人に、そして、バルバドス島のすべての人間におれの復讐を味わわせてやる、そう彼は誓った。

ドミニカはすばらしい丘陵と川、湖、硫黄源のある島で、大きな山もあった。ディアブロティン山はほかの山並から高く抜きんでてそびえている。すばらしい場所だが、危険でもあった。船の修理と負傷者の回復のために必要な物はなんでもここにあった。樹木、水、日光、人間。だが、南のそう遠くないところにフランス領のマルティニーク島がある。いったん海賊がいることが知れたら、フランス人総督はただちに海賊拿捕のため船を送りだすだろう。

もっと小さくて安全な島へ出発するまえに、彼らは緊急に必要な物しか手に入れることができなかった。数グループが大急ぎで土地の者たちと食料を物々交換し、船匠たちは応急修理のための木を集めた。見張りが立てられて、船舶を監視した。見張りの一人が見つけたのは、船ではなく、一団の男たちだった。

十三人いた。裸だった。彼らの代表者ロバート・ボートスンの説明によると、彼らはアンティグア島のスループ船リヴェンジ号の船員で、スペインの沿岸警備艇によって約三週間前に、衣服も銃もその他なんの道具も与えられずに置き去りにされた。もう船を見かけることはあきらめていたが、いま救われて、この島から脱出できるという。アンスティス操舵長が彼らに歓迎すると告げ、さらに、人手が必要だが、自分と仲間たちは〝海の男〟つまり、海賊だ、と言った。それは脅しではなかった。

バーソロミュー・ロバーツは強制的に彼らを仲間入りさせるつもりはないのだ。

ボートスンはためらいはしなかった。彼の仲間たちもだった。ほかの船が何か月も来ないかもしれない島でつらい生活に耐えるより、海賊になるほうがましだった。掟にサインがされ、その一時間以内に海賊船はよたよたと出帆し、南へ向かった。島々が散らばるグレナディーン諸島をめざして……。追跡が来るという彼らの恐れは正しかったことが証明された。翌朝、マルティニーク島から重武装した二隻のスループ船がドミニカ島に到着した。土地の者たちに士官がいろいろ質問すると、二隻の船は帆を揚げて、南へ向かった。フォーチュン号から遅れること半日となかった。

この海域を何年も航海してきたバーソロミュー・ロバーツはウィンドワード諸島に隠れることにして、天然の港とすばらしい海岸のあるキャリアクー島を選んだ。高い陸地に四方を囲まれて、フォーチュン号は海から見えなくなった。この付近には小さくても居住地があるのはグレナダ島だけで、そこまでは南に十二マイルもある。海賊が到着したことを知られる可能性はない。船匠たちは修理に駆けまわった。竜骨《キール》はきれいに掃除された。損傷を受けた舷側は直された。船内の悪臭を放つ空気のなかから高いヤシの木陰に運びだされた軽傷者たちは、ゆっくりと回復しだした。仲間たちの看護を受け、すばらしい味のヤシ酒を飲み、土地のカメの焼き肉を食べて、なぐさめられた。

何日かたつにつれて、休養と時間が敗戦のショックをやわらげ、士気は上がっていった。ロバーツは〝閣下〟たちを招集した。彼は新たな計画を持っていた。海上で船舶を襲うのは時間の浪費だ。船が現われるのを待って、結局、積荷は価値のない小物と丸太だとわかるだけだ。もう一度、アフリカへ戻り、ガンビアやシエラレオネ、プリンシペ島へ行ったらどうだろうか？　自分たちのほうへやってくる船を待つのではなく、錨泊している船や積荷の倉庫、城砦の金のもとへこちらから出かけていくのだ。海上で出会った船は拿捕はできるが、ほんとうの財宝は港にある。港には、自分たちの欲しい船舶用品を売る雑貨商がある。居酒屋もある。商人や農園主、会社の代理人の財布には金が詰まっている。そして、いったんそこを占拠したら、自分たちに反抗する者は一人もいなくなるだろう。

選択の結果は正直なものだった。小さなスループ船にとどまって、島に隠れ、こっそり海へ出ては貿易船の尻《しり》に吠《ほ》えたてるか、それとも、大きな船に住み、制圧される危険はあるものの金銀財宝を略奪できる期待を持ちながら、港から港を攻撃してまわるか。欲が恐怖に勝った。〝閣下〟たちはロバーツの戦略に票を入れた。勇敢な海賊、戦う海賊からいまバーソロミュー・ロバーツは「あの偉大な海賊」になろうとしていた。

海賊旗

キャリアクー島滞在は一週間足らずだった。海賊たちは「ワインと女が足りなくなり、それが欲しいとじりじりしてきた」のだ。それはまちがいなく事実だが、もっと差し迫って考えなければならないことがあった。七日目に見張りたちがマルティニーク島のスループ船隊を見つけたのだ。島から島へと海賊を捜しまわっている。バルバドス島とマルティニーク島の船だ、そうロバーツは考えた。彼は二つの島の総督を絞首刑にするつもりだった。そして、その気持ちを本人たちに知らせてやることにした。彼は黒旗を作らせることにした。大きな旗で、その上に自分の姿を描き、両足を大きく開き、頭上には

バーソロミュー・ロバーツ

剣を振りあげる。左右の足の下にはそれぞれ髑髏を踏みしめる。片方の髑髏の下にはABH、もう片方の髑髏の下にはAMHと文字を入れる。「あるバルバドス島人の頭《ア・バルバディアンズ・ヘッド》」、「あるマルティニーク島人の頭《ア・マルティニシアンズ・ヘッド》」という意味だ。いつか借りはかならず返すつもりだった。

その夜、彼らは礁湖を離れた。一七二〇年三月初めだった。彼らはプエルトリコ島とキューバ島を通りすぎると、北へ向かい、バハマ島をすぎ、北アメリカのカロライナとヴァージニア植民地、そして、ニューヨークとメインをすぎた。そこで、さらに北のニューファンドランド島へ向かった。漁業の中心地で、活気のある地域だが、海賊行為には慣れていない。この界隈の船は小型で、軍艦は、問題が起こったと知らせでもないかぎり、こんな北までパトロールにくることはなかった。

有望な場所だった。六月の中頃までにロバーツは数隻の船を拿捕し、フェリーランドという小さい港を襲撃した。ニューファンドランド島の東岸にある港で、彼は港のなかでいちばん大きな船を捕まえた。提督の船で、彼はその船を繋いだまま焼いた。町民に邪魔立てしないようにとの警告だった。さい先のよい始まりだった。部下たちは喜んだ。十数隻にものぼる拿捕船からも、フェリーランドの町からもなんの抵抗も起こらなかった。

バーソロミュー・ロバーツはふたたびすばらしい服を着て、招集したオーケストラの音楽に耳を傾け、大好きなブレンドの茶を飲んだ、「彼は酒を飲まない」のだ。目利きの手下たちは、しばしば彼にみごとな焼き物や陶磁器を贈った。「ロバーツは絶えず茶を飲んでいた、そう書かれるかもしれないから」だった。彼のこうした禁欲的な性格は大酒飲みの乗組員たちをおもしろがらせもしたし、困惑させもしたにちがいない。準備ができた。フォーチュン号は海岸を少し南へ下ったトレパシーへ行くことになる。ニューファンドランド島の主要な港の一つだ。もしもその港を占拠できれば、莫大な富が手に入り、その成功に飲めや歌えの放蕩三昧になるだろう。

それより前の一七二〇年五月二十五日、アフリカから何千マイルも離れた対岸で、スピードウェル号の喧嘩早くて酔っぱらいの船長ジョージ・シェルヴォックは、ファン・フェルナンデス諸島で座礁した。アレグザンダー・セルカークが置き去りにされたところだ。迷信深い乗組員たちはこの災難をサイモン・ハットリーという仲間のせいにした。ハットリーは銃を撃っていて、何発目かで「わびしげな黒いアルバトロス」を撃ち殺した。ホーン岬沖で嵐に遭っていた数日間、船についてきたアルバトロスだった。この不運がコールリッジに『老水夫行』を書かせたのだった。

六月にリーワード諸島・ネヴィス島のハミルトン総督はロンドンの貿易および植民地省大臣にこう

報告した――イギリス海軍ローズ号ならびにシャーク号はついにジャマイカからの東行き航海を成し遂げ、シーフォード号と交代しましたが、両艦ともこの季節の強風で多大な損傷を負い、目下、航海できる状態にはありません、と。

九章　ニューファンドランド島の略奪　一七二〇年六月―七月

「二隻の小型軍艦にニューファンドランド島行きが命じられた。当地でわが国の商船に多大な略奪を加えているロバーツならびに他の海賊の探索のためである」
一七二一年一月二十八日付け『アップルビーズ・オリジナル・ウィークリー・ジャーナル』

バーソロミュー・ロバーツをそんなにはるか北まで連れていったのは、もっとよい獲物が欲しいとか、逮捕されるのを避けたいとかいう理由だけではなかった。天候もあった。西インド諸島を何年も航海してきた経験から、彼にはハリケーンシーズンが近づいているとわかった。とつぜん厄災のようなすさまじい嵐が来て、何か月も続き、どんな船も安全ではいられないのだ。

八月と九月、また、秋分の満月の一日か二日前は最悪の時期で、たいていの船長はどうしても出港しなければならない場合でないかぎり、港にとどまっている。ロバーツは応急修理した脆弱《ぜいじゃく》なスループ船がそういう嵐に遭ったら、耐えられないとよくわかっていた。彼には先を読む目があるのだ。

ニューファンドランドの港

まさしくその年、一七二〇年六月十二日に、ジャマイカ島からイギリス本国へ向けて商船団が出港した。イギリス海軍ミルフォード号が護衛についた。たぶん、協議して決めたのだろうが、正式の書類もない報酬で……。船乗りなら前兆に気づいただろうに……。一日か二日、海は攪乱《かくらん》し、盛りあがる波が猛々しくうねっていた。すると、偽りの小止み状態があったあと、空が鋭く切り裂かれた。ほとんど一秒ほども稲光が走っていたと思うと、トルネードが巻き起こって雷が狂ったように轟き、風が唸って海を狂乱させた。ほとんどどんな船も生き残れないほどに。

八月にポスト・ボーイ号が大海難を報告した。船団の護衛艦ミルフォード号は沈没し、主計長と三十人の乗組員以外、全員が死んだ。フリゲート艦プルース号も水没したが、乗組員は全員、救助された。ガレー船ジェームズ号とその乗組員は海底に沈んだ。スループ船アフリカ号とサンダーランド号もおなじ。ガレー船ダイヤモンド号からは二人だけが救われた。プリンス・ジョージ号ならびにハンナ号、グランド・ルイス号、ドラゴン号、アジア号、ティルダセ号はすべて失われ、生き残ったのはわずか十数人のみ。あとは全員、溺死《できし》した。そのなかにはドラゴン号に乗っていた子供も一人いた。海へさらわれて、その姿は二度と見えなかったのだ。船団にはニューヨークのスループ船二隻もいた。助かったのは一人だけだった。

十四隻が沈没し、少なくとも二百人がこの〝土地の嵐〟によって殺された。単独航海していた船がどれだけ嵐につかまってカリブ海に沈んだか、それはわからない。彼らの運命を記録したものはなにも残っていないのだ。

はるか北にいて、バーソロミュー・ロバーツは悲劇をまぬがれた。ハリケーンが襲っているとき、彼はニューファンドランドの漁民たちのあいだに無慈悲という恐ろしい悪名を馳《は》せつつあった。彼はトレパシー港へ急いで行こうとはしなかった。フェリーランドの港とそこで二隻の船を襲ったあとは、ニューファンドランド・バンクスをうろうろして、船舶を略奪した。トレパシー港には自分が訪れる予定だと住民に通知状を送った。空威張りは命取りになるおそれもあった。というのも、彼がトレパシー港へ行ったのは二日以上あとで、そのときには港は防護を固めていることもできただろうからだ。しかし、ロバーツは、自分の手紙がどんな影響を与えるか、予見していた。

ニューファンドランド・バンクスは魚の大群が押しよせるので、毎年、何百隻という漁船がそこへ出漁する。乗っているのはイギリス本島の西岸からきた漁師たちだ。貧乏で夢も希望もない男たちはほかの人間の船に乗って旅してくる。仕事はきつく、給料はわずかだ。こうした貧乏な者たちは船主の船に乗り組んで、少ない給料で長時間、漁をするか、陸《おか》でタラを裂く重労働につく。魚は港に並んだ長い木製の棚に掛けて干される。魚は悪臭を放ち、悪臭はその土地から決して消えない。干しあがった魚は裂かれて洗われ、塩をして、ヨーロッパへ運ぶ準備がされる。労働者にとっては長時間労働のすえ、もらう現金はわずかだ。あまりにも少なくて、ほとんど貯金することなどできない。仕事が終わると、本国へ帰る船旅のために運賃を払わなければならないからだ。

気晴らしはひどいブラックストラップを飲む以外にない。強いラム酒に糖蜜《とうみつ》とチャウダービーアを混ぜた代物だ。チャウダービーアは水のなかに黒トウヒの小枝を入れて醸造した飲み物である。そんなものを飲んで得られる唯一の恩恵は、すぐさま意識がなくなることだった。多くの男たちがそんな奴隷のような生活にうんざりして、海賊になったとしても驚くべきことではない。

トレパシーの町では、無関心とパニックと両方の反応が起こった。なかにはロバーツの警告をあざ笑う者たちがいて、船も大砲もこんなにたくさんある港を敢えて襲撃しようという海賊はいないと言った。大砲に火薬と弾丸が装塡されていることを確認しにいった者たちもいた。そのなかの一人は提督のバービッジだった。彼は太った臆病者で、最大で最強の艦《ふね》を持っており、ニューファンドランドでいちばんの金持ちの一人だ。

商船船長の大多数は居酒屋をうろついていた。こと海賊に関するかぎり、なにもしないほうがいいのだ。反抗したり邪魔立てしたりしたら、船や金や命さえも失うのがおちだ。六月二十一日火曜日、運命の本国行き船団がジャマイカを出発したわずか九日後、人間の作ったハリケーンがトレパシーに吹き荒れようとしていた。腹を決めた男たちがいれば、船から大砲をはずして港口に設置しただろうが……。覚悟を固めた男たちがいれば、自分たちの船を集合させて、敵に対して火力を集中しただろ

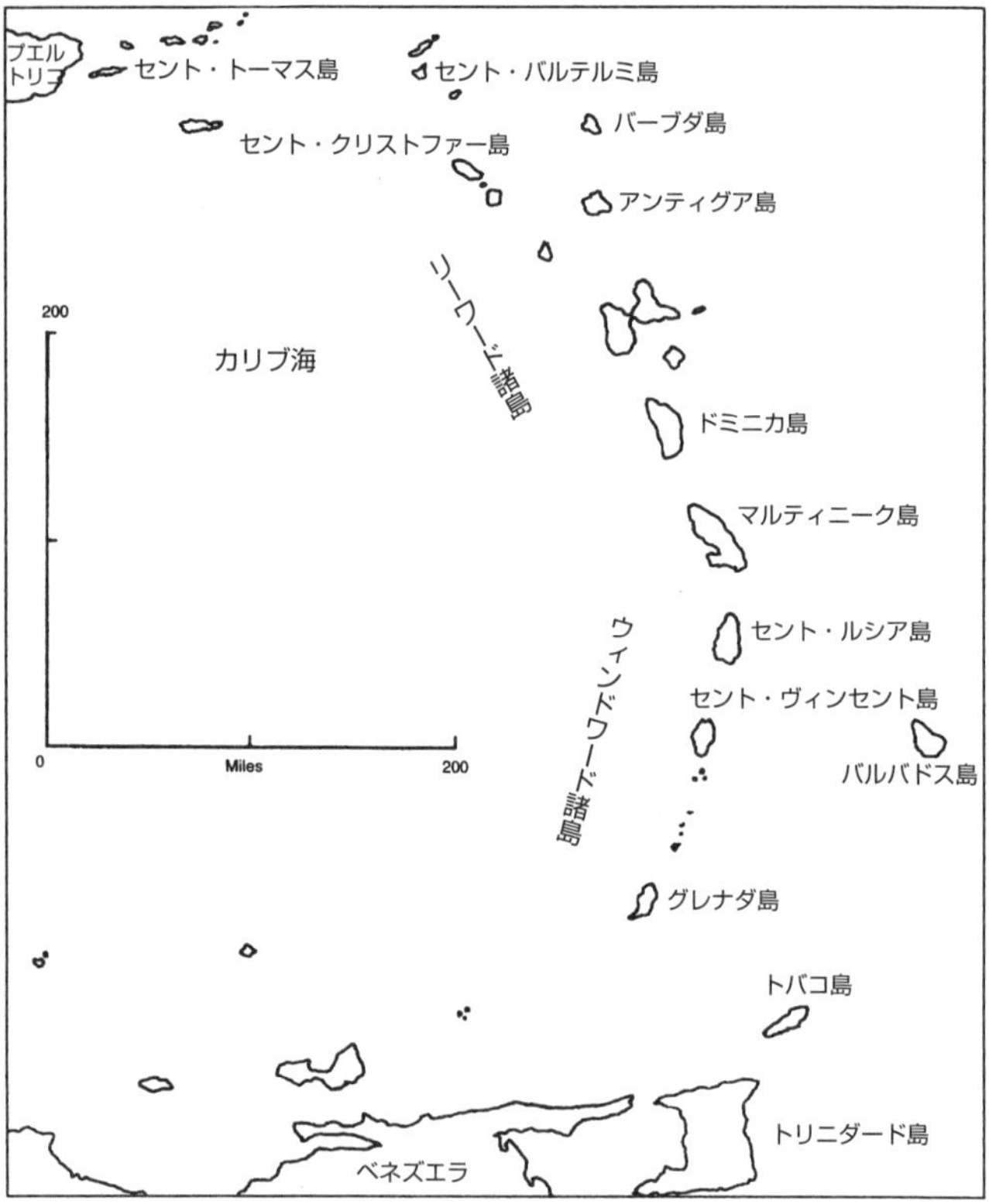

西インド諸島、リーワードおよびウィンドワード諸島

うが……。しかし、脆弱なフォーチュン号がトレパシーへ向かったとき、そこには自分の船の大砲の砲撃準備をしたり、反撃旗を掲げたりした船はほんの数隻しかいなかった。

フォーチュン号はなんの防備もされていない入口をすぎて、港へ入っていった。黒旗をひるがえし、まるで華々しく凱旋《がいせん》したかのように、鼓手はスタッカートのリズムを打ち鳴らし、ラッパ手は勝利の騒々しい曲を吹き鳴らす。海賊たちは舷側板から身を乗りだして雄叫びをあげ、あざけり笑い、海岸を逃げまどう人びとに見境なくピストルを放った。ロバーツはバービッジ提督の艦《ふね》、ビッディフォード号へ向けて変針するように操舵手へ命じた。海賊船が入ってきて、カノン砲を放つのを見ると、バービッジ提督と彼の乗組員全員が波止場から逃げ散って、避難場所にはなりそうもない木造の家々へ駆けこんだ。

アンスティス操舵長と斬りこみ隊名簿で彼の次に名前の載っている一団がビッディフォード号に乗りこむと、提督旗と将官旗、軍艦旗を引きおろした。陸《おか》へ向いていた大砲がバービッジの避難場所へ向けて放たれ、避難場所から炎が噴きあがった。こうした騒ぎのなかで、ほかに聞こえる物音といったらと太鼓とラッパの音だけだった。フォーチュン号へ向かっては一発の砲弾も撃たれなかった。

ロバーツは港を見つめた。二十隻ほどの船が桟橋に繋留《けいりゅう》され、岸辺にはたくさんの小型漁船が傾いて並んでいた。人の気配はなにもない。波止場は空っぽだった。船舶は放棄されたのだ。さっきバービッジ提督とその部下たちがとつぜん逃げだすようなことがなかったら、トレパシーの町はロバーツに見棄てられていたかもしれない……。海賊たちは一度も抵抗されずに、頑丈な遠洋航行船を二十二隻も拿捕した。

ロバーツは高笑いした。そのあと二日間、海に出て、そのあいだに十数隻の船を拿捕した。ただし、その船艙には略奪する価値のある物はなにもなかった。いまや海賊たちは町全体を制圧していた。それは大胆不敵な行動に対する賜物だった。逆に言うと、こうしたことは厳格なウェールズ人を喜ばせはしなかった。ロバーツの性格にはもっと厳しく、もっと冷酷な面がある。彼は臆病を嫌う、とりわけ、自分の乗組員になんの恩情も示さない商船船長たちの臆病は……。彼は住民たちに臆病のかどで罰をくだしたのだろう。小心の卑怯者たちでも力を合わせて行動すれば、フォーチュン号をこっぱみじんに吹き飛ばせただろうに、そう思って。住民は自分たちの失敗を後悔したにちがいない。五か月後の十一月二十六日付け『ウィークリー・ジャーナル』および『ブリティッシュ・ガゼッティア』は読者にこの事件を伝えた。

「六月二十八日、セント・ローレンス。当月二十一日、火曜日、大砲十二門搭載、乗組員百六十名の小型スループ船がトレパシー港へ入ってきた。海賊たちは当港を占拠し、そこにいたすべての船舶を拿捕した。二十二隻の船と二百五十隻の小型漁船である。海賊はこれらの船のすべての船長を捕虜にし、数人を抵抗しなかった臆病のかどで徹底的にムチ打った。ビッディフォード・マーチャント号のバービッジという提督がもっとも激しく打たれた。というのも、提督と乗組員全員は自分の身を守るために、艦に国旗と軍艦旗、将官旗を揚げ、全砲に装填したまま、艦を放棄したからである。しかし、海賊たちは艦に横付けし、旗をすべて降ろして自分たちの海賊旗を揚げ、すべての砲弾を撃ち放った。彼らはマストを切断し、そばにいた船舶のマストも切り倒した。また、すべての船の錨索と横静索《シュラウド》をずたずたに切った。海賊船長はコップルストンという男の船を自分のために拿捕し、各船の船匠をすべて集めて、自分の目的に合うようにその船を改造させた。ほかの船はすべて焼き払い、少なくとも船長の一人を絞首刑にすると脅した。その船長は臆病心に駆られて、海賊船の入港を歓迎するために待っていなかったからだ。海賊たちはニューファンドランド・バンクスにいたフランス船、イギリス船合わせて約三十隻を破壊した」

ロバーツは商船の船長全員を集めて――そのなかにはバービッジ提督もいたが――フォーチュン号に連れてきた。船長たちは海賊が冗談を言っているのではないと気づくと、怖気を震った。ロバーツは自分が名高い訪問者として歓迎されるものとほんとうに期待していたのだ。この怠慢に彼は激怒した。二十隻の船と百門以上の大砲、千人もの砲員を臆病にも放棄したことで船長たちを侮蔑《ぶべつ》し、数人をアンスティス操舵長にムチ打たせた。バービッジ提督は特別な例として、マストに縛りつけられ、両手首を頭上で高くくくられて、背中からは高価なシャツを引き裂かれた。そして、情け容赦なくムチで打たれた。

翌日、ロバーツの朝の号砲が鳴ると、船長たちは命令を受けにフォーチュン号へやってきた。彼らは毎朝、号砲が撃たれたら、ただちに集合しなければならないのだ。もしも集まらなかったら、船を焼かれただろう。どの収納箱にも鍵は掛けてはならない。許可なしに船からなんであれ持ちだしてはならなかった。

略奪が始まった。アンスティス操舵長が海賊班を整然と率いて、船から船へとまわった。各船長が同行し、隠してある黄金やコインをすべて出させられた。現金のあることを否定したら、大変な目に遭う。コップルストン船長のブリッグ船以外、すべての船は逃亡を防ぐために航行不能にされた。みすぼらしいフォーチュン号にくらべて、ブリストルの二本マストに横帆艤装のブリッグ船は圧倒されるほどすばらしく、ロバーツはその船を押収した。船匠が仕事につかされ、二週間で船は出航準備ができた。みごとな砲が十六門、搭載された。

海賊たちはお楽しみには事欠かなかった。毎日、四十人か五十人が上陸して、居酒屋に押しかけた。金は必要ない。ぜんぶただだ、食べ物も、飲み物も、女も。港が丸ごと占拠されていて、なんであろうと金など払う必要はなかった。バーソロミュー・ロバーツは一度も船を離れないで、船の作業班を監督し、上着にシャツ、襟飾り、半ズボン、と新しい衣装を試着する楽しみにふけり、繊細なボーンチャイナで茶を楽しんだ。

毎朝、大砲が轟いた。毎朝、憤然とした顔の、だが、従順な船長たちがロバーツの新しい船に来て整列した。そこには彼らの所有物が詰めこまれていて、分配とオークションを待っていた。ロバーツは彼らに愛想良く挨拶《あいさつ》した。食料は豊富で、略奪品は山とあり、バーソロミュー・ロバーツはすばらしい船を手中にしたのだ。ときには客たちと自分の計画について話し合い、セント・メリーズへ行くつもりだと教えた。その港にはミスタ・ホールという男がいい船を持っていると聞いたのだ。船長たちはなにも言わなかった。彼らのまわりには自分たちの船がいた、ある船は帆や索具や備品を剝《は》がされて骸骨のようなありさまで、ある船はマストを切り倒されて、ぎざぎざの根株が立っているような姿で。どの船もみな、横静索《シュラウド》はずたずたにされている。陸《おか》からは、笑い声や金切り声、祭り気分の銃声があがる。

船長たちは悪夢が終わるのを待った。その時には、残骸のなかから何かを見つけだすこともできるかもしれないと……。大半の船長たちにその時は永久に来なかった。六月の終わりに、ロバーツは出港準備を整え、例によって許すことはなかった。出港の日、すべての船に火が掛けられた。二十隻を超える船が冷たい大気のなかでまばゆく燃えあがり、たくさんの小型漁船が破壊され、魚干しの棚が燃やされた。煙は港の空高く渦巻き、十三マイル離れたパイン岬からも見えた。

海賊が出港したとの知らせはたちまち広がった。商船が北アメリカの植民地へ伝えたのだ。ヴァージニアではスポッテズウッド総督が「愚衆たちに勇気が欠けた」として、トレパシーの住民たちを侮蔑した。ニューイングランドではシュート総督がこの事件を嘆いてから、ロバーツに関して付け加えた――「やつは勇猛果敢という賞賛をもはや得ることはできない」と。ロバーツはすでに悪名高かったのだ。

七月三日、トレパシーからそう遠くないプレーセンティア港の長官が島民たちに分別と努力が欠けていたことに不満を述べた。

「本港にはいま、海賊によって追いこまれた多数の船舶がいる。海賊どもはわれわれの海岸線を襲撃し、近隣の港の一つでは二十六隻の船と多数の漁船が焼き払われ、破壊された。その海賊どもは、トレパシーとセント・メリーズで百五十隻近くの小型船と二十六隻の大型船を破壊したのだ。たとえ陸路、通信手段が切断されていたとしても、これらの港へ助けにいくには二日とかからない行程である。その港でやつらは十四日間も自分たちの船の修理をしていたのである。もしもわれわれになんらかの軍艦があったら、そこからやつらのどんな船も出港できず、やつらの死刑延期はかなわなかったであろうに」

このことをバーソロミュー・ロバーツはまったく知らなかった。彼はイギリス本国へ行き来する船船に気持ちを集中していたのだ。すばらしい日が続いた。略奪品は山を成し、彼の満足感に汚点をつけたのは、一人の男のばかな行動だけだった。その男は略奪品が分配される前に、布を盗もうとしたのだ。数か月前だったら、見逃されていたかもしれないが、ケネディの逃亡によって、彼らは、自分たちの権威を傷つけることまかりならぬ、と決めていた。乗組員たちのまえで泥棒はアンスティス操舵長のムチ打ち刑を宣告された。操舵長から情け容赦ない三十九回のムチを食らうのだ。もしも罪人がコインや宝石を盗んでいたら、無人島置き去りの刑を下され、それはこの寒い海で確実な死を意味しただろう。

海に出ると、見張りがたてられた。バーソロミュー・ロバーツは、いったん背後の港が無力になったら、船舶を襲撃するという方針をたてていた。たちまち九ないし十隻のフランス船を捕まえた。そのうち一隻は、横帆艤装で、船尾は垂直に立ち、力強い船体で、彼はひどく魅了され、この船を奪い、大砲二十六門を載せて戦力を増強した。そして、グッド・フォーチュン号と名付けた。トレパシー港に入ったあのちっぽけなスループ船に替わって、彼はまた重武装の船を手に入れたのだ。グッド・フォーチュン号はフォーチュン号の持つ操縦性には欠けるが、足は速く、頑強だった。短い期間ではあったが、機略縦横の大胆さを見せた一か月間で、バーソロミュー・ロバーツは弱者から強者に、貧乏人から富豪に変身した。そしてふたたび乗組員たちの信頼を勝ちとったのだった。

グッド・フォーチュン号で商船船長たちを降伏に追いこむのは訳ないことだった。船長たちはこれほどの火器を相手に反撃することはできなかった。とりわけ、モーンティニー・ラ・パリシー船長がバルバドス島沖の戦いで逃げたことを全面的に謝罪して、この恐ろしい海賊船隊に加わっていたからだ。ピンク型帆船リチャード号が拿捕され、掌帆長のトマス・ウィルスが〝強制された〟というふりをして、密かに自分から宗旨替えした。彼は優秀な船乗りだったが、珍しいことに、いつもまっとうな本を読んでいた。そのあとで拿捕したのは、プール船長のウィリング・マインド号。トップシャム船長のエクスペクテーション号。ブロイル岬のそばではオランダ船。その乗組員たちがロバーツの慈悲を乞《こ》わなかったら、抵抗したかどで焼き払われていたことだろう。七月十六日、海賊たちはヴァージニアのリトル・ヨーク号を捕まえた。それから、スループ船サドベリー号、トマス船長が指揮するリヴァプールのブリッグ型帆船ラヴ号。翌日、彼らはブリストルのフェニックス号を拿捕した。同号のリチャード・ハリスが〝強制的に〟海賊にさせられた。レミントンのブレッシング号に乗っていたジョン・ウォールデンも同様だった。二年後、彼は自分の裁判で、「この時は、一人も強制的に海賊にさせられた者はいないぜ」と証言した。

ほかにも大勢の〝強制徴募兵〟たちがいた。優秀で、嫌々海賊になったのではない男たちが……。グッド・フォーチュン号の乗組員はさまざまな貿易船の船員と船舶技術者であふれかえった。ロバーツたちはこんな日々を味わったことはかつて一度もなかった。コンパスのどの点からも戦利品が自分たちのほうへやってくる。来る日もくる日も船は現われ、一時停船し、血一滴流さずに略奪され、あまり貴重でない小物や樽、コイン、食料などをわずかに残されて解放された。ニューファンドランド島の海岸線は宝の庭だった。

ロバーツの海賊行為の報告はロンドンにあふれ、新聞はトレパシー港攻撃や海上での船舶略奪について報じた。彼の詳細な生い立ちすら掲載された。『ウィークリー・ジャーナル』の記事は彼をトマス・ロバーツと呼んだ。トマス・アンスティスとバーソロミュー・ロバーツ、つまり、操舵長と船長をごたまぜにして、「前記のロバーツ船長はサマセット州ブリッジウォーターで生まれた」と記している。

これを読んだら、ロバーツ船長のウェールズ人としての誇りを傷つけただろうが、アンスティスの南西部訛《なま》りとは合致する。

こうした拿捕をすべて行なったこの一七二〇年七月から八月の実りのとき、ロンドンでは南海会社株への投機がもっとも無謀なまでになっていたときだった。このとき、よく話題になった船がいる。サミュエル号で、船長のサミュエル・キャリーがようやく重い口を開いて『ボストン・ニューズ・レター』の記者に話をした。七月十三日、ロンドンを出港してから十一週間がたっていた。ニューファンドランド島沖で、キャリー船長は二隻の船が近づいてくるのに気づいた。海に出てこんなに長いし、一隻の船にも出会っていなかったので、この船たちが海賊船かもしれないという思いはまったく浮かばなかった。海賊たちがいつも狩り場にしている海域からはるか北だったからだ。厄介なことになると最初に思わせたのは、警告の砲弾と黒旗だった。

日中の陽射しがまだ数時間は残っているので、強大なブリッグ船と十門搭載のスループ船のあいだで事を構える気などキャリー船長にはまったくなかった。彼は海賊が乗りこんでくるのを待った。海賊たちは何十週間も実地訓練を積んできたので、価値ある物品を選ぶのは早くてうまかった。彼らは乗組員と乗客を上甲板に集めると、着ていた衣服を剝ぎ取り、下着も取った。キャプテン・ジョンソンは著書『海賊全史』のなかでこの場面を活写している。

「サミュエル号は豪華船で、数人の客を乗せていた。彼らは、金を見つけようとする海賊たちにひどく乱暴に扱われ、なんでもあきらめて手渡さなかったら殺すぞと、一瞬ごとに脅された。海賊たちは艙口を引き破り、復讐の神の一団のように船艙へなだれこみ、斧《ハチェット》や斬りこみ刀で梱も収納容器も箱も一つ残らず壊して、手が入るようにした。荷を甲板に上げると、不要な物はまた船艙に放りこむ代わりに、船べりから海へ放り投げた。こうしているあいだずっと悪態を吐き、ののしり、まるで人間というより悪鬼だった。帆、大砲、火薬、索具類、合わせて八千ポンドから九千ポンドにもなる選りすぐりの物品を彼らは持ち去った。そして、キャリー船長にこう言った――おれたちは恩赦は受けねえ。国王と議会の恩赦なんぞ、くそっくらえだ。キッド（一七〇一年に死刑になった私掠船乗りウィリアム・キッド）やブラディシュ（一七〇一年に絞首刑になったマサチューセッツの海賊）の手下らみてえに、ホープ岬に行って、吊され、日ざらしにされるのもご免だ。だけどな、もし負けたときにゃ、火薬にピストルで火をつけて、みんなでいっしょに楽しく地獄行きよ」

サミュエル号の乗組員たちは火薬四十樽をグッド・フォーチュン号へ運ばせられた。いちばん重いカノン砲が二門、持ち去られた。バーソロミュー・ロバーツが美しい服をまとって船にやってきた。ダマスク織りの上着にサッシュ、礼装用佩刀《はいとう》、両手には宝石のちりばめられた指輪をきらめかせて。彼はキャリー船長の乗組員たちに仲間になるよう誘った。海賊たちがピストルを水平に構えて脅すふりをすると、何人かがロバーツのほうへ行き、キャリー船長に向かって、自分たちは強制されたと証人になってくれるよう懇願した。サミュエル号の士官、ハリー・ジレスピーは船艙に隠れていたが、アンスティス操舵長に見つかった。アンスティスは荒っぽく彼を舷側へ引きずっていって、海へ突き落とした。ジレスピーは船上に引きあげられると、不服従の罪だと脅された。おそらくほんとうに強制されて海賊になったのは、この北部人一人だけだろう。

グッド・フォーチュン号とラ・パリシーのシー・キング号はニューファンドランドの海岸沿いに略奪を続けた。そのころ、イギリス本国では、彼らの噂が広まっていた。『デイリー・ポスト』はフランス軍艦がバンクス沖で海賊のスループ船を破壊したと報じた。この船はこの地区に多大な損害を与えたスループ船だと信じられた。それはちがった。ラ・パリシーのスループ船はロバーツといっしょにいたのだ。

その後、十月になると、『アップルビーズ・オリジナル・ウィークリー』は、二隻の小型軍艦がニューファンドランド島行きを命じられたと報じた。「その海域でわが国の商船に多大な略奪を行なっている海賊」を拿捕するためだった。おなじ刊行物だが、明らかに情報源のちがう記事は、二隻の軍艦ローズ号とシャーク号について記している。両艦は修理を終えてナンタケット島へ向け出港した。「当島の海岸線を襲撃している海賊逮捕」のために。

二か月後、『ロンドン・ジャーナル』はこの遠征航海の結果について論評した。「今月二十五日、バルバドス島から二週間かけて、ハート船長のガレー船ジェイケル号が到着した。船長の話によると、砲三十六門搭載、二十人［ママ］乗り組みの海賊船は二十二隻の船を拿捕した。軍艦ローズ号とシャーク号は海賊船を追跡した。だが、当該海賊船は拿捕船の一隻を艤装させており、軍艦側は彼らを攻撃するのは妥当ではないと考えた」。ローズ号のホィットニー艦長は、ウッズ・ロジャーズ総督ほど海賊退治に熱心ではなかったのだ。

イギリス本国では、王室アフリカ会社と海軍本部のあいだで交渉が行なわれた。会社の城砦は、海賊ハウエル・デイヴィスやコックリン、ラ・ブシエ、エドワード・イングランドによる攻撃にひどく苦しめられていた。それ以前の一七一八年に、会社の重役たちは協議して、海軍本部のような公正な組織に自分たちの商売活動を調査され、業務についてイギリス本国に報告されたくはない、と合意していた。貿易および植民地省委員会によって質問されると、重役のうちの三人、ハイアン、ハリス、モリスはイギリス海軍軍艦がアフリカ沿岸をパトロールする必要はないと答えた。外国によって攻撃や侵害をされたことは一度もない、と言って、イギリスとオランダ、ポルトガルの各会社間にある醜い競争について露骨に嘘をついた。イギリス海軍の軍艦は会社の補給品と食料を運ぶときだけ、会社を掩護《えんご》すればいい、そうモリスは考えたのだ。

それは一七一八年のことだ。海賊の略奪行為で莫大な金を失うと、一七二〇年六月に会社は態度を変えた。経営者側は最高法院裁判官のともに出頭した。裁判官たちは彼らの問題を聞いたあと、現在ロンドン・ドックで積荷中の王室アフリカ会社船団を二隻の軍艦が護衛するように命じた。経費は会社に課せられることになる。その二隻はスワロー号とエクスペリメント号になるはずだったが、エクスペリメント号はひどい人員不足だったため、エンタープライズ号に変えられた。

経営者側はまた、攻撃されて負傷した社員には規定の手当を払うことに同意した。海賊などの敵に攻撃され、会社の交易所や船を守って死んだ者の未亡人と子供に対しても、同様の手当を支給することにも同意した。

ほぼ二か月ほど、バーソロミュー・ロバーツの噂はなにも聞かなかった。その後、西インド諸島にふたたび彼は現われた。

十章　西インド諸島の幸運《フォーチュン》　一七二〇年八月―十一月

「セント・クリストファー島からの報告によると、この海域に出没する海賊たちのなかでももっとも命知らずの海賊ロバーツ船長は、いま、自分自身のことをリーワード諸島の提督と呼んでいる」

一七二一年七月一日付け『アップルビーズ・オリジナル・ウィークリー・ジャーナル』

六か月前にグレナディーン諸島のキャリアクー島を発ってから、海賊バーソロミュー・ロバーツは堅気の世界にその威光と悪名を轟かせてきた。彼に関する書状や急送公文書がイギリス本国の国務大臣たちに届き、彼らはロバーツの名前をもう一つの難題として書きとめた。それで三千マイルのかなたの島々からは、海軍本部の協力が得られるものと期待された。植民地の統治者たちは自分の領地をトレパシー港のような略奪に遭わせたくないと、海岸の防衛態勢を視察した。軍艦ローズ号とシャープ号は表面上は海賊の探索に当たったが、実際には、ロバーツの強大な砲列と戦いたくはないと思っていた。

とつぜん、バーソロミュー・ロバーツのニュースが途絶えると、島々に憶測が広がった。やつはアフリカに行ったんだ。マダガスカルだ。ハリケーンで沈没したんだ。外国の軍艦がやつを海底に送ったのさ。島から島へ、植民地から植民地へ膨大なささやきと憶測が広がり、こだました。

トレパシー港のような事件は三か月ごとの交易を混乱させる可能性があり、それがロンドンの商人たちを警戒させた。海賊行為の成功は敵による封鎖とおなじぐらい影響があるのだ。海賊は島々に欠乏と飢えをもたらし、弱小な商売人を破産させかねない。なによりも悪いことに、アメリカの植民地人の怒りをいっそう増大させ、自分たちの所有地を守ろうともせず、守ることもできないヨーロッパの国に統治されているのは妥当なのか、と疑問を抱かせるおそれがあった。

海軍が笑い種になったとき、海賊たちは勝利をおさめた。植民地人が密輸業者や海賊との物々交換を好んだとき、イギリス政府は敗北した。植民地から徴集していた税金を要求する正当性を失った。なぜなら、そうした税金の一部は植民地の防衛のために使われることになっていたからだ。ロバーツのやったような貪欲《どんよく》な襲撃がイギリス政府に不安を作りだした。

どんな事件もバーソロミュー・ロバーツの身には降りかかってこなかった。隠れ場所は戦利品でぎっしり詰まり、商船はあちこちの港に隠れこんでしまった。ニューファンドランドの基地を維持している価値はもうない、そう彼は悟った。乗組員たちはお楽しみに飽き足らなくなった。彼は南へ向けて出帆した。暖かい地へ、西インド諸島の歓迎してくれる地へと。

ロバーツはサミュエル号の士官ハリー・ジレスピーが優秀な航海長であることに気づいた。むっつりとして愛想は悪いが、海賊がいままで持ってきたどんな乗組員よりも有能な船乗りだった。彼は典型的な北部人で、陰気で、無口だが、船のことで手抜きを見つけると、ずけずけと言う職人気質の男だった。グッド・フォーチュン号の帆を調整させたのも彼だった。トップスルをもっと有効に働かせるために、ヤードを下げさせることもした。彼のアドバイスのおかげで、ロバーツのフラッグ・シップはその大きさ、重さにもかかわらず、ラ・パリシーの快速スループ船にほとんど負けないぐらい速くなった。潮流や海岸、船に吹く風に関するジレスピーの完璧な知識は、アメリカの植民地を通りすぎていく海賊船の、航海日数を減らしてくれた。

ロバーツは贅沢に整えられた自分の大キャビンで満足感にひたりながら、茶を飲んだ。鉛枠を付けた窓には刺繍を施したカーテンが波を打っている。彫刻で飾られたオークのテーブル、その下に敷いてある絨毯の厚みは東洋の王もうらやむことだろう。化粧張りの食器棚にはピューターや青銅、銀の脚つきグラスや取っ手つき大ジョッキが並び、彼の長いレースの袖口が載せられている黄金の嗅《か》ぎタバコ入れにも劣らず光り輝いている。

ロバーツ自身も光り輝いていた。いまや船はアンスティス操舵長によってみごとに命令をくだされ、ジレスピーによって巧みに操船されているので、船長は豪華絢爛たるワードローブを思いのままに楽しめた。上から下まで埋めたシルクにサテンにベルベット、半ズボンにチョッキ、四分の三の長さの上着、ひだやふりふり飾りの付いたシャツ、バックル付きの靴、薄いストッキング、帽子、カツラ、サッシュ、細くしなやかな剣、彫刻したピストル。元の持ち主は半年分の収入をなくしたことになる。

数日がすぎた。ロバーツは着飾って、ときにはキャビンの外のバルコニー付き回廊をぶらぶらしたり、ときには〝閣下〟たちと船尾甲板に立って、下の主甲板に大の字になっている大勢の手下たちを見下ろした。毎日、だれかしらキャビンにやってきた。ロバーツには拒絶する権利はないからだが、彼らはワインのボトルを開けて、バイアやトレパシーの戦いや、ほぼ百隻にものぼる拿捕船の思い出話にふけった。ロバーツは千隻にしてやると約束した。彼らは怒鳴ったり、大笑いしたり、すでに一人一人手に入れた財産を思い浮かべてうっとりしながら、胸板を掻きむしる者もいれば、汚い指先をもっと汚い頭髪のなかに走らせる者もいた。

長い航海のあいだ、海賊船隊はときどき日暮れ時に人のいない湾や広い湾口に入って碇泊した。そういう場所なら安全に錨泊できるし、上陸して焚き火をすることもできる。ジレスピーがヴァレンタイン・アッシュプラント以外のだれとも話をしないのは目立つことだった。アッシュプラントは〝閣下〟たちのなかでいちばん大声で粗野な男で、ジレスピーのような北部人ではなく、少数民族出身のロンドンっ子だった。ジレスピーは、ロバーツ船長に対しては丁寧だがごく短くしか言葉を交わさない。アンスティス操舵長には、命令に対して了解したという以外はなにも言わない。そのほかの者たちはすべて無視しているが、強制的に海賊にされた何人かには同情していた。

一度、ジレスピーがあまりにも無関心なのに一人が腹をたてて、強く殴った。思いがけないことに、ジレスピーは気絶しかけて甲板に倒れた。すると、アッシュプラントが男に躍りかかって、激しく首をつかみ、絞め殺しそうになったので、とうとうほかの者たちがアッシュプラントを引き離した。それ以後、ジレスピーが人を寄せつけない態度でいても、だれも彼を傷つけようとはしなかった。筋肉隆々で短気な喧嘩屋アッシュプラントは、相手にすべき男ではないからだ。

南への航海はひどくゆっくりしたものだったので、八月末になってようやくサウス・カロライナの海岸沖に着いた。そこで海賊船隊はウォリス・フェンシロン船長に遭遇し、船長はすぐさま、大樽入りのラム酒八樽と、ティアス樽入りの砂糖ひと樽、最上の錨索、衣類ぜんぶ、寝具、そして道具類を奪われた。船医のための品物も、ジレスピー航海長のための物品もあった。ジレスピーはそれらを要求はしなかったが、黙って受けとった。清水も一滴残らず奪った。ただ、乗組員が渇きで死ぬからとフェンシロン船長が訴えるのに答えて、ひと樽だけは残した。ロバーツは商船の士官と船匠、水夫の一人に海賊になるよう勧めた。

乗組員も食料も装備も引きはがされたフェンシロン船長は、食料と水を求めて何度も上陸しなければならず、九月の末にやっとヴァージニアに着いた。彼はロバーツに略奪されたと苦々しく訴えたが、その後、別の海賊、〝キャリコ・ジャック〟ラカムにも略奪されたのだった。
海賊ラカムは厄介者になっていたので、ジャマイカ総督のサー・ニコラス・ロウズは海軍准将エドワード・ヴェルノンに海賊駆逐のため、スループ艦を一隻貸してくれるように頼んだ。准将は次から次へと言い訳をしたので、総督は捨てばちになって、九月五日、海賊を追跡するよう、自分自身の名前のついたスループ船に命じた。彼は海賊ラカムの乗組員の名前を列挙した、そのなかには二人の女、アン・ボニーとメアリー・リードの名前もあった。
ラカムは小物の盗人でしかない。十月一日、彼はドロシー・トマスのカヌーから彼女の哀れな食料を奪った。ブタが四頭、鶏六羽、米、ヤム芋、砂糖、塩、それに豚肉と牛肉。ドロシーは女海賊たちのことをおぼえていた。

二人は「男の上着を着ていたわ、長いズボンをはいて、頭のまわりにはハンカチを結んでいた。そして……二人とも斧《ハチェット》とピストルを手に持って、男たちに怒鳴ったり、ののしったりした、この女を殺せって。あたしが訴えないように、あたしを殺せって」。ドロシー・トマスはさらに付け加えた、あたしが二人を女だとわかったのは、「胸が大きかったから」と。

おなじ十月、ロウズ総督は一回目の派遣の失敗に挫折感《ざせつかん》をおぼえて、二番手のスループ船には大砲十二門を搭載し、ジョナサン・バーネット船長の指揮下、五十四人を乗り組ませて送りだした。海賊ラカムを逮捕したら、二百ポンドの報奨を与えることにした。それをバーネット船長は受けとった。

「九日のブリストルからの書状によると……海賊はこの海域に頻繁に出没し、総督は、ジャマイカから二隻のスループ船を送りだした。合計百名が乗り組み、それぞれ海賊の追跡に当たった。一隻が海賊ラカム指揮するスループ船を連行した。その海賊船には十四人が乗っており、全員に有罪判決が下され、まもなく絞首刑にされる予定である」

ジャマイカのポート・ネグリルでふいを襲われたラカム一味は、全員が泥酔していて、たちまち負けた。船艙のなかにうずくまっていたラカムはボニーとリードから罵倒された。彼女たちはピストルを放ち、ヤマネコのように戦いながら、ラカムへ金切り声を張りあげた。「上がってきて、男らしく戦え！」。だれ一人、上がってこなかった。海賊たちは市民軍将校のリチャード・ジェームズ少佐と護衛兵に引き渡された。そこで手錠を掛けられて、スパニッシュ・タウン監獄へ連行された。

十一月十六日、ジャマイカのサンティアゴ・デ・ラ・ベガ（現在のスパニッシュ・タウン）で海賊たちの裁判が行なわれ、そこでボニーとリードは死刑判決を下された。「二人は……これから、いま来た場所へ行くことになる、そして、そこから、処刑場へ行く。そこで別々に絞首刑となり、別々に死ぬ。無限の慈悲を抱きし神が二人の魂に御慈悲を垂れたまわんことを」。女たちが歴史に残る抗弁をしたのは、この劇的なときだった。「閣下、あたしたちは訴えます、二人とも、身ごもっているのです」。二人の診察のため、審問は延期になった。ラカム船長と八人の手下たちに死刑が宣告された。翌日、船長と四人の海賊がポート・ロイヤルの絞首刑岬で吊された。一日遅れて、さらに四人がキングストンで絞首刑になった。

ラカムの死体は鎖に繋がれ、プラム岬に吊された。ボニーは牢獄のラカムを訪ね、さらに彼の臆病さを侮蔑して、こう言ったといわれている。「こんなところにいるあんたを見るなんて残念だけど、あんたが男らしく戦っていたら、犬みたいに吊されずにすんだだろうに」
十一月二十八日、二人は妊娠しているため、処刑執行は猶予されたが、収監は続いた。ボニーが自由の身となったのは、おそらく金持ちの父親が金で買収したのだろう。のちに彼女は結婚して、北アメリカへ移住したという話がある。一七二一年四月二十八日、メアリー・リードは熱病のため牢獄で死んだ。

「これで終わった。あの声はいまや永遠に消えた。
しかし、ああ、あの弱った瞳《ひとみ》に映っていた幻はなんだったのだろう、
それは海ではない、太陽でも、砂浜でも、
そのあいだ、死に神は山の頂で歩みを止めていたのだ」
『死の冗談』バッカニアのバラード　一九一〇。二三

リードとボニーは自分の恋人以外はだれにも、自分が女であることを隠していたと信じられている。それはロマンチックではあるが、現実的ではない。彼女たちが女の服を着ていたことでもそれは証明される。それに、肉体の機能を秘密にすることはできない。海軍の大きな軍艦は人目につかない場所に木製の便所があったが、小さい船では露天にさらされた船首の投鉛台《フォアチェーン》しかない。女でもそこを使うのを避けることはできなかっただろう。

十五歳で海へ出たコースという経験豊かな船乗りが、プライバシーという考えについてこう揶《や》揄《ゆ》した。「帆船で働き、古い海賊船の構造を知っている者として断言する、そこを使わないで手遅れにならなかったということなどないだろうと。その用のために作られた小屋とか小部屋など一つもなく、鍵がかかったり、とにかく守ってくれるドアもぜんぜんない。〝ヘッド〟、つまり、船首の両側の露天空間のことだが、そこからは船首楼の前端へ第一斜檣《バウスプリット》が通っていて、その露天空間が便所として使われた。用を足す者は手すりを乗りこえてそこへ行く。上の船首楼前端に立っている者からは丸見えだ。ほかの場所は排水溝だ。つまり、船の両舷の長さいっぱいに走っているみぞのことだ。舷側板のすぐ内側にな。陸《おか》で溝《どぶ》を男の便所に使うように、船乗りたちはそこを使ったんだ」。女であることは見つかってしまうにちがいない。

女だと疑われなかったどころか、まったくその反対で、リードとボニーの愛情はほかの男たちとも共有されていた可能性がある。望まない乱交から二人を守ってくれたのは本人の肉体的な獰猛さだけだったかもしれない。作り話と真実とは不安定な友だち同士である。

女海賊リードが死ぬ八か月前、ジャマイカの一千マイル東で、海賊バーソロミュー・ロバーツはグアドループ島沖のデジラード島へ行くことにした。その島にはよく、密輸業者がアフリカの貿易商人だと言って上陸するので、会えるだろうと期待したのだ。彼らはロバーツの略奪品に気前よく金を支払うにちがいない。

九月の晴れた日、早朝の海霧を透かして島々が見えてきた。豊かで野生的な色で輝いている。青い海は岸辺近くの透きとおった緑と混じり合い、その向こうにはもっとくっきりと木々の緑が広がっている。多彩な色の輝きはまばゆい白い砂と青い空によって引き立てられていた。赤と紫、黄色のパッチ模様が見えた。野生の花々が密生しているのだ。丘の斜面には滝の水の銀のペンダントがきらめいている、まるで揺れる棒のように。

どの島も近づいていくにつれて、姿を変える。まずは山の灰色が明るい藤色に変わっていくと、低地が見えてくる。そして、なにもない海岸を船の群が通りすぎていく躍動的な光景に変わる。穏やかな風が悪臭漂うグッド・フォーチュン号に花の匂いを運んできた。舵棒を握って針路を安定させている操舵手へ、航海長のジレスピーがちらっと視線をやった。静かな口調で彼は、トップスルを畳み、重いカノン砲を舵棒のそばへ引きずってくるように命じた。海は穏やかだが、ハリケーンがやってくるのだ。

ばたつくメインスルを風がとらえた。また風が吹きつけて船が一瞬大きく傾くと、メインスルはふくれあがって、またたるんだ。頭上の空は真っ黒になった。ジレスピーが帆を減らせと怒鳴り、大砲を舵棒にしっかりと固縛するように叫んだ。風はどんどん強くなって、索具のあいだに音をたてだした。小さな稲妻が海へ落ちた。海鳥が一羽、マストのてっぺんに叩きつけられた。稲妻が黒い雲を貫いて、下へ走った。

突風のあとに突風が続き、風は悲鳴をあげながら遠い轟きになった。舵棒は大砲の重みにあらがって上下動を繰りかえす。雷鳴のような音をたてて波が船首にぶち当たり、船首楼の上で炸裂して砕け、波しぶきを吹きこんだ。しぶきが泡となって広がり、甲板を洗ってくる。

船はまるでおもちゃのように波に持ちあげられては落とされた。背後の空は低く、渦巻く雲が背景幕のようにたれこめている。風が甲高い声をあげて海上を吹きすぎるにつれて、雲は黒さを増していく。グッド・フォーチュン号は波の斜面をのぼっていき、一瞬、止まったと思うと、波の頂《いただき》から滑り落ちて、深い波底で止まった。上からは砕けた波の壁が巻きこんできて、船につかみかかろうとしたが、捕まるまえに船はよろめきながら、重い波から脱出し、その前へと突っこんでいった。舵棒に乱暴に引っぱられて、カノン砲は甲板から持ちあげられ、また落とされて、張り板が破れた。稲妻がひとすじ走って、海が引き裂かれたように見えた。すさまじい轟音が起こった。二、三秒して、おびただしい葉や木皮がグッド・フォーチュン号の上を洗った。

風も稲妻も雷鳴も、洗う波も押しよせる大波もいっしょくたに襲いかかってきた。一時間以上も海賊たちは嵐と戦った。すると、始まったときとほとんどおなじように一瞬のうちに嵐は去っていった。あとにはあのおなじ青空と、あのおなじ彩り豊かな島々と、あのおなじ静かな海があった。ラ・パリシーのスループ船は影も形もなかった。信じられないことに、グッド・フォーチュン号では、張力のかかった一、二本の円材と、破砕された一部の舷檣《ガンネル》、引き裂かれた数枚の帆以外に、損傷は受けていなかった。ジョーンズ船匠がすべて修理した。ロバーツはデジラード島へと航海を続けた。

サンゴ礁の島にはだれもいなかった。焚き火の跡や船載ボートが砂浜の上部につけた跡から貿易商人たちがこの島にいたとわかったが、いつ戻ってくるかはわからないので、待つのは無駄だった。食料が必要だ。ロバーツはがっかりして、キャリアクー島へと旅を続けることにした。その島なら、スペインの沿岸警備隊に詮索《せんさく》される心配もなく、傾船修理できる。その夕方、モーンティニー・ラ・パリシーのスループ船が現われた。彼はハリケーンの前を走っていたのだ。強い仲間もまた無事だったと知って、ロバーツは安堵した。

一七二〇年九月四日、彼らはキャリアクー島の礁湖《ラグーン》に入った。そこには商船がいた。ロバート・ダン船長のスループ船リーフ号がカメ獲りをしていたのだ。この大きくて不格好な両生類はよだれの出るようないろいろな料理法で食べることができる。海賊たちはダン船長を温かく歓迎した。数時間すると、樹木のあいだに芳醇《ほうじゅん》な匂いが漂った。大鍋のなかで掻きまわされるカメスープの臭い、甲羅のなかで焼かれるカメ肉の食欲をそそる香り。ある男が自分で捕まえた紫色のオオガニを見て、クックと笑い声をたてた。むしゃむしゃ食うのを仲間たちが疑わしげに見守った。食いすぎると、失明するおそれがあるのだ。

ほかの海賊たちがラムファッスシャンを作る用意をした。従順なダン船長の用意した卵が大きなボールの上で割られ、ビールとジン、シェリーが気前よく混ぜられた。飲み物がクリーム状になると、香り付けにシナモンとナツメッグが加えられた。そこで、煮立たせるために、ボールは小さな焚き火にかけられ、赤砂糖がそそがれた。アッシュプラントがやっと飲み物のつーんとした強さと熱さに合格点をつけた。

愉快に日はすぎていった。ダン船長の小さなスループ船には海賊たちが欲しがらなかった商品が積みこまれた。ダン船長は自前のスループ船を持っていないので、セント・クリストファー島へ行って密輸品を売りたがった。そして、海賊のもとへ戻って、ロバーツに分け前を渡し、それから、もっとたくさん盗難品を保存してある島へ帰るのだ。それは貧乏な船乗りが金を稼ぐたやすい方法だった。ようやくグッド・フォーチュン号の掃除と修理が終わると、商船船長は二十六日にセント・クリストファー島の沖合いでロバーツに会うと約束して出帆していった。海賊たちは礁湖に残った。急ぐ必要はなかった。海を走るよりも静かな島で大酒をくらっていたほうがいいのだ。トレパシー港で勝利したので、ロバーツは船名を変えると不運が訪れるという船乗りの迷信を気にもせず、グッド・フォー

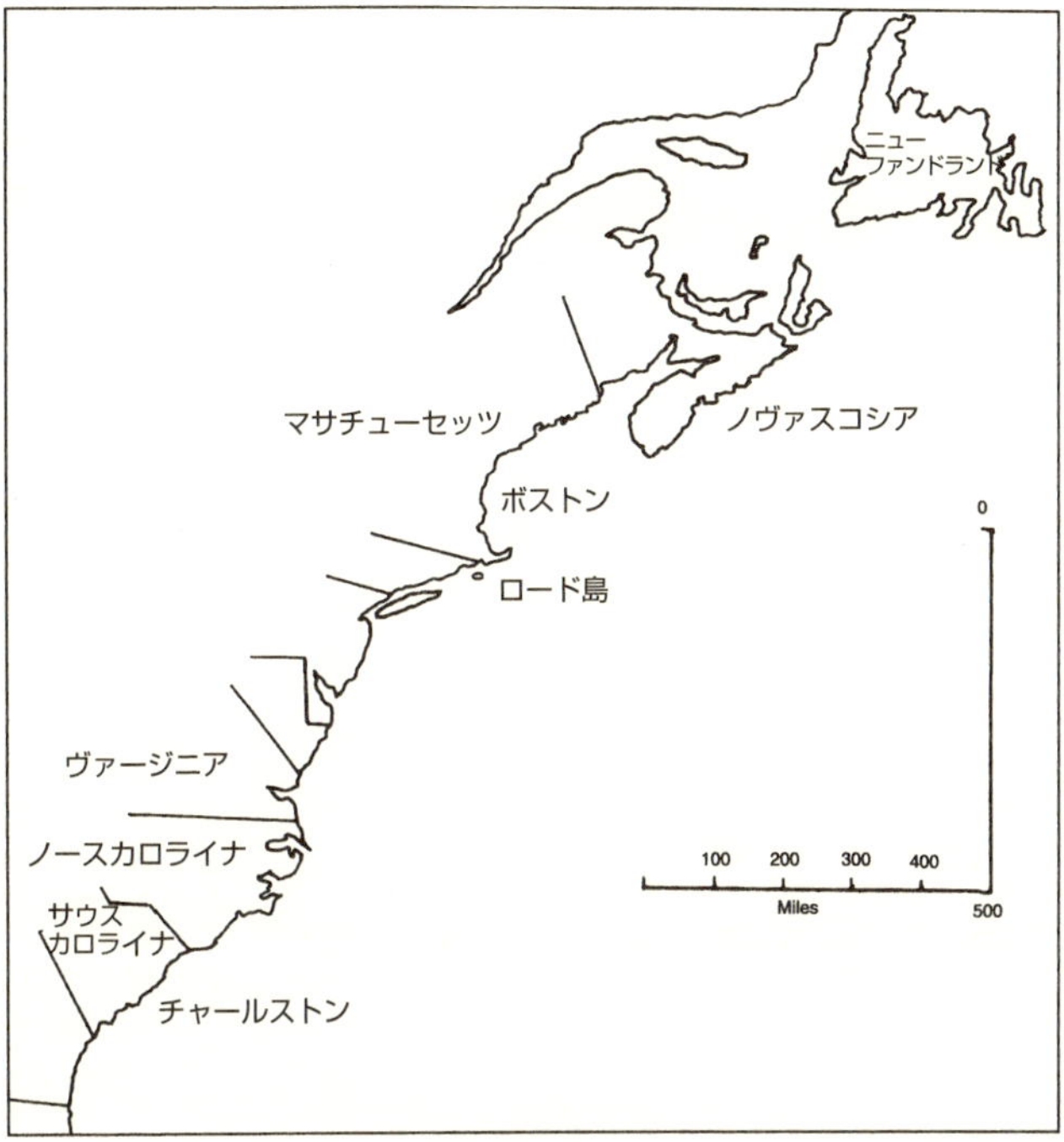

北東アメリカ

チュン号をロイヤル・フォーチュン号とすることにした。そして、ラ・パリシーのスループ船を新しいグッド・フォーチュン号にした。

やがて、出発準備がすべて整ったとき、三人が逃亡を企てた。愚かなことだった。キャリアクー島は小さくて、断崖絶壁《だんがいぜっぺき》がそそりたち、敵意に満ちている。翌日、逃亡者たちは連れもどされた。二人はムチ打たれたあと、許された。三人目は、胸くその悪くなるような冷淡な男で、彼にはムチ打ち刑に無人島置き去りの刑が加えられることが同意された。脱走しようと思う者を思いとどまらせるには、これで充分だろう。

九月の終わりの週に海賊たちは出発し、島々から距離をとって進んでいった。とうとうってつけの場所にぶつかった。ぽつんと一つ浮かんだ小島の砂嘴《さし》で、幅は半マイルとなく、いちばん高いところに二、三本、木が生えているだけだった。日に焼かれた砂の上にさらに太陽が照りつけている。日陰はろくになく、清水もほとんどない。裸にされた追放者は装塡したピストルに脅されて、無理やり上陸させられた。繰りかえし慈悲を乞《こ》い、二度と逃げようとしないと誓った。海賊たちは船の舷側から黙って男を見つめていた。

アンスティス操舵長がマスケット銃と水をひと瓶、男へ放った。ボートの漕ぎ手たちが小島から離れだすと、操舵長は少量の火薬と銃弾が一つ入った袋を狂乱した男へ投げた。ロイヤル・フォーチュン号が外洋へ旋回すると、打ちひしがれた男はマスケット銃を捨てて、海のなかへ走りだした、両手を振りながら。とうとう蹴つまずき、絶望して倒れこんだ。最後に見たのは、とぼとぼと木のほうへ戻っていく姿だった。何時間もたって、島は見えなくなった。見えているあいだは、だれも島から目を離すことはできなかった。

二十五日の夕方、セント・クリストファー島に着いた。山が多く、樹木の生い茂る島で、首都はバセテール。湾にそそぐ川のそばにある。島の南側にはネヴィス島があり、ナローズ海峡と呼ばれる海峡で隔てられていた。海峡のなかには、カツオドリ島と呼ばれる小さな岩島がある。その島に海鳥の群れが住んでいるからだ。

海賊たちは丸一日、ダン船長を待った。ロバーツはだまされたのではないかと疑った。ダン船長が密輸品を陸揚げしてその利益を半分海賊に渡すより、丸ごと自分の物にするのは簡単なことだ。もしそんなことをしたら、町に火をかけると、たとえロバーツが宣告していたとしてもだ。兵士たちが砦のカノン砲を移動して、湾に並べているのに気づいたとき、ロバーツはダン船長が裏切ったと思った。

彼は攻撃する腹を固めた。トレパシー港を襲撃して以来、もっと強い町で力を試してみたいと願っていたのだ。湾口の右手にスミス砦が建っている。左手のブラフ岬には二番手の砦があった。バセテールは攻撃しがたい町にちがいない。

ロバーツの読みは半分しか当たらなかった。総督のマシュー中将は海賊が攻撃にくると知ると、長年の職務の怠慢や無視を必死で穴埋めしようと、島の各部へ市民軍の分遣隊を出すよう次々と命令を出した。マッケンジー中尉は下級将校と三十人の兵を連れて、チャールズ砦へ行進していった。ペイン中佐はサンディ岬の居住地で二個中隊を召集すべく派遣された。中佐の弟で、重要な大農園の所有者であるナサニエル・ペイン大尉は、オールド・ロードの町でやはり二個中隊を集めることになった。ウィレット少佐はパルメト岬で同様に対応する。こうした召集だけでは充分ではないかのように、マシュー総督は島の四ヵ所の戦略的要衝、つまり砦に、警戒態勢を敷くよう命じた。

バセテールでは予期しない騒ぎにスペインとの戦争以来、最大の混乱を引き起こした。市民軍兵士はいたるところで逃げまどい、女たちは家へ駆けこんで、子供や奴隷たちを集めた。紳士階級の男たちは火打ち石銃を取り落とした。

ロイヤル・フォーチュン号が黒旗を掲げ、マストのてっぺんからはバルバドス島人とマルティニーク島人の髑髏のついた旗をひるがえし、太鼓を打ち、ラッパを吹鳴して港に入っていったとき、バセテールの町は武装しているはずだった。だが、してはいなかった。迎えたのはただ一艘のボートのみ。ボートは漕ぎだしてくると、そんなに華々しく湾に入ってきたのはだれだ、と訊いた。ボートに乗っていた二人の船乗りは自分たちへ十数挺ものピストルが突きつけられているのに気づいた。一人はメアリー・アンド・マーサー号の航海士のブレイドストック・ウィーヴァー。もう一人は掌帆長のジョージ・スミスだった。二人は船舶技術者なので、大キャビンに連れていかれて、海賊の掟にサインをさせられた。

なんの抵抗にも遭わずに、ロバーツは、泊地に碇泊していた五隻の船へ向かっていった。斬りこみ班が船へ乗りこんだ。メアリー・アンド・マーサー号のウィルコックス船長は愚かにも反撃した。略奪が終わると、彼の船は焼き払われた。ブリストルのグレイハウンド号もおなじ運命をたどった。船長のコックスが、こうなったのは同郷のブリストルから来てバルバドス島の海賊討伐船長となったオウイン・ロジャーズのせいだと知ることはなかった。コックス船長の士官ジェームズ・スカームがロバーツの大事な士官となった。

ロバーツは、M・ポミアー船長の指揮するフランスのスループ船を自分のもとに置こうと考え、そのスループ船を曳きだした。ヒングストン船長の船もなんとも惚《ほ》れぼれする船で、舵棒の土台を調べると、従来の舵棒に代わって新しく考案された舵輪がつけられていたことがわかった。負けるとわかったヒングストン船長は陸に逃げていて、そのときいっしょに舵輪を持っていってしまったのだ。三番目の船長のヘンリー・フォウエルは海賊に対して怒りをぶつけるより協力するほうがよさそうだと気づいた。ロバーツが新鮮な肉を必要としているとわかると、彼は、波止場へ家畜を運ぶように手紙を書こうと申し出た。ロバーツは同意した。町はいまやバーソロミュー・ロバーツのものだった。手下たちが慣例の祝宴で酔っぱらって使い物にならなくなる前に、略奪を終えたほうがいい。

人のいいなりになるフォウエル船長は手紙を書いた。

ミスタ・ジェームズ・パーソンズへ

一七二〇年九月二十七日

もし明朝、羊とヤギを数頭、ここにいる海賊に送ってくれたなら、一生、貴殿の恩義に報います。わたしは丁重に扱われ、わたしの船も積荷もふたたび取りもどせると約束されています。また、ヒングストン船長にはいま彼の船で舵取りに使っている舵輪を送っていただきたく、お願いします。さもないと、彼にとってもっとよくないことが起こるやもしれません。

ヘンリー・フォウェル

夕方が近づいてくると、砦の大砲の射程から出るのが安全だ、とロバートは判断した。ロイヤル・フォーチュン号とグッド・フォーチュン号は外洋へ向かい、ポミアーとヒングストン両船長の船もいっしょに連れていった。彼らの後ろでは廃船と化した二隻の商船がまだ燃えている。

バセテールの町はパニックに陥っていた。マシュー総督は、町を守るために建設された海岸砲台には砲弾を発射するための火薬も突き棒もない、そう知った。大砲は二門しか使える状態ではなかった。長いあいだ放ったらかしにしていたので、ほかの砲は修理不可能なほど腐食していた。絶望的な思いで総督は火薬を七樽半、集めた。これで海賊を寄せつけずにおけるかもしれない。ところが、砲弾は砲身には大きすぎたし、砲手たちはあまりにも訓練不足で、ほとんど一発も標的の近くに落とすことができなかった。

ロバーツはフォウェル船長の話から、ダン船長が自分を裏切って総督に警告したのではないと知った。二日前の夜、小型スループ船からカヌーに荷物を降ろしていたダン船長は、ウィリアム砦の砲手から不意打ちを食らった。カヌーとスループ船のなかにあった盗品のため、船長は有罪を宣告された。絞首刑を恐れた彼は、もしも自分をすぐに解放しなければ、海賊が攻撃しにくると総督に教えたのだった。トレパシー港のバービッジ提督よりマシュー総督は剛胆な男だった。彼はダン船長を投獄した。

その夜、羊とヤギの胴体が海賊のもとへ送られてきた。しかし、ヒングストン船長は舵輪を引き渡すのを拒んだ。彼の船は火をかけてバセテール湾へ送りこまれ、大破したところでやっと火は消された。近隣の砦から十四門の大砲が到着した。二十四ポンド砲弾もだ。大砲は、海賊ロバーツが戻ってくるのに備えて港のまわりに据えられた。何発かは遠い海賊船へ発射されたが、当たらなかった。そのあと、ヒングストン船長の航行不能になった船から乗組員たちが陸《おか》へボートを漕いでいき、二通の手紙を渡した。一通はネイヴィス島の総督宛で、ロバーツはこの次は総督の島を訪ねて、海賊たちを絞首刑にしたかどで町を焼き払うつもりだと書いてあった。マシュー総督は、数か月前に処刑されたロイヤル・ローヴァー号の海賊のことを言っているのだろうと推測した。もう一通はマシュー自身に宛てたものだった。ロバーツの言ったことを、数少ない読み書きできる乗組員が書記のようにきれいな文字で書いたものだった。

海賊バーソロミュー・ロバーツからマシュー中将へ

ロイヤル・フォーチュン号にて
一七二〇年九月二十七日

急ぎ貴殿へ知らせるものである。もしも貴殿が当然のことながら、本船へ出向いて、おれや仲間たちとともに一杯のワインを飲んでいたら、貴殿の港内の船を一隻たりとも傷つけることはなかったはずだ。さらに、おれたちを恐れさせ、あるいは上陸するのを妨げたのは、貴殿の放った大砲ではなく、予想に反した風であり、風が妨げたのである。ロイヤル・ローヴァー号はすでに貴殿が焼き払い、おれの仲間に残忍な扱いをしてくれたが、いま、おれはロイヤル・ローヴァー号に負けないほど立派な新しい船を持っている。この報復として、すでに海賊の所有物となっている物品、さらにジェントルマンたちの所有物以外は、これ以後、所望されはしないと安心してよろしい。いま、貴殿が牢獄に入れているあの男はまったく知らなかったのであるし、あの男の所有している物品はあの男に与えられたものである。従って、貴殿は良心的に対処して、あの男を罪人としてではなく、まっとうな男として扱うように。今回一度きりだが、そう頼ませてくれ。もしも別な扱いがされたと聞いたら、以後、貴殿の島は一片たりとも貴殿のものではなくなると思ってよろしい。

バーソロミュー・ロバーツ

この図々しい申し出にマシュー総督がなんと答えたか、記録は一つも残っていない。また、ダン船長がどうなったか、それもわからないが、彼は密輸をしていたので、おそらく絞首刑にされただろう。

翌朝九時にロイヤル・フォーチュン号はふたたび港へ入ってきて、フォウェル船長と彼の乗組員を二人、上陸させた。もう一人は、引きつけを起こしたとでも言われないかぎり、自分たちの元にとどめおいたことだろう。十一時にロバーツは港へ戻ってきて、フォウェル船長を拾ったが、そのころまでにマシュー総督は砲列の射撃準備を整えさせていた。使えるカノン砲から二発ずつ撃った。七発がロイヤル・フォーチュン号に命中して、ジブが破られ、メンスルの揚げ索が切られた。ロバーツは反撃せずに、海へと船首をまわした。勝機は去ってしまっていた。バセテールは襲うにはあまりにも防備が固くなりすぎていた。
ロバーツは約束を守って、フォウェル船長を解放した。持ち船のメアリー・アンド・マーサー号が炭と化してしまったウィルコックス船長には、埋め合わせとしてポミアー船長のスループ船を与えた。そこで、海賊たちはロイヤル・ローヴァー号の乗組員の復讐をしようと、ネイヴィス島へ向かった。しかし、風が逆で、結局、西へ向かい、バセテールを通りすぎたところで、南へ変針した。まるで、アンティグア島とその近隣の島へ行こうとしているかのように。
マシュー総督は幸運にも侵略をまぬがれて喜び、フォウェル船長の船へ行った。昇降はしごにいたずら者が落書きをしていた。

「われらが約束を守るために、汝《なんじ》を行かせよう
しかしながら、白黒混血のクリオール人にとって、われらは敵なのだ」

ヒングストン船長の船の真っ黒になった船材には別の二行詩が見つかった。

「汝のなかに我は見る
満足した心を」

たぶん、ワインと酒の荷のことを言っているのだろう。

ダン船長の貿易航海は失敗したし、デジラード島に密輸業者はいなかったので、ロバーツは現金を手に入れなければならなかった。部下の一人がサンバルテルミ島のフランス人総督を訪ねるといいと提案した。そこでは日用品がひどく底をついているので、総督は相手がだれだろうと拒絶する余裕などないという。

丘陵の多いある島に寄ってみると、清水はほとんどなく、船隊はその島を無視し、そこの住民を永久に物不足のまま捨てておいた。サンバルテルミ島の総督は二隻の海賊船を見ると、喜びをあらわにした。あまりにも物不足で、総督はえり好みなどできなかったのだ。フランスは彼を顧みない。イギリス人は彼の島民たちが飢えているとき、助けてはくれなかった。八マイル四方の貧しい岩がちな島で、彼は物品が必要だった。流罪になった奴隷のような状態から生活をよくしてくれる物品が。サンバルテルミ島はまるで絵のようにヤシの木や熱帯の樹木が光り輝いていたが、この島の尖ってぶ厚い草や葉は食用にならず、島民たちは略奪で生活していた。

ラッパの音に町の人びとが桟橋に駆けつけた。バーソロミュー・ロバーツは総督と丁重な言葉を交わすと、二隻の船艙から掠奪品を降ろした。ニューファンドランド・バンクスやトレパシー港の戦利品、西インド諸島の南へ行く途中で捕まえた船舶の積荷、セント・クリストファー島で奪った品々だ。島民たちは大喜びで、なんでも倉庫へ運んでいった。そこで交渉が始まるのだ。海賊たちが気前のいい商人だとわかると、島民たちはもっと喜んだ。最初の山は一山いくらの取り引きで折り合いがついた。総督は協力してくれた礼に、宝石のちりばめられた金のチェーンをプレゼントされた。彼の一年分の収入より高い品物だ。商人たちへは海賊から感謝の印として、指輪やブローチが与えられた。そのお返しに、町の人びとはひげ面の汚い犯罪人たちを抱きしめ、へつらい、心のなかではその見返りを勘定していた。

ロイヤル・フォーチュン号とグッド・フォーチュン号の乗組員たちは積荷がコインに替わるまで待ちはしなかった。彼らの分配品は居酒屋の主人や寛大な女たちに二つ返事で受けとられた。二軒のみすぼらしい旅籠《はたご》は海賊たちであふれかえった。ピストルが撃ち鳴らされ、海から解放されたことを祝った。浮かれ騒ぐ肩の上へ大ジョッキが飛んで、窓が壊れる。満足顔の夫たちは金持ちになった女房を待つ。

三週間、海賊たちはその島にいた。仕事はほとんどない。飲んで、笑って、どんちゃん騒ぎ。陽気な飲み会をしているあいだに乗組員が脱走するのを防ぐため、ロバーツが取った唯一の予防策は、毎晩、二隻の船に分遣隊を残すことだった。三週目の終わりに、彼らは出港した。ヴァージニア諸島の山の多い島、トルトラ島へ行くのだ。

トルトラ島には二十二門搭載のブリッグ型帆船が一隻いただけだったが、ロバーツはたいそう喜んで、急いで引っ越し作業をしてから、自分の船をその船に乗り換えた。古いロイヤル・フォーチュン号はニューファンドランド島を離れて以来、よく働いてくれたのだが、徹底的な掃除と修理が必要だった。ハリケーンのあと、張り板やマスト、ヤードに徐々にがたが来ていることはまちがいなかった。甲板の下には漏水が入ってきている。

キャリアクー島で完璧な傾船掃除ではなく、応急の喫水線掃除をしていたが、それでは充分ではなかった。浅い礁湖で大砲と積荷を片舷に移して、船を傾け、右舷の喫水線の下の部分を露出させた。右舷の付着物がこそぎ落とされると、左舷も同様に掃除された。しかし、竜骨《キール》は手つかずのままだ。熱帯では一年に少なくとも三回、徹底的な傾船掃除をしないと、船は脚が遅くなり、徐々に朽ちていく。ロイヤル・フォーチュン号は大きさの割には重くなっていた。乗り換えは理想的だった。海賊たちは出発した。積荷を奪われた埋め合わせに腐りかけの汚い船を与えられて、激しく息巻く商船船長をあとに残して……。

十月二十五日、ロバーツはマルティニーク島の南数マイルのところにあるセント・ルシア島に着いた。急いで船舶を襲って、さっと逃げるつもりだった。彼のツキは落ちてはいなかった。港内にいた二隻の船は、重武装した海賊のブリッグ船とスループ船を見つけると、がっくりとした。イギリスのブリッグ船はなかの物を剝ぎ取られ、M・コーテル船長のスループ船は接収されて、倉庫船になった。

ドミニカ島は北へ百マイル足らずだ。三隻の船を配下にして、ロバーツは安堵《あんど》した。黒旗に太鼓、ラッパはだれをも震えあがらせる、そう彼は自信を持った。まちがっていた。オランダ人は航海条例によってイギリス領の島々で交易するのを禁じられている。そのため、オランダ人商人は〝もぐり商人〟と呼ばれているが、彼らは決まって抵抗する。ドミニカにいた船も例外ではなかった。

オランダ船は四十二門搭載の大きな船で、ロイヤル・フォーチュン号とグッド・フォーチュン号を合わせたよりもはるかに強大だった。バーソロミュー・ロバーツは恐れはしなかった。たいていならこそこそと逃げだしただろうときに、バイアを襲撃した男、トレパシーを襲った剛胆な略奪者、バセテールで邪魔者は逆風だけという侵略者は、敵の砲撃にもひるまなかった。オランダのもぐり商人は金銀財宝をたっぷりと抱えているにちがいないのだ。

何時間も戦いは続いた。ラ・パリシー船長のグッド・フォーチュン号はオランダ船の舷側へ突進して、無防備の船尾を攻撃した。一方、ロイヤル・フォーチュン号とオランダ船はカノン砲を撃ち合い、鼻を突く硝煙が男たちの喉を詰まらせ、目を見えなくした。やがて、二隻は四爪鉤で繋ぎ合わされた。

海賊たちはオランダ船の舷側を超えてなだれこみ、抵抗したからと言って情け容赦なく乗組員たちを殺した。ついにオランダ船が制圧された。港内で脅えていた十五隻の船をラ・パリシー船長が集めにかかると、ロバーツの部下たちは復讐を始めた。捕虜たちをヤードの端から吊し、ほかの者たちへはムチを振って、背中に血みどろのミミズ腫《ば》れを作り、勇敢さの報奨として船長の両耳をそぎ落とした。残忍きわまりない復讐だった。あまりにも多くの海賊仲間が負傷し、手足を落とされ、殺されていたので、彼らは冷酷非情になっていた。復讐の狂気に拷問と虐殺が加わり、いつまでも終わることはなく、とうとう最後のオランダ人が引きだされて手足が切断された。ロバーツは手下たちを抑えることはまったくしなかった。この懲罰は、海賊船に逆らうべからず、という警告になって、島中に広まるだろう。

ふたたび船艙は戦利品でぎっしりになった。強大な武器を積んだオランダ船が三代目ロイヤル・フォーチュン号となった。船尾には巨大な黒旗が波打っている、マルティニーク島人とバルバドス島人の髑髏のついた旗が。ラ・パリシー船長は損傷だらけのスループ船を維持し、ロバーツが用意した分け前に満足した。

十五隻の船からは金目の物がすべて奪われた。その船長の態度しだいで解放された船もあれば、焼き払われた船もあった。乗組員の一人が海賊に志願した。将来有望な男だった。ジョン・マンスフィールドという名で、軍艦ローズ号の脱艦者だ。いっときは追いはぎだった。いや本人がそう言ったのだが、見込みがありそうだった。期待に反して、彼はしょっちゅう酔っぱらっていたので、海賊側の得た恩恵といえば、分配のときに彼が酔っぱらってその場にいなかったことだけだった。

リーワード諸島の〝提督〟バーソロミュー・ロバーツは、強大なロイヤル・フォーチュン号とトルトラ島で奪ったブリッグ船、セント・ルシア島で接収したスループ船、ラ・パリシー船長のグッド・フォーチュン号、この四隻からなる船隊でドミニカを出帆した。彼の船隊は西インド諸島にいるどんな軍艦よりも強い。なにものも彼は恐れはしなかった。

商船のわずかな備砲と怖じ気づいた乗組員は、ロバーツの百八十人の海賊と四十八人の黒人と対峙《たいじ》すると、まるで取るに足らない相手だった。彼が指揮しているのは恐ろしい砲列だった。二ポンド砲と三ポンド砲合わせて七門が船首から脅しつける。両舷には八門の四ポンドの砲が並んでいる。そのあいだには、小型軽砲《ファルコネット》が十二門、設置されている。これは一門が半トンの重さで、六ポンド砲弾を撃てる。舷檣《ガンネル》からは、十八門の恐ろしいデミカルヴァリン砲が突きだしている。これは三メートルの細くて長い砲で、八ポンド砲弾が装填される。これに巨大な十二ポンドカノン砲四門が加わって、武器は完璧だ。このカノン砲だけで、刃向かってきた小型船はどんなものでも撃沈できる。

船は、火薬や球形弾、ポンド砲弾、ブドウ弾、手投げ弾、甲板弾、棒付き弾などの詰まった兵器庫だった。それに小さい弾丸の寄せ集めもある。小弾丸や縦射用旋回砲のガラス片や釘、こうした物は生きている肉体に襲いかかって、ぼろ肉とかかしのような骨だけの死体に変えてしまう。巨大な軍艦以外のどんな船にとっても、海賊船は抵抗できない相手だ。

フランス領マルティニーク島の総督は海賊の件で、ネイヴィス島のイギリス総督へ次々と急送公文書を書いた。最初はトルトラ島とセント・ルシア島への攻撃について、そのあとは、ドミニカ島への侵略について。ローズ号のホィットニー艦長の支援を要請したのだ。マルティニーク島ではさらに二隻の船を装備して、ホィットニー艦長に加勢すると約束しても、艦長は応じなかった。何か月たってもまだ総督は手紙を書いており、ホィットニー艦長はまだ協力していなかった。

ロバーツがドミニカを攻撃しているときにそばを通りかかったスループ船が、当局に海賊船から逃げたことを報告した。その船長はオランダ船とその砲列、そしてとりわけ、ロバーツの旗をおぼえていた。「両側に絵がついていて、その絵にはフランス語で悪名高い銘文が書かれていた。絵と銘文はマルティニーク島とバルバドス島の総督を表わしていた」と。

海賊たちは立ち去るまえにいつでも捕虜たちへ、自分たちはシントユスタティウス島へ行くと告げた。そこに別の侵略者がいると聞いたからだ、と説明した。実際は、ドミニカ島の東海岸の周辺をうろうろしていた。ロバーツの胸には、長いこと留守にしているアフリカへ戻るのが賢明だという思いがあった。西インド諸島での略奪はだんだん難しくなっていくだろう。総督たちが連合して略奪者の探索に当たっているからだ。一七二一年一月六日の『ロンドン・ジャーナル』にこんな記事が載った。「西インド諸島における海賊との血みどろの戦いについて、いずれ知らせがあるものと予想される。海賊の会合場所を知らせる情報に基づいて、兵員を満載した軍艦三隻がバルバドス島を出航し、目下、海賊の探索中である」

そんなこけ威《おど》しに近いことよりももっと影響があったのは、海賊のニュースが広まるにつれて、商船が減ったことだった。海に出る商船が少なくなった。どの港も防備を固めていることだろう。アフリカへ行けば、無防備の海岸と、シエラレオネの基地の温かい歓迎、それにありがたい気晴らしが得られる。そのあとは、アメリカへ戻るか、肥えた東インド会社船が航行している紅海へ遠出するかだ。

海賊船隊はドミニカ島の人目につかない湾に錨を降ろした。いま略奪したばかりの島に上陸するのは奇襲されるのを防ぐ保険だ、とりわけ周囲から見えないように峡谷が隠してくれている場所では、とロバーツは傲慢にも確信していた。そこで、彼らは野営した。ドミニカ島は峡谷が連なっていて、どの峡谷のふもとにも川がある。魚が豊富だ。夜になると、海賊たちは焚き火のまわりで飲んで、サンバルテルミ島の思い出話にふけり、みんな、また帰るぞと誓い合った。話は続いた。幽霊船の話、自分の頭を箱に埋葬するという人食い人種の話。ドミニカ島にも謎《なぞ》めいたことがあった。

高い山々のなかに死火山があり、その火口に湖がある。そこはいつも静まりかえっていて、季節がいつだろうと常に寒い。湖は底なしだと土地の人間は信じている。なにか投げると、それは永久に沈んでいって、ついにはこの世に命を与えた女神が贈り物をその胸に受けとる。

その湖は、アビスという海岸にある入江と地下トンネルで繋がっていると考える者たちもいた。噂では、数年前に旅行者が火山の頂のへりまで登って、下の静かな湖面を見つめた。すると、湖のちょうど真ん中に巨大なヘビがいるのが見えた。目のあいだに宝石が輝いていて、それがまわり中の物を照らしている。旅行者は恐れおののいて、動けなくなった。海獣はゆっくりと頭を上げ、残忍な目であたりを見まわすと、音もたてずに深みへ沈んでいった。この話がほんとうかどうか確かめにいくと志願する者は海賊のなかには一人もいなかった。

二日後、ロバーツがさらに豪華に整えた大キャビンにいるとき、ジレスピー航海長と二人の男が逃げようとして、捕まった。裁判と決まった。全乗組員がロイヤル・フォーチュン号の船尾に集まった。判事たちが選ばれて、航海長と二人の男に対する罪状が読みあげられた。だれもジレスピーが助かるという望みは抱かなかった。彼はなにも否定しないで、パンチボールとパイプを手にした判事たちの前に立っている。彼に対する罪状が確認された。逃亡者たちは、島の反対側にある町へ行きたいと思って、丘を登っているところを捕まったのだ。そんなことをしたら、海賊船隊は仕掛けられた罠へ向かって進んでいくことになっただろう。罪状は脱走だった。

判事たちは小声で言い合っている。「無人島置き去り」と聞こえた。「射殺」。とつぜん、アッシュプラントが飛びあがって、パイプを甲板に叩きつけた。パイプは壊れて、陶器片が飛びちった。「絶対に、ジレスピーは死なない。死ぬなんてことがあるもんか」。判事たちはアッシュプラントを取りまいて、激しく言いたてた。アッシュプラントは判事たちを無視した。

「くそっ、みんな」と、彼はののしった。「おれはあんたたちとおんなじで、善良な人間だ。おれの人生でだれかを見棄てたりしたら、おれの魂なんて地獄へ堕ちてしまえ。ジレスピーはこんな不運なことになっちまったが、まっとうな人間だ。おれはこいつが好きだ、好きじゃなかったら、おれなんてくそっくらえだ。おれはこいつに生きて、自分のやったことの埋め合わせをしてもらいてえ、だが、死ななきゃならねえんだったら、くそ、おれもいっしょに死ぬ」

キャプテン・チャールズ・ジョンスンはこの続きを著書のなかで書いている。「そこで、アッシュプラントはピストルを二挺、引き抜いて、それをベンチにすわっていた学のある判事たちに渡した。彼らはアッシュプラントの言い分は充分に支持できると認め、ジレスピーは無罪とするのが妥当と考えた。そこで、彼らはアッシュプラントの意見に味方し、それが掟にかなうとした」。ジレスピーの二人の仲間は射殺された。

ジレスピーは下の甲板へ連れていかれた。彼は監視なしでは二度と上陸は許されないだろう。抵抗するのをあきらめて海賊稼業に身を捧げるようにならないうちは、ロバーツ船長の密かな信頼を楽しむことはできず、命令を下される身のままだろう。

夜も昼も船隊は北へ走って、東のアフリカへと風の吹いている海域をめざした。ブリッグ船は水漏れしだしたので、放棄した。セント・ルシア島で接収したスループ船は船艙を満たすだけの略奪品がなかったので、捨てた。バーミューダの緯度近くに達したところで、アフリカの海岸へ向けて変針した。一七二〇年十一月半ばだった。

ロンドンでは、イギリス海軍軍艦エンタープライズ号とスワロー号がポーツマスで艤装を終え、スピットヘッド泊地へ行って、王室アフリカ会社の船団が到着するのを待った。エンタープライズ号は航海に耐えられない状態であることがわかり、二隻の軍艦はポーツマスへ戻った。さらに遅れたあと、マンゴウ・ハードマン艦長のウェイマス号が代役に選ばれた。ウェイマス号に士官として乗っていたのは、本物のロビンソン・クルーソーであるアレグザンダー・セルカークだった。彼は一年前に〝妻〟のソフィア・ブルースを捨てて、一七二〇年十二月十二日にフランシス・キャンディスと結婚した。プリマスのオーレストンにパブを持っている魅力的な未亡人である。セルカークはすべてを彼女に残すという新しい遺言状を作った。

ウェイマス号が傾船修理して、コーンビーフや牛肉、豚肉、豆、オートミール、バター、チーズ、水を積みこむのをスワロー号はただ無為に待った。

一七二一年三月二十五日付け『アップルビーズ・オリジナル・ウィークリー・ジャーナル』はこう報じた。

「四十門搭載の海賊船と二隻の小型船が西インド諸島のカルタヘナおよびセント・マーサ島の海岸線に大混乱を引きおこしている。彼らは、プティゴアブのフランス船数隻と、オランダ船二隻、それにイギリスのシップ船およびスループ船約五隻を拿捕した。彼らはどこの国の船であろうと拿捕する。われらが軍艦が彼らに対してあげた戦果についてはほとんど聞いていない」

十一章　海軍の不運《ミスフォーチュン》　一七二〇年十一月―一七二一年四月

「わが国の商船からの情報によると、イギリス海軍スループ艦、搭載砲十門、乗組員九十名のシャーク号は、最近、アンティグア島から出動して、セント・クリストファー島沿岸で海賊の探索に当たっていたが、不運なことに海賊らに拿捕された」

一七二二年二月三日付け『ウィークリー・ジャーナル』

スワロー号とウェイマス号の動向について海賊たちは知らなかった。知ったとしても、心配はしなかっただろう。軍艦はいつも海賊船を追跡することにはなっているが、決して港から出ようとはしない、そんな話に慣れっこになっていたからだ。

ローズ号のホィットニー艦長は海賊ロバーツを追跡してくれとの要請を無視しつづけて、修理のためにマサチューセッツへ帰った。ただ修理が必要だったからだけではない、と彼は付け加えた。病気と脱艦で彼は二十五人の乗組員を失っていたのだ。リーワード諸島には海賊が横行しているので、補充員を見つけざるをえなかった。たぶん、ホィットニー艦長は商船から乗組員を強制徴募したのだろう。数か月後に彼のローズ号はハミルトン総督のネイヴィス島へ帰ってきたのだ。

彼が海賊を見つけることはないだろう。海賊たちはシエラレオネで自慢話をして喜ぶために、積荷を満載してアフリカ沖へ向かっていたからだ。巨大なロイヤル・フォーチュン号とラ・パリシー船長のスループ船グッド・フォーチュン号は、リーワード諸島の風上側をのんびりと北へ向かった。行く手にあるのは飲めや歌えの大騒ぎだけだと夢想しながら……。

バミューダ諸島の約三十リーグ東の海上で、彼らは一隻の船に追い迫った。どうしても斬りこみ隊に加わって新しい服を一揃《ひとそろ》い勝ちとりたいという者が大勢いて、操舵長のアンスティスはだれもがチャンスをつかめるように、志願者名簿を作らざるをえなかった。負傷する心配なんてない、そう彼らは信じていた。どんな船も危険を冒そうとせずに降伏する。だから捕獲するのは、店主が商品をあきらめた店に押し入るより簡単なことのようだった。トマス・エマニュエル号も例外ではなかった。最初の一発で、トマス・ベネット船長は旗を降ろし、略奪されるのをしょんぼりと待った。彼の乗組員は全員助かった。一人だけ、自分の持ち物を盗まれるのに抵抗した男がおり、その礼儀知らずのかどで腕を折られてロイヤル・フォーチュン号へ連行された。ベネット船長の船はロイヤル・フォーチュン号の船尾に曳航された。

真夜中すぎに、アフリカへは運んでくれそうもない風を受けて、彼らは南西へ針路をとった。海はふくれあがり、胸の悪くなるような大波が絶えずうねってくる。一時間後、天候はいっそう悪くなり、ベネット船長は軽くなったエマニュエル号が沈没する恐れがあると悟った。ロバーツはその船を倉庫船にしたいと思っていたが、天候が前の船をめちゃくちゃにしたように、彼も考えを変えざるをえなくなった。ランチが出されて、ベネット船長と乗組員たちがロイヤル・フォーチュン号へ移されると、曳航索が切られた。トマス・エマニュエル号は轟く大波に翻弄《ほんろう》された。いずれ飲みこまれてしまうだろう。

強風に追われて、海賊船隊は走りつづけた。帆は縮帆し、マストから旗はいっさい消えた。行く手には、数千マイル先にカーポベルデ諸島がある。そこで水を採って、それからシエラレオネへ向かうのだ。嵐はどんどん船を走らせた。三週間で彼らはその諸島に近づいた。もしも船を見つけなかったら、その日のうちに上陸していたことだろうが……。

海賊船隊は二隻の商船へと変針した。彼らがポルトガル海軍の二隻の巨大な軍艦に護衛されているとは気づかずに……。一隻は四十門搭載、もう一隻はどんな船でもこっぱみじんにできそうな、カノン砲八十門を備えた巨艦だった。両方の大砲を合わせると、海賊側の三倍になる。しかし、ロバーツはバイア港の戦いを忘れはしなかった。彼は攻撃した。ラ・パリシー船長は尻込みした。ロイヤル・フォーチュン号の乗組員たちは尻込みなどしなかった。彼らはまちがってはいなかった。デニス掌砲長が大砲を押しだすか押しださないかのうちに、ポルトガル軍艦は全帆を広げ、商船を無防備にしたまま去っていった。

この攻撃で海賊船隊は予想よりもはるかに風下に落とされていた。この緯度では、風は絶えずアフリカの海岸から吹いていて、航海術が正しくなければ、船は海岸に着くことができない。二隻の雑魚貿易船を追跡させた自分の衝動を、ロバーツはののしった。これまでゆっくりとカーポベルデ諸島へ向かっていたのだ。いまその諸島は南西のはるか遠くにある。船を陸《おか》へ持ちこむには正確な判断が必要になる。ロバーツはブレイヴァ島へ向かうことにした。カーポベルデ諸島のいちばん南の島だ。ジョーンズ掌帆長が四分儀で緯度を測った。ロバーツは頭をしぼって経度を計算した。

翌日の午後、陸からの風は間断なく甲板を吹き渡っていて、左舷に島が見えてきた。海賊船隊は長い間切り航行を始めた。運が良ければ、これで島の海岸に着けるだろう。夕方には、それが失敗だったことがはっきりした。島までまだ三、四リーグもあり、しかも後方になっていたのだ。

ジレスピーがロイヤル・フォーチュン号をなんとかもう一度、島へ向けて走らせるため、上手まわししようとした。しかし、彼の技術はすばらしかったのだが、結局はこれまでよりも離れてしまい、どんどんと夜が迫ってきた。水深があまりにも深くて、錨を降ろすことはできない。朝までなんのさえぎる物もない大海原のなかにぽつんと二隻、絶え間ない風を受けながら南西の南アメリカ大陸へと向かっていた。そんなとき、全乗組員に対して水樽がたった一つしかないことがわかった。南アメリカ・スリナムのいちばん近い港でも六週間かかる。

狂ったように水を探したが、空樽ばかりだった。これまでまったく飲み放題に飲んできたのだ。シエラレオネのことばかり考えて、海に満ちているさまざまな危険を忘れていたのだ。いま彼らはどんどん陸《おか》から離されていた。ある水は、かろうじて一週間分だけだった。

翌日、水の配給は一日コップ一杯となった。海風を吸うと喉の渇きがやわらぐと言う者がいたが、実行した者は結局、翌朝、さらに渇きが激しくなった。男たちは日陰にうずくまり、大量に食べ、怒った顔でまわりの海を見つめた。

一週間たつと、大西洋の深場に達した。ロバーツとジレスピーは、なんとか南アメリカへ向かうようにするということで合意した。日がたっていき、水の配給は一日ひと口になった。水の減っていく樽をアンスティス操舵長が監視した。船が現われた場合に備えて、見張りが立てられた。だが、海は空っぽで、日は苦しめるようにのろのろとすぎていった。意志の弱い者たちが海水を飲んだ。渇きはそれまでよりも激しくなり、さらに飲むと、狂って悲鳴をあげながら死んだ。死体は舷側から海へ落とされ、生き残っている者たちへ彼らの分だけ水を多く残してくれた。自分の尿を飲んだ者たちもいた。いっときは渇きがよくなる。だが、何日も飲みつづけると、尿は黒くなり、それを繰りかえし繰りかえし飲むと、自分の毒が体に戻って、ついには死んだ。

こうした苦しみのなかで乗組員たちが死体の血を飲んだことが知られている。凝固しないうちに、死んで二時間以内に飲むのだ。心臓も食べることができた。ほかの部分は飢えた者たちにとってもあまりにも苦すぎた。ロイヤル・フォーチュン号では、生き残っている者たちは海水で唇を湿らせて、唇がくっつき合うのを防いだ。まわりには死にかけた者たちが横たわっている、熱を出し、うめき、しわがれた声で水をくれと頼む。ほとんど餓死しかけている者たちがいちばんいい状態だった。毎日一口のパンで生きるには充分で、渇きもいやしてくれるのだ。ほかの者たちはもっと食べて、死んだ。雨が降ると、彼らは帆布の日除けのなかに受け、水滴をバケツや手桶《ておけ》、容器に集めた。あるありがたい夜には、めったにないことに霧が船を包んだ。彼らはリネンやコットンをぶら下げて、霧で湿らせた。アンスティスが守っている樽はほとんど空だった。

やがて、食料がなくなった。水樽のなかにはどろりとして緑色になった水がまだいくらか残っていたが、一口のパンも悪臭のする肉も食べ尽くされた。命を維持してくれるのはただ、舷側から垂らしている釣り糸にときおりかかる魚だけだった。餌《えさ》は死んだ人間の靴から剝いだ固い革だ。

彼らの上に太陽がのぼる。わずかな雲が蒸発する。風はいぜんとして帆をふくらませているが、だれも気にしない。垂れている釣り糸は顧みられることもない。船は正午の暑熱を通り、午後の霞《かすみ》を抜けて、走りつづけた。舵棒はロープで結びつけられている。だれも持っているだけの力がないからだ。

夕日の作る影が骸骨のあばら骨のように甲板に映る。キーキーと頭上で鳴く鳥たちが夕方の明るみのなかで海賊たちをあざ笑っているようだった。

まだ意識のある者たちがカモメを見つめた。マストのてっぺんのまわりを旋回したり、急降下したりしている。鳥は陸から遠いところにはいない。どこかに陸があるはずだ。海岸線が、水のあるところが……。夜闇のなかで見えなくて通りすぎてしまったら、朝にははるか後方になっている可能性もある。

翌朝、島が見えた。死から命拾いした人間の強さで、彼らは急に力が出て、島へ向かって船を走らせた。樽を積んだボートが送りだされ、泉の澄んだ水を入れて戻ってきた。がぶ飲みするのを防いだのはただ意志の力だけだった。彼ら全員とラ・パリシー船長の船にも充分にあったが、食べ物はなかった。彼らが上陸したのは、南米スリナムのマロニ川河口の近くだった。未開の地で、近くに町はないし、肉を見つけられるところもなかった。心配はしなかった。生きのびるだろう。彼らのなかの一人がこう言ったように、「水を与えたもうた神ならば、まちがいなく、肉も与えたもう、おれたちがまっとうな努力さえすれば」

一七二〇年の最後の数日に、トバゴ島で巨大なロイヤル・フォーチュン号とスループ船グッド・フォーチュン号が水と食料を積んでいるのが見かけられた。その島で彼らは、マルティニーク島の総督がだいぶ前にキャリアクー島で二隻のスループ船を追跡したことを知った。ロバーツはまた復讐を誓った。彼は海賊船長としての役割を果たすなかで、鍛錬されていた。堅気の航海をしていた数年間は彼に経験を与えたが、海賊の数か月は彼に用心深さと疑う心を与えた。彼はジレスピー以外にはめったに助言を求めなかった。自分が戦利品をもたらすからこそ掟を受けいれる男たちの、不注意と怠惰と残忍さを受けいれた。彼らから逃れることはできない。ひと財産作ってウェールズに引退するか、アメリカに移住するようなチャンスなどない。

翌年の一月初め、海賊船隊はバルバドス島の沖合いにいた。オウィン・ロジャーズ船長のサマセット号と戦った経験から、そこはぶらぶらしているような場所ではなかった。略奪はできそうもないので、彼らはピジョン島へ向かった。セント・ルシア島の北西約一マイルのところにある小さな島だ。一月十三日の朝、リチャード・サイム船長指揮するブリッグ型帆船フィッシャー号が小さな入江に錨を入れていた。ロード島のベンジャミン・ノートン船長指揮するスループ船もだ。そこへ、ロバーツとラ・パリシーの海賊船隊は入っていった。サイム船長の船からは大砲が奪われた。ノートン船長の船は座礁したところへ火が掛けられた。

ノートン船長はロバーツと密談し、自分はロード島で海賊の持っているどんな略奪品でも簡単に、そして利益が上がるように処分できるとほのめかした。ロード島では食料や生活用品はいつでも必要とされている、とりわけ、貿易商人やオランダのもぐり商人の価格よりも値段を下げれば、と彼は付け加えた。ロバーツは興味を引かれたが、あたりさわりのない返事をした。ロバート・ダン船長がおなじような提案をして、結局、捕まり、たぶん命を代償としただろうし、海賊側に少なからぬ損失を与えたことは確かだった。

二週間、海賊船隊はセント・ルシア島の周辺を遊弋《ゆうよく》し、ジョン・ロジャーズ船長のスループ船や、セント・アントニー号のような小さな船を捕まえた。数人は強制的に海賊にし、あとは陸《おか》へ送った。船医には自分たちの仲間になるように説得し、気に入った捕虜たちには拿捕船を与えた。ロバーツは捕虜たちをもてなし、ワインのグラス越しに皮肉っぽく言った。「あんたらのなかには、とにかくもだ、おれを吊す者はいないだろうな、おれを捕まえることができたとしてもだ」

バーソロミュー・ロバーツの巨大なオランダ船、ロイヤル・フォーチュン号と、ブリッグ船が出航したとき、古いグッド・フォーチュン号は用無しとして焼かれていた。海岸は置き去りにされた船乗りたちや瓦礫と化した船舶でごった返していた。サイム船長は反対方向へ向かっていった。彼は幸運者の一人で、いまやフランス人ポミアー船長のスループ船を自分の船としていた。彼はベネット船長を連れていった。ベネット船長は大西洋でのあの悪夢の飢えに耐えたのだった。

ロバーツはまだノートン船長の提案を考えていた。ドミニカ島に着いたとき、別のオランダのもぐり商人を見つけた。またもオランダ船は戦った。戦いは長くは続かなかった。ロバーツの乗っているのはいまや獲物に劣らないほど巨大な船だったので、ヴリシンゲンのエル・プエルト・デル・ピンシペ号はじきに曳航されて、港から引きだされた。

二隻のちっぽけな海賊船の船長、ポーターとタッカーマンが仲間に加わった。二人はロバーツにへつらって、「ご高名とご偉業は聞いておりやす。こう申し出たのは、あなたさまの海賊稼業の腕と知恵を勉強するためでして。あっしらの船をおんなじように名誉ある船にしようと」と言った。彼らはまた、自分たちの計画としては、長居はするつもりはないと言う。すでに仕事は充分にあるが、短期間なら力を貸すことができる、とりわけ、もし自分たちの大砲にいくらか火薬を提供してくれれば、と言ったのだった。

一月の終わり、フランス領グアドループ島の首都バステールの砦の大砲が、旗も掲げずにあつかましくも入ってきた船隊に対して砲声を轟かせた、だが、無駄だった。船隊のなかの一隻、ブリッグ船がフランス国旗を揚げ、すぐに引きおろした。ブリッグ船は港に入ると、安全な陸岸からあまりにも離れていた一隻の平底船に数回、砲弾を浴びせ、乗りこむと、錨索を切って、砦の射程外へ連れだした。平底船の乗組員にとっては幸いなことに、危険だと気づくとすぐに陸《おか》へ逃げていた。その一人は、リチャード・ハリアードだった。六日後、彼はマルティニーク島で、セント・トマス島から来たばかりのチャールズ・エリオットと会った。エリオットは、ハリアードを震えあがらせたのとおなじ海賊に追われて、かろうじて港を脱出してきたのだった。

今回ばかりは海軍は不在ではなかった。それで、珍しく海軍側の勝利になるかもしれないと用心して、ロバーツは傾船修理と祝宴のためにイスパニョーラ島へ行った。海軍に反抗的なホィットニー艦長はまるで海賊の同盟者のようだが、シーホース号のデュエル艦長は海賊にとって手強い敵だ。彼はバルバドス島とマルティニーク島の周囲をパトロールしていた。三か月前、ボストンでマサチューセッツ会議が開かれ、デュエル艦長に対して、南へ行って、西インド諸島の植民地を守るように命じたのだ。二週間、彼は洋上にいた。三週間後にバルバドス島に入った。海賊バーソロミュー・ロバーツの来たほんの数日後だった。不運なことに風が絶えず北東から吹いていて、たとえ海賊がマルティニーク島周辺で船舶から略奪していると知っていても、デュエル艦長は二月まで同島に着くことはできなかった。彼はすでに、マサチューセッツに急送公文書を送って、さらに九十名の人員と弾薬が必要だと伝えていた。

二月二日、王室アフリカ会社の護衛艦スワロー号とウェイマス号がアフリカへ向けて出港したその月に、デュエルは甘言と強制徴募でバルバドス島から八十六人を集めた。異常だった天候もやわらいだ。バルバドス島を出航するかしないうちに、また強風がぶりかえして、彼は強い北西風に逆らってもがきながら進んだ。四日後、マルティニーク島のスループ船に出会って聞いたところによると、海賊船隊はマルティニーク島にいたが、風下へ行ってしまったという。敵はどこにいるかわからないと悟り、彼は、敵意をむきだしにして叩きつける海に戦意を失って、バルバドス島へ戻った。その三週間後、バーソロミュー・ロバーツは七百マイル以上離れたところにいた。

彼はプエルトリコ島の西にあるモナ島へ行くつもりだった。ところが、海がひどく荒れていたので、北西百マイルのところにあるイスパニョーラ島へ行き、たくさんのサンゴ礁があって潮も穏やかな美しいサマナ湾へ入った。小海賊ポーターとタッカーマンはそこで別れて、ジャマイカの自分の家へ向かった。帰ったら堅気の商人役を務めるのだろうと思われた。二人はできるだけ早く戻ってくると約束した。ロバーツはあせってはいなかった。アフリカからの長く悲惨な航海のあとだから、乗組員も船も休養が必要だった。ワインや火酒、食料の貯えは充分にある。

一週間が陽気にすぎた。最近、強制的に海賊にさせられたばかりの男たちが船匠の監督を受けて、船の掃除や修理をした。古株たちはヤシの木の下に寝ころんで、思い出話や酒、トカゲ競争の賭けにふけった。うれしいことに、ラムファッションと、その悪魔の兄貴分、ラムブリオンも作られた。

その破滅的な醸造酒を作るために、大きな樽が二つ、陸岸へボートで運ばれていった。樽には、糖蜜や熟しすぎてクリーム状になった果実、ごく少量の水を入れ、それに硫酸が気前よく振りかけられた。この液体を八日間、発酵させる。そのあいだは静かにしておかれた。そこでパイプを垂直に立てた複雑な装置が作られた。火に掛けた銅製の大鍋からパイプが垂直に出ていて螺旋《らせん》パイプに繋がれ、その螺旋パイプに絶えず冷たい水がそそいでいる。螺旋パイプの下にピューターの大ジョッキを置いておくと、ぐでんぐでんに酔っぱらわせるラムブリオンのしずくが一滴、また一滴と落ちてきて、大ジョッキをいっぱいにするのだ。海賊のなかでもいちばん向こうみずな者しか、一杯以上は飲まない代物だ。

ノートン船長はしきりにロバーツに甘いことを言って誘いつづけた。ポーターとタッカーマンはジャマイカ島に戻ったが、二人はそう長いこと自由を楽しむことはできない運命だった。二人ともすでにポート・ロイヤルでは怪しまれていた。ポーターが疑われていたのは、ウッド・ロジャーズ総督が恩赦状を持ってニュープロヴィデンス島に到着したとき、その島にいたからだ。彼は恩赦を受けると、すぐに弟やベテラン海賊たちとともに出航した。過去の罪はすべて許されたのだが、そのとき彼は新しい罪を犯すつもりだったのだ。

タッカーマンは海賊と付き合いがあるとして知られていた。ステッド・ボンネットという男が牢獄から逃げるのを助けたのだ。ボンネットは小うるさい女房から逃れるために海賊になった男だった。ボンネットがふたたび逮捕されるまで、タッカーマンは投獄されていた。ジャマイカでは、彼はポーターといっしょに仕事をしていて、ポーターが略奪した戦利品を彼が売却するという同意書にサインしたと信じられていた。しかし、それは海賊行為ではないのだが、タッカーマンの友人たちの心得違いの愛国心が彼を破滅へと導いた。

ジャマイカのポート・ロイヤル港にイギリス軍艦メアリー号が錨を入れた。六月十日の午後二時、桟橋に横付けしていたガレー船、アドヴェンチャー号から大砲が五発轟いて静けさを破った。苛立ったメアリー号のヴェルノン艦長がスエール海尉にこんな騒音を立てた理由を調べるように命じた。タッカーマンはミスタ・ペンディグラスの屋敷でほかの客たちと正餐《せいさん》をとっていた。客のジェームズ大佐がアドヴェンチャー号へ命じて、自分がハンカチを振るたびに五回、大砲を撃つようにと命じたのだった。スエール海尉はアドヴェンチャー号にそれ以上、撃つことを禁じた。

三十分後、また砲声が轟いた。スェール海尉は武装したボートでアヴェンチャー号へ行った。そこで彼は、ジェームズ大佐が自分の出した命令を撤回したと告げられた。海尉はすぐさま会食者たちを軍艦メアリー号へ連行した。ヴェルノン艦長は、なぜジェームズ大佐がスェール海尉の命令を無視したのかと本人に問いただした。大佐は偉ぶった態度で、ただ食事を楽しんでいるときに、六月十日はジェームズ・スチュアート王、つまり、大僭称者《だいせんしょう》の誕生日だと思い出したからだと答えた。ジェームズの叛乱に、彼を支持した最初のジャコバイトたちも立ちあがったが、叛乱は一七一五年に失敗した。一七一六年の初め、ジェームズはフランスへ逃げた。ちょうど五年前のことだった。五年前。大砲五発。不当な礼砲はハノーヴァー家の王、ジョージ一世に対する反逆罪と誤解されても当然だった。ジェームズ大佐は厳しい警告を受けて解放されたが、タッカーマンは〝悪名高き罪〟の疑いで拘留された。彼と、ジャマイカ監獄にいたほかの囚人たちはイギリス本国に送られ、九月にはロンドンで海賊行為の罪状により裁判にかけられた。彼の運命がどうなったか、不明である。

それより数か月前、イスパニョーラ島である朝早く、みんなが寝ているあいだに、ジレスピー航海長とほかに十人の男たちが逃げだした。彼らは湿地帯を渡るのは足場が悪いので避けて、樹木の生い茂る丘へ向かった。彼らには小さな携帯用のコンパスしかなく、原野のなかでじきに道に迷ってしまった。あてもなく曲がったり、じぐざぐに歩いたりしているうちに、海岸へ、海賊たちのもとへ戻ってしまった。

ジレスピーは逃げようとしたのではない、と言い張った。仲間たちがそれを支持した。ジレスピーはいつも船上で熱心に働いていた、と一人が指摘した。拿捕船になんども最初に斬りこんだのはジレスピーだった、と別の男が糾弾する者たちへ言って思い出させた。三番目の男は、もしこの連中が逃げたのなら、どうして船へ戻ってきたんだと訊いた。結局、無罪だと申し立てたことが本人たちを死から救った。

オランダのもぐり商人から略奪した品を調べると、高価で容易に売れる物がぎっしりとあった。ロバーツはノートン船長を呼びだした。ココアや小麦粉、ほかの食料品などの日用品は海賊には不要だが、ノートンにとってはまさに心配なく密貿易できる品物だった。宝石や現金は罪に問われる。バケツやコットンの束、道具類は問われない。ノートン船長にエル・プエルト号と、ロード島の当局に密告する恐れのない彼自身の幹部乗組員たちが与えられた。船艙には足がつくことなく売りさばける食料や金物、衣類が満載された。略奪品を処分したら、ノートンは六、七週間以内にサウス・カロライナ沖でロバーツと会うことになった。彼らにはさらに富がもたらされるのだ。

ロバーツは、ノートンのような仲介者がいれば多くの不便を解消できると気づいた。自分たちがノートンの船艙を満たしてやるかぎり、現金が得られる。もはや不要な品物を捨てたり、価値のない梱《こん》包《ぽう》物を海に放ったりする必要はない。そうする代わりに、略奪した物をすべて保管して短い航海をし、ノートンを待つ。それから、サンバルテルミ島かセント・トマス島、あるいは海賊が望むお楽しみがすべて提供されるありがたい避難所へ行くのだ。

それは単純な計画だった。ノートンは裏切ることはないだろう。航海ごとに利益が得られるからだ。ロバーツの二隻の船には、ノートンのブリッグ船を荷で満杯にできるだけの充分なスペースがある。見つけなければならないのは略奪品だけで、最近の経験からロバーツには解決策があった。みすぼらしい梱や樽をいくらか積んで島から島へと走る小さな商船を待ち伏せする必要はない。貿易船団が丸ごと拿捕されるのを待っている港を攻撃するのだ。下甲板をふくらませたオランダのもぐり商人たちもいる。ロバーツはそういう敵を制圧できるただ一人の勇敢な海賊だが、仲間は多いほうがいい。それに、マルティニーク島の総督は二隻の軍艦で自分たちを追跡させているが、その罪に対してまだ罰を受けてはいない。

二月十八日、セント・ルシア島の港には、碇泊中のもぐり商船を攻撃する海賊たちの砲声がふたたび轟きわたった。町の人たちが呆然《ぼうぜん》として見守るまえで、ロイヤル・フォーチュン号はオランダ商船に接近し、斬りこもうとした。だが、オランダ船はブームや防舷物を投げつけて海賊船が横付けするのを防いだ。撃退されたロバーツは距離を置いて、破壊的なカノン砲列でオランダ船を砲撃した。そのあいだに、相棒のラ・パリシー船長は獲物の横をまわりこんで、船尾を攻撃し、旋回砲で露天甲板を縦射した。オランダの砲列が静かになると、海賊たちはオランダ船になだれこんだ。索具に飛びつき、あるいは振れるロープにつかまって飛びこみ、あるいは舷側をよじのぼる。雄叫びをあげ、叫び、斬りこみ刀を振るいながら、脂じみた甲板を滑りながら進んでいって、艙口を叩き壊した。なかには生き残った者たちがうずくまっていた。セント・ルシア島の住民たちは銃声を耳にし、死体が海へ放られるのを目にし、黄色いハンカチを頭に巻いた海賊の操舵長が拿捕船から大きな海賊船へロープを渡すように命じているのに気づいた。オランダのもぐり商船は曳かれていった。船が港を出るや、負傷した生き残りが一人、舷側から海へ飛びおりて、陸岸へ向かって泳ごうとした。数秒後には男の姿は消えてしまった。

バーソロミュー・ロバーツは復讐の準備をした。損傷だらけのもぐり商船は囮《おとり》にするために修理がなされた。船匠たちが修理を終わると、ロバーツやアンスティスはじめ熟練海賊たちがオランダ商船に乗りこんだ。ロイヤル・フォーチュン号とグッド・フォーチュン号は南へ下っていった。ロバーツは復讐のため、北のマルティニーク島へ向かった。

夜明けに、もぐり商船はマルティニーク島の海岸沖に着いた。オランダ国旗が揚げられて、島民たちへ商品の黒人奴隷がいると合図した。もぐり商船はヴォウクリンを通りすぎ、サン・マリから、モレイン、サンピエール、シュルシエール、そして、フォールドフランスへと走り、どこでもしばらくうろうろして、旗のメッセージが島民に見られるようにした。それから、セント・ルース湾へ行った。島の南岸にある湾で、一般に容認されている不法取り引きの中心地である。
二、三日のうちにマルティニーク島のあちこちから小型スループ船たちが走りだしてきた。黄金を積んで。競争相手を引き離して一番乗りした船長は昇降はしごをのぼってみると、頭にピストルを突きつけられた。コインの袋はひったくられて、彼は艙口の下へどさりと投げ落とされた。ほかのスループ船が次々と罠にはまった。夕方には十四隻が舷と舷を合わせて、もぐり商船の巨砲の監視下におかれた。船長も乗組員も甲板の下に監禁された。彼らの金は収納箱をいっぱいにした。ロバーツは正義を行なう準備にかかった。
罪もない男たちにとって、それは復讐心に満ちた不正で、残虐なことだった。彼らは殴られ、ムチ打たれ、銃殺あるいは斬りこみ刀で慚死《ざんし》させられた者たちもいた。十三隻のスループ船が喫水線まで焼かれて、沈んだ。最後の気の毒な男が切り倒されたとき、ようやく海賊たちは手を止めた。その男は一隻だけ残ったスループ船へ投げこまれ、そこにいた打ちすえられた仲間たちは震えあがった。もぐり商船は回頭して、湾を出た。帆を引き裂かれ、負傷した船乗りたちを乗せた小型スループ船は這うようにして戻って、海賊バーソロミュー・ロバーツの復讐を伝えた。「やつは言った、おれたちは、今回のようなオランダ貿易船に常に遭遇することを望んでいる、と」。恐れおののく総督はそう伝えられた。

急送公文書や手紙がマルティニーク島とアンティグア島を往復した。アンティグア島では総督のハミルトンがまたホィットニー艦長に海賊バーソロミュー・ロバーツを追跡するよう説得を試みた。海軍艦長は喜んで従うように見えた。「セント・クリストファー島であろうと、グアドループ島であろうと、かまいません」と、彼は二月二十日に書き送ってきた。「ただ、海賊がいまどこにいるのか、教えてください」。ホィットニー艦長がアンティグア島にいたので、ハミルトンはマルティニーク島へ行くようにと、ただちに命令することができた。ホィットニー艦長は出発した。三月一日、彼は勝ち誇って、ハミルトン総督へ手紙を書いた。「マルティニーク島の総督は、海賊に関してはなにも知りませんでした。彼らはたぶん、ただの密輸業者だったのでしょう」。二日後、ビスケー湾の嵐のなかでイギリス海軍ウェイマス号の乗組員、アレグザンダー・クラークがトップスルから海へ落ちて、溺れ死んだ。一七二一年はイギリス海軍にとって良い年ではなかった。

三月十三日、マルティニーク島の総督は二通の急送公文書を書いた。一通はホィットニー艦長宛で、海賊はドミニカ島を発ったと伝えた。もう一通はハミルトン総督宛で、海賊は完全に立ち去ったので、自分としてはもはや海賊追跡の船は出さないと告げた。さらに、フランスから二隻のフリゲート艦がやってくるので、その艦長たちが情報を与えてくれるだろう、と付け加えた。彼はハミルトン総督に赤ワインを二瓶、送った。

ホィットニーはハミルトン総督に、自分は水を採りにセント・クリストファー島へ行くと告げた。すると、同島の総督マシュー中将に面談するように命じられた。マシュー総督が海賊に関する宣誓証言を受けているからだった。ホィットニーはこう返信した。「あなたはわたしに命令することはできない、わたしは国王陛下の艦《ふね》に勤務しているのです」。この傲慢な言い草にハミルトンは、海軍と植民地総督のあいだの絶え間ない諍いを思い出し、またホィットニーへ急送公文書を送った。「わたしへの命令書の写しを同封する。これは、職務を怠ったイギリス海軍艦長を停職にする権限をわたしに与えたものである。命令に従わないがいい。この書類をきみに送ろう」。ホィットニー艦長が返信した。「そんなものは気にしません。ポメロイ艦長がフランスのスループ船二隻を拿捕しました、海賊船かもしれません」。なんの関係もないことを書いて、ホィットニーは四月六日、アンティグア島を出発した。

彼はハミルトン総督に伝えた。「出航します。総督マシュー中将に対して商船員ジョン・ラムが宣誓証言をしたからです。海賊がセント・ルシア島にいると。わたしはシャーク号にアンティグア島に来て、総督に面談するよう命じました」。それから彼はセント・ルシア島へは行かずに、セント・クリストファー島へ行った。どっちでも変わりはなかった。海賊バーソロミュー・ロバーツはひと月も姿を消して、サンバルテルミ島で浮かれ騒いでいたのだ。やる気のない艦長からほんの八十マイルのところでだ。実際、ホィットニー艦長とハミルトン総督が議論しているあいだに、ロバーツはアンティグア島が見えるところで、搭載砲十二門、乗組員十八人のガレー船、ロイド号を捕まえていたのだ。

六月二十四日付け『ザ・ウィークリー・ジャーナル』ならびに『ブリティッシュ・ガゼッティア』はアンドリュー・キングストン船長が雇用主へ宛てた手紙の抜粋を掲載した。キングストン船長は二月にロンドンを出航して、ジャマイカへ向かったのだ。

一七二一年四月二十四日、セント・クリストファー島より

「本航海においてわたしが大きな不幸をこうむったことについて、こんな手紙を送ることを残念に思います。三月二十六日、わたしは午前十一時ごろ、デジラード島をめざしていました。すぐにわたしとおなじ針路をとっている二隻の船を発見しました。わたしは彼らから離れるように最大の努力をしましたが、夜八時ごろ、彼らはわたしの船に横付けしました。そのときいた場所は、アンティグア島から約四リーグのところでした。彼らは発砲し、略奪しました。一隻は三十六門の砲を備え、二百五十人の乗組員と五十人の黒人が乗っていました。もう一隻は十八門搭載のブリッグ船で、乗っていたのは、四十六人の男と二十人の黒人でした。こんな二隻を相手に、抵抗することはできませんでした。彼らはわたしの船を見つける二日前からそこにいたのです。どちらの船もジョン・ロバーツ船長の指揮下にありました。彼らはわたしの船をバミューダ島へ連れていき、そこに五日間、とどめておきました。積荷のなかで彼らの目的に合わないものは海へ捨てられました。わたしの船の索具や帆をほとんど、錨はぜんぶ、そして、滑車や食料、火薬、小火器などを持ち去り、部下の十二人を連行しました。それから、わたしの船を北へ連れていきました。取り引きするためにこの島々へ来たのではなかったのかもしれません。すぐさま、彼らは北緯三十度でわたしの船を放棄しました。なんともひどいありさまにして」

キングストン船長にとっては二重に不運だったことに、翌日、彼の船はスペインの海賊に制圧され、彼は無人島に置き去りにされた。通りかかった船に救われて、セント・クリストファー島へたどり着き、ホイットニー艦長に自分の災難を話した。ホイットニー艦長はローズ号で出動したが、気の入らない探索ではなにも見つからず、港へ戻った。キングストン船長の手紙は続く。

「わたしのすぐあとにロンドンからジャマイカへ向かった船舶が、この海賊ロバーツから逃れられたらいいが、と願っています。というのも、やつは、その位置で待ち伏せしていて、自分の手中に落ちる船舶をすべて破壊しようと目論《もくろ》んでいるからです。やつらはわたしになんの衣類も与えずに置き去りにしました。しかも、わたしの弟（副長）を索具のところへ連れていって、ムチ打ち、もう少しで殺すところでした。弟がポケットに金の指輪を二個隠していたという理由でです。これは今航海に関して送らなければならない恐ろしい手紙です。

A・キングストン」

彼はサイン入りの追伸を付け加えた。「（ジャマイカ）サンタクルーズで捕まった海賊たちは、ここで投獄されていますが、絞首刑にされることはないかもしれません」

キングストン船長が言うつもりだった島はバミューダ島ではなく、バーブーダ島だった。アンティグア島から北へかなり離れたところにある島だ。また、海賊たちが蔑視《べっし》した物品を挙げてもいない。それは、銅、蒸留器、鞍《くら》、乾物の梱だった。

ロバーツは、マルティニーク島からフランス本国へ行く途中のフランス船を拿捕して、現在その船を指揮しており、同船に乗っていたマルティニーク島総督をヤードの端から吊したという噂だった。しかし、そのことに対してキングストン船長にはなんの責任もない。一七二一年七月二十九日付け『ザ・ウィークリー・ジャーナル』および『ブリティッシュ・ガゼッティア』によると、海賊ウォルター・ケネディは自分の裁判で繰りかえしこう言った。「ロバーツはフランス人総督を殺さないかぎり、心の平安は持てないだろう」。それがほんとうなら、ロバーツは敵《かたき》を処刑するのを見て、大喜びしたにちがいない。サンバルテルミ島で海賊たちは楽しみ、それからノートン船長に会いに北へ向かった。

その途中で、海賊船隊は一隻の商船を追跡し、その船はニュープロヴィデンスへ入った。いったん港へ入ってしまえば安心だ。しかし、夜になると、海賊を満載した三艘のロングボートがその船へしのびよった。たまたまある軍艦の六本オール漕ぎピンネースが海賊ボート隊を発見し、商船に警告して、海賊から一斉攻撃を受けながら逃げた。怖気を震った商船は全帆を張りあげて、港の奥深くへ撤退した。

その軍艦は、暗闇のなかで海賊船隊を捜すことはできないと感じた。強制的に海賊にさせられてロイヤル・フォーチュン号に乗っていたジョセフ・スリンガーは、たった一人で、だれの助けもなく、「溺れ死ぬ」と叫びながら、舷側から飛びおりた。海賊が捜すことはないだろうと楽観して、彼はひと晩中、泳ぎつづけ、ついに潮流が彼を陸岸へと運んでくれたのだった。

メリーランドやヴァージニア、あるいはブラジルの沖でポルトガル船団を待ち伏せしている大型海賊船に関して、ヒステリックな報告がいくつかあった。「一七二一年に船団を守る軍艦は一隻しかなく、その護衛者たちが臆病なために……この大胆不敵な悪党の――海賊どもの、死に物狂いの攻撃から船団をほとんど守ってはくれないと考えられる」と。

別の報告では、バーソロミュー・ロバーツはヴァージニアへ向かっていると言っている。そこで処刑された海賊たちの復讐のためだ。一年前に、ケネディと別れた脱艦者たちがクエーカー教徒のノット船長の船でヴァージニアへ行ったのだ。スポットウッド総督は議会に対して、海賊のいかなる侵入も撃退できるようジェームズ川およびヨーク川、ラパチャノック川の河口に砲台を建てて、五十四門のカノン砲を装備するように命じた。

ロバーツはノートン船長を待ったが、彼は現われなかった。ラ・パリシー船長は苛立って、拿捕したスループ船で西インド諸島へ戻っていった。彼のグッド・フォーチュン号はアンスティス操舵長に与えられた。アンスティスは、グッド・フォーチュン号がノートン船長の二回目の積荷を保管するために倉庫船として使われていたので文句を言っていたのだ。ロバーツはノートン船長がいつまでも来ないのにじりじりした。

アンティグア島では、ハミルトン総督とホィットニー艦長の関係はさらに悪化した。四月の終わりに、ホィットニー艦長はフランス船を捜索していると総督へ手紙を書いた。実際に捜していたのはキングストン船長の船だった。その船は噂では海賊バーソロミュー・ロバーツによってバーブーダ島へ持っていかれ、そこでフランス船に拿捕されたという。実際に拿捕したのはスペインの海賊船で、海賊の名前はニコラウスという。この嘘だらけの手紙にハミルトン総督は少しも心を動かされず、もしも艦長が自分の命令に従っていたら、たぶん海賊に出会っていただろうにと返信した。ホィットニー艦長はデジラード島の周辺を探索することになり、そのとき、ハミルトン総督をリーワード諸島へ連れていくことになった。

五月の終わりごろにはハミルトン総督の我慢は尽きて、彼はロンドンに手紙を書き、ホィットニー艦長が動こうとしないことに不満を並べた。数か月前にマルティニーク島の総督から海賊を逮捕する方法について提案してきており、その詳細についてハミルトンは二月十九日にホィットニー艦長に知らせてあった。二十一日には議会を招集することにして、艦長にも出席を要請していた。しかし、当日、待っているにもかかわらず、正午をすぎても、艦長は現われなかった。ハミルトンはローズ号へ手紙を書き送って、理由を説明するように求めた。ホィットニーは自分の仕事をしていると返事した。それに水も必要だ。それでも、自分は海賊を捕まえるために全力を尽くすつもりだ、と。

彼は、ハミルトン総督から自分は国務大臣の手紙を持ってリーワード諸島へ行かなければならない、と念を押された。イギリス本国からその手紙が届いたら、五、六日で出発準備を整えるように、と。ところが、ホィットニーは本国からの船が入港したその日のうちに出航し、四月二十六日まで帰ってこなかった。彼はバーソロミュー・ロバーツがデジラード島沖をうろついていると考えたのだ。

いぜんとしてノートン船長は影も形もない。彼はやってこない。エル・プエルト号でイスパニョーラ島を去ってから、彼はマサチューセッツ・エリザベス諸島のノーシャン島へ行った。そこを出ると、ロード島へ行き、そこで、ジョセフ・ホィッポールはじめ仲間たちにバーソロミュー・ロバーツとの儲け話について話した。ノートンがふたたびノーシャン島へ戻っているあいだに、喜んだ仲間たちはスループ船の用意をした。事態は悪いほうへと進んだ。ロバーツのもとから帰ってくる途中に、ノートンはナンタケット・ショール沖で小船の船長、サミュエル・フィップスに出会っていたのだが、そのとき彼はロバーツとの契約を自慢しないではいられなかった。フィップス船長はそのことをニュー・イングランドで最初に見つけた治安判事に話した。

やはり馬鹿《ばか》なことに、ノートンの仲間たちはほかの知り合いをノーシャン島へ誘い、当然、そのことがロード島の総督の耳に入った。イギリス海軍のハミルトン海尉が調査のために派遣された。ターポリン湾でノートンがホィッポールや仲間のスループ船に砂糖やココアなどの略奪品を分配していると、官憲がふた手から彼の船に集まってきた。最初はハミルトン海尉だった。

ノートンは断固として海尉が乗船するのを拒絶した。海尉は指示を受けにロード島へ戻った。ホィッポールやアルミー、ピーズたちはあわてて逃げだした。ノートンは本土から来ていた商人たちに品物を売りつづけた。やがて、マサチューセッツ・ブリストル市の治安判事が現われた。ノートンはかつての共犯者に同行した。

ハミルトン海尉はノートン船長を逮捕するためにふたたびノーシャン島へ戻ってみると、治安判事が先手を打っていた。エル・プエルト号は押収されていたのだ。ミスタ・ドレパーのスループ船も略奪品が詰まっていたので、同様だった。ノートンのエル・プエルト号はロード島へ持っていかれた。七月には、イギリス本国の海軍本部が事件について知らせを受け、さらに一七二二年八月まで問題が長引くと、ついに、ロード島の総督と議会は海軍本部から船と積荷を売却した代金をニュー・イングランドの副海事裁判所判事に引き渡すようにと命じられた。つづいて九月にはロンドンから厳しい督促状が届いた。ノートン船長に関してはなんの言及もなかった。一七二四年の一月末には、ロード島が海賊行為を奨励しているとの噂があるという意見に対して、代理店のミスタ・リチャード・パートリッジが怒って反論した。ベンジャミン・ノートンという名前のロード島人に海賊がエル・プエルト号を与えたのは、自分の島になんら責任のあることではない、と。

海賊たちにはノートン船長の影も形もないということしかわからなかった。海に出ているうちに、貯蔵品が少なくなってきた。二週間、拿捕船もなければ略奪品もなく、祝宴をあげる見込みもなく、船には悪臭が満ち、腐り、人であふれかえっていた。すべてはロバーツが傲慢で横柄になって、理性という声に耳を傾けようとしないせいだった。いままでいちばん優秀な操舵長だったアンスティスを倉庫船に貼《は》りつけて、彼の代わりには人気のないシンプソンを置いていた。食料は吐き気を催すほど腐敗し、飲み物はさらにひどくなって、ロバーツがもう充分にノートンを待ったと判断したときさえ、みんなの気分は良くなりはしなかった。なぜぐずぐずしていたのか、彼が体面にこだわらずにそれを説明していたら、事態はちがっていたかもしれないが……。そうはしなかった。

「ロバーツは、始末に負えない人でなし集団を穏やかな方法では統制することはできないし、すべての騒動の源である飲みすぎを抑えることもできないと悟ったとき、いっそう居丈高な態度をとり、いっそう高圧的になって、該当者を諌《いさ》めた。そして、彼の対応に憤慨したように見えた相手には、もし妥当だと思った場合は、陸《おか》に行って、ピストルと剣で決闘しよう、と言った。自分はだれも尊重していないし、恐れてもいない」と。

男たちは不機嫌に仕事をした。水を採るのさえ嫌な仕事だったので、縛り方の悪かった水樽が落ちて、下のボートにいた人間を負傷させたときも、驚くべきことではなかった。ロバーツは過失を犯した男をののしった。男は怒鳴りかえして、自分の船長にツバを吐きかけた。ロバーツはすぐさまピストルに手をのばして、彼を撃ち殺した。それは厄災だった。彼の犠牲になった男は、海賊稼業の長いトマス・ジョーンズの親友だった。ジョーンズが陸《おか》から戻ってきたとき、騒動になった。

友だちを失ったジョーンズは慰めなど受けつけなかった。彼は友だちの死体を見ると、くるりとロバーツに向きなおって、船長もおなじ目にあって当然だと怒鳴った。ロバーツは怒って刀を手にジョーンズを追いかけ、体当たりした。傷を負ったジョーンズはベルトのナイフに手をのばし、船長に切りつけた。ひょいとかわした拍子にロバーツはバランスを崩し、大砲へ押しつけられた。ジョーンズは彼を何度も何度も殴った。ジョーンズの体に押さえつけられているロバーツは殴打をかわすことしかできず、やっとジョーンズはどやしつける海賊たちのなかに引き離された。数週間前だったら、彼らはロバーツを支持していたただろうが……。いまは無秩序状態だった。船長を侮辱したかどでジョーンズをムチ打ちにしろ、そう命じたのは新しい操舵長のシンプソンだった。賛成されたが、熱狂する者はいなかった。

　ロバーツに必要なのは戦いと成功だった。ロイヤル・フォーチュン号とグッド・フォーチュン号は出会った船はなんでも海から一掃した。四月初め、彼らは大砲二十六門搭載のフランス船と短い戦いをしたのち制圧した。怒った海賊たちはこの船を接収し、シー・キング号と名づけたが、生き残った乗組員たちはいちばん荒涼とした島に置き去りにした。数日後、海賊たちはヴァージニアの船を捕まえた。その船は大西洋の鋭い風に黒旗をひるがえして迫ってくる三隻の船を見ると、脅えきってしまったにちがいない。ありとあらゆる物が引きはがされた。乗組員たちもだ。新たに海賊船隊に加えた船のために人員が必要だったのだ。

　四月中旬のある夜、三隻の船がアフリカへ針路を向けたちょうどそのとき、船長となっていたトマス・アンスティスはじめ不満を抱く者たちを乗せたグッド・フォーチュン号が逃げだした。ロバーツにできることはなにもなかった。自分に叛旗《はんき》をひるがえす者たちが船内で反逆を企てるよりは去ってくれたほうがましだった。残った二隻の乗組員たちのために自分が略奪品を集めつづけるかぎり、敵対されることはないだろう。

　そこで、彼らはオランダ船一隻と小さなスノー型帆船一隻を略奪すると、東へ針路をとって、ギニア海岸へ向かった。十月にはジャマイカ島ポート・ロイヤルで休養していたホイットニー艦長は次のように書き送ることができた。「最近、海賊についてなんの報告も受けていないが、彼らはカーポベルデ諸島へ行ったものと思われる」。カーポベルデ諸島ではそれは疑う余地のないことだった。すでにガレー船ノーマン号が略奪されていた。この小さな事件が有名になった理由はただ一つ、強制的に海賊にさせられたベンジャミン・ジェフリーズが自分を捕まえた者たちに対して、「まっとうな方法でパンを得ることのできる人間はだれもこんな仲間にはならないだろうよ」と言い、そのふてぶてしい態度のせいでまっとうでない者一人一人から六回のムチ打ちを食らったからだった。

それより以前、二月五日にイギリス海軍スワロー号とウェイマス号は王室アフリカ会社の船団十一隻を護衛してアフリカへ向かった。ロイヤル・アフリカ号とマーサー号、ウィドー号、それにスループ船一隻、ガンビア・キャッスル号とスループ船一隻、ケープ・コースト・キャッスル号とスループ船一隻、スループ船グレイハウンド号におなじく、コンゴ号、アクラ号、この十一隻である。悪天候にもかかわらず、船団は三月末にはマデイラ諸島をかわし、カーポベルデ諸島に着いた。バーソロミュー・ロバーツが来る数週間前だった。ウェイマス号は東のガンビア川へ向かい、その間にスワロー号は船団を率いて南のシエラレオネへ行った。四月七日、会社代理人プランケットは、ベンス島の修復された砦からスワロー号が到着したとの手紙を受けとった。

不運はイギリス海軍をさらに破壊した。ウェイマス号はガンビア川河口にあるセント・メアリー島で三月三十一日、砂洲に乗りあげ、四日間、水に浮かぶことができなかったのだ。シエラレオネでは、スワロー号が川のなかで軽くなりすぎたため、船長のチャロナー・オウグルが船底の栓を抜いて水を入れさせ、バランスを回復させようとした。それを忘れて、結局、栓がはめられたのはあか水溜《みずた》まりに水が二メートル近くも入ってしまったあとだった。

アメリカから離れることができて喜んだバーソロミュー・ロバーツは、カーポベルデ諸島で仕事は終わりにして、アフリカの海岸線を下ってシエラレオネへ行くことにした。あそこなら乗組員たちは安全に祝宴を楽しめるだろう。獲物と狩人は一点へと向かっていく。

十二章　脱艦者たちと災難　一七二一年四月―一七二四年五月

「一七二三年五月十一日、イギリス海軍ウィンチェルシー号の艦長オルムはアンティグア島へ九人の海賊を連行した。二人は強制的に海賊にさせられた者だったので、ほかの者たちを告発する証言を行なった。かつては悪名高き海賊ロバーツの仲間だったフィンがブリッグ船グッド・フォーチュン号の船長だった。フィンとともに四人が一七二三年五月二十日、処刑された。もう一人は強制的に海賊にさせられたことが絞首刑にされる寸前に判明し、絞首刑台の下で執行を猶予された」

C／０２３９／１　セント・クリストファー。ＮＯ２８。

船長のアンスティスとジョーンズはアフリカに行きたいとは思わなかった。アンスティスは頭の回転が遅い男で、どうして自分たちが西インド諸島を去らなければならないのか、理解できなかった。あの島々は莫大な富を提供してくれるのだ。彼は体が頑強だったので、うぬぼれて、自分はロバーツに負けないほど成功した海賊船長になれると信じていた。

気むずかしいジョーンズに支持されて、アンスティスはアメリカへ戻る案に一票を投じた。バーソロミュー・ロバーツは大西洋の数千マイルも対岸にいるし、ロバーツから逃れたグッド・フォーチュン号の乗組員は数が少ないので、略奪はもっとどんどんやることになるだろう。

アンスティスは海賊のなかでももっとも質の悪いタイプだった。危険がもっとも少ない場合しか攻撃せず、勝ったら狂暴になる。いったんロバーツから自由になると、彼自身の戦略は一つも考えださず、いつも期待だけで、決して計画を立てずに島から島へとよたよた進んだ。それが彼の性格だった。

ロバーツから逃げたその日、初めて拿捕した船はアーウェン号だった。その船の船匠ジョン・フィリップスが強制的に海賊にさせられた。そのあと続いて、小型船トゥ・シスターズ号を拿捕した。船長のリチャーズはなんの被害も受けなかった。たぶん、アンスティスがこの船を捕獲した自分の賢さに大得意になっていたおかげだろう。トゥ・シスターズ号は肥えた船ではなかったので、グッド・フォーチュン号は南へ変針して、西インド諸島へ向かった。あそこでは交易がもっと大きく展開されているころだろう。

アンスティスはマルティニーク島へ向かった。モンセラット島沖で二隻のフランス軍艦が彼らを捜索していたが、そこへ近づいているとは彼は知る由もなかった。二隻の軍艦とちょっとのあいだ戦ったあと、海賊たちはなんとか逃げだした。そのあと、アンスティスの部下たちは彼らのもっとも下劣な所業の一つをやった。一七二二年一月十三日付け『ウィークリー・ジャーナル』が報じた。

「一七二一年十月十五日、わが国の商人たちはセント・クリストファー島から以下のような助言を受けた。彼らは毎日、新しい総督の到着を期待している、総督とともにやってくる軍艦数隻もである。彼らにとって軍艦は目下なによりも必要なものだ。乗組員の大半を葬った軍艦ヘクター号のブランド艦長はいま、ほとんど職務を果たすことができないだろう。本島海岸線に数隻の海賊船が横行しており、そこで数日前、大砲三十門搭載、四百人が乗り組んだ海賊船が二隻のフランス軍艦と交戦した。当該海賊船はマストのてっぺんに黒旗を掲げていた。戦闘はモンセラット島沖で起こったが、海賊船は軍艦から逃れ、アンティグア島から離れていった。アンティグア島には新たに五人の男がやってきた。インウェン号の乗組員たちで、船長はロス。アイルランドのコークから来た。牛肉六百樽とほかの食料を積んでいたが、彼らはマルティニーク島へ向かい、その沖合いで海賊のスループ船に拿捕された。海賊船は充分に大砲を装備し、百五十人が乗り組んでいた。このインウェン号にはモンセラット島のドイリー大佐とその家族が乗っており、大佐は海賊にひどく切られて、負傷した。この人非人どものうち二十一人が女性客を次々と陵辱し、そのあと、女性の背骨を折って海へ放りこんだのである」

大佐は強姦《ごうかん》されている女性たちを助けにいって、襲われたのだった。

キャプテン・チャールズ・ジョンスンはこの蛮行にアンスティスが関わっていたことに関して、偏見なく著書でこう述べている。「この前代未聞の暴力、残忍な行為を行なったのがアンスティスの乗組員であるということにわたしは肯定的ではない。置かれた環境、時、船の力、男たちの数、これらすべてが競合してやったのであって、それ以外のところにこの悪行の理由を置くことはできない」

そのすぐあとに、アンスティスはイスパニョーラ島とジャマイカ島のあいだで、マーストン船長の船を捕まえ、酒と食料、衣糧、そして五人の男を奪った。六月二十二日にはハミルトン号を拿捕した。ハミルトン号はモヘイア・キー島へ連れていかれ、そこで海賊たちは七週間、怠惰に戦利品を楽しんだ。十三人が強制的に海賊にされていた。そのなかには、ジョン・フィンとインウェン号の船匠ジョン・フィリップスがいた。二人はアンスティスとジョーンズ、それにロバーツの元相棒モンティニー・

ラ・パリシーの仲間になった。フィリップスとフィンはのちに幹部になる。

九月にハミルトン号がスミス船長に返された。乗組員を減らされた彼は、自分をまた海へ連れだした海賊たちと喜んで別れて、ジャマイカから一千マイルも離れたメキシコ湾のキャンペチー湾へ向かった。海賊たちは二隻のスペイン船に遭遇し、一隻は焼き払い、もう一隻は陸岸へと追いこんだ。哀れな略奪品はコイン十ポンド足らずと銀ボタンや銀カップなどで、一人の取り分は三ポンド以下だった。

不平たらたらの彼らは翌朝、船出したが、またハミルトン号と出会っただけだった。ハミルトン号のスミス船長はすでに二度目の不運に遭っていた。彼はスペインの私掠船に捕まり、拿捕賞金目当ての私掠船にキューバへ連れていかれようとした。それは実現しなかった。キャンペチー湾沖で海賊に追われたスペイン船は座礁したが、それとおなじように、私掠船も座礁したのだ。ジョーンズはあざ笑いながら、空瓶を捜しに戻ってきたのか、とスミス船長に訊いた。三度目の不運に見舞われたスミス船長は、残っていた彼の乗組員たちといっしょに屋根なしボートに乗せられた。ハミルトン号には火がかけられた。

アンスティスは、すぐに豪勢な略奪品を手に入れるという約束を果たしていなかった。ロバーツから逃げてから六か月間にやったことといえば、みすぼらしい商船を数隻つかまえただけだ。それは部下たちに不安を起こさせる記録だった。自分たちを強くするために、もう一隻必要だ、そう彼らはぶつぶつ言い合っている。すぐに荷を満載した船と出会わなければ、船長の位から降ろされてしまう、そうアンスティスは悟った。

必要としている略奪品をドン・カルロス号が提供してくれた。同号は十月二十一日、イスパニョーラ島で拿捕された。三千ポンドの価値のある商品を積んでいたばかりでなく、船医もいた、抵抗したが……。カルロス号は乗組員の二人が殺されて、五人が強制的に海賊にさせられた。船そのものは海賊船として乗り換えるには適当ではなかった。一週間後にモーニング・スター号を拿捕したが、こっちのほうがましだった。この船を攻撃するにあたっては反対意見が出た。大きくて頑強だったからだが、モーニング・スター号は戦おうとしなかった。その大きさにもかかわらず、火器はほとんど積んでいなかったのだ。海賊船はモーニング・スター号を曳航して、作業するのによさそうな島へ連れていき、そこで、余分に加わる重量を補正するために、バラストを捨ててから、三十二門の大砲をグッド・フォーチュン号から移した。この船の船長に片腕の悪党、ジョン・フィンが選出された。

この事件に関して矛盾する新聞記事が出た。一七二二年一月十三日付け『デイリー・ポスト』は大雑把だが、正確である。「わが国の商船からの報告である。ブリストル船籍のモーニング・スター号がギニアからカロライナへ向かう途中で、さらにもう一隻、バルバドス島からニューヨークへ向かう途中の船が最近、海賊によって拿捕された」。この記事とはちがって、四月七日付けの『ウィークリー・ジャーナル』および『サタディ・ポスト』はもっと特定しているが、内容はまったくまちがっている。「大砲八門搭載、乗組員九十人のスループ船を率いる西インド諸島の海賊シメニーが、チャコット船長の指揮するブリストル船籍ブリッグ型帆船モーニング・スター号を拿捕した」

十二月に二隻の海賊船は海に戻り、ラバック船長のポートランド号を略奪した。その船の荷は哀れなもので、海賊たちの働きにほとんど値しないものだった。そこで、彼らはトバゴ島へ行ったが、船は一隻も発見しなかった。アンスティスは、ロバーツがすぐさま気づいたことをまだ理解できていなかった。やすやすと略奪ができる場所は船舶がもっとも集中しているところで、危険がより大きいところなのだ。ロバーツが戦利品の多くを獲得したのは、バイア港やトレパシー港、セント・クリストファー島、マルティニーク島である。海上で出会う船舶は彼の収入に対する付録でしかない。そういう船舶にアンスティスは依存していた。

さらに一隻か二隻、貿易船を略奪したあと、グッド・フォーチュン号とモーニング・スター号は島々を縫ってのろのろと南へ向かい、小アンティル諸島を越えて、ベネズエラの海岸線の北に浮かぶ荒涼とした小島、トルトガ島へ行った。そこにナイチンゲール号が錨泊していた。海賊たちは船長のエルウッドを監禁し、荷を調べた。一七二二年四月のことだった。

七週間、彼らはその島にいて、陽光がヤシの木々や岩肌に焼きつけるなかで、だらだらと傾船修理をした。その島に来るのは難破船だけという陰鬱なところだった。彼らはきちんと組織されていない集団で、仕事もほとんどなく、不平と衝突が大きくなった。ある者たちは海へ戻りたいと言い、ほかの者たちはイギリス本国へ帰って、堅気の生活がしたいと言う。そんなことは現実的ではないと、さらに議論が起こる。一つだけ分別のあることは恩赦を乞うことだろう。アンスティスはどうすることもできなかった。部下たちに海へ戻ろうと説得しようとしたが、貧弱な略奪品のことを思い出させられるばかりだった。部下たちはフィン船長にアドバイスを求めた。アンスティスは叛乱が起こった場合に備えて、抜き身の斬りこみ刀をサッシュに差した。

数人の男たちがほかの者たちに強要して、グッド・フォーチュン号を盗んで最寄りの港へ逃げる計画を立てた。密告者が彼らを裏切り、そのときから、二隻の船は厳重に警備された。こんな愚かな企てにアンスティスが激怒すると、彼はグッド・フォーチュン号の船長から解任された。後釜にブリッドストック・ウィーヴァーが選出された。海賊たちはナイチンゲール号のエルウッド船長に船と積荷に手を付けない代わりに、船長がジャマイカのロウズ総督へ恩赦嘆願書を持っていって返事をもらってくるという提案をし、これに同意させた。

「もっとも慈悲深き国王陛下へ　神の恩寵により、また、グレート・ブリテンおよびフランス、アイルランドの信仰の擁護者の恩寵により。

全乗組員の謙虚なる嘆願、現在シップ船モーニング・スター号とブリガンティン船グッド・フォーチュン号に所属し、不名誉な名前と海賊という組織のもとにある者たちが、謹んで申し上げます。

国王陛下のもっとも忠誠な臣民であるわれわれは、さまざまな時機にバーソロミュー・ロバーツによって捕らえられたのであります。この男は当時、前述の船舶と全乗組員、さらにもう一隻の船長でありました。前述の船でわれわれは彼のもとから逃げたのであります。われわれは彼と彼の悪辣《あくらつ》なる共犯者たちによって、強制的に前述の乗組員組織に海賊として組み入れられ、働かされました。まったくわれわれの意志と希望に反してであります。われわれ国王陛下の忠誠なる臣民は、不信心な生活の仕方をまことに嫌悪し拒絶するものであり、前述ロバーツとその共犯者たちに知られずして、一七二一年四月十八日、全員一致で、前述シップ船モーニング・スター号とブリガンティン船グッド・フォーチュン号にて彼のもとを去り、逃亡したのであります。国王陛下のもっとも慈悲深き恩赦を受けたい以外になんの意志も意図もございません。われわれ国王陛下のもっとも忠誠なる臣民は、故国に無事に帰り、それぞれの故郷において、それぞれの能力において、国家のために働くことを願っているのであります。われわれが前述の乗組員組織によって強制的に拘留されているあいだに、前述のロバーツおよびその共犯者たちが傷つけ財産を奪った人びとによって、われわれが告発されるおそれのありませんように。われわれは、このつつましやかな請願に、国王陛下のもっとも寛大なご賛同を伏して嘆願するものであります。

陛下の嘆願者たちはさらにお願いを……云々《うんぬん》」

嘆願書にサインがされて、エルウッド船長に渡された。三隻の船はトルトガ島をいっしょに出発した。ナイチンゲール号はニューファンドランド島の沖合いで解放された。そこなら海賊側は安全だった。ナイチンゲール号には嘆願書と数人の海賊たちが同行した。そのなかには、バーソロミュー・ロバーツに切りつけたトマス・ジョーンズと船匠のジョン・フィリップスも含まれていた。フィリップスは強制的に海賊にさせられたので、処刑はされないものと確信していた。大半の海賊はフィン船長のもとにとどまり、八月にキューバ沖でエルウッド船長と落ち合う取り決めがされた。

ナイチンゲール号が見えなくなるやいなや、フィンとウィーヴァーの両船長は南へ回頭した。彼らはエルウッド船長が戻ってくるまで、キューバに身を潜めているのが賢明だと判断したのだ。というのも、嘆願書には多くの嘘が書いてあるので、商人たちがこれまでの宣誓証言に次々と新たな証言を加えて、もっと多くの海賊行為があったと困惑した当局者の前であばきたてるかもしれないのだ。

ジャマイカではニコラス・ロウズ総督が海賊たちの嘆願書に以下の内容を記した詳しい報告書を付けて、ロンドンへ送った——自分はこの嘆願書を一七二二年六月六日、セント・クリストファー島のジョン・エルウッドから受けとった。彼は百六トンのナイチンゲール号の船長であり、四月にトルトガ島沖で海賊に拿捕された。海賊の船長はトマス・アンスティスである。エルウッド船長は七週間、拘束されていたが、彼らの嘆願書を運ぶことに同意したのち、ニューファンドランド島の沖合いで解放された。そのとき、彼らの船長はジョン・フィンであり、二隻の船を所有していた。一隻は三十二門、もう一隻は二十二門搭載のブリッグ船だった。全乗組員は百四十六人で、スペイン人と黒人も数人いた。

エルウッド船長、嘆願書、心配する海賊たち、こうした情報がイギリス本国に届いた。ロンドンでは急を要する問題とは受けとらなかった。十一月にイギリス政府は貿易および植民地省会議に嘆願書を検討するようにうながし、西インド諸島に利権のあるロンドン商人たちと協議するよう助言した。連名のサインのある二ページからなる嘆願書は会議に引き渡された。十二月初め、ポップル大臣はジョシュア・ギーに手紙を書いて、彼や「ほかの商人たちは海賊の嘆願書に対して、なにか言うべきことがあるかどうかと尋ねた」。三日後にミスタ・ハリスが返信して、仲間たちは嘆願者たちを許したいと思っていると伝えた。遅すぎた。八月はずっと前にすぎていて、嘆願者たちは仕事に戻っていた。

キューバでの海賊たちの生活は単調だった。ありとあらゆるゲームをしたし、模擬裁判もやった。息抜きもしたが、退屈した。食料は底を尽き、酒は飲み尽くした。そこで、出発した。南へ航海しながら、船から食料を奪ったが、警戒はしていた。人生は危険に満ちている。二隻のイギリス軍艦ヘクター号とアドヴェンチャー号が砂洲をくまなく捜しているし、フランス軍艦とスペインの沿岸警備艇も協力していた。

不安に駆られたフィンとウィーヴァーの両船長は軍艦の探索を避けようと、浅海を這うようにして進んでいた。そんな浅海なら、軍艦は追ってこられないからだ。ところが、スループ船を捕まえたあと、フィン船長はうっかりモーニング・スター号をグランド・ケイマン島で座礁させてしまった。ケイマン海嶺《かいれい》諸島のなかでいちばん大きくて西側にある島だ。乗組員たちは、島の優美な松の木や一面に咲く百合や蘭《らん》などを楽しむどころではなく、二進《にっち》も三進《さっち》もいかずに脅えていた。彼らをウィーヴァー船長は拾おうと、グッド・フォーチュン号を進めていった。そのとき、軍艦アドヴェンチャー号が視界に入ってきた。続いてヘクター号も。

パニックに陥って、ウィーヴァーは島にいる乗組員たちを見棄てた。船長のフィンはなんとかグッド・フォーチュン号に追いつき、同号をウィーヴァーから乗っ取ると、全帆を張りあげて走り、追ってくるアドヴェンチャー号を引き離した。やがて、風が落ちた。二隻は数百メートル離れて動けなくなった。幸いなことに、海賊側は船にオールを装備していたので、生き抜きたいという気力がいちばん弱気な男をも元気づけて、オールを漕ぎに漕ぎ、ごくゆっくりとだが、グッド・フォーチュン号を前進させた。

島にいた仲間たちは絶望して見守った。四十人がヘクター号に捕まった。ジョージ・ブラッドリーのような男たちは、森のなかへ駆けこんだ。森は非情な場所だったので、隠れていた者たちは通りがかったスループ船の船長に喜んで降伏した。いくらか幸運だった者たちはホンジュラス湾で奪ったスループ船で逃げた。

フィンはグッド・フォーチュン号をどこかで傾船修理しなければならなかった。場所を探す途中で彼は二、三隻の船を捕まえ、その一隻の船長ダーシーを連行した。ダーシー船長は信じられないほど無謀なことに、海賊たちが陸《おか》へ水を汲みにいっているあいだに、海賊船を乗っ取ろうとした。気づかれると、彼は五人の部下を連れ、ピストルと弾薬を手に、陸《おか》へ逃げた。たまたまカヌーがあって、彼らはそれに乗って海へ出た。フィンは手下たちに追いかけさせたが、ピストルを撃たれて、追い返された。これは、捕虜が海賊からなんとか逃げのびたまれなケースである。

一七二三年の最初の数か月のあいだに、フィンはキューバ島とイスパニョーラ島のあいだのウィンドワード海峡でスループ船アンテロープ号とほかに数隻を拿捕した。そして、ようやくトバゴ島へ行きついた。数人の手下がフィンをおだてて、アンテロープ号でイギリス本国へ帰ることを認めさせた。数か月後、彼らはデヴォン州の北岸沖にたどり着くと、夜のあいだに船を沈め、リトル・アンド・グレート・ハングマンという不気味な名前のついた断崖《だんがい》の下に上陸した。イルフラクムの町の近くのカム・マーチンという漁村のそばにそそりたつ断崖だ。この男たちがふいに理由もなく現われたせいか、あるいは彼らの乱暴狼藉《ろうぜき》のせいかはわからないが、結局、彼らはオールド・ベイリー中央刑事裁判所行きとなった。ここで、ヘンリー・トリーヒルという海賊の一人が判事側の証人となり、彼自身は助かったが、ほかの男たちは有罪判決を受けた。

トバゴ島ではフィンがグッド・フォーチュン号を徹底的に傾船修理できるように、数の減った乗組員たちを駆りたてて、船を軽くさせた。アンスティスはその仲間に加わるのを拒んで、斬りこみ刀を手に森の木陰のなかへ引っこんだ。どんよりした目つきの操舵長がアンスティスに仲間入りした。監督者のいない仕事はのろのろと進み、組織化されていない数人の男たちは汗をかき、文句を言いながら、滑車装置を使って大砲を吊りあげた。

五月十一日、イギリス海軍ウィンチェルシー号がやってきた。海岸には、帆を畳んで大砲を引きこんだ海賊のブリッグ船がいた。乗っていた十数人足らずの男たちは、軍艦を見るや、船を棄てた。オルム艦長は逃亡者を連れもどすために、重武装した水兵でいっぱいのボートを三艘、送りだした。九人の海賊が森のなかで捕らえられたが、グッド・フォーチュン号は逃げた。逆風にもかかわらず迷路のような浅瀬をゆっくりと縫っていく海賊船を、オルム艦長は追うことができなかった。アンスティスは二十人ほどの仲間と逃げおおした。だが、フィン船長はオルム艦長に逮捕された。

五月十七日、アンティグア島で裁判が行なわれた。九人の海賊のうち二人が残りの者たちに不利な証言をした。フィンは尋問された最初の被告で、いったん彼が「悪名高き海賊バーソロミュー・ロバーツ」と関係があったとわかると、彼の運命は決まった。ほかにも五人が有罪判決を受けた。一人は無罪放免された。二十日、有罪となった六人の海賊たちは満潮線のなかへ連れていかれた。セント・ジョンズ島から来た見物人たちがラット島の港に集まって、死刑執行を見守った。一人の男が最後の瞬間に、強制的に海賊にさせられたというのが真実だと証明されて、解放された。あとの男たちに処刑猶予はなかった。体を鎖で固縛されて、彼らは絞首台から吊された。潮が満ちるにつれて、彼らの体の下でジャバジャバと波が音をたて、大きく盛りあがった。

ハート総督は二隻の艦長たちについて讃辞《さんじ》を書いた。「この海域の貿易があの害虫どもからかくも安全になったのは、ブランドならびにオルム両艦長が根気よく監視し、海賊どもがいると聞くとどこへなりとも追跡に出かけたおかげである。それ故、二人をどんなに賞賛してもしすぎることはない」

フィンは絞首刑になり、アンスティスは逃げたが、アンスティスも幸運だったわけではない。いったん安全になると、乗組員たちは海賊稼業に戻ることに反対した。アンスティスと操舵長、それに根つからの犯罪者たちは眠っているあいだに、彼らに殺された。半ダースの人間が縛りあげられて、グッド・フォーチュン号は小アンティル諸島のキュラソ島でオランダの町へ持っていかれた。叛乱を起こした男たちは当局によって解放され、ほかの男たちは処刑された。二年前にバーソロミュー・ロバーツから逃げた男たちの運命はこれでほぼ完全に終わった。

ほぼ、ではあるが、完全にではなかった。ジョン・フィリップスは海賊稼業に戻った。彼はナイチンゲール号でイギリス本国へ帰ると、嫌疑がかかるのを避けて、ブリストルで静かに暮らしていた。彼はインウェン号の船匠だったところを強制的に海賊にさせられたのだが、イギリスの裁判を信頼していなかったし、慈悲を受けようと自首をしてもいなかった。ブリストルの仲間たちが投獄されたと聞くと、彼は自分の無罪が証明されるのを待たずに、トップシャンへ逃げて、船に乗り、ニューファンドランド島へ行った。

フィリップスは、ロバーツが勝利したトレパシー港からそう遠くないセント・ピーターズへ行き、冷たくてつらい魚さばきの仕事を懸命にやった。フィンとほかの仲間たちがどうなったのか知りたかったのか、つまらない仕事があまりにも過酷で、暮らしが貧しかったからか、彼は十五人の男たちと共謀して、港に碇泊しているウィリアム・ミノット船長のスクーナー型帆船を乗っ取ることにした。

十五人のうち四人は抜けた。抜けた四人を彼は引きとめはしなかった。スクーナーは操縦しにくい船ではないし、船をさらに二隻捕まえて、その乗組員を強制的に仲間にすれば、快適に操縦できるだけの人手を充分に得られる。ちょっと戦ったあと、彼は船を手中にした。翌八月二十九日、正式に船名をリヴェンジ号と変え、掟にサインし、聖書がなかったので斧《ハチェット》に片手を置いて宣誓した。そこで、伝統的な方法にのっとって仲間たちのなかから士官を選出すると、仕事へと出帆した。ジョン・フィリップスが船長となった。ジョン・ナッツが航海長、ジェームズ・スパークスが掌砲長。トマス・フエーンが船匠。ウィリアム・ホワイトはミノット船長の乗組員で、仲間になったのだが、彼にはポストは与えられなかった。まだ操舵長が欠けていたのにだ。

フィリップスは勇敢だった。一週間でリヴェンジ号は三隻の漁船と、スクーナー船、それにフランス船からたっぷりと戦利品をせしめた。フランス船からは大きな大砲を一門と、しめて三百ポンドの価値のあるワイン樽十三個というありがたいプレゼントを得た。ジョン・フィルモアと船匠のエドワード・チューズマンがアイザック・ラッセンやジョン・パーソンズ、それにインディアン一人といっしょに海賊に強制徴募された。ブリルという筋骨たくましい悪党は自分から海賊仲間になった。彼は掌帆長にされた。サインしたなかで最高の男はジョン・ローズ・アーチャーだった。その風貌《ふうぼう》や動作は天使のような名前を裏切っていた。背が高くて、頑強で、斬りこみ刀やピストルの腕前はフィリップスを感動させ、彼はアーチャーを操舵長に推薦した。アーチャーが海賊黒髭の仲間だったことがわかると、彼の選出は確定された。フィリップスの意気はあがった。ナッツとブリル、アーチャーが加わって、悪行にかけては比類なき四巨頭体制となったのだ。

十月中にリヴェンジ号はさらに四隻を拿捕した。これまでの獲物より大型で、利益も大きいものだった。ブリガンティン船メアリー号は、二百ポンドの価値のある衣類と食料をもたらした。もう一隻はブリッグ船。ポルトガルのブリガンティン船はさまざまな荷を積んでいた。四十ポンドに相当する三十六枚のシャツ、三十ポンドの価値のあるブランディに食料、それに百ポンドの値がついているフランシスコという名の黒人。スループ船のコンテント号は銀とピューターの皿を積んでいた。その副長のジョン・マスターズは強制的に仲間にさせられた。ほかの三人、ジェームズ・ウッドとウィリアム・テイラー、ウィリアム・フィリップスといっしょに。

こうした成功にもかかわらず、ジョン・フィリップスは心配だった。自分の乗組員たちの忠誠心を当てにすることができないのだ。あまりにも大勢が強制されて仲間入りした者たちだったからだ。彼は小火器をすべてしまいこんで鍵をかけた。バルバドス島の北東の海岸で、彼らは何週間も傾船修理をし、祝宴をあげた。自分たちがここにいるとはだれも予想しないだろう。サンゴ礁があるので、接近するのはむずかしく、町はどれも南にある。そこで、彼らは陽射しを浴びながら横たわり、強制徴募された男たちはボートのない甲板で熱さにうだっていた。やがてついに食料が底を突いて、リヴェンジ号は海へ出た。

マルティニーク島の沖でフランスのスループ船を視認した。砲を十二門も搭載し、乗組員は大勢で、勝つ見込みはおぼつかなかったが、フィリップスは危険よりも食料のほうが頭にあった。ほぼ一日、フランス船はリヴェンジ号の前を走っていた。海賊たちが斬りこもうとするのを二時間も跳ね返した。とうとう海賊たちは抵抗を制圧して、乗組員たちを切り倒し、サメが期待して集まっている海へ放りこんだ。

二人のフランス人が皆殺しをまぬがれて助かり、海賊船にとどめ置かれた。一人は船医だった。海賊たちはまだ人手が必要だった。フィリップスはバルバドス島の沖合いを遊弋した。大農園の労働者が何人か仲間入りすればいいと願いながら。大農園の白人の生活は奴隷とほとんど変わらない。黒人たちよりもっとひどい場合もあった。自由になるチャンスなどほとんどない。こうした労働者たちの逃亡を防ぐのは監督官による見張りだけである。

彼らは二つのグループに分けられる。流刑囚と年季奉公人だ。前者は有罪判決を受けた犯罪者で、たいていはヴァージニアかメリーランドのタバコ園に送られた。イギリスの監獄で朽ち果てるのではなく、植民地での重労働を宣告されたのだ。刑期はその罪状によって決定される。請負人は自分の費用でそうした囚人たちを船で運んだ。儲かるかどうかは、囚人の価値を判断する自分の眼力にかかっていた。価格は、当人の性別や、肉体の状態、刑期によって異なる。囚人にどんな値がつこうと、請負人は損はしない。彼はびた一文払っていないからだ。発疹《ほっしん》チフスや足の壊疽で大勢が大西洋の真ん中で死んだが、それは長い航海のあいだ彼らが耐えている胸の悪くなるような状況を考えれば、説明がつく。こうした売買方法はアメリカでは人気がなかった。使える年季奉公人が大勢いるので、技術もなく乱暴な犯罪者のごたまぜ集団は足手まといで、役にたたないのだ。

流刑囚とちがって、年季奉公人は有給の年季奉公期間にサインして、自分の自由意志でアメリカに行った。たいていは五年か七年で年季が明けると、自由になり、土地の譲渡証書が与えられることが多かった。〝年季奉公契約証書〟は一枚の紙に二段に書かれた契約書で、真ん中で裂かれる。半分は主人が、半分は奉公人が持つ。両端の不揃《ふぞろ》いなぎざぎざで本物であることが証明される。

こうした〝無賃渡航移住者〟は悪辣な船長にだまされることがよくあった。船長は彼らをだまして、植民地に着いたら、残忍な仕事割当て人に押しつけられるのではなく、自分で主人が見つけられるように一定の日数が与えられる、そう言いふくめて年季奉公契約証にサインさせた。しかし、彼らは船がドック入りしているあいだ、船に監禁されていて、そのうちに契約日数が終わってしまう。すると、船長は契約は無効だと宣告して、だまされやすい犠牲者をオークションにかけ、終身奴隷として売るのだ。

子供たちも例外ではなかった。八歳以下の子供はたいてい海上で死んでしまうので、好まれなかった。それより年上の少年も少女もイギリスでは誘拐されて売られる危険があった。ある誘拐者、つまり〝神隠し〟は、十二年間にわたって毎年平均五百人を売ったと自慢した。別の男は、一年だけで八百五十人の子供を送ったという。

こういう状況を考えると、フィリップスは海賊志願者がいるだろうと予想した。多くの年季奉公人は数年以内に自由と土地が得られるし、海賊になる動機などないのだが、自分と金持ちの雇用主のあいだに結ばれている契約が履行されないのではないかと不信を抱いている者は大勢いた。農園主は黒人たちが死なないように気を配る。彼らは生涯、奴隷だからだ。所有者は黒人たちからできるだけ長く労働を引きだしたがる。年季奉公人はちがう。年季奉公期間が数か月しか残っていない者はだんだん価値が下がる。そうした奉公人はしばしば、もっとも過酷で大変な仕事を与えられ、食事はもっとも貧しく、寝るのはもっとも劣悪な場所にされることがあった。彼らの大勢が貧苦のために死んだ。ほかの者たちは海へ逃げた。しかし、だれもフィリップスの仲間に入らなかった。

海賊船はトバゴ島へ向かった。その島で彼らは一人の黒人から、フィンが逮捕され、アンスティスは逃げたと聞かされた。あと数人はなんとか隠れたが、軍艦が戻ってきて、捕まえられたそうだった。フィリップスだけが残ったのだ。トバゴ島はいま平穏なので、長いあいだ放っておいたリヴェンジ号の喫水線掃除を急いでやることにした。その作業がちょうど終わったとき、ブリルが叫んだ、二マイルと離れていない岬に軍艦が錨泊している、と。恐怖にとらわれて海賊たちが見守ると、水兵の乗ったボートが一艘、水を採りに上陸してきた。フィリップスの部下たちがうずくまっている場所から、銃弾の届く近間だった。海軍のボート隊は一時間かかって樽や桶《おけ》に水を満たした。そのあいだ、海賊たちのなかには敢えて顔をあげようとする者はいなかった。

海賊たちが出発して、最初に捕らえたのはロウズ船長のスノー型帆船だった。フィリップスは強制的に海賊にさせられた男たちに対してまだ不安を抱いていた。そこで、彼らを二つに分けて、ジェームズ・ウッドとウィリアム・フィリップス、ウィリアム・テイラーをスノー船に乗せ、船匠のトマス・フェーンを船長にした。フェーンにはずいぶん前から自分自身の船を持ちたいという野心があったのだ。不実なことに、フェーン船長はある夜、リヴェンジ号から離れる針路をとった。だが、気づかれた。夜が明けると、小さなスノー船はまだ射程内にいた。リヴェンジ号の数門の旋回砲が小さな船の甲板を掃射した。舵棒のそばに立っていたウッドが即死した。ウィリアム・フィリップスは右足の膝を砕かれて、ひどい損傷を負い、フェーン船長が降伏すると、アーチャーに右足を切断された。もしも一日か二日で壊疽が現われなかったら、そして、もしも切断部が正しく縫合されていれば、フィリップスは助かるだろう。こんな気候ではそうではないことがよく起こるのだが……。二日後、フェーンがまた逃げようとした。フィリップスは躊躇はしなかった。フェーンが引きずりだされたとき、彼はピストルを引き抜いて、撃ち殺した。

海賊たちは北上をつづけ、一七二四年二月七日、ノース・カロライナの海岸沖でハッファン船長の大型船を拿捕した。つづいて、ポルトガル船を一隻、さらにジャマイカ島行きのスループ船を数隻捕まえた。この船の優秀な航海長ハリー・ガイルズを無理やり海賊仲間にし、チャールズ・アイヴメイも仲間に引きこんだ。しかし、コンテント号の副長のジョン・マスターズは自分が家へ帰らないかぎり、女房子供は文無しなので、自由にしてくれるようにとしきりに頼んだ。それで解放された。

三月二十七日、モルティマー船長の船が彼らの手中に落ちた。船長は短気で厳格な性格だったので、暴れまわる海賊たちに激怒し、梃子《てこ》棒でフィリップスの肩を突き、ひどい傷を負わせた。フィリップスは剣を引き抜くと、モルティマー船長を三度突き、さらに、ナッツとアーチャーが斬りこみ刀で切りつけた。モルティマー船長は甲板に倒れた。掌帆長のブリルが死体を蹴《け》って、船長の乗組員たちを手招きすると、死体を海へ捨てさせた。

続く数週間でフィリップスは、ジョン・ソルター船長のスループ船とチャャッドウェル船長のスクーナー船も含めて十一隻の船を一滴の血も流さずに拿捕した。彼は緊張を解いた。略奪品は余るほどあった。待望の生活しやすい島へ引っこんでも充分なぐらいだ。そうした島でぬくぬくとして、酒を飲めば、臆病な強制徴募者たちも元気になるだろう。そんなフィリップスの夢をスクイレル号のアンドリュー・ハラディン船長が砕いた。

ハラディン船長はノヴァスコシア沖で拿捕された。彼は新しいスループ船に乗っていた。真新しい船で、甲板にはまだ船匠道具がころがっているほどだった。フィリップスはこの船の細い船形に魅せられて、翌四月十五日、自分の略奪品と大砲をスループ船に移させた。それをスループ船から強制徴募した乗組員たちにやらせた。彼らはおとなしくしているが、腹をたてていた。二十人ほどいたが、八人しか海賊になると認めていなかった。

その夜、ハラディン船長は海賊になりたくない部下たちに、フィリップス一味に対して叛乱を起こすことについて尋ねた。安心したことに、少なくとも乗組員の半分は逃げたがっていますとチーズマンとフィルモアが答えた。その夜のうちにやるのは愚かなことだろう。海賊側は航海長のナッツが当直についているのだ。彼は丸腰の者たちの脅しになど脅える男ではない。叛乱は昼間にやらなければならない。チーズマンはナッツ航海長を引きうけると申し出た。フィルモアはブリル掌帆長だ。ハラディンは船長のフィリップスをどうにかしなければならない。フィリップスは正午には自分のキャビンにいるはずだった。翌日の十七日が叛乱決行日と決まり、信頼できる乗組員たちに前もって告げられた。

十七日の正午、冷たい風が吹き、空は灰色だった。チーズマンはナッツ航海長を誘って、甲板をぶらぶら歩いた。フィルモアは甲板手すりのそばでのんびりして、船匠が忘れていった斧《ハチェット》のそばに立った。チーズマンはとつぜんなにか異常なことに気づいたように、舷側の手すりから海をのぞいた。ナッツ航海長が胸を大きく乗りだすと、チーズマンは彼の腰をつかんで手すりへ持ちあげ、海へ落とした。

フィルモアは斧をつかんでブリル掌帆長へ振りあげるや、肩から胴体へ深く切りつけた。ブリルの瀕死の叫び声で、フィリップス船長が甲板へ駆けつけてきた。ひと目で危険を見てとった彼はハラディン船長へ突進した。二人のあいだへチーズマンが飛びこんだ。フィリップスは巻き束ねたロープに蹴っつまずき、足場を取りもどせないうちに、チーズマンが槌《マレット》で何度も何度も彼を殴った。掌砲長のスパークスはフィリップス船長を助けようと駆けつけたが、強制徴募されたアイヴメイにさえぎられ、もう一人の強制的に海賊にさせられた男がスパークスを舷側に追いつめて、海へ落とした。

海賊側の航海長アーチャーが艙口からピストルをぶっ放しながら這いだしてきた。彼はピストルを放り投げると、ベルトから斬りこみ刀を引き抜いた。その背中にフランス人が飛びついた。ハラディン船長がアーチャーの両腕を甲板に押さえつけた。チーズマンが槌を手に駆けつけて、アーチャーを二、三度、その重い槌で殴った。ガイルズが止めなければ、殺していただろう。アーチャーは、自分たちの無罪を証明する証人として生かしておいたほうがいいのだ。

一週間後、スクイレル号はノヴァスコシアのセント・アン港に入った。甲板の下には海賊たちが鎖に繋がれていた。マストのてっぺんには海賊フィリップスとブリルの首が吊されている。ハラディン船長は興奮して、町の人たちがこの凱旋に気づくように旋回砲で礼砲を撃つように命じた。きちんと押さえられていなかった砲が撃たれたとき、強制的に海賊にさせられた男たちが甲板にいた。そのなかのフランス人船医が爆風をもろに受けて、瀕死の状態で痙攣《けいれん》しながら、甲板に爪をたてた。

五月三日、フィルモアはスクイレル号をボストンへ持っていき、十二日に裁判が始まった。囚人たちと同様に、身の毛のよだつ証拠物件も法廷に持ちこまれた。告発者側の検分を受けるために保存しておけるように、海賊フィリップスとブリルの首がニューファンドランド島で塩漬けにされたのだ。

審議は短かった。ハラディン船長とトリッカー、ミルズは元仲間たちを告発する証言をした。フィルモアとチーズマンが最初に尋問されて、無罪と判決された。ホワイトと、片足のウィリアム・フィリップス、テイラー、アーチャー、そのほか二名は有罪判決が下された。ほかの者たちは無罪放免された。フィルモアは、第十三代アメリカ合衆国大統領ミラード・フィルモアの曾《そう》祖父になるのだが、裁判のあと、彼は海賊フィリップスの銃と、銀柄の剣、靴用の銀製バックル、銀の膝当て、タバコケース、金の指輪二個、それに彼の働きに感謝した法廷から恩賞が与えられた。チーズマンとハラディン船長も報奨を受けとった。

三人の海賊はボストンのバード島で懺悔《ざんげ》のスピーチをしたあと、絞首刑にされた。さらに三人はイギリス本国へ送られて、海賊処刑場で〝木〟に吊された。こうした殺人的方法で、一七二一年にバーソロミュー・ロバーツから逃げた男たちの最後の一人が果てた。

それはアンスティスが始めたことだったが、彼の企ては成功しなかった。彼のあとでフィンも失敗した。フィリップスは名を成すことはできなかった。ささいな獲物をかすめ取る野心のない海賊に対して、時は逆流しだした。総督たちが防衛する意志をさらに固めたのだ。良心的な海軍艦長たちは容赦なく海を捜しまわった。西インド諸島の海賊たちの活動の場は閉じかけている罠に変わりはじめていた。アメリカの海岸道路は密輸業者を警戒する治安判事たちによって監視された。アフリカでは軍艦が船舶航路をパトロールした。

トマス・ジョーンズ――ハウエル・デイヴィスの古い仲間で、バーソロミュー・ロバーツと戦った男であり、アンスティスといっしょに逃げた男、そして、ナイチンゲール号でイギリス本国へ帰った楽観主義者は、一七二三年、ブリストルで逮捕され、ロンドンのマーシャルシー監獄へ送られた。

十三章　アフリカでの悦楽　一七二一年四月―一七二二年一月

「この五年間にニューファンドランド島およびアフリカの沿岸で海賊によって拿捕されたイギリス船舶は百五十隻におよぶと推定される。イギリス軍艦ウェイマス号が海賊に拿捕されたという報告は事実無根であると判明した」

一七二二年一月二十四日付け『ウィークリー・ジャーナル』

一七二一年五月、激しい雨期のさなかにバーソロミュー・ロバーツはカーポベルデ諸島を発った。軍艦ウェイマス号はガンビア川の砂洲の沖合いを走っていた。同号は、シエラレオネでスワロー号に合流した。スワロー号はあか水をポンプで排出したところだった。

二隻の軍艦は海岸沿いに進んでセストス川を通りすぎ、パルマス岬もかわした。ジャックイヴィル、ハーフ・アッシニとすぎて、スリーポインツ岬に達した。そこで、土地の習慣を知らなかったため、問題に遭遇した。岬を見下ろしているのはブランデンブルグ砦で、デンマーク人によって建設されたのだが、彼らに放棄されてから長い年月がたっていた。英語をちょっと話せるジョン・コニーという独裁者のような黒人が砦を占領し、水を汲みに湾へ入ってくるすべての船舶から黄金で税を徴収していた。これを聞いたオランダ人は、貿易が復活しつつあったのでこの砦を欲しがって、砲艦とフリゲート艦数隻を派遣し、コニーに立ち退きを要求した。

コニーは、オランダ側が砦の所有権を主張する――偽ってだが――根拠となっている売買領収書を提示するように要求した。土地はもともと自分のもので、かつてはデンマーク人が自分に賃貸料を払っていたと言う。コニーがデンマーク人に土地を賃貸していたことを証明する売買領収書を提示することができないかぎり、オランダ側には砦に対してなんの権利もないと言う。「提示したとしても」と、彼は宣言した。「わたしが領主である。デンマーク人はかつてはわたしに賃貸料を支払ったが、わたしは二度と土地を貸すつもりはない」

コニーの尊大さにオランダ人は怒って、砲弾や銃弾を撃ちかけ、海尉はじめ四十人を上陸させて、砦を急襲させた。コニーの戦士軍団はオランダ人たちを切り倒した。オランダ艦隊が立ち去ると、黒人の首領は死体の髑髏を使って、自分の宮殿の入口を舗装し、顎骨を庭の木から吊りさげたのだった。

コニーは四面に稜堡を巡らした砦のなかに四十門の大砲を装備し、高い壁に囲まれて安全だった。下の海には油断のならない流れが渦巻いている。寄せ波は非常に激しく、ヨーロッパの貿易商人たちはほとんど上陸することができないと悟って、コニーが運んできた三メートルの長さのハコヤナギのカヌーを使うことにする。それでも危険だ。カヌーはパドルを立てて、海側へ向ける。そうしているあいだに黒人首領は押し寄せてくる砕け波の速さを測る。いちばん速くなったところで、カヌーはくるりと旋回し、波山に乗って走る。しばしば転覆することがあり、男たちは下層流につかまって溺れ死ぬ。

こんなことをスワロー号もウェイマス号も知らなかった。六月七日、頑丈なボートが降ろされて、清水を汲みにいった。一人の黒人が金色の舳先《へさき》の長いカヌーを持って、水兵たちのところへやってきた。カヌーにはジョン・コニーと名前が彫ってあった。男は黄金を要求した。断ると、水兵たちは武装した黒人たちに取り囲まれた。彼らは水樽を奪い、捕虜たちを砦へ連行する準備を始めた。海軍士官が自分たちはイギリス国家を代表しているのだと説明すると、頭を殴られ、血まみれにされた。チャロナー・オウグル艦長は自分の部下と水を取りもどすために、六オンスの金を支払わなければならなかった。六月九日、部下たちは解放された。

スワロー号とウェイマス号はケープコースト城砦へ行き、さらにプリンシペ島へ向かった。この島は、スリーポインツ岬から東へほぼ七百マイルのところにある。彼らが出発したのは、コニーの支配するスリーポインツ岬から八百マイル以上も離れたシエラレオネにバーソロミュー・ロバーツが凱旋入港したのとほぼ時をおなじくしていた。軍艦が出発しなければ、追う者と追われる者がさらに離れていく可能性はほとんどなかっただろうに……。

ロバーツは怠け者ではない。いくら超然としていても、略奪品をもたらす戦いしか部下たちを満足させることはできないとわかっていた。攻撃する港があれば、彼は侵入した。船が視界に入ってきたら、その船を拿捕した。略奪品が貯まって分配されると、海賊たちが祝宴をあげにいく場所はたくさんあった。ケープコースト城砦のような近づきがたい砦を避けているかぎり、海賊たちは海岸では自由だった。

ロバーツは陸《おか》のことをよく知っていた。王室アフリカ会社の城砦はどこも荒れ果てているということとも知っていた。長いあいだ金をかけずに放っておかれているので、壁は崩れ落ち、大砲は腐食している。代理人たちは貧乏なので、海賊たちとどんちゃん騒ぎするのはありがたい気晴らしであるということも知っている。ワインがふんだんにそそがれて、会社から強いられている惨めな状況とはうれしいほど対照的なのだ。この先六か月、一年、アフリカはロバーツの乗組員たちにとって楽園となるはずだ。そして、果実を摘みとったら、アメリカへ戻ることもできるし、マダガスカル沖やインド洋で肥えた東インド会社船を襲うこともできる。

カーポベルデ諸島で元オランダ船のロイヤル・フォーチュン号は放棄していた。水漏れがひどかったからだ。大砲と略奪品は元フランス船のシー・キング号に移し、これが新たなロイヤル・フォーチュン号となった。新しいロイヤル・フォーチュン号はセネガル沿岸を航海してきた。オランダのもぐり貿易船や密貿易船を監視している二隻のフランス巡視艦が、自分たちの港の近くを旗も上げずにのんびり走っている大型船を発見すると、追跡してきた。ロバーツは彼らを外洋へ誘いだし、まるで陸《おか》から見えなくなるまで逃げようとするかのように全帆を張りあげた。

黒旗が掲げられ、いままで空っぽだった砲門に大砲の鼻先が押しだされたとたん、フランス艦の勇気はしぼんだ。大きな海賊船は旋回して、フランス艦の進路に立ちはだかり、フランス艦が回れ右して片舷斉射を避けるか、自分たちへ向けられている十数門の殺人的な旋回砲の射程内へまっすぐ突っこんでくるか、どちらかにさせた。

二隻のフランス艦はそのどちらもしなかった。旗を引き下げて、降伏した。こんなふうにして、ロバーツはさらに二隻の強力な船を手中にした。コムテ・デ・トウロウス号はレンジャー号と改名され、もう一隻はレンジャー号より小さかったので、倉庫船にぴったりで、リトル・レンジャー号とされた。

ロバーツの部下たちはこの成功に鼻高々だった。すべての男たちが自分の想像のなかでは自分自身が船長であり、王子か王だった。新しい船のために士官が選出された。年長の数人に指名権が与えられた。年長者によって指名されるというのは海賊の習慣ではない。選出の基準は勇敢さ、技量、人望、だった。シンプソンは操舵長というポストから解任された。威張り散らすからだった。ロバーツは総指揮官にとどまった。操舵長としていっしょに留任したのは、ウィリアム・マグネスだった。ジェームズ・フィリップスは掌帆長、デニスは掌砲長。航海長のハリー・ジレスピーは相談を受けなかった。レンジャー号ではトマス・サットンが船長に選ばれたが、その地位に長くとどまることはなかった。ウィリアム・メインが掌帆長になった。リトル・レンジャー号の船長にはジェームズ・スカームが選出された。ロバーツは船医がいないことに不満をもらしたが、ほかの士官たちはその必要を感じなかった。

六月十二日、ラッパやフィドル、太鼓が騒々しいジグの曲を演奏しながら、海賊船隊はシエラレオネへ入っていった。例の〝かんしゃく玉〟老人が、真鍮《しんちゅう》の大砲を放った。ベンス島の再建された砦では、会社代理人のプランケットが六週間前に軍艦スワロー号が出ていったのを悔やんで、ののしった。なすすべなく彼は、貿易商人たちがボートで漕ぎだしていくのを見守った。ジョン・リードスタイン、彼のカノン砲がプランケットを起こしたのだった。ピアス、グリン、プレグロヴ兄弟、ラム、イングランド、ワォレン、ボナアマン。そのほか三十人ほどのずる賢い悪党商人たちはプランケットが無力なのを知っているのだ。二か月間、海賊たちはそこに居すわった。スワロー号とウェイマス号がすぐに戻ってくる可能性はない。村でのどんちゃん騒ぎの件が彼らの耳に届かないかぎりは……。入ってきた船は出ていってはならない、そういう厳しい命令が出されていた。

ウィリアム・デイヴィスは目いっぱい酔っぱらった。海賊が来るまで彼は十二か月以上、シエラレオネで強制労働をさせられていた。彼はガレー船アン号の乗組員だったが、仲間と喧嘩したあと脱走し、黒人女を女房にしてこの貧しい町に住みついた。彼がラム酒と交換に女房をひと夜の喜び相手として売ったとき、女房の親類たちが更正処置を要求した。代理人プランケットでさえ、デイヴィスが黒人の地主のもとで二年間、奉公すべしと宣告されるのを防ぐことはできなかった。地主はシーンジョー・ジョセフと言い、シエラレオネに小さい教会を建てて、そこで子供たちに読み書きを教えていた。いまやデイヴィスは自由の身だった。

ウィリアム・ウィリアムズが逃げようとして、捕まり、ムチ打たれた。彼の前には二人が逃げて、捕まらなかった。二人は深いジャングルのなかで死んだか殺されたかしたにちがいない。密林や下草、野生動物、残忍な原住民は牢獄の壁のようなものだ。船やボートに見張りを立てておく以外に、なにも防げない。規律はない。歌やダンス曲を演奏しつづけて疲れきった楽士たちは、千鳥足の海賊たちに飲むように強要されると、断ることができない。アルコールが演奏に悪影響をおよぼして、メロディの音が狂ったり、調子が外れたりしたら、素面になるまでムチ打たれるとわかっていてもだ。彼らは日曜を待ちこがれた。

六月がすぎた。七月も。砦ではプランケットがもう一通の急送公文書を書き終え、それを手紙の束に加えた。海賊たちが出発したら、送ることになっている。八月の初めにようやくロイヤル・フォーチュン号の率いる海賊船隊は錨を揚げ、シエラレオネはまた王室アフリカ会社のために金を稼ぐ陰鬱《いんうつ》でつらい場に戻った。

プランケットは、プロヴィデンス号の船長に報告書を託した。報告書のなかに、彼は海賊バーソロミュー・ロバーツと付き合った貿易商人たちの名前を列記した。さらに、イギリス軍艦は、もしも便利な固定基地を持たなければ、役には立たないと指摘した。その場所は海岸線を二百マイル下ったリビエラのデ・ノルド岬と、マウント岬、メスラド岬、それらのあいだのどこかにすべきである。その地区で海賊たちがよく水を採るからだ。シエラレオネには港を見下ろす場所にもう一つ砦を建設すべきである。そうすれば、居住地を守れるし、海賊たちが木と水を採るために自分たちの基地を作ることも防げる。ベンス島の砦は食料の備蓄にしか役に立たない、そうも指摘した。

プランケットは自分の会計簿に戻った。もうじき、商船たちが奴隷を求めてやってくる。ケープコースト城砦で売買したあともまだ埋まらなかった甲板下のスペースを満たすために、黒人を買いにくるのだ。一七一三年にイギリスはスペインと黒人奴隷契約《アシエント》を結んで、三十年以内に十四万四千人の奴隷を西インド諸島のスペイン領に供給することを約束した。それにフランスやイギリスの領地も満足させなければならない。数年間で、二万人の男や女、子供を船で送った。三か月におよぶ長い航海が終わるまえに、十人に一人が死んでしまうという状況下でだ。

死はまたイギリス海軍にもやってきた。ヨーロッパ人にとって、西アフリカの不健康な海岸は病気の巣窟《そうくつ》だ。コロンブスの時代から、黄金海岸は〝白人の墓場〟として知られている。じめじめした気候や虫、蚊、衛生思想や衛生施設に対する無知がマラリアや赤痢、黒色熱、黄熱病などたくさんの伝染病を作りだす。ここに来た白人の三人に一人が四か月以内に死ぬと推定されていた。こんなブラック・ユーモアがある。王室アフリカ会社では一つの交易所に三人の総督がいる。一人はたったいま死んだ。二番手はその後釜にすわった。三番手はイギリス本国から来る途中である。

「注意しろ、ベニン湾では気をつけろ、
一人が現われたら、四十人が潜んでいる」

六月十五日には、軍艦ウェイマス号で黄熱病が発症した。男たちは高熱で倒れ、皮膚には黄疸《おうだん》が出た。嘔吐《おうと》し、ちょっと回復したと思うと、またぶりかえして、内出血や下痢で意識がなくなり、死んでしまう。七月十一日、蚊が原因の伝染病で主計長が死んだ。三日後、教師が死んだ。八月二十六日、ウェイマス号はプリンシペ島に錨を入れ、十六人の病気の水兵のために二軒の家を借りて、彼らのためにパンを買った。その日、四人が死んだ。

その月、オランダのガレー船セム号がバーソロミュー・ロバーツの手に落ちた。略奪品は梱が数個という貧弱なものだったが、曰《いわ》くありげな志願者たちが殺到した。ある陽気な水夫が操舵長のマグネスのまえで跳ねとんで、ロバーツに頭を下げた。ロバーツは大声をあげて、「いいか、この男たちは無理にも仲間にさせるぞ」と怒鳴った。マグネスはそっと〝強制徴募者〟を突いて、ロイヤル・フォーチュン号の舷側へ押しやった。水夫は悲鳴をあげた。マグネスは、オランダ人船長の目の前で水夫をピストルで小突いた。すると、水夫は、自分は強制的に海賊にさせられたんだと叫ぶと、自分の船長に向かって、自分の意志に反して海賊にさせられた者の名簿に自分の名前、チャールズ・バンスも加えてください、と頼んだ。茶番劇を演じたもう一人はロバート・アームストロングで、彼は八週間前に、スリーポインツ岬でイギリス軍艦スワロー号を脱艦したのだった。

八月八日、シエラレオネから三百マイル南東のケストス岬の沖合いで、ロバーツは二隻の大きな船が錨を入れているのを見つけた。ブリストルから来たカニング船長のロビンソン号と、ギー船長のフリゲート船オンズロー号だった。ケープコースト城砦へ陸軍兵士を運んでいくのだ。乗組員はほとんどが水樽を持って上陸中で、海賊たちが抵抗を受けたのは一人の航海士からだけだった。怒った海賊は航海士のピストルを叩き落とした。海賊はそんな航海士の無礼に耳を切り落とそうとしたが、すばらしい略奪品がありそうだという思いに気をそらされた。

船内には魅惑的な捕獲物があった。仲間たちが競ってキャビンからキャビンへと走り、船艙に入って、操舵長の調査を受けるために衣類や火器、宝石を上の甲板へ放っているあいだに、ウィリアム・ミードは船尾楼の下の倉庫のドアを蹴り開けた。見ると、白人の女がうずくまっていた。

女の悲鳴に別の男が倉庫に駆けつけた。すると、ミードが半狂乱の女に抱きついて、ペチコートを引き裂いていた。スカートはすでに破られて甲板に落ちている。ジョン・ミッチェルとしては、強姦は正当な分け前のなかには入らないと思ったのかもしれないし、あるいは、ロバーツの掟第四条をおぼえていたのかもしれないが、ミードの頭を火打ち石で殴ると、女に下の士官次室へ行くようにぶっきらぼうに言った。オンズロー号とロビンソン号の略奪がすんだら、ロバーツ船長に女がいることが知らされるだろう。

女が脅えてうずくまるのを尻目に、海賊たちは金や装身具、衣装や貴重品をマグネス操舵長のもとへ運んだ。次々とやってくる日焼けして不潔な悪党たち、顎髭、頬髭、傷跡、ピストルと斬りこみ刀で武装した男たち、女を見るどの顔にも驚きと欲情があふれていたが、彼らは、自分自身のために一つでも品物を見つけたくて、また略奪のほうに気をとられるのだった。

略奪は二時間つづいた。すべての物が仕分けされて、山積みにされた。資材の巨大な山、衣類、コイン、指輪、ネックレス、ブローチ。船艙では梱や樽のリストが作られた。そこでようやく作業が終わると、マグネスは、女にロイヤル・フォーチュン号へ行くように言った。女はエリザベス・トレングローヴといい、コーンウォールの鉱山監督の女房だった。女をどうすべきか、それはロイヤル・フォーチュン号でバーソロミュー・ロバーツが決めるだろう。

フリゲート船オンズロー号の後甲板にロバーツは二隻の拿捕船の乗組員を集め、仲間になる者はいるか、と訊いた。一団の陸軍兵士たちが前へ進みでたが、〝陸者《おかもの》〟として無視された。ロバーツは兵士は欲しくなかったので、「しばらくは拒絶者たちといっしょに」しておき、やがて不承不承ながら、もし志願する者がいたら四分の一の取り分をやろう、と言った。そんな屈辱的な分け前でも、大勢の男たちが海賊船へ渡っていった。

ロバーツは船乗りたちへ、強制はしないぞと繰りかえし言った。数人の船乗りが呆然とした不安そうな顔つきをした。海賊側は、いちばん嫌そうな演技をしている男たちを選んで、無理やりロイヤル・フォーチュン号へ連行するふりを最後まで通した。

ロバーツはオンズロー号の牧師ロジャー・プライス師へ向きなおった。海賊稼業は邪悪で放埒な生活だが、部下たちが秩序を守るように最善を尽くしている、と彼はプライス師へ言った。日曜には悪行やゲーム、喧嘩はいっさい許さないし、船上では衣服を着るようにさせている。それでほかの日の悪い行ないが減殺されるかもしれない、そう続けた。プライス牧師は冷ややかだった。彼は自分から進んで悪党をなぐさめることなど、決してしようとしないのだろう。

しかし、牧師のポストは名誉職である、そうロバーツは言った。聖職者に求められるのはただミサを執り行い、祈りを捧げ、必要な場合にときどきパンチを作るだけだ、と続けた。そんな邪悪な組み合わせの仕事など、良心が許さない、とプライス牧師が答えた。ロバーツは無理強いはしなかったが、祈禱書を三冊と栓抜きを盗んだことで満足した。

オンズロー号はいかにもフリゲート船らしく、高い船首楼と船尾楼甲板があって、フランス建造のロイヤル・フォーチュン号より見栄えのいい船だった。船匠たちが下甲板の隔壁の大部分を引き倒して、仕切りをなくした。キャビンはいくつか残された。大砲が四十門積まれて、滑車装置で固縛された。ちゃんとした船だった。快速で敏捷《びんしょう》で、清潔で、近づくと危険そうで。二週間後、海賊船隊はケストスを離れた、略奪品で船艙をふくらませて。ロバーツは自分の浮かぶ城砦がなんとも誇らしく、船名を変えるとかならず厄災を呼ぶという迷信にもかかわらず、オンズロー号を四代目ロイヤル・フォーチュン号とした。この船の水彩画がコンスタムにある。

エリザベス・トレングローヴは小さなキャビンに監禁された。彼女は凶兆であって、決して船内を歩くことは許されないだろう。護衛として〝小ダビデ〟シンプソンが彼女の監視人に指名された。だれ一人として彼に敢えて挑戦せず、本人の証言によると、守ってやったことに対して感謝の愛情が許されたのだった。

フリゲート船の船長ギーに彼の船を奪った埋め合わせとして古いロイヤル・フォーチュン号を与えると、ロバーツは東へ針路をとって、ジャックイヴィル、ケープコースト城砦とすぎていった。船は一隻しか見えず、その船に乗りこむと、海賊たちは横柄な船医を船長と見まちがった。船内には不要な物ばかりが山積みになっていた。海賊たちはジョージ・ウィルソンというその船医を連行し、サットン船長のレンジャー号に割り当てた。オンズロー号からはすでにハミルトン船医を強制徴募していた。

ウィルソンは得体の知れない人物だった。彼は抵抗はしなかったが、二日後、薬と医療道具を取りにもう一隻の拿捕船へ行かなければならないと言った。サットン船長は躊躇した。その船はすでに遠くへ行っていた。彼は船へ向かって大砲を一発撃って止めると、帆走ボートを降ろし、ウィルソンに必要な物を集めて、急いで戻ってこいと言った。ウィルソンは二人の男と出発したが、その船へ向かわずに陸《おか》へと針路をそらした。サットンはお手上げだった。逃亡者はあまりにももう陸に近づいていたのだ。レンジャー号はロイヤル・フォーチュン号を追った。

奪った急送公文書から、軍艦スワロー号とウェイマス号は南に二百マイル以上も離れたプリンシペ島にいるとわかった。そんなに離れているのなら、脅威にはならない。ロバーツは別の港を襲撃することにした。一七二一年十月一日、彼の三隻の船はナイジェリアへ行き、カラバー港の東はるか沖合いにとどまって、道案内してくれる船を待った。港の入口は水深がわずか五メートルしかなく、その先は長く複雑に曲がりくねった水路が続いていて、町へはほとんど近づくことができないのだ。ロバーツはなすすべなかったが、ようやくロウアン船長の指揮するジョスリン号が現われた。船長は撃鉄を起こしたピストルと黄金の入った財布に負けて、港へと水先案内した。

残念なことに、獲物はガレー船のマーシー号とコーンウォール号という二隻の船だけだとわかった。しかも、どちらの船にも金目の物はたいしてなかった。ロバーツは二隻にはほとんど目もくれず、原住民の黒人たちから食料を手に入れようと上陸班を送った。黒人たちは客が海賊だとわかると、取引きを拒絶した。ロバーツは四十人を上陸させて村を襲ったが、迎え撃ったのは二千人の武装した黒人たちだった。海賊側は数人が殺され、黒人たちは食料もなにもかも持って逃げてしまった。町に火をかけたが、上陸班は手ぶらで船へ帰った。新造船ではあるが金目のものはなにもない三隻の船を連れて、ロバーツはむしゃくしゃした気分で海へ出た。三隻の船からロバーツは何人か人手を得た。猫背の楽士ジェームズ・ホワイト、それに船医のピーター・スカダモ。スカダモをロイヤル・フォーチュン号に割り振ろうとしないムーディにスカダモがわざとぶつからなかったら、彼は解放されていたかもしれない。

スカダモ船医は、〝捕獲者〟にいい印象を与えたくて、自分の船長ロールズの反対を無視して薬や秤、天秤皿、メスを取りにコーンウォール号へ戻った。ロールズ船長は、当局者に会ったら、その全員におまえを告発してやるとののしった。三隻の拿捕船が解放されたとき、ジレスピー航海長は自分の家族に届けてくれと、モイドール金貨をロールズ船長にこっそりと託した。彼は何度も逃亡を繰りかえした自分への海賊たちの不信感を少なくするために、略奪品の分け前を受けとることに同意して、それを妻と子供のために貯めていたのだ。

プリンシペ島では軍艦ウェイマス号がいぜんとして黄熱病による死者を出していた。九月二十一日までに大勢の人員が死に、また入院したので、二十人の黒人が雇われて、錨を揚げた。無力の軍艦ウェイマス号とスワロー号は北西の黄金海岸をめざして出港し、十月二十日、二隻は別れた。三日後、ウェイマス号はケープコースト城砦に着いた。二隻の海賊船について報告を受けて心配していた総督は、ウェイマス号には健康な人間は何人いるのかと訊いた。将兵合わせて七十二人だった。十月二十五日までにその人数は五十七人に減った。当初の乗組員二百四十人を穴埋めするために数十人の船乗りが強制徴募されたが、ウェイマス号の名簿には「死者二百八十人と記録された」。

十一月と十二月の二か月間、海賊たちはロペ岬、それからアンナバ島で傾船修理をしながらくつろいだ。アンナバ島はパラグラ島とも呼ばれる小さな島で、ロペ岬から二百マイルほど離れたところにある。身を潜めていなければならない男たちにとって理想的な隠れ場所だった。

彼らを煩わすものはなにもなかった。ロペ岬で乗組員が一人逃げたが、有り余るほどの志願者がいたので、どちらの船も悪党たちでぎゅう詰めだった。だれもジョン・ジェサップのことを気にはしなかったが、そうした無関心を後悔することになるだろう。逃亡者ジェサップは長年の海賊仲間だった。まったく皮肉なことに、一七一九年六月に海賊船長ハウエル・デイヴィスによってプリンセス・オブ・ロンドン号が拿捕されたとき、この船にバーソロミュー・ロバーツといっしょに乗っていたのだ。ジェサップは掌砲長として一七二〇年、ガレー船サマセット号と勇敢に戦ったが、元追いはぎで海軍の脱艦者であるジョン・マンスフィールドと同様に、よく酔っぱらって、略奪品が分配されるとき、たいてい眠りこんでいた。お楽しみと報奨が約束されているのに、いつもそれを逃しているようで、彼は幻滅しだしたのだ。

ジェサップはこっそりと逃げだして険しい海岸沿いに北へ走り、ガボンに着いた。そこで、オランダの貿易船に拾われた。置き去りにされたという彼の話をオランダ人船長は怪しんで、ケープコースト城砦で彼をスワロー号に引き渡した。そこで、彼は鎖に繋がれ、命を奪われる恐怖に駆られて密告者になったのだった。

ジェサップが裏切ったことをアンナバ島にいる海賊たちはまったく知らなかったようだ。ロバーツは衣類ダンスの美しい衣装で着飾っていた。アッシュプラントは破滅的な飲み物をさらに作っていた。シンプソンはエリザベス・トレングローヴがいなくなったことを残念がり、腹をたてていた。彼女はカラバで解放されたのだ。サットンはレンジャー号の船長の職から降りて、後釜にスカームがすわった。

一七二二年一月初め、エリザベス号は象牙海岸のジャックイヴィル沖を走っていた。二か月間、海賊の噂を聞かなかったのだが、港へと旋回したちょうどそのとき、三隻の船が現われ、砲弾が一発、エリザベス号の船首越しに飛んでいった。エリザベス号にはレンジャー号から行方不明になった船医のジョージ・ウィルソンが乗っていた。彼はサットン船長をだましたわけではなかった。小さな帆走ボートが風に押されてメスラド岬の海岸へ吹きつけられるのを防ぐことができなかったのだ。その岬で彼は五か月間、熱病と食料不足に苦しみながら、惨めなありさまで生きのびた。彼がもと乗っていた商船が立ち寄ったのだが、船長のタールトンは逃亡者を船に乗せるのを拒絶した。さらに飢えと病気の数か月をすごしたあと、フランス船が彼を拾った。そのときも、彼は不運だった。熱病を心配した船長は、彼をケストス岬に置き去りにしたのだ。

ウィルソンは無一文で、もしも奴隷商人が彼を無給労働者として連れていかなければ、飢え死にしていたことだろう。重労働の奴隷状態で、彼の体はぼろぼろになった。だが、エリザベス号がケストスに入港したとき、彼の運は変わった。船長のジョン・シャープは情け深い人物で、ウィルソンのために身請け金三ポンド五シリングを払って、船に連れてきたのだ。そこで、船医のアダム・コムリが手当をして、ウィルソンは健康を取りもどしたのだった。

いまや海賊たちが戻ってきた。ウィルソンはコムリ船医からシャツを借り、ロイヤル・フォーチュン号の乗組員たちにしばらく自分の冒険談をした。船医のウィルソンとスカダモはロバーツ船長に対して、コムリ船医が医療係に加われば役に立つ、と説得した。自分の意志に反してロイヤル・フォーチュン号の船医になっているハミルトンは、掟にサインするのをいまだに拒んでいるし、できれば、脱走しようとするのは明らかだった。コムリもやはり不運だったかもしれないが、たとえ強制されて海賊船医になったとしても、一人より二人のほうがましだ。

ウィルソンはトマス・タールトンを見つけた。自分をメスラド岬に置き去りにした船長の弟だ。こいつは罪もない人間を置き去りにしたやつだとウィルソンから言われると、海賊たちは、タールトンを情け容赦なく殴った。気を失った彼を仲間のリヴァプール人たちがステイスルの風よけの下へ引っぱっていって、隠した。海賊たちはぶらぶらとタールトンを捜していたが、ハーパーとムーディがピストルの撃鉄を起こして一時間も捜しつづけた以外はたちまちどこかへ消えてしまった。

エリザベス号が略奪されているあいだに、小さなハンニバル号が戦ったあげくに、捕獲された。戦いのさなか、リチャード・ハーディはハンニバル号の船長オウスリーの頭を斬りこみ刀で殴りつけ、それが原因で船長は死んだ。ハンニバル号はあとで、二隻の巨大な海賊船が急いで喫水線修理をしたとき、倉庫船として使われた。

エリザベス号が貴重品をすべて引きはがされると、シャープ船長は空っぽになった自分の船へ戻ろうとした。すると、ウィルソンが船長に、まだ自分の身請け金支払い証書を持っているかどうかと尋ねた。船長は徹底的に略奪されたので、わからなかった。ウィルソンは肩をすくめた。「大丈夫ですよ、シャープ船長。その金を返すために自分がイギリス本国へ行くことはまずないでしょうから」。こう感謝して、彼は恩人に別れを告げた。

アダム・コムリは掟にサインをさせられて、レンジャー号の船医になった。ウィルソンはロイヤル・フォーチュン号の船医のポストがほしかった。そのポストにはハミルトンがついている。ハミルトンはいまだに海賊を嫌がって信用されず、いつも苛立っているので、船医に選出されはしなかった。レンジャー号では横柄なスカダモをひどく嫌っていて、全員一致の投票で彼をロイヤル・フォーチュン号の船医に転出させた。ウィルソンはなんのポストも得なかった。

一月五日、ディリジェンス号を拿捕し、翌日、見張りからアポロニア岬に船が一隻、錨泊していると報告があった。その船キング・ソロモン号は、最初の砲撃一発で降伏した。海賊たちはボートで漕ぎ寄っていき、乗組員たちにおとなしく従うように怒鳴った。すると、とつぜん、ボートへピストルが放たれた。キング・ソロモン号のトラハーン船長は乗組員たちにあくまでも自分に従うように命令していたのだが、海賊マグネスがもしも抵抗したら容赦なく攻撃するぞ、と怒鳴ったとたんに、乗組員たちの決意は吹っ飛んでしまった。

キング・ソロモン号は格好の大きさで、乗組員は四十人ほどだった。積荷はなんとも豪勢なものだったから、海賊たちは積荷を守ろうとした船長を痛めつけることも忘れてしまった。船長は「どうして撃ったんだ?」と訊かれた。「二隻の船が見えなかったのか? 指揮しているのは有名なバーソロミュー・ロバーツ船長だぞ」

海賊たちはシロアリのように奪い、破壊した。ジョン・ウォールデンは斧で錨索を叩き切った。「錨を揚げるなんて無駄なことをする理由があるか? じきにこの船は燃やされるんだからさ」。彼は、自分がたったいまギニア湾の海底へ送った錨の代わりに、ロンドンには錨なんてたくさんあるさ、と同情するふりをして言い放った。

甲板の下では、斬りこみ隊員たちが自分の権利について言い争っていた。マンスフィールドは美しい装飾模様付きのガラス製品を見つけた。ムーディがそれをつかんだ。マンスフィールドが怒鳴った。ムーディがののしった。「このガラスのことで四の五の言ったら、おまえの頭をぶっ飛ばすぞ」と、彼はどやしつけた。マンスフィールドはもう四の五の言わなかった。

スカダモ船医はすばらしい医療道具一式と薬、軟膏、バックギャモン・ゲーム盤を片脇に取り分けた。彼の後ろからだれかがそれを取ったので、決闘沙汰にならないうちに、マグネス操舵長が二人を押し分けなければならなかった。スカダモ船医はゲーム盤を抱えて大股に出ていき、あとでトラハーン船長のキルトとクッションを奪った。

ウィルソンは略奪に加わりたくてじりじりしながら、負傷した男の手当をするのを拒んだ。男が文句を言ったとき、バーソロミュー・ロバーツはウィルソンに向きなおって、おまえがおれたちといっしょにいるのは二度目だから、二倍の悪党だ、もしもまた自分の仕事を忘れたら、おまえの耳を切り落としてやる、と言った。キング・ソロモン号は錨を切り離された。掌帆長のフィリップスは法廷でこう抗弁した――まるで「サインするか、死か」というように、自分の目の前のテーブルにピストルを置かれて、掟に無理やりサインさせられたんです、と。

午後遅くに、オランダ・ヴリシンゲンのガルトット号を捕まえた。積荷にめぼしい物はなかった。メイン・トップマストやメイン・ヤード、スプリットスル・ヤードを手に入れたので、いちばん得をしたのは船匠だった。このときばかりは、なにも手に入らなかった仲間たちも気にはしなかった。厨房で数ヤードにおよぶソーセージが見つかったとき、海賊仲間の絆は強まった。ガルトット号の船長ゲリット・デ・ハエンが数羽の鶏の首を落として、ロバーツ船長を夕食に招いた。用意できる酒をぜんぶ用意して、大キャビンのテーブルにみんなが腰を落ちつけると、中央にすわったハエン船長がオランダ語の祈禱書を何冊か開いて、歌いだした。大半は祈禱書にはない歌だった。リトル・レンジャー号では、バンス船長がいつもの祝いの礼砲を撃った。

沿岸にまた海賊が姿を現わしたという知らせが城砦や商館に届き、船舶は警戒しながら、港から港へと移動した。軍艦スワロー号はプリンシペ島を出航したという噂が流れたが、ウェイマス号についてはなにも聞こえてこなかった。バーソロミュー・ロバーツはもう一つ港を襲撃してから休養できる静かな楽園へ引っこもうと決めた。絶え間ない海上での追跡に彼は疲れていた。そこで、四百マイル離れたところにあるウィダ港へ針路をとるように操舵手に命じた。

ウィダ港は富をもたらす標的だった。奴隷海岸のベニン湾に位置しているので、西アフリカのなかでいちばん裕福な港なのだ。船舶はその港に寄らざるをえない。ここの黒人奴隷は価格は高いが、頑強で健康だ。ダオメー、つまりベニンの国王は太って好色な独裁者で、六マイル内陸に入った地区で竹で造った汚い宮殿に百人の妻と住んでいる。その宮殿から彼は税を取りたてる。土壁で囲われた不衛生な港町は礁湖と悪臭漂う湿地で海岸から隔てられているが、その港町に来るどの船からも、彼は奴隷二十人分に相当する税を徴収するのだ。毎年、四十人から五十人もの商人が法外な税を支払いながら、国王があまりにも強欲で、奴隷から腰帯も腰巻きも剝がして裸にして売るのに文句を言っている。文句を言いながらも、貿易商人たちは、けちくさく一ペニーずつ引きだされたあとでさえ、まだ掘り出し物があるとわかっているのだ。ウィダはどんな海賊でも目をつける価値のある町だ。

ロイヤル・フォーチュン号と海賊船隊はラッパを吹き鳴らし太鼓を轟かせて、港へ入っていった。ミズン・マストからは黒旗をひるがえしている。黒旗に描かれた意匠は、骨だけの片手に一時間用砂時計を持ち、もう片手には十字に重ねた骨を持つ骸骨、その片脇には矢が一本。肉のない脚のそばには血のしたたる心臓。錨を降ろしていた十一隻の船はすぐさま旗を降ろし、船長たちは金を持って陸《おか》へ逃げた。あとに残したがらくたや家財道具で海賊たちが満足してくれるように願いながら。

操舵長たちがロバーツに報告した。船はどれも文字通り空っぽだった。ロバーツは肩をすくめた。一平方センチのスペースでもすべて奴隷を収容するために使われる船では、シルクやサテンや大きな商品が積まれている可能性はない。富は船長のポケットのなかにあるのだ。船長たちは海賊のもとへ来なければならない。さもないと、船は焼かれる。

命令状が送られた。いつでもおなじ形式のものだ。黄金八ポンドが船の身代金となる。そんなに大金を持っていない、と船長や仲買人役の船荷監督たちは答えた。ロバーツは値下げはしなかった。力を持っているのは船長たちではなく、彼なのだ。

陸《おか》ではカールトン号の船荷監督が金をぜんぶ黒人を買うのに使ってしまったのに気づいて、怖気を震った。その足かせをはめられた黒人たちが監禁されているまさしくその船をいま買い戻したいと思っていた。要求された百四十オンスの黄金の代わりに、四十オンスしか持っていない。パニックになってだれかに借りようとしたが、だれも彼を助けることはできなかった。ほかの船長たちもいまはほとんど文無しなのだ。厳しい交渉のすえ、やっとウィダ港の王室アフリカ会社代理人ミスタ・ボールドウィンが残金を前貸ししてくれた。カールトン号は解放された。

ガレー船サンドウィッチ号やほかの船もだ。船長たちはロバーツに泣きついて、イギリス本国に帰ったときに、船主に見せられるように領収書を書いてくれと頼んだ。ロバーツは機嫌よく同意して、しかも、自分の誠意を示すために、堅気の人間のサインが役に立つだろうということで、自分自身のサインの横に添えたのだ。この書類をロンドンの商人たちがどう考えたか、想像するしかない。


われわれ海賊一同は、ディットワット船長指揮するハーディ号の身代金として、砂金八ポンドを受けとり、当該船を釈放した。本状はそれを証明するものである。

証人

一七二二年一月十三日　バット・ロバーツ
ハリー・ジレスピー

外国船の船長に対しては、ふざけた輩のサットンとシンプソンがおなじ書式の領収書を与えたが、サインはアーロン・ウィッフリングピンとシム・タッグマトンとした。

ふざけたことはいたるところで見られた。一人の船乗りを強制的に海賊仲間に入れることにして、ある海賊がトマス・ディグルという男を選び、海賊になることが許されたぞと当人に告げた。ディグルは抵抗した。すると、その海賊は大まじめな顔で、おまえにチャンスをやるべきだなと答えた。甲板に小さな円が描かれて、円周の向かい合った位置に一本ずつチョークが立てられた。片方には〝去る〟と、もう片方には〝とどまる〟と書かれた。もしもディグルが〝去る〟ほうのチョークを倒したら、彼は自由の身となる。もしも〝とどまる〟ほうを倒したら、海賊になる。ディグルに目隠しがされ、円のなかに連れこまれて、数回、回転させられた。

脅えたディグルは自分から動こうとしなかった。彼はうろたえ、チョークに触れ、震え、迷った。海賊たちは大声で励まし、大笑いし、あざ笑った。ディグルはためらううちに、とうとう冷たい銃口を耳元に感じ、驚いて決断した。チョークを倒した。〝とどまる〟だった。

港では、ロイヤル・フォーチュン号の上でロバーツが金を点検していた。ポーキュパイン号以外はすべての船が身代金を支払っていた。ポーキュパイン号の船長フレッチャーは、こうした緊急時について雇用主からなんの命令も受けていないので、支払うことはできないと、断固として言った。それはほんとうかもしれないし、船長が頑強な男だったのかもしれないし、あるいは、自分の積荷の奴隷たちはロバーツが要求しているだけの価値はないと考えたのかもしれない。彼は一銭も届けてこなかった。ハリスとウォールデンを含めた海賊たちが黒人を陸《おか》にあげて、奴隷船を焼き払うように命じられた。そして起こったことは残虐きわまりないことだった。

奴隷船はどれもすし詰め状態だ。下の甲板にある船艙は高さが二メートルもない。その空間を板で上下に仕切って、その板の上にも、下の床にも奴隷を入れる。奴隷は二人ひと組にして、足首を鎖で繋ぎ合わせる。一人分のスペースは長さが二メートル以下、幅は〇・四メートル、高さは〇・八メートルで、そこのむきだしの板の上に奴隷たちは寝かされる。船内には排泄物の悪臭が満ち、その臭いは一マイル離れた海上まで伝わる。悪臭のなかで悪臭を放つロウソクがちらちら燃えて、消える。

天然痘にかかっていなかった者が安いトウモロコシ粉とヤシ油で栄養失調になり、赤痢にかかる。たとえ毎日、奴隷たちは外気のなかへ出され、その間に甲板は酢で洗われ、燻蒸消毒されてもだ。男たちはまわりの者たちの嘆き叫ぶ声や悲鳴、うめき声のなかで苦しみ、死ぬ。女たちは船長の、ときには乗組員たちの慰み者になる。かつての海上の船の状態は「半ば精神病院、半ば売春宿」と評された。一七二三年、グレイハウンド号では三百三十九人の奴隷のうち百二十五人が死んだ。ハンニバル号では二百二十九人の奴隷の三分の二近くが死んだ。船に黒人を多く積みすぎることで起こる死を防ぐために、必要以上に詰めこまないように、と王室アフリカ会社はケープコースト城砦の総督に指導すべきであるが、その指導が手ぬるいと考えられた。

指導するのは同情からではなく、経済上の理由からだった。黒人の死者数は公報に載せられた。冷酷な黒人が無防備の黒人を虐げ、部族が部族と争った。白人の貿易商人や白人の船長は人身売買の煽動者ではあるが、狩人ではなかった。村を襲って、男や女を捕まえるのは力のあるアフリカ人首長だ。

ダオメー国の王のような支配者で、彼らは城砦や競争相手に村を襲撃することを許さず、自分で定期的に槍手を内陸に送りだして村々を襲い、若い男や女たちを連れ去るのだ。ポーキュパイン号には八十人が鎖で繋がれていた。

残虐なことを楽しむので仲間たちから逆説的に〝おばあちゃん《ミス・ナンシー》〟と呼ばれているウォールデンが、船匠のスコットに黒人たちの足かせをはずすように命じた。しかし、錠前の鍵はフレッチャー船長が持っているので、スコットは暗闇のなかで押し合いへし合いしている黒人たちのあいだで、床に深く押しこまれているボルトを一つずつ手で引き抜いて、彼らを自由にしなければならなかった。頭上ではハリスが甲板にタールを撒き終えて、船に火を付ける準備ができた。

ウォールデンがじれったがって、奴隷が解放されようがされまいが、二分でポーキュパイン号に火を付けるぞと怒鳴った。スコット船匠は船艙から上がってきた。彼にはウォールデンの言ったことが聞こえなかった。火を付ける準備ができたと言われたとき、彼は恐ろしくて息が止まった。黒人たちは鎖に繋がれていて、自分には鍵がない、仕事を終えるまでに少なくとも一時間はかかる。ウォールデンは冷淡に火口箱に火花を散らして獣脂に火をつけると、燃える亜麻布を甲板に落とした。タールと樹脂が泡立って燃えあがった。

海賊たちはボートに飛びこんだ。一瞬ためらってから、スコットもあとに続いた。彼にはポーキュパイン号にいても、できることはなかった。一分で奴隷船はロウソクと化した。閉じこめられた奴隷たちの悲鳴、叫び声が港の対岸まで届いた。何人かの奴隷たちが二人ひと組に足かせで繋がれたまま、なんとかボルトから逃れると、海へ飛びこみ、結局は、おなじように残酷にも、死んだ。「炎を逃れて海へ飛びこんだ奴隷たちはサメに捕まった。貪欲な魚はこの泊地にたくさんいて、海賊たちの目の前で、生きたまま奴隷の手足を引きちぎった。これほど残酷なことはない」。

サメはどこの海岸線でも脅威だった。シエラレオネではウェイマス号の雑用艇が重いオールをサメに嚙み切られた。そして、病気に取りつかれたこの軍艦が死体を海に葬ると、サメの群れが死体に嚙みつき、引きちぎり、むさぼり食うのをアトキンズ船医は見た。死体を包んでいたハンモックもいったん海に沈んでしまうと、役には立たなかった、なかにはバラスト用の大きな重石も入っていたのにだ。

ロイヤル・フォーチュン号では〝おばあちゃん〟のウォールデンが例によって残酷なほど愚かにもスコット船匠をのろまだと言って殴り、おまえがあんなにたくさんの黒人を殺したのだと言って責めた。ポーキュパイン号は海中に沈んでいく。まだ煙は吹きでているが、悲鳴はやんだ。

フィップス司令官から王室アフリカ会社代理人に宛てた急送公文書が見つかった。それには、海賊船がスリーポインツ岬の風上で視認されたと記してあった。その情報は軍艦スワロー号に知らされて、目下、同艦が海賊船を探索しているという。スワロー号は途中にある港々を捜すにちがいなく、このウィダ港に来るのは数週間先かもしれない、そうロバーツは見てとった。彼はここを離れることを選んだ。「こんな知らせで、勇敢なる者たちがひるむはずはない……しかし、攻撃が予測されたら、避けるのがいちばんだ」。彼は考えこんだ。海賊船隊が出発した二日後に、スワロー号が到着した。

十三日に海賊船隊は出発したが、ハミルトンを置いていった。船医ならコムリにスカダモ、ウィルソンがいるので、頑固なハミルトンは必要ないのだ。ロイヤル・フォーチュン号が先頭に立った。そのあとに、スカーム船長のレンジャー号が続いた。その後ろにはバンス船長のリトル・レンジャー号。バンス船長のあとからは、強制徴用されたフランス船が来る。海賊船隊はロペ岬の快適な海岸地帯をめざした。その途中で、スループ船ワイダ号を捕らえ、略奪した。岬がすぐ近いのだから、ワイダ号は解放しないほうがいいと気づいて、乗組員たちを移し、船は焼いた。

一七二一年十月、軍艦ウェイマス号では乗組員が毎日のように死んでいった。マンゴウ・ハードマン艦長は死に物狂いで食料を集め、死者の穴埋めにほかの船舶から人員を移した。十二月に、アレグザンダー・セルカークが病気になった。十三日、航海日誌の左端に航海長が「アレグ・セルカーク、病死《ＤＤ》」と書き、右端には、まるでセルカークが重要人物であるのを知っているかのように、「元航海長、アレグ・セルカーク逝去」と書いた。海上は嵐だった。

一年後の一七二三年十二月五日、セルカークの遺言は彼の妻フランシス・キャンディスを受取人としたものであると証明された。彼女はすでに再婚していた。ミセス・フランシス・ホールとして、彼女はセルカークの給料四十ポンドと遺言書に書かれてある物品を受けとった。先妻のソフィア・ブルースは除外された。彼女はほんとうの妻として審議を要求し、裁判にかけられた。有罪判決を受け、五百ポンドの罰金を科せられた。払うことができず、彼女は牢獄に入れられた。たぶん一七二五年だろうが、彼女はロンドンの牧師に哀れな手紙を書き、「ひどく貧しい生活に陥っている」と告げた。彼女についてそれ以上のことは不明である。

一八六八年にイギリス海軍トパーズ号のパウェル艦長と士官たちは、セルカークが置き去りにされた島に記念碑を建てた。碑に書かれた彼の命日はまちがっている。

十四章　スワロー号、ロイヤル・フォーチュン号と遭遇す　一七二一年十月―一七二二年二月

「軍艦スワロー号とウェイマス号では大勢の死者が出ている。海賊船隊は九月十九日、ジャックイン（ジャックイヴィル）の風下側を航行中だった」

一七二一年十月二十日付け『レターズ・フロム・アフリカ』

アフリカに到着して以来、大砲五十門搭載の三等級艦スワロー号とウェイマス号は事故や屈辱、病気や挫折に見舞われてきた。彼らは六月から九月末までプリンシペ島にとどまった。この惨憺たる数か月のあいだに、乗組員が黄熱病で次から次へと死んでいった。スワロー号のチャロナー・オウグル船長の報告によると、五十人を葬り、いまも百人以上が病気にかかっていた。

十月、二隻の軍艦はケープコースト城砦に戻ってきた。そこでウェイマス号は錨を降ろした。仕事につける健康状態の人員は半分しかいない。千五百マイルの空っぽの海を航海し、悪臭に満ちた船にぎゅう詰めになって、食料はぼろぼろの固パンと、筋だらけで嚙み切れない腐りかけた肉だけ。厳しい海軍軍規のもとで五百リーグも走ってきたのだった。

オウグル船長は――のちにナイトに叙され、提督になったのだが――スワロー号でジャックイヴィルへ向かった。スリーポインツ岬の西にあるグランバッサムからさらに西にある港町だ。二百マイルの無駄な航程だった。海賊船がここにいるという噂だったが、いなかった。象牙海岸沿いの港はどこも船を沈められたり焼かれたりした船乗りたちでいっぱいだった。絶望した彼らは、病気の蔓延している海岸に取り残されるよりは、イギリス本国へ帰る船で無給で働くと申し出た。バーローという船

長はふたたび海へ出られるなら、自分のスループ船に奴隷とともに無給の人員を乗せるつもりだった。アポロニア岬の沖合いで、メアリー号のバード船長は、海賊船隊がどこかにいる、という曖昧な知らせを受けた。どこかはわからなかった。海賊たちがまだアフリカにいて、それを二隻の軍艦が追っていると知ると、彼はびっくりした。

スワロー号は航海を続けた。スリーポインツ岬の少し東のセコンディで艦を傾けて、付着物を掻き落とし、追跡の準備をした。それから、西へディクスコーヴまで短い航海をすると、そこでカールトン号の船長から報告を受けた。スワロー号がガンビア砦に運んだ兵士たちが叛乱を起こし、大砲に釘を打ちつけて使用不能にし、バンパー号で立ち去って海賊行為をしているという。また追跡すべき悪党が増えたのだった。

スワロー号は行ったり来たりし、港から港をまわり、いくつもの噂を聞いた。どれも信用できないものばかりだったが、一つだけ、どこでも言われていたのは大勢の男たちがバーソロミュー・ロバーツの仲間に入ろうと志願したということだった。一七二一年の十一月がすぎて十二月になっても、沈黙は続いた。失敗つづきにうんざりして、スワロー号はケープコースト城砦へ戻った。ウェイマス号はオランダ船が不法に所持している商品を検分するため、デス・ミナスへ行っていた。スワロー号には急送公文書が何通か届いていた――それに知らせも。一通は、アクサムのフィップス司令官からで、海賊に関するものだった。ディクスコーヴからも一通。そこで怪しい三隻の船が見られたという。どちらの手紙にもおなじ地名があった、ウィダ。

オウグルは展帆命令を出した。獲物はいま自信過剰になっている。途中で知らせを出したあと、スワロー号は東のウィダへ向かう。自分が海賊のことをいささかでも知っているとしたら、やつらはいま飲んで、眠って、明日のことなど気にもしていないだろう、今日のことなどなおさらだ。こちらの備砲は九ポンド砲に十八ポンド砲、船を丸ごと撃沈できる三十二ポンドカノン砲、それに下甲板にはいちばん重い砲を積んでいる。スワロー号はどんな海賊でも相手にできる。

途中、アクラでオウグルは王室アフリカ会社の船マーガレット号を待たなければならなかった、数時間、いや、丸一日も。この船は女性客を乗せていて、ばかな冗談屋はその女のことを〝ベティちゃん〟と呼んでいた。オウグルはおもしろくなかった。急送公文書を積んだ脚の遅い船団の到着が遅れているのにいきりたった。一七二二年一月十五日にやっとスワロー号はウィダに着いた。港はしんと静まりかえっていた。ポーキュパイン号の炭と化した廃船があり、家々が焼け落ちていた。ほかにはなにもない。バーソロミュー・ロバーツは二日前にジャックイヴィルへ行ったとオウグルは教えられた。彼は疑った。だますための作り話だ。海賊どもはもっと賢い。いまはスワロー号に追われているので、陸《おか》から見えないところにとどまって、一つか二つ港を襲撃し、それから西インド諸島かマダガスカル、あるいはオウグルが絶対に見つけられないところへ逃げようとしているのだ。

王室アフリカ会社のウィダ代理人ミスタ・ボールドウィンの書状は、海賊船ロイヤル・フォーチュン号が西へ五百マイル近くにあるジャックイン（ジャックイヴィル）にいることはほぼ確かだ、と繰りかえしていた。

ケープコースト城砦をすぎた。アクシムでオウグルは実りのない探索になるにちがいないと思った。フィップス司令官は、おまえが数時間、遅れたあいだに海賊ロバーツはウィダを出てしまったのだと苛立ち、その怒りにオウグルは耐えなければならなかった。〝数時間〟は実際には〝数日〟だったと反論するのを思いとどまって、オウグルはジャックイヴィルへ進んでいった。そこの海にもほかの海と同様、ロバーツは影も形もなかった。

そこでオウグルは、自分の艦《ふね》に海賊ジョン・ジェサップが乗っているのを思い出した。この海賊はガボンでオランダ船に拾われて、ケープコースト城砦に連れてこられ、スワロー号に引き渡されたのだ。ガボンはバーソロミュー・ロバーツの根城であるかもしれない。オウグルは一千マイルも南東へ悲観的な旅をして、ガボンの川を懸命に探したが、なにも見つからなかった。彼はジェサップを呼びにやった。ガボンには何か月もだれもいなかったし、海賊の残した焚き火やがらくた、食べ物、取り散らかした小屋など、なんの跡もなかったのは確かなのに、どうやっておまえはあそこにいたのか？

ジェサップは説明した。自分はガボン河口から逃げたのではなくて、ロペ岬で海賊船から逃げたあと、ガボンへ行ったのだと。ロペ岬は南へわずか百マイルだ。オウグルは調べることにした。

二月五日、夜が明ける直前に当直士官が砲声を聞いた。オウグルはすぐさま服を着て、甲板に上がった。しだいに明るくなってきて、ロペ岬が見分けられた。彼と士官たちは岬へ小型望遠鏡を向けた。三隻、船が見える、そう海尉が叫んだ。バーソロミュー・ロバーツが発見されたのだ。

水中に深く脚を入れたスワロー号は海賊船隊に近づくためには、風上へのぼりながら、びっくりするほどたくさんの砂洲を縫って進み、繰りかえし測深をしなければならなかった。日が昇ると、海賊船隊の二隻が喫水線掃除をしているのが見えた。いちばん大きい船はまだメイン・マストに旗を何枚か掲げていた。そのなかには国王陛下の旗もあった。四十門、そうオウグルは推測した。フランス建造の船は三十門余り、二隻のかげにいる小さい船はたぶん十門だろう。強敵だ。

陸《おか》では海賊たちが眠りからさめて、あくびをしていた。低く急な崖の上には樹木が繁って、木陰はひんやりと涼しく、友好的な現地人たちからも、水溜まりのそばで草をはむバッファローからも危害を加えられる心配はなく、彼らはのんびりとしていた。湾には魚がたくさんいる。陸《おか》には動物がいて、捕まえられる。天気はいい。太陽が照りつけたら、木陰で休めばいい。濡れた砂に寄せる波音を聞き、船の作業が進むのをながめながら。タールと帆布の臭いが潮風に混じり合う。ラム酒の樽もワインのボトルも余るほどある。仲間たちは仲良くやっている。ダイスにバックギャモン・ゲームに模擬裁判、体のなかへ暖かさがしみこむにまかせて、ただ心地よく休むのもよし。

六か月前にシエラレオネを発って以来、海賊船隊はギニア湾を縦横に三千マイルも走って、攻撃と砲撃と悪行を重ね、ひと財産を築きあげた。彼らはそれぞれの宝箱に南京錠を掛け、いずれ名を隠して金持ちの隠退生活に入るのを夢見ている。いまは待ち望んでいたくつろぎの時だった。

崖の頂上の平らな岩の上で、バーソロミュー・ロバーツはお気に入りの仲間たちと朝食を取っていた。スモール・ビールに辛い煮込み料理のサルミガンディー、塩漬けイワシやミンチチキン、リンゴ、タマネギ、レタス、ラディシュ、トマト、固ゆで卵を混ぜたスパイスの利いたサラダ。近づいてくる船にも彼は気を殺がれはしなかった。商船が水を採りに来たのかもしれない。遠い船の形からして、ポルトガル船のようで、そうだったら、砂糖を積んでいるだろうから、海賊側にとってはラムパンチを作るのにありがたい。ロイヤル・フォーチュン号のマストのてっぺんにはイギリス国王の旗を掲げているので、湾内に三隻の船がいるのを見て心配していた船長は、どんなに疑り深くても、安心するだろう。

入ってくる船が回れ右してまた海へ向いたので、ロバーツはふいを突かれた。いま、追いかけるべきだ。ロイヤル・フォーチュン号はまっすぐ船体を起こすまでにもう一日、傾船修理が必要だった。リトル・レンジャー号では力が足りない。スカーム船長が立ちあがった。レンジャー号が行かなければならないだろう。大砲を固縛して、錨を揚げ、展帆するのにたいして時間はかからないが、長い追跡になりそうで、彼は気をそそられなかった。たぶん、丸一日無駄になるだろう。

スワロー号ではオウグルが操舵手をどやしつけていた。海賊どもはわけなく落とせる獲物だった。戦闘準備はしていないし、陸《おか》に上がって自分たちの大砲から離れているし、船は横へ傾けている最中で、軍艦側はこれ以上望むべくもないほど平和裏に拿捕できるはずだった。ところが、操舵手がスワロー号をフレンチマン堆へもう少しで乗りあげさせて、海賊たちの砲撃練習の的にしてしまうところだったのだ。いまやもう一度、海へ出て、それからまた長く間切ってこなければならない。そうやって初めてまた湾へ入ることができるようになるのだ。そのころには、敵は準備を整えて、反撃するだろう。

オウグルが驚いたことに、士官の報告によると、フランス建造の船が出てきたのだった。スワロー号が最後の瞬間に反転したのを海賊側は誤解して、こちらが逃げだしたと取ったのだ。獲物が海軍軍艦だとは気づかずに。オウグルは下甲板の砲門を閉じるように命じた。サン海尉には、全帆を張っているように見せかけろ、と指示した。そのあいだに、実際はゆっくり走って、海賊船が二、三時間で追いつくようにさせる。そのときにはどちらの船も陸《おか》からは見えないし、音も聞こえないだろう。

スカームはレンジャー号を駆りたてた。彼は心のなかでは引きかえしたいと思っていた。午前のなかごろ、海賊船は相手を停船させる合図として四門の追撃砲を発射できるほど充分に接近した。黒旗が掲げられた。獲物の舷側に砲弾の破片がバラバラと当たった。獲物はレンジャー号とおなじ針路を保っている。じりじりしてスカームは毒づき、ごろつき船に斬りこむぞ、と叫んだ。

三十分後には、二隻の船はたがいの射程のなかに入った。レンジャー号はゆっくりと近寄っていき、スプリットスル・ヤードが相手船の横に重なった。白シャツを着た海賊たちは舷側板《ブルワーク》の上に上がってバランスをとりながら、ピストルや斬りこみ刀を振りまわした。操舵長が引っかけ鉤を投げろ、と怒鳴った。レンジャー号の旋回砲が相手船の甲板を縦射した。

とつぜん、相手船が針路を変えて、海賊船と並んで走った。砲門が開いた。三十二ポンド砲の砲列がレンジャー号へいっせいに火を噴いた。ウォールデンが立っていた舷側板から叩き落とされた。片足を失ったにもかかわらず、彼は手当をされるのも、甲板から連れだされるのも拒んで、……片足のまま戦った。

驚いてレンジャー号は旋回し、自分の砲を放ったが、船上は大混乱に陥った。海賊たちは死んだり、死にかけたりしている。罠にはめられたんだ、と金切り声をあげる男たちもいた。だれかが黒旗を引きおろした。船尾砲がスワロー号へ砲弾を放ったが、無駄だった。軍艦が海賊船に迫った。海賊船ではスカーム船長が落ちつくように叫んだ。アッシュプラントが乗組員たちを持ち場へ押しやる。彼の背後では、掌帆長用の銀の号笛を首からぶら下げたハインドが、火薬や獣脂で白シャツを真っ黒にしていた。彼らは臆病者たちに反撃しろとどやしつけ、コムリ船医には負傷者を診るように言った。ふたたび黒旗が揚げられた。

徐々に混乱はおさまっていった。右へ左へ針路を曲げながら、レンジャー号はスワロー号の砲列をかわした。だが、果敢な攻撃は息をひそめた。長い射程距離で散漫に撃つので、たがいに損傷は与えられない。黒旗にイギリス国旗が加わり、国王陛下の旗がひるがえり、オランダの長旗もたなびいて、レンジャー号はお祭りのようだが、大多数の乗組員はそんな気分ではなかった。多くの者たちが降伏したがった。軍艦から逃げて、ロバーツ船長のもとに帰りたがる者たちもいた。ロバーツ船長ならどうしたらいいか、わかるはずだ。しかし、この不安定な風のなかでは、彼らはスワロー号から逃れることはできなかった。

海賊たちのなかには、捕まりそうになったら火薬庫を吹き飛ばすと日ごろ豪語しているとおり、そうしようという男たちがいた。強制的に海賊にさせられたリルバーンは震えあがって、自爆しようという奴はなんとしてでも阻止しようと、マスケット銃を抱えて下へ駆けおりた。

午後二時ごろ、レンジャー号は長い間切りのあいだに行き脚を失い、動けなくなった。海賊たちは恐怖に駆られ、負けたと打ちひしがれて、軍艦が接近してくるのを見守った。ドドーンと片舷斉射が彼らを襲った。もう一度。彼らの大砲は情け容赦ない敵へときどき撃ちかえすだけだった。ガラガラッとメイン・トップマストが落ちてきて甲板に激突し、木片や帆布が飛びちった。一人の死体の上に黒旗がかかって力なくばたついた。ハインド掌砲長が先のない腕を抱えてよろよろと昇降口から下へ降りていった。いたるところ血と黒煙だらけのなかで、敵の片舷斉射の砲声は繰りかえし轟いた。反撃する者はいない。

三時にレンジャー号は慈悲を乞うた。スワロー号のオウグル艦長は砲撃中止を命じた。生存者を引き取りにボートが送りだされた。海賊船は激しく損傷していたので、沈没しそうだ。その船内からこもった爆発音がかすかに聞こえたと思うと、まばゆい閃光が上がった。ボールとメインを連れたモリスがリルバーンを押しのけて、火薬樽に直接ピストルを撃ちこんだのだ。樽が湿っていたので、爆発は船をこっぱみじんに吹き飛ばしはしなかったが、舷側に穴を開けるだけの威力はあった。ひどい火傷を負ったボールはその穴から海へ投げだされ、モリスとメインは負傷して意識を失った。

甲板ではアッシュプラントが海賊旗を持ちあげては、海へ放りこんだ。軍艦スワロー号のマストの中程に掲げられて嘲笑されるのを防ごうとしたのだ。強制的に海賊にさせられた男たちは興奮して、口々に解放されるぞと言い合った。もっと長く海賊仲間だった者たちは不安に駆られ、裁判にかけられると悟った。裁判ではたぶん、長年にわたって義務的に海賊行為をやってきたなかの、たった一つの、だが、忘れがたい行為を復讐心に燃える商船船長が思い出して、それで有罪判決が下されるかもしれない。筋金入りの海賊たちはロペ岬へ連行されるように願った。ロバーツ船長が助けてくれるからだ。

捕虜たちは軍艦へ移された。レンジャー号では十人が死んだ。もう二十人が重傷を負っている。スワロー号の軍医アトキンズは負傷者たちをまわって、血止めをした。士官の一人は火薬で火傷を負ったメインが一人はなれて立っているのに気づいた。胸にはシルクの紐につけた銀の号笛がぶら下がっている。

「思うに、おまえはこの船の掌帆長だな」と、士官は言った。メインは彼をにらみかえして、「そいつは思い違いだな。おれはロイヤル・フォーチュン号の掌帆長だよ。ロバーツ船長のな」「すると、ミスタ掌帆長、きみは絞首刑だな、そう思うぞ」「そう望むんだろうが」。いろいろ知りたかった士官はさらにねばって、爆発の原因はなんだったのかと、メインに訊いた。メイン掌帆長はさらにおもしろがって、「きっとさ、みんな狂ってるのさ。ご機嫌じゃねえか、あの爆発でおれの上等な帽子は吹き飛ばされちまったよ」

モリスが火薬樽を爆破したとき、その帽子はメインの頭から飛ばされて、海へ持っていかれたのだ。「しかし、その帽子はそんなに大事な物だったのか?」と、士官が訊いた。海賊たちを次々とまわって衣服を脱がしている水兵たちがメインからサッシュやピストルベルトを剝ぐと、彼はしかめっ面ににやりと笑いを浮かべて、「たいしたもんじゃねえさ」と答えた。

メインはロバーツの乗組員のことについて訊かれた。今日、制圧された無法者どもとおんなじような連中か？　彼はせせら笑って、「百二十人もいてな、どんな連中よりも賢いやつらさ。あいつらといっしょにいたんだったらなあ」「いなかったんだろう、まちがいなく」と、士官は言った。「そうとも、まさしくそのとおりよ」。そう答えたとき、彼の最後の衣服が剝がされた。

ボールは爆発で海に放りだされたのだが、スワロー号のボートに拾われた。傷の手当をしようとすると、彼はすべて拒んで包帯を引きはがし、海軍の犬どもに手当されるぐらいなら死ぬとわめいた。そのうち火薬で焼かれた肌が痛くて気絶し、ようやく傷を診ることができるようになった。

夜になると、彼は錯乱状態に陥った。大声でうわごとを言い、ロバーツ船長の勇気と賢さを褒めたたえ、おれはじきに助けだされる、軍艦野郎はタタール人に出っくわして、さんざんにぶちのめされるさ、そう怒鳴った。十八世紀においてイギリス海軍が同情や理解を示したという記録はない。ボールはこの傲慢な態度のために、翌朝、艦首楼でムチ打たれた。格子板に縛りつけられ、火ぶくれになった傷だらけの背中にムチが振るわれてミミズ腫れを作るたびに、彼は身をよじった。抵抗したため、さらに激しくムチ打たれた。彼は放りこまれたうす暗い場所の片隅に一日中、横たわったまま、なにも食べず、黙って暗がりのなかで物思っていたが、やがて昏睡状態に陥り、翌朝早く死んだ。

オウグル艦長の目下の懸案事項は、捕虜を確保することと、ロバーツが警戒しないうちにロペ岬へ戻るタイミングだった。ひと財産もある略奪品はリトル・レンジャー号の船艙に詰めこまれていると知ると、心配に緊急性が加わった。レンジャー号は損傷があまりにも激しくて、航海には耐えられそうもないので、海上で焼いてしまおうという意見が出された。そうする代わりに、牢獄船として使われた。海賊たちが監禁され、見張りが立てられると、レンジャー号は二百マイル北のプリンシペ島へ向けて、慎重に舵がきられた。

レンジャー号はどうしたのだろうか、と陸では海賊たちが首を傾げていた。大方の意見としては、スカーム船長は長い追跡をしたすえ、海上で拿捕船から略奪をすることにしたのだろうというものだった。リトル・レンジャー号のバンス船長は、スカーム船長が戻ってきたら、レンジャー号に対して十三発の礼砲を撃つぞ、と言った。ちょうどその日、ロイヤル・フォーチュン号がヒル船長のネプチューン号を拿捕したとき、礼砲で祝ったように。ネプチューン号は十三門搭載の小さなピンク型帆船で、積荷には酒があふれるようにあった。レンジャー号をおびきだしたのが軍艦だったとはだれ一人として推測すらしなかった。いまやロイヤル・フォーチュン号は船底がきれいになり、船体の釣り合いも整えられて、航海するのに最上の状態となっていた。あとはまた航海に出るのに、スカーム船長の帰りを待つだけだった。

二月十日の朝、靄のなかを湾に入ってくる船が視認された。穏やかな陸風に向かって、ゆっくりと進んでくる。バンス船長は礼砲の用意をした。バーソロミュー・ロバーツは朝食をとりに大キャビンへ戻った。部屋では数人の部下たちがすでに、いつものボトルと大ジョッキで今日という日を祝っていた。夜が明けてまだ間もないというのに、多くの海賊たちがネプチューン号から奪った酒樽やボトルで酔っぱらっていた。

入港してくる船が近づくにつれて、それはレンジャー号ではないとはっきりした。ポルトガル船だという者もあれば、フランスの奴隷船が水の補給にきたのだという者もいる。そんなことはどうでもよかった。ロイヤル・フォーチュン号とリトル・レンジャー号には砂金と戦利品のひと財産があるのだ。陽射しのなかで海賊たちはしどけなく、のんびりとしていた。強制されて海賊になった三人が酔っぱらって眠りこんでいる悪党たちを見て、こんなに大勢の海賊たちが阻止できないうちに、リトル・レンジャー号で逃げようと相談していた。

ロバーツは朝食を続けていた。ネプチューン号のヒル船長を客として、彼は〝ソロモン・グランディ〟をちょっと変えた一品を楽しんだ。酢漬けニシンやアンチョビ、オリーブの入った香りの強い魚の煮込み料理だ。満腹すると、彼は真紅の半ズボンの脚をゆったりとのばして、糊のきいた白いリネンのシャツからパンくずを払い落とし、茶をすすった。ダイヤモンドのように輝く窓ガラスを通して日光がそそぎこみ、窓枠の影をキャビンに落としている。

部下が駆けこんできた。アームストロングだった。彼は数か月前にスワロー号から脱艦した海軍水兵だ。彼はもとの自分の艦《ふね》を見分けたのだ。くそっとロバーツはののしった。何年ものあいだやすやすと獲物を捕まえてきたので、迂闊になっていた。いま、手玉にとられてしまった、このおれが、バイアの勝者が、セント・クリストファーの襲撃者が、罠にはまってしまった、一度としてなかったことなのに。

部下たちは泥酔して甲板に大の字になっていた。ロバーツは怒鳴りつけて戦闘準備をさせた。陸《おか》にいる者たちは船に戻さなければならない、酔っぱらっていようと素面だろうと。リトル・レンジャー号の乗組員もだ。一人でも必要だ。だれも動かない。ロバーツは怒鳴って、剣を引き抜いた。男たちがもぞもぞ動いた。掌砲長のデニスが砲員たちを殴って、警戒態勢をとらせた。操舵長のマグネスはきびきびと甲板を歩きまわって、のろのろしている者たちをひっぱたき、ぼんやりしている者たちをどやしつけ、寝ぼけ眼の者たちを蹴っ飛ばして、ロープを握らせた。

ロバーツは上着を着た。アームストロングにスワロー号についていろいろ質問した。帆走性能は？

いちばんの強みは？　火器の強さは？　船体の釣り合いは？　作戦をたてなければならない。

軍艦は二回目の長い間切り航行に入っていた。これでロイヤル・フォーチュン号に近づくだろう。たくさんの砂洲に邪魔されて、カタツムリのように進んでいる。十時半にロイヤル・フォーチュン号は錨索を放した。リトル・レンジャー号にはコインや宝石などの詰まった収納箱や金庫など、個人の財産が収納されているが、見棄てられた。スワロー号のオウグル艦長は戦闘準備にかかった。二隻の巨船がぶつかったときの衝撃をやわらげるために、防舷物がぶら下げられた。海賊船とイギリス海軍軍艦は、ぞっとするような静けさのなか、たがいに相手へ向かって進んでいった。

ロバーツは身支度を終わると、決断し、命令を下した。彼は剣を手に昇降はしごをのぼり、船尾楼甲板に上がると、スワロー号が見えるところへよぎっていった。スワロー号はもう銃弾の届く距離に来ていた。バーソロミュー・ロバーツは頭から足まで真紅で身を包んでいた。黄金の模様のついたダマスク織りの上着、それによく合った半ズボン、帽子にはカールした赤い羽根。首からは金の鎖を幾重にもかけ、鎖にはダイヤモンドの十字架を下げている。シルクの肩帯のひだには華麗なピストルを二対、たくしこんでいた。ロイヤル・フォーチュン号の乗組員にとって、彼の姿は元気づけだった。そこに仁王立ちになり、大胆不敵に敵を見すえ、自信たっぷりにスワロー号を見つめている。スティーヴンソンがそばにいた。プリンセス・オブ・ロンドン号時代からの古い船乗り仲間だ。二番手、三番手の古株たちもいる。彼らは静かに砲撃を待った。

操舵手のジョンソンは平静ではいられなかった。ロバーツ船長から軍艦をまっすぐ通りすぎるようにと命じられていた。軍艦のそばを通るとき、操舵手はスワロー号が放てるすべての大砲やマスケット銃、ピストル、旋回砲、ブドウ弾にさらされる。彼は身震いした。

アームストロングの話だと、軍艦スワロー号は風上へのぼっているとき、いちばんよく走るが、帆に追い風を受けているときは遅い。これを知っているロバーツは、いま風が陸《おか》から吹いているのを見てとって、もしもここぞという瞬間にうまくやりさえすれば、部下たちを安全圏へ持っていける戦術を考えだした。たいした戦いにはならんさ、そう彼はマグネス操舵長とデニス掌砲長に言った。強大なスワロー号を相手に戦って勝つには、素面の手下たちがあまりにも少なすぎる。戦うのではなく、軍艦を風へ向かって湾の奥まで走らせ、最後の瞬間にこちらは軍艦から離れずに、まっすぐに通りこす。軍艦が大きな弧を描いてもたもたと旋回しているすきに、こちらは風とスピードの恩恵を受けて、湾から出る。いったん外洋に出たら、船は傾船修理をしたばかりなので、どんどん軍艦を引き離せる。敵艦長にはたった一回、片舷斉射するチャンスがあるだけで、それで危険は去る。

十一時、ロイヤル・フォーチュン号とスワロー号の船首像《フィギュアヘッド》の間隔が二十メートルに迫り、風が軽く息をつくなかで、いっしょにじりじりと進んだ。チャロナー・オウグルは敵を見つめた。海賊ロバーツは一発も撃たずに、進んでくる。二隻がほとんど並んだ。軍艦の破壊的なカロネード砲が海賊船へ砲弾を撃ちこみ、海賊側はデニス掌砲長が狙いを付けた二十門のカノン砲で一斉に反撃した。旋回砲と小火器がはじけて、弾丸をまき散らす。スワロー号が陸岸へ向かってなすすべなく漂っていくのを尻目に、ロイヤル・フォーチュン号はスワロー号から離れていった。海賊旗がうれしそうにはためいた。バーソロミュー・ロバーツは逃げおおせた。

しかし、すでに彼の運命は決まっていた。銃弾がジョンソン操舵手の足元の床板にめりこんでいた。ミズンのトップマストはスワロー号の砲弾を受けて折れ、船尾楼の上に倒れかかって、先端は彼の頭上でメイン・マストの索具に引っかかっている。スワロー号の長射程の旋回砲が銃弾や釘、ガラス片を海賊船の船尾にぶち撒いた瞬間、損害はなかったのにジョンソンは体を引きつらせた。恐ろしくてパニックになり、針路をまっすぐ取りつづけろという命令に彼は従わなかった。軍艦を通りすぎるやいなや、彼は右へ大きく船を旋回させ、離れていく軍艦の艦尾の後ろへまっすぐに向かった。軍艦からは小火器が数門、撃てるだけだった。ほとんど同時に、ロイヤル・フォーチュン号は行き脚を失って、動かなくなった。軍艦がのたのたと旋回しているあいだに、ロイヤル・フォーチュン号はどんどん距離をあけるはずだったのに……。

ロバーツは帆を見あげた。追い風を受けてふくらんでいるのではなく、まるで今日は無風であるかのように、だらりと垂れさがっていた。スワロー号は旋回弧の四分の一のところにおり、旋回し終えたら、ロイヤル・フォーチュン号とおなじ針路になる。ジョンソン操舵手は針路を変えることによって、ロイヤル・フォーチュン号を軍艦と一直線に並ばせてしまったのだ。軍艦の帆は風の流れも吐息もすっかり受けとめて飲みこみ、ロイヤル・フォーチュン号を動けなくさせた。もう一度、戦わなければならないだろう。今回は二隻は真横に並び、どちらが前に出るにしても、壊滅的損傷を受けずにはすまない。

なすすべなくロバーツは待った。弾痕であばたのスワロー号が旋回を終えたとたんに、ロイヤル・フォーチュン号の帆がふたたびきしんだが、もう遅かった。砲列甲板ではデニス掌砲長がかっかして砲から砲を駆けめぐり、マグネス操舵長がまだ酔っぱらっている男たちをどやしつけ、殴ってそれぞれの持ち場へ戻した。こうしているあいだも、ロバーツは怒りを振りまきながら、船尾楼甲板を歩きまわり、こんど臆病風に吹かれた奴は殺してやる、とののしった。この数分間にスワロー号はロイヤル・フォーチュン号の正横に並び、二度目の片舷斉射を放った。

激突する砲弾の音に旋回砲の甲高い音が何度も何度も重なった。ブドウ弾や唸りをあげる鎖付き弾《チェーンショット》が海賊船の甲板を掃いた。スワロー号の索具からは水兵たちがピストルやマスケット銃の狂暴な弾丸を雨とそそぐ。スティーヴンソンは大きな大砲のかげに飛びこんで、甲板に身を伏せた。大砲の滑車装置は火薬で真っ黒で、その脇にピラミッド型に積みあげた砲弾は手つかずだった。立ちあがった瞬間、ジョンソン操舵手が震えているのが目に入った。彼はツバを飛びちらして操舵手を怒鳴りつけた。

するとロバーツ船長が甲板に両膝を突いているのが見えた。両腕をのばして、カノン砲を支えているロープにつかまり、首をうなだれている。まるで次の殺人的な砲弾の雨に向かって敢えて立ちあがろうとしないかのように。スティーヴンソンは船長を蹴飛ばした。「立ちあがって、男らしく戦え」。そう怒鳴った。ロバーツ船長はひっくり返った。喉元から血が噴きだした。喉にブドウ弾が命中していた。前へ倒れこむ船長をスティーヴンソンは抱きとめ、その拍子に膝が船長の手にぶつかって剣を落とした。マグネス操舵長がやってきたとき、バーソロミュー・ロバーツ船長はすでに事切れていた。すすり泣くスティーヴンソンに助けられて、マグネスは船長の死体を抱きあげると、舷側から海へ落とした。もし戦闘で殺されたときにはそうしてくれと、船長がよく言っていたように……。

さらに二時間、怒号のなかで戦いは続いた。スワロー号の巨砲はさみだれ式に砲撃を加えた。ロイヤル・フォーチュン号の反撃はしだいに弱くなっていく。マグネス掌砲長は自分で撃てるように部下を押しのけた。彼のまわりには死体や負傷者たちがころがっていた。甲板にはぎざぎざの穴がそこかしこに開いている。船首楼で火炎が噴き立った。轟音をあげてメイン・マストが倒れ、帆や索具がいっしょくたに絡み合った。その下敷きにされて、黒旗がぺたんと動かない。大砲が二、三門、撃ちつづけていた。たぶんまだ二十人ほどの海賊が戦っているのだろうが、大多数は安全な場所にうずくまっている。また片舷斉射がロイヤル・フォーチュン号を打ちすえて、船体が大きく揺れた。不利な戦いはさらに続き、わずかな数の素面の海賊たちが酔っぱらいに邪魔され、臆病者に足を引っぱられ、強制的に海賊にさせられた者たちに妨害されるうちに、反撃はしぼんでいった。疲れきり、力尽きたマグネス操舵長は、火薬庫に火がついて全員が海底に送られることにならないうちに、降伏の合図を出した。

砲撃がやむと、下の火薬庫では頭のおかしくなったジェームズ・フィリップスが強制的に海賊にされた二人と取っ組み合っていた。二人はフィリップスの手から火のついた火縄をこじりとろうとしている。「みんないっしょに地獄行きだ」と、フィリップスが叫んだ。「吹き飛ばして、いっしょに地獄へ行くんだ」彼はもがくうちに、殴られて気絶した。スワロー号からボートが漕ぎだしてくると、マグネス操舵長は掟を海へ放った。もしもこの書類が発見されたら、サインした者たちはまったく文字通り、その場で有罪判決を下されてしまう。

長いあいだ民間の伝承では、ロペ岬沖の戦いは叩きつける雨や「稲光、雷鳴、小さな竜巻」といったドラマチックな天候で背景が詩的に装飾されてきた。実際はそれほど壮観ではなかった。スワロー号の士官たちはよく追想にふける――戦いが始まるとすぐにシャワーが来て、その鋭い雨音はまるで何千もの小火器がドンドン、タタタタ撃っているようだった。雷光が一閃して、スワロー号のメイン・マストを引き裂くと、重い雨粒が煙の立つ二隻の船に降りそそいで、やがて、死のように不気味な静けさが訪れた……。

ロイヤル・フォーチュン号から海賊と強制的に海賊にされた男たちが連行された。スワロー号は二月十二日、リトル・レンジャー号を拿捕するためにロペ岬に戻った。ロイヤル・フォーチュン号からはすでに二千ポンド余りの砂金が回収されていた。ジレスピーがオウグル船長に、リトル・レンジャー号にもおなじぐらいの金貨と宝石が保管されていると教えたのだった。

しかし、リトル・レンジャー号は空っぽだった。コインも黄金も装飾品も、価値のある物はなに一つなかった。海賊の個人用の収納箱さえこじ開けられていた。港にいたヒル船長のネプチューン号は、海賊たちが戻るまえに出帆していた。彼は財宝を失敬することによって、積荷の酒を没収されたことに報復したようだ。のちにイギリス政府がどうしてあんなにたくさんの略奪品が消えたのか、と訊いたとき、ヒル船長は自分の損失への返済として品物を少し奪ったことを認めた。八月に彼はバルバドス島で砂金五十オンスを当局へ引き渡した。あとの金銀財宝は回収されていない。

バーソロミュー・ロバーツは莫大な財宝をシエラレオネの北北東にあるロス諸島に隠したという噂があるが、実際はちがう。海賊は財宝を隠しはしなかった。使ってしまったのだ。「ほんとうの海賊というものは、悪銭、身につかず、この信念に基づいて、得た物を湯水のごとく浪費した」のだ。ニューイングランド沖のガーディナー島にあるというキャプテン・キッドの信じられないような宝の隠し場所も、スマッティノーズ島やショール島に埋めたという海賊黒髭の悪名高き財宝も妄想にすぎない。

スワロー号とロイヤル・フォーチュン号、リトル・レンジャー号はセント・トマス島へ行き、海軍の乗組員を乗せたロイヤル・フォーチュン号はそこにとどまって、新鮮な食料を積みこんでからスワロー号のあとを追って、ケープコースト城砦へ行くことになった。ロイヤル・フォーチュン号にまだ乗っているごくわずかな海賊のなかに船医のスカダモがいた。軍艦の士官たちはスカダモ船医がなんらかの罪で有罪になることはありえないと考えたので、彼が海賊船にとどまって、負傷した海賊たちの治療に当たることを許したのだ。士官たちは、優秀で給料もいい医者が志願して海賊になるなどありえないと考えて、彼をしばしば士官との夕食に招いた。

スカダモは見通しの甘いことに、叛乱を企てて、それを一人の海賊に話した――船内に監禁されている黒人たちを解放して、なんの疑いも抱いていない海軍の番兵たちを制圧し、ロイヤル・フォーチュン号をアンゴラ島へ持っていって、そこで新しい海賊組織を立ちあげる、これはたやすいことだ、と。その負傷者は拒絶した。彼は裁判で無罪放免されることを望んでいたのだ。スカダモは別の負傷者ハリスに這いよっていった。「おれは操船法を飲みこんだから、すぐにあんたに舵取りを教えてやれる」と、彼は小声で言った。「ケープコースト城砦に戻って、吊されて、日干しにされるより、こっちのほうがいいんじゃないか?」。このばかげた企てによって、スカダモは絞首刑になった。こんなことをしなければ、自由の身になれる可能性は大きかったのに……。船医が海賊行為で死刑にされることはそれまでなかった。だが、強制的に海賊にさせられた男が秘密の会話を立ち聞きして、それを士官に告げると、スカダモはほかの者たちといっしょに鎖に繋がれたのだった。

ロイヤル・フォーチュン号とリトル・レンジャー号の海賊たちは大方がスワロー号に移されていた。衣服を剝がれ、舷側板《ブルワーク》に足かせで留められ、二人いっしょに手かせで繋がれて、牢獄のなかの牢獄に監禁された。彼らの房は防壁でふさがれた士官次室《ガンルーム》で、その前にオウグル艦長はもう一つ、監視室を造らせていた。そこからピストルと斬りこみ刀で武装した士官たちが日夜、見張っている。海賊たちはまだ反抗的だった。これまでの無政府状態的な自由な暮らしといまの監禁状態ではあまりにもちがうので、彼らは毒づき、なんでもののしり、ちょっとでもチャンスがあったら逃げだすと誓っていたのだ。

バンスのようにほがらかな者たちも何人かいた。「彼らはこんな環境にいても、恥知らずなほど陽気で、自分たちの素っ裸を見ると、海軍のやつら、三途の川の渡し守にくれてやる半ペニーだって残しちゃくれねえ、と言った。そして、わずかな食事を見て、あんまり早くやせちまったからよ、首が絞まるだけの体重も残っちゃねえや、と言った」のだった。

ムーディとアッシュプラント、そのほか二、三人の者が脱走を企てた。彼らの食事を運んでいる混血の少年の助けを得たのだが、決行する夜、少年がその時間を小声で告げているのを二人の海賊が聞いてしまった。二人は企てに参加するつもりはなかったため、これが当直士官に知らされ、オウグル艦長に伝えられて、手かせと足かせが点検された。多くの物がゆるんでいた。見張りは倍にされた。

長く、陰鬱で、恐ろしい航海だった。カトリックの嫌いなサットンは口汚いののしり言葉を吐くことで悪名高いが、彼がいっしょに鎖で繋がれた男は発作的に声に出して祈禱書を読み、祈りを捧げること以外なにもしない。サットンは侮蔑してののしりながら、なんのために祈るのだ、と訊いた。「天国へ、行きたいから」と、男は答えた。「天国だって」サットンはせせら笑った。「ばかなやつだ。海賊が天国に行ったなんて、聞いたことあるか？　おれは地獄だな。地獄のほうが楽しいとこさ。地獄の入口でロバーツのために、十三発、礼砲をぶっ放してやるさ」

男は祈りを続けた。サットンは士官に怒鳴って、この男の祈禱書を取りあげるか、別の男と代えてくれと言った。こうして、最大の危機のときに泥酔していたのが不運を招いたのだと自分たちをあざけったりののしったりしながら、スワロー号に移された海賊たちは、ケープコースト城砦へ、自分たちの裁判へと向かっていったのだった。

バーソロミュー・ロバーツは死んだ。三年以上にわたって彼はアフリカと西インド諸島、アメリカ沿岸の船舶を支配していた。財宝を集め、襲撃し、戦い、港を襲い、船の掟を保ち、四百隻もの船を拿捕した。彼は威嚇し、脅し、挑んだ。彼はただ単純に、そして正しく、「あの偉大なる海賊、ロバーツ」と書かれた。

「それはロバーツの手下たちだった、つまり、名前を変える気になったのは。ロイヤル・フォーチュン号とかなんとかってな」

「ロバート・ルイス・スティーヴンソン『宝島』」

第三部　海賊たちの最後の日々

十五章　ケープコースト城砦　一七二二年二月─一七二三年六月

「前述の軍艦は前述の海賊船を連れてセント・トマスに着き、そこで二隻を残してケープコースト城砦へ向かった。三月初めのその日のうちに、同艦は到着した……囚人は百七十名、そのうち数人は陸上へ逃亡した」

一七二二年七月六日付け『デイリー・ポスト』

ポルトガルによって建設され、のちにイギリスが占領した巨大な要塞、ケープコースト城砦には突きだした稜堡と砲塔があり、まわりは密林と低い丘陵で囲まれていた。丘陵には城砦より小さい砦がさらに三つある。城砦の海側には長い塁壁があって、十三門の重砲が並んでいる。四角形をした城砦のそそりたつレンガ壁の内側には練兵場があり、そこには大樽がいくつも置かれていて、どんなに細い雨でも集めるようになっている。樽のあいだの床岩は深く切り出されていて、下は地下室になっている。一つしかない入口は小さな穴で、表面は鉄格子でふさがれていた。それは奴隷たちの部屋だった。一七二二年には海賊たちの牢獄になった。手かせ足かせはめられた囚人たちは、暗くてカビ臭い地下へ入れられた。百六十九人。そのうち四人は裁判のまえに地下の房で死んだ。

法廷を組織するのはアフリカにいる海軍士官にとって簡単なことではなかった。彼らは法の執行者として行動するのに慣れていないので、知らない法解釈があって、イギリス本国でなら無罪放免になったであろう囚人に対し不当な判決を下してしまうことがあり、そんな事態を避けるために、二倍も細心の注意を払わなければならなかった。

判定を下す指針としてさまざまな海賊法があり、これが海外の事件を裁く海事裁判所に権威を与えていた。それで、以前なら、尋問するために容疑者や証人をイギリス本国へ送り返さなければならず、経費がかかったが、いまはその経費がかからずにすむ。一七〇一年に制定された海賊鎮圧法によって、海賊と見なされた人間はイギリス領のどこの島でも植民地でも、城砦や商館でも、七人の海軍士官、あるいは総督や副総督、商館長のような公人によって組織された法廷によって、裁くことができるのだ。法廷委員には海軍の艦長が含まれなければならない。ケープコースト城砦ではウェイマス号のマンゴウ・ハードマン艦長が裁判長に選ばれた。死刑をも含めて、判決を下すには非公式の投票で過半数に達しなければならない。さらに一七二一年に制定された法律では、海賊と取り引きした人間はその人間自身が海賊と見なされるとされている。聖職者に恩恵を与えていた中世の法律は、読み書きのできる知識人によって廃止された。

法廷は書記官と未決監長を任命しなければならない。スワロー号軍医のジョン・アトキンズが書記官に選ばれ、審議の行なわれた二十六日間、一日三十シリングが支払われた。イギリス本国ではその三分の一が割り引かれる。未決監長は一日、七シリング六ペンスを受けとる。

法律は明快だった。難しいのはその解釈だ。海賊に有罪判決を下すには、海賊行為をした日時と場所が証明されなければならない。判事席にすわっている人物たちは告発されている者が略奪したという船や金品と直接的にも間接的にも利害関係をもっていてはならなかった。しかし、法廷の大半の構成員は、ロバーツの乗組員によって船や商館や城砦を略奪された王室アフリカ会社の社員だ。海賊たちはアフリカ以外の場所でも略奪や人殺しをしたことが知られているが、それを証明できる証人は一人もいなかった。アフリカ当地でさえこの二か月に拿捕された商船の乗組員以外には、ごくわずかしかいなかった。もしも法廷が、囚人たちのアフリカにおける悪行に基づいてのみ判決を下したら、彼らは偏見という罪を犯すことになるだろう。

被告人の一人から仲間に対する不利な証言を得ることが妥当かどうか、判事のあいだで議論が起こった。掌砲長のヘンリー・デニスが仲間の情報を提供すると申し出ているのだ。彼は最初からバーソロミュー・ロバーツの仲間だったので、気をそそられる解決法ではあったが、偏りのない供述ではない可能性がある。仲間のある者たちに対しては偏見があり、別の者たちに対しては好意的な弁明をしたとしても、それを検証できないのだ。デニスの申し出は却下された。摩訶不思議な論理で、被告人たちはスワロー号に抵抗したという罪状を除いて、有罪の可能性のある罪状がすべて取り下げられることに決まった。海軍の将兵による証言は、事件の時間と場所という必要な要件を提供したし、軍艦を攻撃したという事実が不法行為の証拠だったのだ。集団判決を避けるために、被告は一人ずつ尋問されることになった。

すべての被告人たちは三つの訴因について尋問された——志願者だったか、つまり、強制されて海賊になったのではなかったか。船の略奪に自ら加わったか。略奪品の分け前を受けとったか。被告は無罪放免になるためには、この三つの訴因すべてに有罪ではないと見なされなければならない。結局、ケープコースト城砦での裁判は非常に公正なものだったと考えられる。キャプテン・ジョンスンは以下のように評価できるとしている。「幸いなことに、法律家がおらず、法律書がなかったのだ……もしももっと法律の数が少なかったら、ほかの法廷におけるよりももっと正義が行なわれたかもしれない」

法廷は裁判長のハードマン艦長とほかの六人で構成された。ジェームズ・フィップス司令官／ミスタ・ヘンリー・ドッドソン／ミスタ・フランシス・ボイ／ミスタ・エドムンド・ハイド／ミスタ・ジョン・バーンズリー／チャールズ・ファンショ海尉／それに書記官としてジョン・アトキンズ海尉。アトキンズの記録からキャプテン・ジョンスンは名前と称号をいくつかまちがって書き写した。

レンジャー号とロイヤル・フォーチュン号の乗組員はそれぞれ分離して起訴された。告発にはスワロー号を攻撃した罪だけでなく、ほかの罪に対する言及もあったが、詳細は触れられていなかった。告発された事件の中心は軍艦との戦い、つまり、海軍の証人によって確認できる事件だった。ほかの犯罪に関する曖昧な報告を含めたら、被告人たちがそれを自分の無罪を証明するのに利用するおそれがあったのだ。

一七二二年三月二十八日月曜日、城砦の礼拝堂に――広い長方形の部屋に――レンジャー号の乗組員たちが裁判を受けるために集められた。ホーガースの風刺画にあるような光景だ。礼拝堂の奥の長いテーブルに判事たちがついている。真鍮のボタンを飾った紺の軍服姿の海軍士官たち、優雅な三角帽の総督たち、髪粉を振ったカツラ、みんな心地よさそうに椅子にかけている。書記官のアトキンズは離れたテーブルについていた。尖った羽ペン、インクがいっぱいに入った壺、記録用紙がきちんと用意されている。

部屋の反対奥には海賊たちがいた。真紅の軍服の兵士たちに警備された彼らは、ぼろをまとい、地下牢の悪臭が漂い、身じろぐたびに足かせが鳴った。髭はぼうぼう、体は洗っていない。包帯を巻き、垢にまみれてみんな臭く、シルクをまとった栄光の日々とは別人だった。起訴状が読みあげられた。

「汝ら、ジェームズ・スカーム、マイクル・レモン、ロバート・ハートリーその他。

汝ら全員を畏れ多くもグレート・ブリテンの王、ジョージ国王陛下の御名と権威により、以下の通り起訴するものである。汝らは、公然と国法を侮り、いたずらに徒党を組み、ともに掟を信奉して、海上貿易に従事する国王陛下の臣民を苦しめ、妨害した。さらに、もっとも邪悪なる目的のために連合し、アフリカ沿岸を二隻の船で二度にわたって襲撃した。一度目は昨年八月初め、二度目は本年一月下旬であり、その針路において遭遇した船舶を沈め、焼き払い、略奪した。

とりわけ、チャロナー・オウグル艦長の事例と報告により、汝らは同艦長指揮するイギリス海軍スワロー号に対し、不法なる敵対行為を加え、しかして、反逆者、海賊として起訴されたものである。

去る二月五日、汝らは、アフリカ南岸ロペ岬にて前述軍艦を視認するや、フランス建造の砲三十二門搭載レンジャー号の錨をただちに揚げ、盗賊であり海賊であると宣言するに等しいスピードをもって、当該国王陛下の軍艦を追跡するにおよんだ。

同朝十時、前述軍艦スワロー号の射程内に入るや、海賊を宣言する黒旗を掲げ、数門の迫撃砲を放って、国王陛下の僕《しもべ》の任務を可能なかぎり妨害した。その一時間後、前述国王陛下の軍艦に接近し、不埒《ふらち》にも二時間以上にわたって、敵意をもって防御および攻撃を続け、公然と法を犯し、また、国王陛下の旗を掲げて任務遂行中の軍艦に対し反抗したものである。またついには、こうしたすべての行動において、汝ら全員、汝ら一人びとり、邪悪にも協同し、各部署において率先実践して、国王陛下の軍艦を困窮せしめ、国王陛下の良き臣民を殺害したものである」

続いて乗組員たちは一人ずついかに弁明するか尋ねられ、全員が「無罪」と答えた。そこで、ふたたび地下牢へ連れもどされた。こんどは、ロイヤル・フォーチュン号の乗組員たちが引きだされて、おなじ告訴を受け、スワロー号への追跡と攻撃に関する証言が付け加えられた。

「この国王陛下の軍艦に対する戦いと傲慢な抵抗は、いかなる権威の裏付けもなく、汝ら自らの堕落した意志によって、黒旗のもとで行なわれたものであり、それによって、極悪非道にも、自らを盗賊であり、反逆者であり、法を犯す者であると表明したのである」

被告人たちは無罪であると弁明し、法廷は翌日まで休廷となった。

三月二十九日、レンジャー号の被告人たちが出廷し、それぞれ、裁判所側が証拠として用意してある事例の内容が告げられた。もしも被告人が弁明を拒めば、有罪を告白したものと見なされる。証人たちは所定の宣誓をしなければならない。被告人は裁判長に対して、反対質問が許される。レンジャー号とロイヤル・フォーチュン号の乗組員に対して有罪証言をするために、スワロー号からサン海尉と掌帆長のラルフ・ボールドリック、水兵のダニエル・マックローリンが選ばれた。三人のあいだでは、被告人が海賊船の一隻に乗っていたことを確認し合える。そこで、被告人は自分の無罪を証明しなければならない。

最初に尋問された被告人はスティーヴン・トマスで、元デリジェンス号の航海長だった。彼は今年の一月に強制的に海賊に仲間入りさせられたと主張した。拿捕されたキング・ソロモン号の船長ジョセフ・テラハーンに自分を解放するようバーソロミュー・ロバーツに頼んでくれと懇願したと言う。やはりデリジェンス号から海賊船に連行されたトマス・カーステルが証人として召喚された。スティーヴン・トマスは無罪だと彼は法廷に対して証明した。月に六ポンドも稼いでいる商船の航海長が自ら海賊に加わることはとうていありえない、そう裁判官たちは考えた。スティーヴン・トマスは無罪放免された。

つづいて、マグネス、メイン、アッシュプラント、バンス、ほか十二人がキング・ソロモン号を襲撃し略奪した罪で告発された。同号のテラハーン船長とその航海士ジョージ・フェンが彼らに対する有罪証言を行なった。「拿捕されて略奪されたことに関して、なにかとくに思い出せることはあるかね?」と、裁判長が証人に訊いた。

「海賊船の操舵長のマグネスが、われわれを襲ったボートの指揮をとっていました」と、彼らは答えた。「そして、彼は食料や補給品を運びだす命令を出したので、その権限を持っていたと思われます。いろいろな物品があったので、さらにそれぞれ命令が出された、略奪と運搬が行なわれているとじきにわかりました。メインは海賊船の掌帆長として、自分の職分のために二本の錨索とロープを数束、持ち去りました。そして、彼は、われわれの乗組員たちが略奪作業をてきぱきとやらないと言って、何人かを殴りつけました。ベティは、縫帆長として帆や帆布を担当しました。ハーパーは樽修理長として、樽や道具類を運びだしました。グリフィンは船匠倉庫に行き、水先人のオーターローニーはわたしの服一式を奪って、着替えました。新しいカツラもです。そして、ワインを一本、取りにやり、実に横柄な態度で、キング・ソロモン号をロバーツ船長の船の船尾に着けろ、と命じたのです。船に関する命令はそれだけだと思います。以上がとくにお話しすべきことです。つまりです、裁判長殿、やつらは残虐非道に、我先にと悪事を働いたのであります」

裁判長は、キング・ソロモン号への斬りこみ隊に海賊たちはどうやって人を選んだのか、と訊いた。強制的に海賊にさせられた船乗りカーステルが答えて、そのとき自分は捕虜として海賊船にいた、と言った。行きたい者はだれだ、と海賊たちは訊かれた。「みんなが行きたがっているとわかりました、志願したのです。強制はなく、むしろ自分が一番乗りしようと殺到してました」

この不利な証言に海賊たちは反論した。ロバーツに強制されて行ったのだと。「ロバーツはおれたちにボートに乗るように命じたし、操舵長はおれたちに略奪させた。おれたちはどっちも拒めなかったんだ」。ハードマン裁判長は動じなかった。「では、それは認めるとしよう」と、彼は答えた。「それでも、これはきみたち自身がやったことだ。きみたち自身が選んだ上官からの命令でやったのだからな。どうしてまっとうな気持ちの持ち主が、毎日、自分に嫌な仕事を命じるような船長や操舵長に一票を投じるだろうか」

みんな黙りこんだ。すると、ウィリアム・ファーノンが——船医コムリの耳を切り落とすと脅した男が――力なく、おれは操舵長にはマグネスじゃなくて、シンプソンに投票したんだ、とぶつぶつ言った。「じっせえのとこ、マグネスは人間があんまりまっとうすぎて、この稼業にゃ向かねえって思っとったんだ」。このお門違いの弁明を法廷は無視した。被告人たちは完全に自由意志でキング・ソロモン号に斬りこみ、略奪を行なったと証明され、この二つの罪状だけで彼らに有罪判決を下すには充分だった。

密告者志望だった掌砲長のヘンリー・デニスは信頼されるに足る弁明ができなかった。強制的に海賊に仲間入りさせられた多くの者たちが彼の言動について述べ、彼が海賊船の武器弾薬を管理していたと証言した。彼は自分が悪党を稼業としているのを否定することができなかった。彼はなにも否定しないで、自分が密告した情報の見返りに法廷の慈悲を当てにした。それはかなわなかった。

ロイヤル・フォーチュン号の航海長ハリー・ジレスピーが裁判官たちの前に引きだされると、海賊に強制徴募された数人の船乗りたちが以下のように証言した――ジレスピーはいつも捕虜たちに親切だった。彼は海賊船にいるのが嫌なようだった。海賊に捕らえられたとき、海賊になることを拒否したので、ムチ打たれ、危うく溺れ死にさせられるところだった、と。また、ミセス・トレングローヴはマグネス操舵長が言ったことを証言した――仲間たちはみんな、ジレスピーがまた逃亡を企てるのではないかと疑っている、とマグネスは彼女に言ったと。ジレスピー自身も自分から申し出て、もっとも悪辣な海賊たちによって行なわれた残虐行為について証言した。これは彼に有利に働いた。彼が自分の命をかけて、ロイヤル・フォーチュン号が爆破されるのを防いだという話が出ると、法廷は全員一致で「無罪」と判決を下した。

ウィリアム・ギニーズの罰は軽かった。彼はレンジャー号の航海士で、スキーム船長がひどい二日酔いで苦しんでいたとき、当直の指揮をとった。彼は仲間から好かれてはいなかった。ロバーツと食事をしたことを認めた。「だけど、それを気に入られている印だとか、特別なことだって見る者はいなかったさ、だれだって気が向けば、ロバーツと食ったり飲んだりしにいったからな」。この法廷には厳格なイギリス人判事がいなかったので、ギニーズのことを哀れな人間だと考え、命令される側の人間にすぎないと見た。驚くことに、法廷は彼を無罪放免にした。信じられずに気絶したギニーズを水兵が二人がかりで部屋から運んでいった。

ジェームズ・ハリスは弁明に失敗した。彼は盗品とわかっていて、ロバーツから寝間着を受けとったのだ。さらに証人が見つかるまで、彼はロンドンのマーシャルシー監獄に収監されると判決が下った。もっと幸運で、頭がよかったのはクリストファー・グレインジャーである。彼は前年の十月にカラバで拿捕されたガレー船コーンウォール号の乗組員で、強制的に連行された。彼は法廷に対して、自分はアイルランド人であると海賊たちに嘘をついた、と訴えた。というのも、「以前、ケネディというアイルランド人が海賊たちの金を持って逃亡し、だまされたことがあるので、アイルランド人を仲間にするのは海賊の掟違反になるからです」。こう言った彼を判事たちは信じた。

片足の楽士ジェームズ・ホワイトは、ロールズ船長に金を渡して、強制的に海賊にされた者として『官報《ガゼット》』に名前を書いてもらっていた。それで無罪放免された。彼の仲間のフィドラー弾き、ニコラス・ブラットルも同様の判決だった。一人、また一人と海賊たちは法廷に連れだされた。あきらめて虚勢を張り、傲慢な態度をとる男たちもいれば、すすり泣きながら、慈悲を求める男たちもいた。強制的に海賊にされた男たちのなかにはあまりにも脅えて、ほとんどしゃべることができず、弁明に失敗して、危うく絞首台に送られそうになった者たちもいた。考えなくしゃべり続けたあげく、断罪の判決をくらった男たちもいる。船医のウィルソンが出てきた。彼の判決は最初から決まっているようなものだった。彼がひどく海賊に加わりたがったことも、略奪品の分け前を異常なほど欲しがったこともよく知られていた。海賊の掟は紛失していたが、彼が掟にサインしたことは数人が証言した。

ウィルソン船医は落ちついてすべてを否認した。彼は自分の弁護のためにコムリ船医を呼んだ。コムリはウィルソンが無理やり海賊にしたその当人である。ウィルソンは自分の無罪を証明する四つのことをコムリに言って、記憶を振りかえらせた。第一は、自分がコムリのために、どうして船医が掟に無理やりサインさせられたのかと、バーソロミュー・ロバーツに問いただしたこと。第二は、自分は海賊から逃げられてどんなにうれしかったか、とコムリに話したこと。第三に、自分が砲撃戦を歓迎するのはただ手術の練習ができるからだとバーソロミュー・ロバーツに言ったこと。第四は、海賊たちが船医を解放するときはいつも、自分の番だと主張したこと。

コムリは四つのことすべてに同意した。法廷からのどんな質問にも彼は意見をひるがえさず、判決は先延ばしにされたが、翌日、ウィルソンは釈放された。イギリス本国だったら、ありえないことだったが……。しかし、ウィルソンはその幸運を長く楽しむことはなかった。アフリカでまったくとつぜん死んだ。たぶん、その海岸で病気と飢えに苦しんだことが原因だっただろう。

アイザック・ラッスルはいっときロイヤル・フォーチュン号の航海士だったが、彼は常に病気を装って、命じられた嫌な仕事をしないですませたと主張した。彼が海賊のもとにいたのは一年にすぎなかった。自分の潔白さを示す証拠として、彼はメイナード海尉が海賊黒髭を捕らえて殺したとき、自分は海尉といっしょにいたと述べた。その弁明はラッスルを救いはしなかった。彼はマーシャルシー監獄で裁判を受けるために、イギリス本国へ送られた。

この裁判で驚くべきことは、温情的な判決だ。百六十余人のうち処刑されたのはわずか五十二人にすぎない。死刑宣告を聞くために男たちが法廷に連れもどされた。

「デイヴィッド・シンプソン、ウィリアム・マグネス、リチャード・ハーディ、トマス・サットン、クリストファー・ムーディ、ヴァレンタイン・アッシュプラント……

汝らは、それぞれに尋問が行なわれ、汝らが来たりし所へ送り返すべしとの判決が下された。そこより本法廷の外の処刑場に至り、当所の満潮線のなかにて、首に縄をかけられて吊される、死に至るまで、死、死、死、

主が汝らの御魂に慈悲を垂れたまわんことを。

その後、汝らは降ろされ、汝らの遺体は鎖に繋がれて吊される」

これはこれまでに行なわれた海賊裁判のなかで最大のものだった。七十四人が無罪放免にされた。五十四人が絞首刑を宣告されたが、二人は刑の執行が猶予された。二十余人は死刑を宣告されたが、つづく週のうちに王室アフリカ会社の年季契約労働に志願して、助命された。十七人はロンドンのマーシャルシー監獄へ送られた。レンジャー号では十人が、ロイヤル・フォーチュン号では三人が海上で死に、バーソロミュー・ロバーツもその一人だった。さらに十五人はケープコースト城砦に帰る航海の途中で死に、四人は城砦の地下牢で死んだ。七十五人の黒人は別として――彼らはのちに奴隷として売られたのだが――ぜんぶで百九十七人のうち三分の一以上が釈放されたのだった。

二十人は王室アフリカ会社の労務に服する請願書を出して認められ、即刻の死をまぬがれた。ヘン

リー・デニスもその一人だった。

「トマス・ハウおよび以下の者たちの請願書

謹んで申し上げます。貴法廷に対する請願者たちは、不幸にも、また軽率にも、卑劣で憎悪すべき海賊という犯罪に引き入れられ、そのため現在、公正なる死刑判決を受けたものであります。当該者たちは謹んで貴法廷の御慈悲を乞い、減刑を願い、貴法廷が適当と思われる方法にて、当地の王室アフリカ会社において七年の年季契約労働に服することをお許しいただきたく、ここに請願するしだいであります。今回の判決により、これまでの行状の過ちを悟り、当該者たちは、もしも神の御心により命長らえることを許されましたときには、それぞれの部署において忠誠なる臣民、良き僕、有用なる使用人となる所存であります」

ケープコースト城砦に残っていた五人の判事たちは、有用な目的を達成できる命は救ったほうがいいという判断に基づいて、請願を受諾した。四月二十六日、契約書が作製され、同意のサインがなされ、密封されて、法廷員の立ち会いのもと取り交わされた。

本契約書は、偉大なるジョージ国王陛下の治世、四月二十六日、もとブリストル市の船員ロジャー・スコットを甲とし、イギリス王室アフリカ会社、現司令長官を乙として作製されたものであり、以下を証明する。当該ロジャー・スコットは、当該王室アフリカ会社現司令長官、あるいはその合法的後任者のもとで、本契約書に示された日付より七年間、アフリカ海岸にあるいかなる王室アフリカ会社居留地においても労務に服し、本契約期間をまっとうすることに同意し、ここに契約を結んだものである。当該司令長官、あるいは後任者は、当該国の慣習に従って、ロジャー・スコットを雇用するものとす。

その報酬として、当該司令長官は当該国の慣習に従い、当該ロジャー・スコットに対し、肉および飲料、衣類、住居を与えることに同意し、契約を結んだものである。

本契約書の証明として、前述立会人は冒頭に記述した年月日に双方、宣誓し、これを密封したものである。

アフリカ、ケープコースト城砦にて、以下二名の立ち会いのもと、署名、密封、発送す。印紙なき書類は無効とす。

裁判長　マンゴウ・ハードマン
書記官・証人　ジョン・アトキンズ

志願者たちは黄金海岸――現在のガーナ――の病気が蔓延する鉱山に送られた。ヨーロッパ人にとっては、アフリカのなかでもっとも不健康な土地だった。七年を生きのびた者はほとんどいなかった。栄養失調や重労働、熱病で長くは生きられなかっただろう。

スワロー号から脱艦して、バーソロミュー・ロバーツに軍艦の帆走性能について教えたトマス・アームストロングは海軍の規定に従って処刑されるため、ウェイマス号に連れていかれた。長い悔い改めの時間をすごしたあと、彼は甲板に引きだされた。ヤードの端から絞首綱の輪がぶら下がっていて、端は索巻き機《キャプスタン》に固縛されていた。そこでは水兵の一団が索巻き機をまわして絞首綱を巻きあげる命令を待っていた。アームストロングは見物人たちへ、まっとうで正直な生活を送るようにと強く言い、見物人たちは彼のために詩篇百四十番の最後の節を歌った。大砲が撃たれた。脱艦者は首を吊りあげられて、軍法会議の規定どおり処刑された。

城砦の地下牢では死刑判決を受けた海賊たちが、平静さを保とうとしながら死を待っていた。船医のピーター・スカダモは死への心準備をするので、二、三日、猶予をくれるように頼んだ。それは認められて、彼は聖書を読み、祈りを捧げて最後の日々をすごした。サミュエル・フレッチャーは執行猶予を約束されていた。士官たちが囚人を絞首台に連行するため到着したとき、フレッチャーも連行されると告げられた。彼は大急ぎで法廷に手紙を届けてもらった。「自分はこの意味について訊きます。そして、法廷が自分に慈悲を示してくれるのかどうか、知りたいす。もし示してくれるのなら、尽きない感謝を捧げ、自分の全人生を捧げても、この温情の大きさには報いることはできんと思います。しかし、苦しまなければならないのなら、苦痛から逃れるのは早いほうがいいす」

未決監長が戻ってきた。死刑執行猶予状にはサインがされていた。裏書きしなければならない膨大な死刑執行命令書のなかにまぎれて、法廷はただそれを見落としていただけだった。

ほかには特赦はなかった。海賊たちもなにか期待しているような態度はとらなかった。特赦はないと思っていたので、彼らは、自分たちにはこんな運命を与え、ほかの者たちは許すといった不公平に法廷を呪い、毒づいていた。彼らの死刑執行命令状が発行された。

デイヴ・シンプソン、ウィル・マグネス、その他の者に対して、ケープコースト城砦の海事裁判所によって土曜日に下された判決に従い、貴官は、前述犯罪人を当法廷外の死刑執行場に明朝九時、連行し、当所の満潮線内にて、絞首刑を執行し、死に至らしめることをここに命じる。そのため、本状を貴官の執行命令状となす。

一七二二年四月二日

マンゴウ・ハードマン　記す

未決監長　ジョセフ・ゴーディン殿

死体はみな、近くの小山に立てられたさらし柱へ移され、鎖で吊される。

兵士たちが海賊を練兵場へ連行し、そこで手かせ足かせがはずされた。海賊たちは、海を見渡す岩の上に立てられた大きな絞首台に連れていかれた。彼らは大声をあげ、わめいて、城砦からほとんど駆けだすようにしていった。書記官で海軍軍医のアトキンズ海尉はいまは自分から教戒師も務めていたが、サットンがほかの海賊たちとちがって、自分に小声でなにか言っているのに気づいた。彼が悔い改めの言葉を言っているのだと思って、アトキンズは罪を告白したいのかどうかと彼に訊いた。すると、サットンはアトキンズをののしった。自分は熱病をわずらっていたが、地獄に行くにはちょうどいいさ、あんたもあと四十年で地獄行きだな、と。

アトキンズ海尉がほかの海賊たちに悔い改めるように言うと、彼らは笑い、公開の処刑場とおなじように飲み物をくれと叫んだ。なかには兵士たちに帽子をかしてくれと頼む者たちもいた。そうすりゃ、絞首台で見栄えがいいからさ、と。そこでまた彼らは法廷をののしった。彼らの気を晴らしたくて、アトキンズは一人、二人に年齢や生まれた場所を訊いた。「そんなこと、あんたに関係あるか」そうアッシュプラントが怒鳴った。「おれはもうじき死ぬんだ、法律のせいでな。神さんなんかに自分のこと、話す気なんてねえさ」。シンプソンは見物する大勢の船乗りや市民、黒人のなかにエリザベス・トレングローヴの姿を見つけた。「おれはあの女と三度、寝たんだ。今日は、おれが吊されるのを見物に来たってわけか」。シシッと彼は追いはらった。キャプテン・ジョンスンは著書『海賊全史』のなかでウィリアム・ウィリアムズの「処刑場では言葉も出なかった」というセリフを引用しているが、こうしたセリフと同様に、このシンプソンのセリフもアトキンズしか知り得なかったことである。

絞首台の下で囚人の両手が後ろで縛られた。こんな慣習違反にハーディはぶつくさ言った。「おれは吊されるのをいっぺえ見てきたがよ、こんなふうに後ろ手に縛られるのなんぞ、見たことがねえ、おれの人生でいっぺんもねえよ」

彼らは吊された。死体が降ろされると、タールに漬けられて、鉄枠のなかに入れられる死体もあった。その死体は近くの丘に立つさらし柱に運ばれ、鎖で吊された。波に洗われ、朝の風に柱は軋み、鉄枠は甲高い音をたてた。そこで絞首刑になったバンスはこう言って勇敢に死んだ。「おれは岩の上に立つ航路標識になって、針路を誤って危険に陥った船乗りたちに警告してやるんだ」

「たぶん、あんた、〝あいつら〟を見たことがあるだろうな」と、ロバート・ルイス・スティーヴンソンは『宝島』のなかで書いている。「鎖で吊されているのを。まわりを鳥が飛んで、潮が満ちて沈んでいく死体を、船乗りたちが指さしている……そして、まわっていくと、鎖の音が聞こえて、ほかのブイに着くんだ」。一七一六年から一七二六年のあいだに四百人から五百人の海賊が絞首刑になったが、この海賊たちはそのひとグループにすぎない。

ほかの者たちは、王室アフリカ会社のために休みなく重労働をして、ゆっくりと死へ向かっていった。ジョン・ジェサップもその一人だった。彼はロペ岬で逃げだして、バーソロミュー・ロバーツの居所をオウグル艦長に教えたのだが、それで助けられはしなかった。掌砲長として彼は商船を砲撃したし、慣習に従って略奪した衣類を買いもした。減刑はなく、死刑判決が下された。王室アフリカ会社に加わることでしか絞首台をまぬがれることはできなかったのだ。

ほかの海賊たちはマーシャルシー監獄の汚い湿った房で衰えていき、発疹チフスにかかって死んだ。ごく数人、ほんとうに数人だが、ロペ岬でジャングルのなかへ逃げた者たちがいた。そこから脱出できたとは思えないが。

一七二三年八月、裁判が終わった。スワロー号とウェイマス号、それに三隻の拿捕船は大西洋を渡って、西インド諸島ジャマイカ島のポート・ロイヤルへ向かっている途中で、月食を見た。二十八日に未曾有《みぞう》のハリケーンがジャマイカ島を襲い、錨泊していた五十五隻の船のうち、六隻を除いてあとはすべて沈没し、ロイヤル・フォーチュン号とリトル・レンジャー号は岩に激突してこっぱみじんになった。家々は粉々に吹き飛ばされ、城は亀裂が入り、教会は崩壊した。奔流《ほんりゅう》が家々の土台を押し流して、町の三分の二がぺちゃんこになった。通りは押し寄せる海水が深さ一メートル以上にもなって、三、四百人の人びとが死んだり、溺れたりした。水の中では船や樽や木材が激しくぶつかり合い、渦を巻いていた。アトキンズ海尉はレンガ造りの家のなかに避難した。

一七二三年四月、二隻の軍艦はイギリス本国へ帰り、乗組員たちは五月に給料を支払われて、解雇された。翌月、スワロー号のオウグル艦長は海賊を打ち負かした功績により、ジョージ一世からナイトに叙された。それより以前の一月に、レンジャー号はイギリス海軍グレイハウンド号によってロード島に持っていかれ、拿捕船として処分された。船と備品は五千三百六十四ポンド九シリング九ペンスと査定され、五月四日、その金額が報奨としてオウグル艦長に与えられた。そのうち二百八十ポンドが経費として差し引かれ、千九百四十ポンドがスワロー号の乗組員たちに対して〝賞金〟として分配された。

オウグル艦長は報奨金について部下たちに知らせなかった。一七二五年四月三日に初めて、彼が黙っていることを『ロンドン・ジャーナル』があばき、その意外な情報源について説明した。「『海賊全史』という題名の本が出版されるまで、当該軍艦の士官および乗組員のだれ一人として、自分たちが当該報奨金を受けとる権利があることを知らなかったのは、驚くべきことである。本書のなかではその権利について注意がうながされている」

千九百四十ポンドいうのはばかにしたような額で、一人頭にすると、数ポンドにしかならない。オウグル艦長が受けとったのは三千ポンドだった。水兵や未亡人たちからもっと公平な分配金を渡すようにと請願書が来た。海軍本部はそれを支持したが、オウグル艦長はびた一文、出さなかった。繰りかえし催促されたが、彼は全額を手放そうとせず、国王からの贈り物だと正当化した。彼は最近ナイトに叙せられたため、余分な経費がかさみ、一ペニーでも持っていなければならないと、強欲にも主張した。

忠誠な乗組員の正当な給料を搾取した商船船長スネルグレイヴの例や、勇敢な戦いが海賊を制圧したというのに、自分への〝贈り物〟を将兵と分かち合うことを拒んだ軍艦スワロー号のオウグル艦長の例もあるので、多くの一般の船乗りたちが貧乏より海賊を選んだのは驚くべきことではない。チャロナー・オウグルのたぶん祖先であるハンプシャー州マイクルマッシュの王党派、サー・ウィリアム・オウグルは、一六四五年、オリヴァー・クロムウェルの攻撃に対して、ウィンチェスター城を防衛した。十月六日、開城を承諾したのだが、翌日の午後二時まで引きのばされた。「城主や将校たちがワインを一本たりともあとに残していくのを嫌がって、自分たちで飲んでいたからだった——七百人が出てきた。オウグル子爵は乞食《こじき》のように酔っぱらっていた」のだった。金銭に貪欲なチャロナー・オウグルは魅力に欠ける人物だった。

海賊物語は彼らがニュープロヴィデンス島でウッド・ロジャーズ総督のスループ船を制圧したときに始まった。彼らの最初の船長ハウエル・デイヴィスはプリンシペ島で壮絶な死を遂げた。彼らは西インド諸島で金持ちになった。スコットランドへ逃げてそこで絞首刑になった者たちもいたし、ロンドンへ逃げて貧乏生活に身を潜め、ついには官憲に見つかった者たちもいた。バーソロミュー・ロバーツとともに海賊たちは十数もの港を略奪し、カリブ海中を蹂躙《じゅうりん》し、奪い、脅し、殺し、騒ぎ、飲み、アフリカの日の降りそそぐ浜辺で処刑される道を歩んだ。彼らの偉大な船長は戦いで死んだ。仲間たちは食い意地や恐怖、嫉妬、恨みで分裂した。彼らは四年という短い年月のあいだに浮いて、沈んだ。裕福で自由な身として死んだ者は一人もいなかった。

おそらく、アン・ボニーを除いては。

訳者あとがき

ロンドンのテムズ川を観光船で下ってタワー・ブリッジをすぎ、ワッピングにさしかかると、フロックコートの初老のガイドさんがまるでシェークスピア劇のなかの紳士のように高らかにうたいあげる。「左手に見えるのが、悪名高き海賊キャプテン・キッドの処刑されたエクセキューション・ドックでありまーす」

そのむかし、この河岸の干潮線近くに絞首台が建っていて、そこで大勢の海賊たちが絞首刑にされた。それで、そこは海賊処刑場《エクセキューション・ドック》と呼ばれている。海賊の死体は満潮で三度川水に浸かるまでそのままにされ、さらに悪名高い海賊たちは、テムズ川を行き来するすべての船に見えるように、下流の高台のさらし棒に吊り下げられた。見せしめだ。どれだけの海賊たちがここで吊るされたことだろうか。それでも、海賊になる者は絶えなかった。

いったいなにが人びとを海賊に惹きつけ、海賊にさせたのだろうか？　そして、わたしたちはなぜいまも海賊にあこがれるのだろうか？

本書の著者オーブリー・バールは、一七一八年から二三年までわずかな年月のあいだに開いて散った歴史のあだ花のような海賊の黄金時代を、一人の海賊にスポットを当てて、その実態をあぶりだした。なぜ著者はその男を選んだのか？　それは、彼、バーソロミュー・ロバーツが海賊たちの味わった惨めさや誘惑、恐怖、勝利、どんちゃん騒ぎなどすべてを彼自身も味わったからだと書いている。さらに海賊バーソロミュー・ロバーツは、知的で、ハンサムで、堂々としていて、安息日を守り、エレガントな衣装を好み、酒は飲まずにお茶を楽しむ。そんな海賊としてはユニークな姿に著者は惹かれたのだろう。

海賊本というと、キャプテン・チャールズ・ジョンスンの『もっとも悪名高き海賊たちの略奪と殺人の全史』（『海賊全史』）が古典的書物になっていて、日本でも翻訳出版されているが、バールはジョンスン本には書かれていない新たな真実を膨大な資料のなかから捜しだしている。彼は海賊には世間で言われているようなロマンチックなところはない、と書いているが、これだけの著作をする労力を厭わなかったのは、海賊世界にそれでもなおロマンを感じていたからだろう。

そのロマンとは？

死を覚悟のうえで世間の規則を否定し、世間の規則の外で自由に生きる。そのアウトローぶりだろう。楽しく短い人生、それがおれの主義だ、とバーソロミュー・ロバーツは言う。世間のしがらみに縛られた人びとはその自由な、潔い生き方にあこがれるのだろう。しかし、最後に絞首台逃れをしたり、気絶したり、じたばたしたり、カッコ悪い姿をさらす小物海賊たちもいる。著者バールはバーソロミュー・ロバーツの背後にいるそんな人間くさい大勢の海賊たちも見せてくれる。

日本ではいま、映画『パイレーツ・オブ・カリビアン』が大人気だ。わたしもジャック・スパロウを演じるジョニー・デップの海賊ぶりにぞっこん参ってしまった。性格派俳優と言われたデップがこんなにみごとに変身したのは、やはり海賊のアウトローぶりが彼のなかに入りこんだからだろうか。
四十近くで海賊になったもう一人のパイレーツ・オブ・キャリビアン、バーソロミュー・ロバーツの変身ぶりもお楽しみを。

二〇〇七年六月八日

大森　洋子

【著者】

オーブリー・バール（Aubrey Burl）

歴史・考古学関連を中心に実績のあるベストセラー作家のひとり。ストーンサークルやストーンヘンジに関する著書もある。邦訳に『ストーンサークル――不思議な巨石群』。

【訳者】

大森洋子（おおもり・ようこ）

海洋ジャーナリスト・翻訳家。横浜市立大学英文科卒。著書に『「看板英語」スピードラーニング』『白い帆は青春のつばさ』、『船長になるには』（共著）、訳書に『海の覇者トマス・キッド』シリーズなど多数。

カリブの大海賊《だいかいぞく》

バーソロミュー・ロバーツ

●

2024年12月16日　第1刷

著者……………オーブリー・バール

訳者……………大森洋子《おおもりようこ》

装幀……………川島進デザイン室

発行者……………成瀬雅人

発行所……………株式会社原書房

〒160-0022 東京都新宿区新宿1-25-13
電話・代表03(3354)0685
http://www.harashobo.co.jp
振替・00150-6-151594

印刷・製本……………新灯印刷株式会社

ISBN978-4-562-07493-8, Printed in Japan
※本書は2007年7月刊『カリブの大海賊　バーソロミュー・ロバーツ』の新装版です。